W0220258

Zu diesem Buch

«Dorothy L. Sayers hat zuwege gebracht, wovon die anderen träumen: die Spannung des Krimi mit der Menschengestaltung des literarischen Kunstwerkes zu verbinden» («Arbeiter-Zeitung», Wien).

Dorothy Leigh Sayers, geboren am 13. Juni 1893 als Tochter eines Pfarrers und Schuldirektors aus altem englischem Landadel, war eine der ersten Frauen, die an der Universität ihres Geburtsortes Oxford Examen machte. Sie wurde Lehrerin in Hull, wechselte dann aber für zehn Jahre zu einer Werbeagentur über. 1926 heiratete sie den Kapitän Oswald Atherton Fleming. Als Schriftstellerin begann sie mit religiösen Gedichten und Geschichten. Auch ihre späteren Kriminalromane schrieb sie in der christlichen Grundanschauung von Schuld und Sühne. Schon in ihrem 1926 erschienenen Erstling «Der Tote in der Badewanne» führte sie die Figur ihres eleganten, finanziell unabhängigen und vor allem äußerst scharfsinnigen Amateurdetektivs Lord Peter Wimsey ein, der aus moralischen Motiven Verbrechen aufklärt. Ihre über zwanzig Detektivromane, die sich durch psychologische Grundierungen, eine Fülle bestechender Charakterstudien und eine ethische Haltung auszeichnen, sind inzwischen in die Literaturgeschichte eingegangen. Dorothy L. Sayers gehört mit Agatha Christie und P. D. James zur Trias der großen englischen Kriminalautorinnen. Zu ihren Hauptwerken gehören «Der Glocken Schlag» (rororo Nr. 4547), «Fünf falsche Fährten» (rororo Nr. 4614), «Keines natürlichen Todes» (rororo Nr. 4703) und «Mord braucht Reklame» (rororo Nr. 4895). Die nach den Romanen «Diskrete Zeugen» und «Ärger im Bellona-Club» von der BBC gedrehten Kriminalserien entzückten inzwischen auch deutsche Fernsehzuschauer. In den letzten zwanzig Jahren ihres Lebens schrieb sie nur noch theologische Abhandlungen, religiöse Versdramen und in der Sprache unserer Zeit eine überaus erfolgreiche dramatische Szenenfolge aus dem Leben Jesu («Zum König geboren»). 1950 erhielt sie in Anerkennung ihrer literarischen Verdienste um den Kriminalroman den Ehrendoktortitel der Universität Durham. Dorothy L. Sayers starb am 17. Dezember 1957 in Witham/Essex.

Dorothy L. Sayers

Diskrete Zeugen

«Clouds of Witness»
Kriminalroman

Deutsch von
Otto Bayer

Rowohlt

Die englische Originalausgabe erschien 1926 unter dem Titel
«Clouds of Witness» im Verlag Victor Gollancz Ltd., London.
Die deutsche Erstausgabe erschien 1961 unter dem Titel
«Lord Peters schwerster Fall» im Scherz Verlag, Bern/München.
1979 erschien der Band in neuer Übersetzung unter dem Titel
«Diskrete Zeugen» im Rainer Wunderlich Verlag.
Umschlagentwurf Manfred Waller (Foto aus der
Fernsehverfilmung der BBC mit Ian Carmichael als
Lord Peter Wimsey/BBC Copyright photographs)

1.–25. Tausend August 1981
26.–35. Tausend Februar 1982

Veröffentlicht im Rowohlt Taschenbuch Verlag GmbH,
Reinbek bei Hamburg, August 1981
«Clouds of Witness» © 1926 by Anthony Fleming
© der neuen Übersetzung 1979 by Rainer Wunderlich Verlag
Hermann Leins GmbH & Co., Tübingen
Satz Garamond (Digiset), Bauer & Bökeler, Denkendorf
Gesamtherstellung Clausen & Bosse, Leck
Printed in Germany
680-ISBN 3 499 14783 1

Die Lösung des

FALLES VON RIDDLESDALE

Mit einem Bericht über den

Prozeß vor dem Oberhaus

gegen den

HERZOG VON DENVER

wegen

MORDES

Seine unnachahmlichen Geschichten aus Tongking haben nie ein eigentliches Ende, und diese in seinem vollendetsten Stil geschriebene hat noch weniger ein Ende als die meisten anderen. Aber die ganze Erzählung ist durchdrungen von dem Duft der Weihrauchstäbchen und einer hochnoblen Gesinnung, und die Hauptpersonen sind beide von edler Geburt.

The Wallet of Kai-Lung

«Mit bösem Vorbedacht»

«O! Wer hat die Tat vollbracht?»
Othello

Lord Peter Wimsey rekelte sich wohlig zwischen den Laken des Hôtel Meurice. Nach den Anstrengungen bei der Lösung des Rätsels vom Battersea Park war er Sir Julian Frekes Rat gefolgt und in Urlaub gefahren. Auf einmal war er es leid gewesen, allmorgendlich mit Blick auf den Green Park zu frühstücken; er hatte eingesehen, daß die Ersteigerung von Erstausgaben eine unzureichende Betätigung für einen Mann von dreiunddreißig Jahren war; und in London war alles überzüchtet, sogar die Verbrechen. Also hatte er Wohnung und Freunde verlassen und war in die Wildnis Korsikas geflüchtet. Drei Monate lang hatte er Briefen, Zeitungen und Telegrammen entsagt. Er war durch die Berge gewandert, hatte aus vorsichtiger Entfernung die wilde Schönheit der korsischen Bäuerinnen bewundert und die Vendetta in ihrer angestammten Heimat studiert. Unter solchen Umständen erschien Mord nicht nur vernünftig, sondern geradezu liebenswert. Bunter, sein ergebener Diener und Hilfsspürhund, hatte selbstlos seine kultivierten Gepflogenheiten geopfert und es zugelassen, daß sein Herr schmutzig und sogar unrasiert herumlief; seine getreue Kamera hatte zur Abwechslung statt Fingerabdrücken nur rauhe Landschaft ablichten dürfen. Es war sehr erholsam gewesen.

Nun aber hatte der Ruf des Blutes Lord Peter eingeholt. Sie waren gestern abend spät mit einem miserablen Zug nach Paris zurückgekehrt und hatten ihr Gepäck abgeholt. Das Herbstlicht, das jetzt gedämpft durch die Vorhänge hereindrang, strich liebkosend über die Fläschchen mit den silbernen Verschlüssen auf dem Toilettentisch und umfloß die Umrisse einer elektrischen Lampe und des Telefons. Aus der Nähe verkündete das Rauschen fließenden Wassers (w & k), daß Bunter das Bad einlaufen ließ und die duftende Seife, das Badesalz, den großen Badeschwamm, für den es auf Korsika keine Verwendung gegeben hatte, und die prächtige Bürste mit dem langen Stiel zurechtlegte, die einem so schön das Rückgrat massierte. «Gegensätze», philosophierte Lord Peter schlaftrunken, «sind das Leben. Korsika – Paris – dann London ... Guten Morgen, Bunter.»

«Guten Morgen, Mylord. Ein schöner Morgen, Mylord. Das Bad ist bereitet.»

«Danke», sagte Lord Peter. Er blinzelte ins Sonnenlicht.

Es war ein herrliches Bad. Während er hineinsank, verstand er plötzlich nicht mehr, wie er auf Korsika hatte existieren können. Selig planschte er im Wasser und sang ein paar Takte dazu. In einer schläfrigen Pause hörte er den Zimmerkellner Kaffee und Hörnchen bringen. Kaffee und Hörnchen! Er erhob sich triefend aus der Wanne, rubbelte sich genüßlich ab, hüllte seinen so lange kasteiten Körper in einen seidenen Morgenrock und ging ins Zimmer zurück.

Zu seinem maßlosen Erstaunen sah er, wie Mr. Bunter seelenruhig das Toilettenköfferchen wieder packte. Ein zweiter erstaunter Blick fiel auf die übrigen Koffer, die – gestern abend kaum geöffnet – bereits wieder gepackt und mit Anhängern versehen reisefertig dastanden.

«Nanu, Bunter, was soll das?» fragte Seine Lordschaft. «Wir bleiben doch vierzehn Tage hier.»

«Verzeihung, Mylord», entgegnete Mr. Bunter untertänig, «aber nachdem ich die *Times* gesehen hatte (die jeden Morgen per Flugzeug hierher expediert wird, Mylord, und das alles in allem sehr zügig), zweifelte ich nicht daran, daß Eure Lordschaft den Wunsch haben würde, sich sofort nach Riddlesdale zu begeben.»

«Riddlesdale!» rief Peter. «Was gibt's denn da? Ist etwas mit meinem Bruder?»

Statt einer Antwort reichte Mr. Bunter ihm die Zeitung, aufgeschlagen bei der Überschrift:

GERICHTLICHE VORUNTERSUCHUNG IM FALL RIDDLESDALE

HERZOG VON DENVER UNTER MORDVERDACHT VERHAFTET

Lord Peter starrte wie hypnotisiert.

«Ich dachte, Eure Lordschaft würde sich nichts entgehen lassen wollen», sagte Mr. Bunter, «darum habe ich mir die Freiheit genommen – »

Lord Peter gab sich einen Ruck.

«Wann fährt der nächste Zug?» fragte er.

«Ich bitte Mylord um Verzeihung – ich dachte, Mylord würde den schnellsten Weg wählen wollen. Darum habe ich mir erlaubt, zwei Plätze in der *Victoria* zu buchen. Das Flugzeug startet um halb zwölf.»

Lord Peter sah auf die Uhr.

«Zehn», sagte er. «Sehr gut. Sie haben recht getan. Du meine Güte! Der gute Gerald wegen Mordes verhaftet. Muß ihm ungemein peinlich sein, dem Ärmsten. War immer so dagegen, daß ich dauernd mit der Polizei zu tun hatte. Jetzt ist er selbst dran. Lord Peter Wimsey im Zeugenstand – sehr unangenehm für die Gefühle eines Bruders. Herzog von Denver auf der Anklagebank – noch schlimmer. Mein Gott – aber frühstücken sollte man trotzdem.»

«Sehr wohl, Mylord. Im Innenteil der Zeitung ist ausführlich über die Voruntersuchung berichtet.»

«Aha. Wer bearbeitet übrigens den Fall?»

«Mr. Parker, Mylord.»

«Parker? Hervorragend! Der gute alte Parker. Wie mag er's nur fertiggebracht haben, sich den Fall übertragen zu lassen? Wie sieht's denn aus, Bunter?»

«Wenn ich dazu etwas sagen darf, Mylord, ich glaube, die Ermittlungen werden sich sehr interessant gestalten. Die Indizienkette enthält einige überzeugende Glieder, Mylord.»

«Kriminologisch gesehen bestimmt sehr interessant», antwortete Seine Lordschaft, indem er sich gutgelaunt seinem *café au lait* widmete, «aber für meinen Bruder muß es teuflisch unbequem sein, sich der Kriminologie zuwenden zu müssen, wie?»

«Gewiß, Mylord», sagte Mr. Bunter. «Aber es heißt ja, nichts geht über ein persönliches Interesse.»

«In Riddlesdale, Nord-Yorkshire, fand heute die gerichtliche Voruntersuchung des Todes von Hauptmann Denis Cathcart statt, dessen Leiche am frühen Donnerstagmorgen um drei Uhr vor der Eingangstür zum Wintergarten von Riddlesdale Lodge, dem Jagdhaus des Herzogs von Denver, gefunden worden war. Nach Zeugenaussagen war der Verstorbene am Abend zuvor mit dem Herzog von Denver in Streit geraten und später in einem kleinen Gebüsch in der Nähe des Hauses erschossen worden. In der Nähe des Tatorts wurde eine dem Herzog gehörende Pistole gefunden. Die Voruntersuchung endete mit einer Anklage gegen den Herzog von Denver wegen Mordes. Lady Mary Wimsey, die Schwester des Herzogs, die mit dem Verstorbenen verlobt gewesen war, brach nach ihrer Zeugenaussage zusammen und liegt seitdem schwerkrank in Riddlesdale Lodge. Die Herzogin von Denver ist gestern aus London herbeigeeilt und war bei der Voruntersuchung zugegen. Ausführlicher Bericht auf Seite 12.»

Armer Gerald! dachte Lord Peter, während er zur Seite 12 weiterblätterte. Und arme Mary! Ob sie den Burschen wirklich geliebt hat? Mutter hat es schon immer bestritten, aber Mary selbst sprach ja nie darüber.

Der ausführliche Bericht begann mit einer Schilderung des Dörfchens Riddlesdale, wo der Herzog von Denver sich vor kurzem ein kleines Jagdhaus für die Saison gemietet hatte. Zur Zeit des tragischen Geschehens war der Herzog mit einer Jagdgesellschaft in Riddlesdale Lodge. Lady Mary Wimsey hatte in Abwesenheit der Herzogin die Rolle der Gastgeberin übernommen. Weitere Gäste waren Oberst Marchbanks und Gattin, der Ehrenwerte Frederick Arbuthnot, Mr. und Mrs. Pettigrew-Robinson und der Verstorbene, Hauptmann Denis Cathcart.

Erster Zeuge war der Herzog von Denver, der angab, den Leichnam entdeckt zu haben. Er sagte, er habe am Donnerstag, dem 14. Oktober, morgens früh um drei Uhr durch die Tür zum Wintergarten ins Haus gehen wollen, als er mit dem Fuß an etwas gestoßen sei. Er habe seine Taschenlampe eingeschaltet und den Körper Denis Cathcarts zu seinen Füßen liegen sehen. Er habe ihn sofort umgedreht und gesehen, daß Cathcart in die Brust geschossen worden war. Er sei tot gewesen. Während der Herzog noch mit dem Toten beschäftigt gewesen sei, habe er einen Schrei im Wintergarten gehört, und als er aufsah, habe Lady Mary schreckensstarr in der Tür gestanden. Sie sei zu ihm herausgekommen und habe sofort gerufen: «Mein Gott, Gerald, du hast ihn getötet!» (Unruhe.)*

Untersuchungsrichter: «Hat diese Bemerkung Sie überrascht?»

Herzog von D.: «Nun, ich war von dem Ganzen sehr erschrocken und überrascht. Ich glaube, ich habe zu ihr gesagt: ‹Sieh nicht her›, und sie sagte: ‹Ach, es ist Denis! Wie kann denn das passiert sein? Ein Unglück?› Ich bin bei dem Toten geblieben und habe sie ins Haus geschickt, um die Leute zu wecken.»

Untersuchungsrichter: «Hatten Sie erwartet, Lady Mary Wimsey im Wintergarten zu sehen?»

Herzog von D.: «Wirklich, wie ich schon sagte, ich war im ganzen so erstaunt, daß ich mir darüber keine Gedanken gemacht habe.»

Untersuchungsrichter: «Erinnern Sie sich, was sie anhatte?»

Herzog von D.: «Ich glaube nicht, daß sie im Pyjama war.» (Ge-

* Dieser Bericht, der zwar im wesentlichen dem entspricht, was Lord Peter in der *Times* las, wurde nach einem von Mr. Parker während der Verhandlung angefertigten Stenogramm korrigiert, ergänzt und mit Anmerkungen versehen.

lächter.) «Ich glaube, sie hatte einen Mantel an.»

Untersuchungsrichter: «Habe ich richtig verstanden, daß Lady Mary Wimsey mit dem Verstorbenen verlobt war?»

Herzog von D.: «Ja.»

Untersuchungsrichter: «Kannten Sie ihn gut?»

Herzog von D.: «Er war der Sohn eines alten Freundes meines Vaters. Seine Eltern sind tot. Ich glaube, er hat vorwiegend im Ausland gelebt. Ich habe ihn während des Krieges kennengelernt, und 1919 ist er nach Denver gekommen. Anfang dieses Jahres hat er sich dann mit meiner Schwester verlobt.»

Untersuchungsrichter: «Mit Ihrem und dem Einverständnis der Familie?»

Herzog von D.: «Ja, natürlich.»

Untersuchungsrichter: «Was für ein Mensch war Hauptmann Cathcart?»

Herzog von D.: «Nun – er war ein Gentleman. Ich weiß nicht, was er getan hat, bevor er 1914 zur Armee ging. Wahrscheinlich hat er von seinem Vermögen gelebt; sein Vater war recht wohlhabend. Ausgezeichneter Schütze, guter Spieler und so weiter. Ich habe nie etwas Nachteiliges über ihn gehört – bis zu jenem Abend.»

Untersuchungsrichter: «Und was hörten Sie da?»

Herzog von D.: «Tja – das war so – es war schon verteufelt komisch. Er – wenn jemand anders mir das mitgeteilt hätte als Tommy Freeborn, hätte ich es niemals geglaubt.» (Unruhe.)

Untersuchungsrichter: «Ich muß Euer Gnaden leider fragen, was Sie dem Verstorbenen konkret vorzuwerfen hatten.»

Herzog von D.: «Nun, ich habe nicht – ich werfe ihm nicht direkt etwas vor. Ein alter Freund von mir hatte eine Andeutung gemacht. Natürlich glaubte ich an einen Irrtum, darum bin ich auch sofort zu Cathcart gegangen, aber zu meiner Verwunderung hat er es praktisch zugegeben! Darüber gerieten wir beide in Harnisch, und er sagte zu mir, ich solle mich zum Teufel scheren, dann rannte er selbst aus dem Haus.» (Neuerliche Unruhe.)

Untersuchungsrichter: «Wann hat dieser Streit stattgefunden?»

Herzog von D.: «Am Mittwochabend. Da habe ich ihn zum letztenmal gesehen.» (Unerhörte Unruhe.)

Untersuchungsrichter: «Bitte, bitte, wir können solche Störungen hier nicht dulden. Nun, Euer Gnaden, könnten Sie mir, soweit Sie sich daran erinnern, den Verlauf des Streites genau schildern?»

Herzog von D.: «Also, das war so. Wir hatten nach einem langen Tag im Moor früh zu Abend gegessen, und so gegen halb zehn war uns allen nach Zubettgehen. Meine Schwester und Mrs. Pettigrew-Robinson zogen sich nach oben zurück, und wir tranken noch einen letzten Schluck im Billardzimmer, als Fleming – das ist mein Diener – mit den Briefen kam. Die Post kommt bei uns abends zu den unmöglichsten Zeiten, denn wir sind immerhin zweieinhalb Meilen vom Dorf entfernt. Nein – ich war in diesem Moment nicht im Billardzimmer –, ich schloß gerade die Waffenkammer ab. Der Brief war von einem alten Freund von mir, den ich seit Jahren nicht mehr gesehen hatte – Tom Freeborn –, ich kannte ihn von Oxford.»

Untersuchungsrichter: «Ein Studienkollege?»

Herzog von D.: «Ja, vom Christ Church College. Er schrieb mir, er habe von der Verlobung meiner Schwester in Ägypten gelesen.»

Untersuchungsrichter: «In Ägypten?»

Herzog von D.: «Ich meine, *er* war in Ägypten – Tom Freeborn, verstehen Sie? –, darum hatte er nicht schon eher geschrieben. Er ist Ingenieur. Sehen Sie, er ist nach dem Krieg nach Ägypten gegangen, und dort an den Nilquellen bekommt er die Zeitungen nicht so regelmäßig. Er schrieb, ich solle es ihm nicht übelnehmen, wenn er sich in eine so delikate Angelegenheit einmische und so weiter, aber ob ich wisse, wer dieser Cathcart sei? Er habe ihn während des Krieges in Paris kennengelernt, wo er sich seinen Lebensunterhalt mit Falschspiel verdient habe – er schrieb, er könne das beschwören, er könne sich noch genau an einen Streit erinnern, den es da in Frankreich irgendwo gegeben habe. Er könne sich zwar denken, schrieb er, daß ich ihm sicher am liebsten den Schädel einschlagen würde – ihm, Freeborn, meine ich –, weil er sich da einmische, aber er habe das Foto des Mannes in der Zeitung gesehen und finde, ich solle darüber Bescheid wissen.»

Untersuchungsrichter: «Hat dieser Brief Sie überrascht?»

Herzog von D.: «Zuerst konnte ich es gar nicht glauben. Wenn der Brief nicht vom guten Tom Freeborn gewesen wäre, hätte ich ihn gleich ins Feuer geworfen, und auch so wußte ich zuerst nicht, was ich denken sollte. Ich meine, es war ja nichts, was bei uns in England vorgefallen war. Damit will ich sagen, daß die Franzosen sich ja manchmal wegen nichts und wieder nichts furchtbar erregen. Aber Freeborn ist eigentlich nicht der Mann, der solche Fehler macht.»

Untersuchungsrichter: «Was haben Sie getan?»

Herzog von D.: «Nun, sehen Sie, je länger ich mir das ansah, desto weniger gefiel es mir. Aber die Dinge einfach laufenlassen, das konnte ich auch nicht, und da habe ich gedacht, am besten gehe ich gleich zu Cathcart. Während ich noch dasaß und darüber nachdachte, gingen die andern alle hinauf, also bin ich hingegangen und habe an Cathcarts Tür geklopft. Er hat gerufen: ‹Wer ist da?› oder ‹Zum Teufel, wer ist da?› oder so was Ähnliches, und ich bin hineingegangen. ‹Hör mal›, hab ich gesagt, ‹kann ich dich einen Moment sprechen?› – ‹Na gut, aber mach's kurz›, hat er geantwortet. Das hat mich überrascht – er war sonst nicht so unhöflich. ‹Also›, sagte ich, ‹es ist so, ich habe einen Brief bekommen, der mir nicht gefällt, und da habe ich mir gedacht, am besten komme ich gleich damit zu dir und kläre die Sache. Der Brief ist von einem Mann, einem hochanständigen Kerl – alter Studienfreund –, der sagt, daß er dich in Paris kennengelernt hat.› – ‹Paris!› sagte er, ungewöhnlich gereizt. ‹Paris! Was zum Kukkuck kommst du hierher, um mit mir über Paris zu reden?› – ‹Hör mal›, sagte ich, ‹du solltest nicht in diesem Ton reden, das könnte unter den gegebenen Umständen mißverständlich sein.› – ‹Was willst du eigentlich?› fragte Cathcart. ‹Spuck's um Gottes willen aus, und dann geh zu Bett.› Ich sagte: ‹Bitte, das will ich ja. Der Mann heißt Freeborn, und er sagt, daß er dich in Paris kennengelernt hat und daß du dein Geld mit Falschspiel verdient hast.› Ich hatte gedacht, er würde sofort in die Luft gehen, aber er sagte nur: ‹Na und?› – ‹Na und?› sagte ich. ‹Natürlich glaube ich das nicht einfach so, ohne Beweise.› Und daraufhin sagte er etwas Komisches. Er sagte: ‹Was man glaubt, ist Nebensache – was man über einen *weiß*, nur das zählt.› – ‹Soll das heißen, du streitest es nicht ab?› fragte ich. ‹Was nützt es mir, das abzustreiten?› meinte er. ‹Du mußt dich schon selbst entscheiden. *Widerlegen* kann es sowieso keiner.› Und dann sprang er plötzlich auf, wobei er fast den Tisch umgeworfen hätte, und sagte: ‹Es ist mir egal, was du glaubst und was du tust, wenn du nur verschwindest. Laß mich um Gottes willen allein!› – ‹Sieh mal her›, sagte ich, ‹du brauchst es nicht gleich so aufzufassen. Ich sage ja nicht, daß ich es glaube – im Gegenteil›, sagte ich, ‹ich bin sogar sicher, daß es ein Irrtum ist; aber immerhin bist du mit Mary verlobt›, sagte ich, ‹und da kann ich das nicht einfach auf sich beruhen lassen, oder?› – ‹Ach so!› sagte Cathcart. ‹Also, wenn es das ist, darüber brauchst du dir keine Sorgen mehr zu machen. Das ist sowieso aus.› – ‹Was ist aus?› fragte ich. Darauf er: ‹Unsere Verlobung.› – ‹Aus?› fragte ich. ‹Aber ich habe doch gestern erst mit Mary darüber gesprochen.› – ‹Ich hab's ihr noch nicht gesagt›, antwortete er. ‹Also›, sagte ich, ‹das finde ich denn doch stark. Was glaubst du eigentlich, wer du bist, daß du herkommst und meine Schwester sitzenläßt?› Nun, ich habe dann noch so einiges gesagt. ‹Mach, daß du hinauskommst›, habe ich gesagt. ‹So einen Schweinehund wie dich kann ich hier nicht brauchen!› – ‹Ich gehe auch›, sagte er, und damit ließ er mich stehen, lief die Treppe hinunter, zur Haustür hinaus und schlug sie laut hinter sich zu.»

Untersuchungsrichter: «Was haben Sie daraufhin getan?»

Herzog von D.: «Ich bin in mein Zimmer gegangen, das ein Fenster über dem Wintergarten hat, und habe ihm nachgerufen, er soll sich nicht wie ein Narr aufführen. Es goß in Strömen, und scheußlich kalt war's. Er ist aber nicht zurückgekommen, und ich habe Fleming angewiesen, die Tür zum Wintergarten offen zu lassen – falls er sich's noch anders überlegte –, und dann bin ich zu Bett gegangen.»

Untersuchungsrichter: «Welche Erklärung können Sie für Cathcarts Verhalten geben?»

Herzog von D.: «Keine. Ich war wie vor den Kopf geschlagen. Aber ich glaube, er muß von dem Brief irgendwie Wind bekommen und gewußt haben, daß sein Spiel aus war.»

Untersuchungsrichter: «Haben Sie über die Angelegenheit mit irgend jemandem gesprochen?»

Herzog von D.: «Nein. Es war ja nichts Erfreuliches, und ich habe mir gedacht, ich warte lieber bis zum Morgen.»

Untersuchungsrichter: «Also haben Sie nichts weiter unternommen?»

Herzog von D.: «Nein. Hinausgehen und nach dem Kerl suchen wollte ich nicht. Dafür war ich zu wütend. Außerdem habe ich angenommen, daß er sich schon bald eines Besseren besinnen würde – es war eine scheußliche Nacht, und er hatte nur den Smoking an.»

Untersuchungsrichter: «Dann sind Sie also ruhig zu Bett gegangen und haben den Verstorbenen nicht wiedergesehen?»

Herzog von D.: «Nein. Erst als ich um drei Uhr morgens vor dem Wintergarten über ihn fiel.»

Untersuchungsrichter: «Ach ja. Können Sie uns nun sagen, wie es dazu kam, daß Sie um diese Zeit draußen waren?»

Herzog von D. (zögernd): «Ich – konnte nicht richtig schlafen. Da bin ich ein wenig spazierengegangen.»

Untersuchungsrichter: «Um drei Uhr morgens?»

Herzog von D.: «Ja.» (Und wie unter einer plötzlichen Erleuchtung:) «Sehen Sie, meine Frau ist nicht da.» (Gelächter und ein paar Bemerkungen aus dem hinteren Teil des Saals.)

Untersuchungsrichter: «Ruhe, bitte . . . Sie wollen also sagen, daß Sie in einer Oktobernacht um diese Stunde aufgestanden und bei strömendem Regen im Garten spazierengegangen sind?»

Herzog von D.: «Ja, es war nur ein kleiner Spaziergang.» (Gelächter.)

Untersuchungsrichter: «Um wieviel Uhr haben Sie Ihr Schlafzimmer verlassen?»

Herzog von D.: «Tja – hm, so gegen halb drei, würde ich sagen.»

Untersuchungsrichter: «Wo sind Sie hinausgegangen?»

Herzog von D.: «Durch den Wintergarten.»

Untersuchungsrichter: «Als Sie hinausgingen, lag der Tote noch nicht da?»

Herzog von D.: «Nein, nein!»

Untersuchungsrichter: «Sonst hätten Sie ihn gesehen?»

Herzog von D.: «Mein Gott, ja! Ich hätte über ihn steigen müssen.»

Untersuchungsrichter: «Welchen Weg sind Sie genau gegangen?»

Herzog von D. (ausweichend): «Ich bin nur so in der Gegend herumgelaufen.»

Untersuchungsrichter: «Sie haben keinen Schuß gehört?»

Herzog von D.: «Nein.»

Untersuchungsrichter: «Haben Sie sich weit von der Wintergartentür und dem Gebüsch entfernt?»

Herzog von D.: «Nun ja, ich war schon ein Stückchen weg. Vielleicht habe ich deshalb nichts gehört. So muß es gewesen sein.»

Untersuchungsrichter: «Waren Sie vielleicht – sagen wir – eine viertel Meile weit weg?»

Herzog von D.: «Ich würde meinen, ja – doch, durchaus!»

Untersuchungsrichter: «Oder mehr als eine viertel Meile?»

Herzog von D.: «Möglich. Ich bin kräftig ausgeschritten, weil es so kalt war.»

Untersuchungsrichter: «In welche Richtung?»

Herzog von D. (mit sichtlichem Zögern): «Hinten ums Haus herum, Richtung Bowls-Platz.»

Untersuchungsrichter: «Bowls-Platz?»

Herzog von D. (entschiedener): «Ja».

Untersuchungsrichter: «Aber wenn Sie mehr als eine viertel Meile weit weg waren, müssen Sie das Gelände verlassen haben.»

Herzog von D.: «Ich – o ja – ich glaube schon. Doch, ich bin nämlich noch ein wenig im Moor herumgelaufen.»

Untersuchungsrichter: «Können Sie uns den Brief zeigen, den Sie von Mr. Freeborn erhalten haben?»

Herzog von D.: «Gewiß – wenn ich ihn finden kann. Ich dachte, ich hätte ihn in die Tasche gesteckt, aber ich konnte ihn schon nicht finden, als der Mann von Scotland Yard danach fragte.»

Untersuchungsrichter: «Könnten Sie ihn versehentlich vernichtet haben?»

Herzog von D.: «Nein – ich erinnere mich ganz gewiß, ihn in die ... Oh!» Hier hielt der Zeuge in offensichtlicher Verwirrung inne und wurde rot. «Jetzt fällt es mir ein. Ich habe ihn doch vernichtet.»

Untersuchungsrichter: «Sehr bedauerlich. Wie kamen Sie dazu?»

Herzog von D.: «Ich hatte es ganz vergessen; jetzt ist es mir wieder eingefallen. Ich fürchte, der Brief ist unwiederbringlich verloren.»

Untersuchungsrichter: «Vielleicht haben Sie wenigstens den Umschlag aufbewahrt?»

Der Zeuge schüttelte den Kopf.

Untersuchungsrichter: «Dann können Sie der Jury keinen Beweis für seinen Erhalt vorlegen?»

Herzog von D.: «Höchstens, wenn Fleming sich daran erinnert.»

Untersuchungsrichter: «Ach so, ja. Das können wir auf diese Weise feststellen. Ich danke Ihnen, Euer Gnaden. Aufgerufen wird Lady Mary Wimsey.»

Die wohlgeborene Dame, die bis zu dem tragischen Morgen des 14. Oktober die Verlobte des Verstorbenen gewesen war, erregte bei ihrem Erscheinen ein Raunen der Sympathie. Blond und schlank, die sonst rosigen Wangen aschfahl, schien sie vom Gram überwältigt. Sie war ganz in Schwarz gekleidet und machte ihre Aussage mit leiser, zeitweise kaum hörbarer Stimme.*

Nachdem der Untersuchungsrichter ihr sein Beileid ausgesprochen hatte, fragte er: «Wie lange waren Sie mit dem Verstorbenen verlobt?»

Zeugin: «Etwa acht Monate.»

Untersuchungsrichter: «Wo haben Sie ihn kennengelernt?»

Zeugin: «Im Haus meiner Schwägerin in London.»

Untersuchungsrichter: «Wann war das?»

Zeugin: «Ich glaube, im Juni vorigen Jahres.»

Untersuchungsrichter: «Waren Sie glücklich in Ihrer Verlobungszeit?»

Zeugin: «Durchaus.»

Untersuchungsrichter: «Sie haben Hauptmann Cathcart natürlich häufig gesehen. Hat er Ihnen viel aus seinem Vorleben erzählt?»

Zeugin: «Nicht sehr viel. Wir hielten beide nichts von Geständnissen. Gewöhnlich haben wir uns über Themen von allgemeinem Interesse unterhalten.»

Untersuchungsrichter: «Hatten Sie viele solcher Themen?»

Zeugin: «O ja.»

* Aus einem Zeitungsbericht – *nicht* von Mr. Parker

Untersuchungsrichter: «Hatten Sie nie den Eindruck, daß Hauptmann Cathcart etwas bedrückte?»

Zeugin: «Nicht direkt. In den letzten Tagen kam er mir ein wenig bekümmert vor.»

Untersuchungsrichter: «Hat er Ihnen von seinem Leben in Paris erzählt?»

Zeugin: «Ja, vom Theater und sonstigen Zerstreuungen. Er kannte Paris sehr gut. Ich habe letzten Februar in Paris bei Freunden gewohnt, als er dort war, und er hat uns viel herumgeführt. Das war kurz nach unserer Verlobung.»

Untersuchungsrichter: «Hat er je vom Kartenspiel in Paris gesprochen?»

Zeugin: «Ich kann mich nicht erinnern.»

Untersuchungsrichter: «Was Ihre Heirat angeht – war da schon über die finanzielle Seite gesprochen worden?»

Zeugin: «Ich glaube nicht. Das Hochzeitsdatum stand überhaupt noch nicht fest.»

Untersuchungsrichter: «Machte er den Eindruck, als ob er immer genug Geld hätte?»

Zeugin: «Ich nehme es an. Darüber habe ich nie nachgedacht.»

Untersuchungsrichter: «Sie haben ihn nie über Geldverlegenheiten klagen hören?»

Zeugin: «Darüber klagt doch jeder.»

Untersuchungsrichter: «War er von Natur aus ein fröhlicher Mensch?»

Zeugin: «Er war sehr launisch; bei ihm wechselte die Stimmung fast täglich.»

Untersuchungsrichter: «Sie haben Ihren Bruder gehört, der gesagt hat, daß der Verstorbene Ihre Verlobung habe auflösen wollen. Wußten Sie davon?»

Zeugin: «Nicht im mindesten.»

Untersuchungsrichter: «Können Sie es sich jetzt irgendwie erklären?»

Zeugin: «Absolut nicht.»

Untersuchungsrichter: «Einen Streit hatte es also nicht gegeben?»

Zeugin: «Nein.»

Untersuchungsrichter: «Sie waren demnach Ihres Wissens am Mittwochabend noch immer mit dem Verstorbenen verlobt und gedachten sich in Kürze mit ihm zu verheiraten?»

Zeugin: «J-a. Ja, gewiß. Natürlich.»

Untersuchungsrichter: «Er war nicht – verzeihen Sie mir die

schmerzliche Frage – er war nicht der Mann, dem man hätte zutrauen können, daß er Hand an sich selbst legte?»

Zeugin: «Also, daran habe ich nie – nun ja, ich weiß nicht – denkbar wäre es schon. Das würde ja alles erklären, nicht?»

Untersuchungsrichter: «Nun, Lady Mary – bitte quälen Sie sich nicht, lassen Sie sich ruhig Zeit –, aber könnten Sie uns einmal genau schildern, was Sie am Mittwochabend und Donnerstagmorgen gehört und gesehen haben?»

Zeugin: «Ich bin gegen halb zehn zusammen mit Mrs. Marchbanks und Mrs. Pettigrew-Robinson zum Schlafen hinaufgegangen; die Männer blieben alle noch unten. Ich habe Denis, der auf mich nicht anders wirkte als sonst, gute Nacht gesagt. Als die Post kam, war ich nicht mehr unten. Ich bin sofort in mein Zimmer gegangen. Mein Zimmer liegt auf der Rückseite des Hauses. Gegen zehn hörte ich Mr. Pettigrew-Robinson heraufkommen. Die Pettigrew-Robinsons schlafen im Zimmer neben meinem. Mit ihm kamen noch ein paar Männer die Treppe herauf. Meinen Bruder habe ich nicht heraufkommen hören. Etwa um Viertel nach zehn hörte ich dann zwei Männer laut auf dem Korridor reden, und dann lief einer von ihnen die Treppe hinunter und schlug laut die Haustür zu. Danach hörte ich schnelle Schritte auf dem Flur, und schließlich hörte ich meinen Bruder die Tür zu seinem Zimmer schließen. Dann bin ich zu Bett gegangen.»

Untersuchungsrichter: «Haben Sie sich nicht nach der Ursache der Störung erkundigt?»

Zeugin (gleichgültig): «Ich dachte, es sei irgend etwas wegen der Hunde.»

Untersuchungsrichter: «Was geschah dann?»

Zeugin: «Ich bin um drei aufgewacht.»

Untersuchungsrichter: «Wodurch?»

Zeugin: «Ich habe einen Schuß gehört.»

Untersuchungsrichter: «Sie waren also nicht wach, bevor Sie ihn hörten?»

Zeugin: «Ich war vielleicht halbwach. Jedenfalls habe ich ihn sehr deutlich gehört. Ich war sicher, daß es ein Schuß war. Ich habe ein paar Minuten gelauscht, dann bin ich hinuntergegangen, um zu sehen, ob irgend etwas los war.»

Untersuchungsrichter: «Warum haben Sie nicht Ihren Bruder oder einen von den anderen Herren gerufen?»

Zeugin (verächtlich): «Wozu denn? Ich dachte, es wären vielleicht nur Wilddiebe, und da wollte ich doch zu so unmenschlicher Zeit kein unnötiges Aufsehen machen.»

Untersuchungsrichter: «Hörte es sich an, als ob der Schuß nah beim Haus gefallen wäre?»

Zeugin: «Ziemlich nah, glaube ich – schwer zu sagen, wenn man von einem Geräusch geweckt wird – da klingt es immer besonders laut.»

Untersuchungsrichter: «Klang der Schuß nicht so, als ob er im Haus oder im Wintergarten gefallen wäre?»

Zeugin: «Nein, es war daußen.»

Untersuchungsrichter: «Sie sind dann also ganz allein nach unten gegangen. Das war sehr beherzt von Ihnen, Lady Mary. Sind Sie sofort gegangen?»

Zeugin: «Nicht unmittelbar. Ich habe zuerst noch ein paar Minuten überlegt. Dann habe ich ein Paar Straßenschuhe über die bloßen Füße gezogen, mir einen dicken Mantel umgehängt und eine Wollmütze aufgesetzt. Als ich mein Zimmer verließ, waren seit dem Schuß vielleicht fünf Minuten vergangen. Ich bin die Treppe hinunter und durchs Billardzimmer in den Wintergarten gegangen.»

Untersuchungsrichter: «Warum sind Sie auf diesem Weg hinausgegangen?»

Zeugin: «Weil es so schneller ging, als wenn ich zuerst die Vorder- oder die Hintertür hätte aufschließen müssen.»

An dieser Stelle wurde den Geschworenen ein Grundriß des Jagdhauses übergeben. Es handelt sich um ein geräumiges, zweigeschossiges Haus in einfacher Bauweise, das vom derzeitigen Besitzer, Mr. Walter Montague, für die Dauer der Jagdsaison an den Herzog von Denver vermietet wurde, denn Mr. Montague selbst hält sich in den Vereinigten Staaten auf.

Zeugin (fortfahrend): «Als ich an die Tür des Wintergartens kam, sah ich draußen einen Mann stehen, der sich über etwas am Boden beugte. Als er sich aufrichtete, sah ich zu meiner Verwunderung, daß es mein Bruder war.»

Untersuchungsrichter: «Wen hatten Sie denn zunächst vermutet, bevor Sie sahen, wer er war?»

Zeugin: «Das kann ich eigentlich nicht sagen – es ging alles so schnell. Ich glaube, ich habe an Einbrecher gedacht.»

Untersuchungsrichter: «Seine Gnaden hat uns berichtet, Sie hätten bei seinem Anblick gerufen: ‹Mein Gott! Du hast ihn getötet!› Können Sie uns sagen, warum?»

Zeugin (sehr blaß): «Ich dachte, mein Bruder sei wohl einem Einbrecher begegnet und habe in Notwehr auf ihn geschossen – das heißt, soweit ich überhaupt denken konnte.»

Untersuchungsrichter: «Ganz recht. Sie wußten, daß der Herzog einen Revolver besaß?»

Zeugin: «Ja – doch, ich glaube ja.»

Untersuchungsrichter: «Was haben Sie dann getan?»

Zeugin: «Mein Bruder hat mich ins Haus geschickt, um Hilfe zu holen. Ich habe Mr. Arbuthnot und Mr. und Mrs. Pettigrew-Robinson aufgeweckt. Dann war mir plötzlich ganz elend, und ich bin in mein Zimmer gegangen und habe etwas Hirschhornsalz genommen.»

Untersuchungsrichter: «Allein?»

Zeugin: «Ja, alles lief ja herum und rief durcheinander. Ich hab's nicht mehr ausgehalten, ich –»

Hier brach die Zeugin, die bis zu diesem Augenblick sehr gefaßt, wenn auch leise, ihre Aussage gemacht hatte, plötzlich zusammen und mußte aus dem Saal geleitet werden.

Als nächster Zeuge wurde James Fleming, der Diener, aufgerufen. Er erinnerte sich, am Mittwochabend um Viertel vor zehn die Post aus Riddlesdale gebracht zu haben. Er habe dem Herzog vier Briefe in die Waffenkammer gebracht. Er könne sich nicht entsinnen, ob einer davon eine ägyptische Briefmarke gehabt habe, er sei kein Briefmarkensammler. Er sammle Autogramme.

Dann sagte der Ehrenwerte Frederick Arbuthnot aus. Er sei mit den andern kurz vor zehn zu Bett gegangen. Etwas später – wieviel später, könne er nicht sagen – habe er Denver allein heraufkommen hören – er habe sich gerade die Zähne geputzt. (Gelächter.) Gewiß, die lauten Stimmen und den Krach im Zimmer nebenan und auf dem Gang habe er gehört. Jemand sei wie der Teufel die Treppe hinuntergerannt. Er habe den Kopf zur Tür hinausgestreckt und Denver auf dem Korridor gesehen. Er habe gesagt: «Hallo, Denver, was soll der Lärm?» Die Antwort des Herzogs sei nicht zu verstehen gewesen. Denver sei in sein Zimmer gerannt und habe zum Fenster hinausgeschrien: «Mann, spiel nicht den Idioten!» Der Herzog sei schon sehr wütend gewesen, aber dem habe der Ehrenwerte Freddy keine Bedeutung beigemessen. Mit Denver kriege man dauernd Krach, aber es sei nie ernst. In seinen Augen mehr Schaum als Wasser. Er kenne Cathcart noch nicht lange – habe ihn immer ganz in Ordnung gefunden – nein, besonders *sympathisch* sei er ihm nicht gewesen, aber eben soweit in Ordnung, er könne nichts Nachteiliges über ihn sagen. Himmel, nein, von Falschspiel habe er nie etwas gehört! Natürlich, nein, er renne auch nicht herum und suche nach Leuten, die beim Kartenspiel mogelten – damit rechne man ja eigentlich nicht. Er sei einmal in Monte Carlo auf diese Weise reingelegt worden – mit der

Entdeckung habe er nichts zu tun gehabt – er habe gar nichts gemerkt, bis der Tanz losgegangen sei. In Cathcarts Verhalten gegenüber Lady Mary habe er nichts Besonderes bemerkt, oder in ihrem zu ihm. Er merke anscheinend nie etwas; er betrachte sich nicht als besonders scharfen Beobachter. Er sei von Natur aus nicht neugierig; er habe geglaubt, der Krach vom Mittwoch abend gehe ihn nichts an. Er sei zu Bett gegangen und eingeschlafen.

Untersuchungsrichter: «Haben Sie in dieser Nacht sonst noch etwas gehört?»

Ehrenw. Frederick: «Erst als die arme Mary mich aufgeweckt hat. Da hab ich mich runtergetrollt, und unten im Wintergarten war Denver und wusch Cathcart das Gesicht. Wir dachten, wir sollten mal lieber den ganzen Dreck abwaschen, nicht?»

Untersuchungsrichter: «Haben Sie keinen Schuß gehört?»

Ehrenw. Frederick: «Keinen Ton. Aber ich habe einen ziemlich festen Schlaf.»

Oberst Marchbanks und seine Frau schliefen in einem Zimmer über dem sogenannten Arbeitszimmer – in Wirklichkeit war das eine Art Rauchsalon. Sie berichteten beide gleichlautend über eine Unterhaltung, die sie gegen halb zwölf geführt hatten. Mrs. Marchbanks sei noch aufgewesen und habe ein paar Briefe geschrieben, als der Oberst schon im Bett gewesen sei. Sie hätten Stimmen gehört, und jemand sei herumgerannt, aber sie hätten es nicht weiter beachtet. Es sei nicht ungewöhnlich, daß einzelne Mitglieder der Jagdgesellschaft herumliefen und Krach schlügen. Schließlich habe der Oberst gesagt: «Komm jetzt zu Bett. Es ist schon halb zwölf vorbei, und wir wollen morgen früh raus. Du bist sonst nicht in Form.» Das habe er gesagt, weil Mrs. Marchbanks eine begeisterte Jägerin sei und ihr Gewehr trage wie alle andern. Sie habe geantwortet: «Ich komme ja gleich.» Der Oberst: «Du bist die einzige Sünderin, die das mitternächtliche Öl verbrennt – alle anderen sind längst im Bett.» Mrs. Marchbanks habe darauf geantwortet: «Nein, der Herzog ist auch noch auf; ich höre ihn im Arbeitszimmer herumgehen.» Da habe Oberst Marchbanks gehorcht und es auch gehört. Beide hätten sie den Herzog nicht wieder heraufkommen hören. Während der Nacht hätten sie keinerlei Geräusche vernommen.

Mr. Pettigrew-Robinson schien seine Aussage nur sehr widerwillig zu machen. Er und seine Frau seien um zehn zu Bett gegangen. Sie hätten den Streit mit Cathcart gehört. Mr. Pettigrew-Robinson habe gefürchtet, daß etwas passieren würde, und als er an die Tür gegangen sei, habe er den Herzog gerade noch sagen hören: «Wenn du es noch einmal wagst, mit meiner Schwester zu sprechen, breche ich dir sämtliche Knochen im Leib», oder jedenfalls Worte dieses Inhalts. Cathcart sei die Treppe hinuntergerannt. Der Herzog sei purpurrot im Gesicht gewesen. Er habe Mr. Pettigrew-Robinson nicht gesehen, wohl aber etwas zu Mr. Arbuthnot gesagt und sei dann in sein Zimmer gestürzt. Mr. Pettigrew-Robinson sei hinausgegangen und habe zu Mr. Arbuthnot gesagt: «Hören Sie mal, Arbuthnot», und Mr. Arbuthnot habe ihm sehr ungezogen die Tür vor der Nase zugeschlagen. Er sei dann zum Zimmer des Herzogs gegangen und habe gesagt: «Hören Sie mal, Denver.» Der Herzog sei herausgekommen und an ihm vorbeigegangen, ohne ihn zu beachten, und an der Treppe habe er Fleming angewiesen, die Tür zum Wintergarten offen zu lassen, da Mr. Cathcart noch draußen sei. Dann sei der Herzog wieder zurückgekommen. Mr. Pettigrew-Robinson habe versucht, ihn abzufangen, als er vorbeikam, und wieder gesagt: «Hören Sie mal, Denver, was ist denn da los?» Der Herzog habe nicht geantwortet, sondern nur sehr entschieden seine Tür zugemacht. Später aber, genauer gesagt um halb zwölf, habe Mr. Pettigrew-Robinson die Tür zum Zimmer des Herzogs aufgehen und leise Schritte über den Korridor gehen hören. Ob sie nach unten gegangen seien, habe er nicht gehört. Bad und Toilette befänden sich an seinem Ende des Ganges, und wenn dort einer hingegangen wäre, hätte er es wohl gehört. Er habe die Schritte auch nicht zurückkommen hören. Ehe er eingeschlafen sei, habe er seinen Reisewecker noch zwölf schlagen hören. Eine Verwechslung der Zimmertür des Herzogs sei ausgeschlossen, denn sie knarre auf ganz bestimmte Weise.

Mrs. Pettigrew-Robinson bestätigte die Aussage ihres Mannes. Sie sei vor Mitternacht eingeschlafen und habe dann fest geschlafen. Sie schlafe immer sehr fest in den ersten Nachtstunden, dafür aber gegen Morgen sehr leicht. Sie habe sich über die ganze Unruhe im Haus an diesem Abend geärgert, weil sie deswegen nicht habe einschlafen können. Tatsächlich sei sie schon gegen halb elf zum erstenmal eingeschlafen, und Mr. Pettigrew-Robinson habe sie eine Stunde später wecken müssen, um ihr von den Schritten auf dem Flur zu erzählen. Alles in allem habe sie auf diese Weise nur ein paar Stunden gut geschlafen. Gegen zwei Uhr sei sie wieder aufgewacht und dann hellwach geblieben, bis Lady Mary Alarm geschlagen habe. Sie könne mit Sicherheit beschwören, daß sie in dieser Nacht keinen Schuß gehört habe. Ihr Zimmer liege neben dem von Lady Mary, auf der dem Wintergarten abgewandten Seite. Sie sei es von Kindesbeinen an gewöhnt, bei offenem Fenster zu schlafen. Auf eine Frage des Untersuchungsrichters antwortete Mrs. Pettigrew-Robinson, sie habe nie das Gefühl gehabt, daß zwischen Lady Mary und dem Verstorbenen eine echte, wahre Zuneigung bestanden habe. Sie seien sehr frei miteinander umgegangen, aber das sei ja heutzutage modern. Von Meinungsverschiedenheiten habe sie nie etwas gehört.

Miss Lydia Cathcart, die man eilig aus London herbeigeholt hatte, sagte dann über den Verstorbenen aus. Sie erklärte dem Untersuchungsrichter, sie sei die Tante des Hauptmanns und seine einzige noch lebende Verwandte. Sie habe wenig von ihm gesehen, seit er in den Besitz des väterlichen Geldes gekommen sei. Er habe immer bei seinen Freunden in Paris gewohnt, einer Sorte Menschen, von der sie nichts halten könne.

«Mein Bruder und ich hatten uns nie besonders gut verstanden», sagte Miss Cathcart. «Er hat seinen Sohn im Ausland erziehen lassen, bis er achtzehn war, und ich fürchte, Denis' Ansichten waren immer sehr französisch. Nach dem Tod meines Bruders ist Denis nach Cambridge gegangen, weil sein Vater es so gewünscht hatte. Ich war zur Testamentsvollstreckerin und zu Denis' Vormund bis zu seiner Volljährigkeit ernannt worden. Ich weiß auch nicht, warum mein Bruder, nachdem er sich sein ganzes Leben lang nicht um mich gekümmert hatte, mir bei seinem Tod eine solche Verantwortung aufbürden mußte, aber ablehnen wollte ich auch nicht. Mein Haus stand für Denis während der Semesterferien immer offen, aber er zog es in der Regel vor, zu seinen reichen Freunden zu gehen. Ihre Namen fallen mir jetzt nicht mehr ein. Als Denis einundzwanzig wurde, bekam er zehntausend Pfund jährlich. Ich glaube, es handelte sich um irgendwelche ausländischen Wertpapiere. Als Testamentsvollstreckerin war auch ich mit einer gewissen Zuwendung bedacht worden, aber ich habe sie sofort in gute, gesunde britische Sicherheiten angelegt. Was Denis mit seinem Teil gemacht hat, weiß ich nicht. Es würde mich nicht überraschen, zu hören, daß er beim Kartenspiel betrogen hat. Denn soviel ich gehört habe, waren die Kreise, in denen er in Paris verkehrte, recht zweifelhaft. Kennengelernt habe ich niemand von diesen Leuten. Ich war niemals in Frankreich.»

Als nächster wurde John Hardraw, der Wildhüter, aufgerufen. Er und seine Frau bewohnen ein kleines Haus gleich am Eingangstor zum Anwesen von Riddlesdale Lodge. Das Anwesen, das rund acht Hektar umfaßt, ist auf dieser Seite mit einem kräftigen Zaun eingefaßt; das Tor wird nachts verschlossen. Hardraw sagte aus, daß er am Mittwochabend ungefähr um zehn vor zwölf einen Schuß gehört habe – nah bei seinem Häuschen, wie es ihm vorkam. Hinter dem Haus beginnt eine Schonung von vier Hektar Ausdehnung. Er habe angenommen, daß da Wilddiebe am Werk gewesen seien; sie wagten sich manchmal bei der Hasenjagd bis in die Schonung vor. Er sei mit seinem Gewehr ein Stück in diese Richtung gegangen, habe aber niemanden gesehen. Nach seiner Uhr sei er um eins nach Hause zurückgekehrt.

Untersuchungsrichter: «Haben Sie selbst irgendwann mit Ihrem Gewehr geschossen?»

Zeuge: «Nein.»

Untersuchungsrichter: «Sind Sie noch einmal hinausgegangen?»

Zeuge: «Auch das nicht.»

Untersuchungsrichter: «Oder haben Sie noch andere Schüsse gehört?»

Zeuge: «Nur den einen; aber ich bin nach meiner Rückkehr wieder eingeschlafen und wurde dann vom Chauffeur geweckt, der den Arzt holen wollte. Das muß ungefähr um Viertel nach drei gewesen sein.»

Untersuchungsrichter: «Ist es nicht ungewöhnlich, daß Wilderer so nah bei Ihrem Haus schießen?»

Zeuge: «Doch, ziemlich. Wenn Wilddiebe sich so nah heranwagen, kommen sie meist von der anderen Seite der Schonung, wo das Moor ist.»

Dr. Thorpe sagte aus, daß man ihn gerufen habe, um den Toten anzusehen. Er wohne in Stapley, fast vierzehn Meilen von Riddlesdale. In Riddlesdale selbst gebe es keinen Arzt. Der Chauffeur habe ihn morgens um Viertel vor vier aus dem Bett geholt, und er habe sich schnell angezogen und sei sofort mit ihm hinausgefahren. Um halb fünf seien sie beim Jagdhaus angekommen. Als er den Toten gesehen habe, sei dieser allem Anschein nach schon drei bis vier Stunden tot gewesen. Die Lunge sei von einem Geschoß durchbohrt gewesen und der Tod durch Blutverlust und Ersticken herbeigeführt worden. Der Tod sei aber nicht sofort eingetreten – der Verstorbene habe wahrscheinlich noch einige Zeit gelebt. Er habe eine Autopsie vorgenommen und festgestellt, daß die Kugel von einer Rippe abgelenkt worden sei. Ob das Opfer sich die Wunde selbst beigebracht oder ob jemand anders den Schuß aus nächster Nähe abgegeben habe, lasse sich nicht erkennen. Kampfspuren seien jedenfalls nicht feststellbar gewesen.

Inspektor Craikes aus Stapley war mit Dr. Thorpe im selben Wagen gekommen. Er hatte den Leichnam gesehen. Dieser habe zwischen der Tür des Wintergartens und dem zugedeckten Brunnen davor auf dem Rücken gelegen. Sobald es hell geworden sei, habe Inspektor Craikes Haus und Gelände abgesucht. Er habe Blutspuren auf dem ganzen Weg zum Wintergarten gefunden, außerdem Spuren, die zeigten, daß der Tote dort entlanggeschleift worden sei. Der Pfad münde in den Hauptweg zwischen Tor und Vordereingang des Hauses. (Ein Plan wurde vorgelegt.) Wo die beiden Wege sich träfen, beginne ein Gebüsch, das sich beiderseits bis zum Tor und dem Haus des Wildhüters hinziehe. Die Blutspur habe zu einer kleinen Lichtung in diesem Gebüsch geführt, etwa auf halbem Wege zwischen Haus und Tor. Dort habe der Inspektor eine große Blutlache, ein blutgetränktes Taschentuch und einen Revolver gefunden. Das Taschentuch habe die Initialen D. C. getragen, und der Revolver sei eine kleine Waffe amerikanischen Typs ohne Kennzeichnung gewesen. Die Wintergartentür habe beim Eintreffen des Inspektors offen gestanden und der Schlüssel darin gesteckt.

Der Tote habe, als er ihn sah, einen Smoking und leichte Halbschuhe angehabt, aber weder Mantel noch Hut. Er sei völlig durchnäßt gewesen, und seine Kleider seien nicht nur über und über blutbeschmiert, sondern auch voller Lehm und vom Schleifen des Körpers vollkommen in Unordnung gewesen. In den Taschen habe er ein Zigarrenetui und ein kleines, flaches Taschenmesser gefunden. Das Schlafzimmer des Toten sei nach Papieren und dergleichen durchsucht worden, dabei habe sich jedoch bisher nichts gefunden, was ein wenig Licht auf seine persönlichen Umstände werfen könne.

Daraufhin wurde der Herzog von Denver wieder aufgerufen.

Untersuchungsrichter: «Ich möchte Euer Gnaden fragen, ob Sie den Verstorbenen je im Besitz eines Revolvers gesehen haben.»

Herzog von D.: «Seit dem Krieg nicht.»

Untersuchungsrichter: «Sie wissen nicht, ob er einen bei sich zu tragen pflegte?»

Herzog von D.: «Keine Ahnung.»

Untersuchungsrichter: «Sie haben, wie ich annehme, auch keine Vermutung, wem dieser Revolver gehören könnte?»

Herzog von D. (maßlos überrascht): «Das ist mein Revolver – aus der Schreibtischschublade im Arbeitszimmer. Wie kommen Sie daran?» (Unruhe.)

Untersuchungsrichter: «Sind Sie sicher?»

Herzog von D.: «Vollkommen. Ich habe ihn erst neulich dort gesehen, als ich für Cathcart ein paar Fotos von Mary suchen wollte, und ich weiß noch, daß ich damals gesagt habe, er werde vom Herumliegen noch rostig. Da ist der Rostfleck.»

Untersuchungsrichter: «War der Revolver immer geladen?»

Herzog von D.: «Um Gottes willen, nein! Ich weiß im Grunde gar nicht, wozu er da war. Wahrscheinlich habe ich ihn einmal zusammen mit ein paar alten Militärsachen weggepackt und später zwischen meinem Schießzeug wiedergefunden, als ich im August in Riddlesdale war. Ich glaube, die Patronen lagen auch dabei.»

Untersuchungsrichter: «War die Schublade verschlossen?»

Herzog von D.: «Ja, aber der Schlüssel steckte. Meine Frau sagt immer, ich sei leichtsinnig.»

Untersuchungsrichter: «Wußte sonst jemand, daß der Revolver dort war?»

Herzog von D.: «Fleming, glaube ich. Sonst wüßte ich niemand.»

Kriminalinspektor Parker von Scotland Yard war erst am Freitag gekommen und hatte noch keine sehr eingehenden Ermittlungen anstellen können. Gewisse Indizien ließen ihn vermuten, daß außer den an der Entdeckung der Tragödie beteiligten Personen noch einer oder mehrere am Ort des Geschehens gewesen waren. Er wollte allerdings im Augenblick noch nicht mehr dazu sagen.

Der Untersuchungsrichter rekonstruierte nun an Hand der Aussagen den Vorgang in seiner zeitlichen Abfolge. Um zehn Uhr oder kurz danach habe zwischen dem Verstorbenen und dem Herzog von Denver ein Streit stattgefunden, woraufhin der Verstorbene das Haus verlassen habe und nicht mehr lebend gesehen worden sei. Laut Mr. Pettigrew-Robinsons Aussage sei der Herzog um halb zwölf die Treppe hinuntergegangen, und laut Oberst Marchbanks habe man ihn kurz danach im Arbeitszimmer umhergehen hören, dem Zimmer, in dem der dem Gericht als Beweisstück vorliegende Revolver gewöhnlich aufbewahrt werde. Dagegen stehe die beeidete Aussage des Herzogs selbst, daß er sein Zimmer nicht vor halb drei morgens verlassen habe. Die Geschworenen müßten nun entscheiden, welcher der einander widersprechenden Aussagen mehr Gewicht beizumessen sei. Dann zu den in der Nacht gehörten Schüssen: Der Wildhüter wolle einen Schuß um zehn vor zwölf gehört haben, aber er habe angenommen, daß es Wilddiebe seien. Es sei durchaus möglich, daß Wilderer am Werk gewesen seien. Andererseits passe Lady Marys Aussage, sie habe einen Schuß um drei Uhr morgens gehört, nicht gut zur Feststellung des Arztes, daß der Verstorbene um halb fünf bei seiner Ankunft in Riddlesdale bereits drei bis vier Stunden tot gewesen sei. Die Geschworenen müßten auch berücksichtigen, daß nach Ansicht des Arztes der Tod nicht unmittelbar nach dem Schuß eingetreten sei. Wenn sie dieser Aussage glaubten, müßten sie den Zeitpunkt des Schusses irgendwo zwischen elf Uhr und Mitternacht ansetzen, und das könne sehr wohl der Schuß gewesen sein, den der Wildhüter gehört habe. In diesem Falle müßten sie sich allerdings fragen, was für ein Schuß dann später Lady Mary Wimsey aufgeweckt habe. Wenn sie diesen Schuß Wilderern zuschreiben wollten, stehe dieser Annahme nichts entgegen.

Als nächstes kam der Untersuchungsrichter auf den Leichnam zu sprechen, den der Herzog von Denver morgens um drei vor der Tür des kleinen Wintergartens in der Nähe des Brunnens gefunden hatte. Es sei kaum zu bezweifeln, daß der Schuß, der Cathcart getötet habe, in dem Gebüsch abgegeben worden sei, das etwa sieben Minuten vom Haus entfernt liege, und daß der Leichnam von dort zum Haus geschleift worden sei. Den Tod habe zweifellos der Lungendurchschuß verursacht. Die Geschworenen müßten entscheiden, ob dieser Schuß von Cathcart selbst oder von jemand anderem abgegeben worden sei; im letzteren Falle müßten sie ebenfalls entscheiden, ob dies versehentlich, in Notwehr oder vorsätzlich und in Tötungsabsicht geschehen sei. Bei der Frage des Selbstmordes müßten sie alles in Betracht ziehen, was ihnen über den Charakter und die Lebensumstände des Verstorbenen bekannt sei. Der Verstorbene sei ein Mann in der Blüte seiner Jahre und offenbar sehr vermögend gewesen. Er habe eine verdienstvolle militärische Laufbahn hinter sich und sei bei seinen Freunden beliebt gewesen. Der Herzog von Denver habe immerhin eine so hohe Meinung von ihm gehabt, daß er der Verlobung seiner Schwester mit dem Verstorbenen zugestimmt habe. Es spreche alles dafür, daß die Verlobten, wenngleich sie dies vielleicht nicht deutlich nach außen gezeigt hätten, sehr gut miteinander ausgekommen seien. Der Herzog behaupte, daß der Verstorbene ihn am Mittwochabend von seiner Absicht in Kenntnis gesetzt habe, die Verlobung zu lösen. Ob die Geschworenen glaubten, daß der Verstorbene daraufhin, ohne mit der Dame gesprochen oder ihr ein Wort der Erklärung oder des Abschieds geschrieben zu haben, sofort hingegangen sei und sich erschossen habe? Andererseits müßten die Geschworenen bedenken, welche Beschuldigung der Herzog von Denver laut eigener Aussage gegenüber dem Verstorbenen erhoben habe. Er habe ihm vorgeworfen, ein Falschspieler zu sein. In den Gesellschaftskreisen, denen die hier Beteiligten angehörten, sei ein Delikt wie Falschspiel weitaus schändlicher als Sünden wie Mord oder Ehebruch. Möglicherweise könne schon die Andeutung eines solchen Vorwurfs, ob begründet oder nicht, einen besonders ehrempfindlichen Menschen dazu treiben, Hand an sich zu legen. Ob aber der Verstorbene in diesem Sinne ein Mann von Ehre gewesen sei? Er sei in Frankreich erzogen worden, und die französischen Ehrbegriffe unterschieden sich sehr von den britischen. Der Untersuchungsrichter selbst unterhalte in seiner Eigenschaft als Rechtsanwalt geschäftliche Beziehungen zu Franzosen und könne denjenigen Geschworenen, die noch nie in Frankreich gewesen seien, nur nahelegen, diese unterschiedlichen Ehrbegriffe zu berücksichtigen. Unglücklicherweise habe ihnen der Brief mit den angeblichen Beschuldigungen nicht vorgelegt werden können. Außerdem könne man fragen, ob ein Selbstmörder sich nicht eher in den Kopf schießen werde. Man müsse sich fragen, wie der Verstorbene an den Revolver gekommen sei. Und schließlich müsse man sich in diesem Falle auch fragen, wer den Leichnam zum Haus geschleift habe und warum der oder die Betreffende dies unter so großer Anstrengung getan und dabei die Gefahr in Kauf genommen habe, den letzten vielleicht noch glimmenden Lebensfunken auszulöschen*, statt das Haus zu wecken und Hilfe herbeizurufen.

Wenn sie Selbstmord für ausgeschlossen hielten, blieben als weitere Möglichkeiten noch Unfall, Totschlag oder Mord. Zum ersteren: Wenn sie glaubten, daß der Verstorbene oder eine andere Person an diesem Abend aus irgendeinem Grunde den Revolver des Herzogs von Denver genommen und beim Betrachten, Säubern, Schießen oder sonstigen Hantieren mit der Waffe versehentlich einen Schuß ausgelöst und den Verstorbenen getötet habe, so müßten sie auf Tod durch Unfall erkennen. Wie aber wollten sie in diesem Falle das Verhalten derjenigen Person erklären, die den Leichnam zur Tür geschleift habe, wer auch immer das sei?

Der Untersuchungsrichter setzte sich dann mit dem juristischen Begriff des Totschlags auseinander. Er hielt den Geschworenen vor, daß bloße Worte, und seien sie noch so beleidigend oder drohend, keinesfalls die Tötung eines Menschen rechtfertigten; außerdem müsse der Streit plötzlich und ungeplant ausbrechen. Wenn sie zum Beispiel glaubten, der Herzog sei vielleicht hinausgegangen, um seinen Gast zu bitten, ins Haus zurückzukehren und zu Bett zu gehen, dieser aber habe darauf mit Schlägen oder Gewaltandrohung geantwortet, woraufhin der Herzog, da er bewaffnet gewesen sei, ihn in Notwehr erschossen habe, so sei dies nur Totschlag. In diesem Falle aber sei zu fragen, aus welchem Grunde der Herzog mit einer tödlichen Waffe in der Hand zu dem Verstorbenen hinausgegangen sei. Außerdem stehe diese Annahme in direktem Widerspruch zur Aussage des Herzogs selbst.

* wörtlich

Schließlich und endlich müßten sie entscheiden, ob es hinreichende Anzeichen für Vorsatz gebe, um eine Anklage wegen Mordes zu rechtfertigen. Sie müßten sich fragen, ob jemand ein Motiv, die Mittel und die Gelegenheit gehabt habe, Cathcart zu töten; und ob sie für das Verhalten dieser Person eine andere plausible Erklärung geben könnten. Und wenn sie glaubten, daß es eine solche Person gebe und daß diese Person sich in irgendeiner Weise verdächtig oder zweifelhaft verhalten oder willentlich Beweise unterdrückt habe, die für den Fall von Bedeutung seien, oder (und hier sprach der Untersuchungsrichter mit besonderem Nachdruck, wobei er starr über des Herzogs Haupt hinwegsah) daß diese Person in täuschender Absicht andere Beweise konstruiert habe – dann müsse das alles zusammen eine Schuldvermutung gegen den einen oder anderen ergeben, in welchem Falle sie gehalten seien, gegen den Betreffenden Anklage wegen vorsätzlichen Mordes zu erheben. Und, fügte der Untersuchungsrichter hinzu, bei der Würdigung dieses Aspektes müßten sie sich auch eine Meinung darüber bilden, ob die Person, die den Leichnam zur Tür des Wintergartens geschleift habe, dies in der Absicht getan habe zu helfen oder etwa, um die Leiche in den Gartenbrunnen zu werfen, der sich, wie sie von Inspektor Craikes gehört hätten, unmittelbar bei der Fundstelle der Leiche befinde. Wenn die Geschworenen überzeugt seien, daß Cathcart ermordet worden sei, sich aber nicht imstande sähen, diesen Mord auf Grund der Beweislage einer bestimmten Person zur Last zu legen, könnten sie auf Mord durch Unbekannt erkennen; wenn sie sich hingegen in der Lage sähen, eine bestimmte Person dieses Verbrechens zu bezichtigen, so dürften sie sich durch ihren Respekt vor dieser Person oder diesen Personen nicht davon abhalten lassen, ihre Pflicht zu tun.

Angeleitet von diesen unübersehbaren Winken erhoben die Geschworenen, ohne besonders lange zu beraten, Anklage wegen vorsätzlichen Mordes gegen Gerald Herzog von Denver.

Die grünäugige Katze

«Und ein Schluck für den Hund
mit der Nase am Grund –»
Drink, Puppy, drink

Es gibt Leute, für die das Frühstück die beste Mahlzeit des Tages ist. Andere, weniger robuste, halten es für die schlechteste, und das schlechteste von allen Frühstücken der Woche ist für sie das Sonntagmorgenfrühstück.

Von denen, die um den Frühstückstisch des Jagdhauses versammelt saßen, fand, nach ihren Gesichtern zu urteilen, keiner Gefallen an diesem Tag, der fälschlicherweise Tag der süßen Erquickung und heiligen Liebe genannt wurde. Der einzige am Tisch, der weder verärgert noch verlegen wirkte, war der Ehrenwerte Freddy Arbuthnot, der sich schweigend bemühte, dem Bückling auf seinem Teller die ganze Gräte auf einmal herauszunehmen. Allein das Vorhandensein eines so gewöhnlichen Fisches auf dem Frühstückstisch der Herzogin ließ auf einen leicht aus den Fugen geratenen Haushalt schließen.

Die Herzogin von Denver schenkte Kaffee ein. Das war eine ihrer ungemütlichen Angewohnheiten. Wer zu spät zum Frühstück erschien, bekam auf diese Weise seine Faulheit schmerzlich unter die Nase gerieben. Die Herzogin war eine Frau mit langem Hals und langem Rücken und hielt ihre Haare ebenso streng in Zucht wie ihre Kinder. Sie geriet nie in Verlegenheit, und das machte ihre Verärgerung, auch wenn sie nie sichtbar wurde, um so fühlbarer.

Oberst Marchbanks und seine Frau saßen nebeneinander. Das einzige Schöne an ihnen war ihre unerschütterliche Zuneigung füreinander. Mrs. Marchbanks war nicht verärgert, aber die Anwesenheit der Herzogin machte sie verlegen, weil sie kein Mitleid mit ihr haben konnte. Wenn ein Mensch einem leid tat, sagte man «armes Ding» oder «armer Kerl» zu ihm. Da man nun aber zur Herzogin nicht gut «armes Ding» sagen konnte, bemitleidete man sie eben auch nicht so, wie es sich gehörte. Das bekümmerte Mrs. Marchbanks. Der Oberst war sowohl verärgert als verlegen – verlegen, weil man, meiner Seel, in einem Haus, wo der Gastgeber wegen Mordes verhaftet worden war, wirklich nicht wußte, was man reden sollte; verärgert war er ohne bestimmten Grund, mehr wie ein gereiztes Tier, weil solche Dinge nun einmal nicht mitten in der Jagdsaison zu passieren hatten.

Mrs. Pettigrew-Robinson war nicht nur verärgert, sie war empört. Als junges Mädchen hatte sie sich bereits das Motto auf dem Schreibpapier ihrer Schule zu eigen gemacht: *Quaecunque honesta.* Sie hatte es schon immer als *unschicklich* empfunden, sich an Dingen *aufzuhalten,* die nicht wirklich schön waren. Und nun, in der Lebensmitte, ignorierte sie immer noch geflissentlich solche Zeitungsmeldungen, die Überschriften wie ANGRIFF AUF LEHRER IN CRICKLEWOOD, TOD IM BIERGLAS, 75 £ FÜR EINEN KUSS oder SIE NANNTE IHN KNUBBELCHEN trugen. Sie sagte, sie sehe nicht, wozu es *gut* sei, so etwas zu wissen. Jetzt bedauerte sie, daß sie dem Besuch in Riddlesdale Lodge in Abwesenheit der Herzogin zugestimmt hatte. Lady Mary hatte sie noch nie leiden können; sie war in ihren Augen ein höchst unerfreuliches Exemplar der modernen, unabhängigen jungen Frau; außerdem hatte es doch da so eine unwürdige Geschichte mit einem Bolschewisten gegeben, als Lady Mary sich während des Krieges in London als Krankenschwester betätigt hatte. Auch für Hauptmann Cathcart hatte Mrs. Pettigrew-Robinson nie viel übriggehabt. Sie mochte so auffallend gut aussehende Männer nicht. Aber Mr. Pettigrew-Robinson hatte unbedingt nach Riddlesdale kommen wollen, und da war ihr Platz natürlich an seiner Seite. Den unerfreulichen Ausgang konnte man *ihr* jedenfalls nicht vorhalten.

Mr. Pettigrew-Robinson war einfach deshalb verärgert, weil dieser Kriminalbeamte von Scotland Yard seine Hilfe bei der Spurensuche im Haus und Garten nicht angenommen hatte. Als älterer Herr mit einiger Erfahrung in diesen Dingen (Mr. Pettigrew-Robinson war Friedensrichter) hatte er sich wahrhaftig tief herabgelassen, als er sich dem jungen Mann zur Verfügung stellte. Der aber war ihm nicht nur über den Mund gefahren, er hatte ihn sogar barsch aus dem Wintergarten gewiesen, wo er (Mr. Pettigrew-Robinson) den Vorfall aus Lady Marys Sichtwinkel hatte rekonstruieren wollen.

Alle diese Peinlichkeiten und Ärgernisse hätten nun der Jagdgesellschaft weniger Kummer bereitet, wären sie nicht noch verschlimmert worden durch die ständige Anwesenheit dieses Kriminalbeamten, eines stillen jungen Mannes im Tweedanzug, der am einen Ende des Tisches neben Mr. Murbles, dem Rechtsbeistand der Familie, saß und Curry aß. Der Mann war am Freitag aus London gekommen, hatte der hiesigen Polizei dreingeredet und sich entschieden von Inspektor Craikes' Ansichten distanziert. Vor Gericht hatte er Informationen zurückgehalten, die, wenn er sie preisgegeben hätte, vielleicht die Verhaftung des Herzogs hätten verhindern können. Dann hatte er die unglückliche Jagdgesellschaft amtlich mit der Begründung hier festgehalten, er wolle sich jeden noch einmal einzeln vornehmen, wodurch sie gezwungen waren, einen ganzen gräßlichen Sonntag in drangvoller Enge miteinander zu verbringen; und all diesen Missetaten hatte er dann noch die Krone aufgesetzt, indem er sich als enger Freund Lord Peter Wimseys entpuppte, dem man infolgedessen auch noch ein Bett im Haus des Wildhüters und Frühstück im Jagdhaus anbieten mußte.

Mr. Murbles, ein älterer Herr mit empfindlichem Magen, war am Donnerstagabend eilends hergekommen. Er fand die gerichtliche Voruntersuchung unzulänglich geleitet und seinen Mandanten ganz und gar unmöglich. Die ganze Zeit hatte er verzweifelt versucht, Sir Impey Biggs zu erreichen, aber der Kronanwalt war übers Wochenende verreist und hatte keine Adresse hinterlassen. Mr. Murbles knabberte ein wenig trockenen Toast und war nicht abgeneigt, den Kriminalbeamten, der ihn respektvoll mit «Sir» anredete und ihm die Butter reichte, sympathisch zu finden.

«Möchte jemand in die Kirche gehen?» fragte die Herzogin.

«Theodore und ich würden gern hinfahren», sagte Mrs. Pettigrew-Robinson, «wenn es nicht zu viele Umstände macht; wir könnten aber auch zu Fuß gehen. So *sehr* weit ist es ja auch nicht.»

«Gute zweieinhalb Meilen», warf Oberst Marchbanks ein.

Mr. Pettigrew-Robinson schenkte ihm einen dankbaren Blick.

«Natürlich fahren Sie im Wagen mit», sagte die Herzogin. «Ich gehe ja selbst.»

«Was, das wollen Sie wirklich?» fragte der Ehrenwerte Freddy. «Ich meine, wird man Sie da nicht ein bißchen anstarren und so?»

«Bitte, Freddy», antwortete die Herzogin, «spielt das denn eine Rolle?»

«Nun», sagte der Ehrenwerte Freddy, «ich meine ja nur, das sind hier doch lauter Sozialisten und Methodisten ...»

«Wenn sie Methodisten sind», erklärte Mrs. Pettigrew-Robinson, «werden sie nicht in der Kirche sein.»

«Wirklich nicht?» entgegnete der Ehrenwerte Freddy. «Verlassen Sie sich darauf, daß sie da sind, wenn es was zu sehen gibt. Das ist für die doch schöner als ein Begräbnis.»

«Auf jeden Fall», stellte Mrs. Pettigrew-Robinson fest, «hat man in diesen Dingen eine *Pflicht* und darf auf seine persönlichen Gefühle keine Rücksicht nehmen – besonders heutzutage, wo die Leute so furchtbar *lasch* sind.»

Dabei sah sie den Ehrenwerten Freddy an.

«Oh, kümmern Sie sich nicht um mich», entgegnete dieser junge

Mann liebenswürdig. «Ich will ja nur sagen, wenn diese Tölpel Ihnen dumm kommen, machen Sie mir keine Vorwürfe.»

«Wer spricht denn davon, Ihnen Vorwürfe zu machen, Freddy?» meinte die Herzogin.

«Nur so eine Redensart», sagte der Ehrenwerte Freddy.

«Was meinen Sie dazu, Mr. Murbles?» erkundigte sich die Herzogin.

«Ich meine», sagte der Anwalt, indem er bedächtig seinen Kaffee umrührte, «daß Ihre Absicht durchaus bewundernswert ist und Ihnen sehr zur Ehre gereicht, liebe gnädige Frau, aber Mr. Arbuthnot hat auch recht, wenn er sagt, daß Sie sich der Gefahr eines – äh – unerfreulichen Aufsehens aussetzen. Ich – äh – bin immer ein aufrichtiger Christ gewesen, aber ich kann nicht glauben, daß unsere Religion von uns verlangt, uns unter so – äh – überaus peinlichen Umständen in den Blickpunkt der Öffentlichkeit zu begeben.»

Mr. Parker fühlte sich an einen Ausspruch von Lord Melbourne erinnert.

«Nun, aber immerhin», sagte Mrs. Marchbanks, «wie Helen ganz richtig sagt, was spielt es für eine Rolle? Es braucht sich ja niemand wirklich wegen irgend etwas zu schämen. Natürlich wurde ein dummer Fehler begangen, aber ich sehe nicht ein, warum man deshalb nicht in die Kirche gehen sollte, wenn man möchte.»

«Gewiß nicht, ganz gewiß nicht, meine Liebe», sagte der Oberst herzlich. «Wir könnten sogar selbst hingehen, was? Einen Spaziergang in die Richtung machen, meine ich, und kurz vor der Predigt hineingehen. Ich glaube, das wäre gut. Würde jedenfalls zeigen, daß *wir* dem guten Denver nichts Unrechtes zutrauen.»

«Du vergißt, Lieber», antwortete seine Frau, «daß ich der armen Mary versprochen habe, bei ihr zu bleiben.»

«Natürlich, natürlich – dumm von mir», sagte der Oberst. «Wie geht's ihr denn?»

«Sie hat die ganze Nacht kein Auge zugetan, die Ärmste», sagte die Herzogin, «vielleicht findet sie heute morgen ein wenig Schlaf. Es war ja so ein Schock für sie.»

«Der sich noch als Glück im Unglück entpuppen könnte», meinte Mrs. Pettigrew-Robinson.

«Ich darf doch bitten!» sagte ihr Gatte.

«Möchte wissen, wann wir endlich von Sir Impey hören», warf Oberst Marchbanks rasch ein.

«Ja, wirklich», stöhnte Mr. Murbles. «Ich setze große Hoffnung in seinen Einfluß auf den Herzog.»

«Natürlich», sagte Mrs. Pettigrew-Robinson, «er *muß* reden – zum Besten aller. Er *muß* sagen, was er um diese Zeit draußen getan hat. Oder wenn er es nicht sagt, muß man es anders herausbekommen. Meine Güte, dafür sind Detektive doch da, oder nicht?»

«Das gehört zu ihren undankbaren Aufgaben», sagte Mr. Parker plötzlich. Er hatte so lange nichts gesagt, daß jetzt alles zusammenzuckte.

«Aha», sagte Mrs. Marchbanks, «und ich erwarte, daß Sie den Fall im Handumdrehen aufklären werden, Mr. Parker. Vielleicht haben Sie den wirklichen Mör- ... den Missetäter schon die ganze Zeit in der Hinterhand.»

«Nicht ganz», antwortete Mr. Parker, «aber ich will mir alle Mühe geben, ihn zu erwischen. Außerdem», fuhr er grinsend fort, «werde ich wahrscheinlich bald Hilfe bekommen.»

«Von wem?» erkundigte sich Mr. Pettigrew-Robinson.

«Vom Schwager der gnädigen Frau.»

«Peter?» fragte die Herzogin. «Mr. Parker muß sich über den Amateurdetektiv der Familie nicht wenig amüsieren», fügte sie hinzu.

«Ganz und gar nicht», sagte Parker. «Wimsey könnte einer der besten Detektive Englands sein, wenn er nicht so bequem wäre. Wir können ihn zur Zeit nur nicht finden.»

«Ich habe nach Ajaccio telegrafiert – postlagernd», sagte Mr. Murbles, «aber ich weiß nicht, wann er sich dort melden wird. Er hat niemandem gesagt, wann er wieder nach England zurückkommen will.»

«So ein alter Herumtreiber», ließ der Ehrenwerte Freddy sich taktlos vernehmen. «Sollte jetzt aber lieber hier sein, wie? Ich meine, wenn dem alten Denver was passiert, nicht wahr, dann ist er doch das Oberhaupt der Familie – bis Denver junior volljährig ist.»

Mitten in die betretene Stille hinein, die auf diese Bemerkung folgte, hörte man draußen einen Spazierstock laut klappernd in den Schirmständer fallen.

«Wer mag das sein?» fragte die Herzogin.

Die Tür schwang auf.

«Schönen guten Morgen allerseits», rief der Neuankömmling gutgelaunt. «Wie geht's, wie steht's? Hallo, Helen! Oberst, Sie schulden mir seit vorletztem September noch eine halbe Krone. Morgen, Mrs. Marchbanks, Morgen Mrs. P. Nun, Mr. Murbles, wie gefällt Ihnen dieses Dre- ... scheußliche Wetter? Bleib ruhig sitzen, Freddy; möchte dir um Himmels willen keine Umstände machen. Parker, alter Junge, du bist doch die Zuverlässigkeit in Person; stets griffbereit, wie diese patentierten Nasentropfen. Sagt mal, seid ihr etwa schon alle fertig? Ich hatte ja früher aufstehen wollen, aber dann hab ich so geschnarcht, daß Bunter sich nicht getraut hat, mich zu wecken. Beinahe wäre ich ja heute nacht noch hereingeschneit, aber wir sind erst um zwei Uhr früh hier eingetroffen; da wäre euer Empfang sicher nicht sehr begeistert ausgefallen. Wie bitte, Oberst? Ach so – Flugzeug. *Victoria* von Paris nach London – dann North Eastern bis Northallerton – scheußlich schlechte Straße von da an, und kurz vor Riddlesdale noch eine Reifenpanne. Jämmerlich schlechtes Bett im Gasthaus. Hatte gehofft, hier mit ein bißchen Glück noch das letzte Würstchen zu erwischen. Was? Sonntagmorgen in einer englischen Familie und keine Würstchen? Weiß der Himmel, was soll aus der Welt nur werden, nicht wahr, Oberst? Ich sage dir, Helen, diesmal war Gerald es wirklich. Du hättest den Burschen nicht allein lassen sollen; immer muß er was Dummes anstellen. Was ist das? Curry? Danke, mein Lieber. Hört mal, ihr braucht gar nicht so knickrig zu sein; ich war drei Tage an einem Stück unterwegs. Reich mir mal den Toast, Freddy. Wie meinen Sie, Mrs. Marchbanks? Ach so, ja, ziemlich; Korsika war hinreißend – lauter so schwarzäugige Gesellen mit Messern im Gürtel, und diese bezaubernd hübschen Mädchen! In einem Ort hat Bunter sogar ein regelrechtes Abenteuer mit der Wirtstochter gehabt. Man traut dem alten Knaben gar nicht zu, daß er für so was empfänglich ist. Mein Gott, hab ich einen Hunger! Weißt du, Helen, eigentlich hatte ich dir ja aus Paris ein paar schicke Seidenhöschen mitbringen wollen, aber als ich sah, daß Parker mir hier bei den Blutflecken zuvorkommen wollte, haben wir schleunigst unsere Siebensachen gepackt und sind abgeschwirrt.»

Mrs. Pettigrew-Robinson erhob sich.

«Theodore», sagte sie, «ich glaube, wir sollten uns für die Kirche fertigmachen.»

«Ich lasse den Wagen vorfahren», sagte die Herzogin. «Peter, ich freue mich natürlich außerordentlich, daß du da bist. Es war etwas unglücklich, daß du keine Adresse hinterlassen hattest. Du brauchst nur zu läuten, wenn du etwas wünschst. Schade, daß du nicht rechtzeitig hier warst, um noch mit Gerald zu sprechen.»

«Och, das macht nichts», meinte Lord Peter fröhlich. «Ich werde ihn im Kittchen besuchen. Weißt du, es hat etwas für sich, seine Verbrechen in der Familie zu lassen; da hat man viel mehr Möglichkeiten. Aber die arme Polly tut mir leid. Wie geht's ihr?»

«Mary sollte heute nicht gestört werden», stellte die Herzogin mit Nachdruck fest.

«Nicht doch», sagte Lord Peter, «sie soll ihre Ruhe haben. Heute amüsieren Parker und ich uns allein. Er zeigt mir seine Blutspurensammlung – ist ja schon gut, Helen; ich weiß, das ist nicht zum Scherzen. Hoffentlich hat der Regen sie nicht schon alle weggewaschen?»

«Nein», sagte Parker, «ich habe die meisten mit Blumentöpfen zugedeckt.»

«Dann gib mir mal das Brot und die Marmelade», sagte Lord Peter, «und erzähl mir mehr.»

Der Auszug der Kirchgänger hatte eine menschlichere Atmosphäre hinterlassen. Mrs. Marchbanks ging nach oben, um Mary zu sagen, daß Peter gekommen sei, und der Oberst zündete sich eine dicke Zigarre an. Der Ehrenwerte Freddy stand auf, streckte sich, zog einen Sessel ans Feuer und ließ sich darin nieder, die Füße auf der Messingstange, während Parker um den Tisch ging und sich noch eine Tasse Kaffee nahm.

«Die Zeitungen wirst du ja gelesen haben», meinte er.

«O ja, ich habe den Bericht über die Voruntersuchung gelesen», sagte Lord Peter. «Nehmt mir's nicht übel, aber ich glaube, die habt ihr alle miteinander ganz schön verpfuscht.»

«Es war eine Schande», sagte Mr. Murbles, «einfach eine Schande. Dieser Untersuchungsrichter hat sich sehr ungebührlich benommen. Er hatte keine solche Zusammenfassung zu geben. Was war da schon von einem Geschworenengericht zu erwarten, das aus lauter Bauerntölpeln besteht? Und was für Einzelheiten da alle auf den Tisch kamen! Wenn ich nur früher hätte hiersein können – »

«Ich fürchte, Wimsey, das war zum Teil meine Schuld», sagte Parker zerknirscht. «Craikes kann mich nicht leiden. Der Polizeipräsident von Stapley hat uns über seinen Kopf hinweg eingeschaltet, und als die Geschichte bei uns ankam, bin ich sofort zum Chef gerannt und habe ihn um diesen Auftrag gebeten, weil ich dachte, wenn es irgendwelche Mißverständnisse oder Schwierigkeiten gibt, ist es dir vielleicht lieber, wenn ich das in die Hand nehme. Ich mußte aber zuerst noch etwas wegen einer Fälscherbande regeln, mit der ich zu tun hatte, und so kam eins zum andern, so daß ich erst mit dem Nachtexpreß von London weggekommen bin. Als ich am Freitag hier ankam, waren Craikes und der Untersuchungsrichter schon ein Herz und eine Seele und hatten die Voruntersuchung noch auf denselben Morgen angesetzt – was geradezu lächerlich war. Sie hatten schon genau abgesprochen, wie sie ihre kostbaren Beweise so dramatisch wie möglich auftischen könnten. Ich hatte gerade noch Zeit, mir die Spuren auf dem Gelände kurz anzusehen (leider schon ziemlich unkenntlich gemacht von Craikes und seinen Trampeltieren), und dadurch stand ich mit leeren Händen vor den Geschworenen.»

«Kopf hoch», meinte Wimsey. «Ich mache dir keinen Vorwurf. Außerdem kommt dadurch ein bißchen Leben in die Jagd.»

«Es ist nur so», warf der Ehrenwerte Freddy ein, «daß wir bei ehrbaren Untersuchungsrichtern nicht beliebt sind. Überspannte Aristokraten und unmoralische Franzosen! Übrigens schade, Peter, daß dir Miss Lydia Cathcart entgangen ist. Die hätte dir gefallen. Sie ist wieder nach Golders Green zurück und hat die Leiche mitgenommen.»

«Na ja», meinte Wimsey. «An der Leiche wird wohl nichts Ungewöhnliches drangewesen sein.»

«Nein», sagte Parker, «das ärztliche Gutachten war soweit in Ordnung. Lungendurchschuß, sonst nichts.»

«Allerdings», sagte der Ehrenwerte Freddy, «selbst erschossen hat er sich nicht. Ich hab ja nichts davon gesagt, um dem alten Denver seine Geschichte nicht kaputtzumachen, aber daß er so aufgebracht und sauer gewesen sein soll, das war Käse.»

«Woher weißt du das?» fragte Peter.

«Na hör mal. Cathcart und ich sind noch zusammen nach oben gegangen. *Ich* war ziemlich sauer, weil ein paar Aktien von mir sehr gefallen waren; außerdem hatte ich am Morgen immer danebengeschossen und dann noch eine Wette mit dem Oberst verloren, wie viele Zehen die Hauskatze hat; und wie ich nun zu Cathcart etwas von blöder Welt oder so sage, da meint er: ‹Im Gegenteil, die Welt ist wunderschön. Morgen lege ich mit Mary den Hochzeitstermin fest, und dann ziehen wir nach Paris, wo man noch etwas von der Liebe versteht.› Ich hab daraufhin nur was Ausweichendes geantwortet, und er ist pfeifend weitergegangen.»

Parker machte eine ernste Miene. Oberst Marchbanks räusperte sich.

«Nun», meinte er, «bei einem Mann wie Cathcart weiß man nie, wie man dran ist. In Frankreich aufgewachsen, Sie wissen ja. Das ist nicht wie bei einem aufrechten Engländer. Immer rauf und runter, rauf und runter! Traurige Sache, armer Kerl! Na ja, Peter, ich hoffe, Sie und Mr. Parker werden schon noch etwas finden. Es geht doch nicht, daß der arme Denver einfach so im Kittchen sitzt. Furchtbar unangenehm, armer Kerl, und wo dieses Jahr die Vögel so gut sind! Also, Sie werden sich jetzt sicher überall umschauen wollen, Mr. Parker, nicht? Freddy, wie wär's mit einer Partie Billard?»

«Recht haben Sie», meinte der Ehrenwerte Freddy, «aber Sie müssen mir hundert vorgeben, Oberst.»

«Unsinn, Unsinn», erwiderte der Veteran gutgelaunt. «Sie spielen doch ausgezeichnet.»

Nachdem auch Mr. Murbles sich zurückgezogen hatte, saßen Wimsey und Parker einander allein am abgegessenen Frühstückstisch gegenüber.

«Peter», sagte der Kriminalbeamte, «ich weiß nicht, ob es richtig von mir war, hierherzukommen. Wenn du meinst – »

«Hör mal her, alter Freund», unterbrach ihn Wimsey ernst, «wir wollen hier alle Fragen des Zartgefühls beiseite lassen. Wir bearbeiten diesen Fall wie jeden anderen. Und wenn dabei etwas Unerfreuliches ans Tageslicht kommt, sollst lieber du es zu sehen bekommen als irgendwer sonst. Übrigens ein ganz besonders hübscher Fall, auf seine Art, und ich gedenke mein Bestes zu tun.»

«Also, wenn du wirklich meinst – »

«Lieber Charles, wenn du nicht schon hier wärst, würde ich dich rufen. Und jetzt an die Arbeit. *Ich* gehe natürlich davon aus, daß Gerald es *nicht* war.»

«Davon bin ich ebenso fest überzeugt», pflichtete Parker ihm bei.

«Nicht doch, nicht doch», widersprach Wimsey, «das ist nicht deine Art. Nie überstürzt – nie vertrauensselig. Deine Aufgabe ist es, meine Hoffnungen mit kaltem Wasser zu übergießen und alle meine Schlüsse anzuzweifeln.»

«Abgemacht!» sagte Parker. «Wo möchtest du anfangen?»

Peter überlegte. «Ich denke, wir gehen von Cathcarts Zimmer aus», meinte er.

Das Zimmer war von bescheidener Größe und hatte nur ein Fenster über der Haupteingangstür. Das Bett stand rechts, die Kommode vor dem Fenster. Links war der Kamin mit einem Sessel davor, dazu ein kleiner Schreibtisch.

«Alles noch so, wie es war», sagte Parker. «Soviel Verstand hatte Craikes wenigstens.»

«Ja», sagte Lord Peter. «Also gut. Gerald hat gesagt, Cathcart sei aufgesprungen, als er ihn einen Lumpen nannte, wobei er fast den Tisch umgeworfen habe. Das muß der Schreibtisch gewesen sein, also hat Cathcart im Sessel gesessen. Ja, hat er – und dann hat er ihn so heftig zurückgestoßen, daß er den Teppich dabei verschoben hat. Hier kannst du's sehen! Soweit, so gut. Nun, und was hat er am Schreibtisch gemacht? Gelesen hat er nicht, sonst müßte hier ein Buch herumliegen, denn wir wissen ja, daß er hinausgerannt und nicht mehr wiedergekommen ist. Hat er geschrieben? Nein, das Löschblatt ist jungfräulich – »

«Er könnte mit Bleistift geschrieben haben», warf Parker ein.

«Stimmt auch wieder, alter Spaßverderber. Gut, aber dann muß er das Blatt in die Tasche gesteckt haben, als Gerald hereinkam, denn hier liegt es nicht; das hat er aber auch nicht, denn bei seiner Leiche wurde es nicht gefunden; folglich hat er nicht geschrieben.»

«Oder er hat das Blatt woanders weggeworfen», sagte Parker. «Ich habe nämlich noch nicht das ganze Gelände abgesucht, und selbst wenn wir ganz knapp rechnen – indem wir nämlich davon ausgehen, daß der Schuß, den Hardraw um zehn vor zwölf gehört hat, *der* Schuß war –, haben wir eineinhalb Stunden, über die wir nichts wissen.»

«Nun gut. Sagen wir also, nichts weist hier darauf hin, daß er geschrieben hat. Recht so? Gut, dann – »

Lord Peter nahm eine Lupe aus der Tasche und untersuchte sorgfältig die ganze Sitzfläche des Sessels, bevor er sich hinsetzte.

«Hier ist auch nichts, was uns weiterhilft», sagte er. «Um weiterzukommen: Cathcart hat also hier gesessen, wo ich jetzt sitze. Geschrieben hat er nicht; er – sag mal, bist du sicher, daß in dem Zimmer nichts angerührt wurde?»

«Ganz sicher.»

«Dann hat er auch nicht geraucht.»

«Wieso nicht? Er könnte den Zigarren- oder Zigarettenstummel ins Feuer geworfen haben, als Denver hereinkam.»

«Keine Zigarette», sagte Peter, «sonst müßten wir irgendwo Spuren finden – auf dem Fußboden oder im Kamin. Diese leichte Asche fliegt ja nur so herum. Aber eine Zigarre – ja, die könnte er vielleicht geraucht haben, ohne Spuren zu hinterlassen. Ich will's aber nicht hoffen.»

«Wieso?»

«Weil ich es lieber sähe, wenn Geralds Behauptungen einen kleinen Wahrheitsgehalt hätten. Ein aufgeregter Mensch setzt sich nicht gemütlich hin, um vor dem Zubettgehen noch eine Zigarre zu genießen, und geht dabei auch noch so liebevoll sorgsam mit der Asche um. Wenn andrerseits aber Freddy recht hat und Cathcart ausgesprochen gutgelaunt und mit sich und der Welt zufrieden war, hat er wahrscheinlich genau das getan.»

«Glaubst du etwa, daß Mr. Arbuthnot das alles erfunden hat?» fragte Parker nachdenklich. «Den Eindruck macht er eigentlich nicht auf mich. Um so etwas zu erfinden, brauchte er eine gehörige Portion

Phantasie und Bosheit, und beides traue ich ihm nicht zu.»

«Ich weiß», sagte Lord Peter. «Ich kenne Freddy mein Leben lang und weiß, daß er keiner Fliege was zuleide tun könnte. Außerdem hat er gar nicht soviel Grips, um sich jemals etwas auszudenken. Mich beunruhigt nur, daß Gerald eben auch nicht den Grips hat, um diese Komödie zwischen ihm und Cathcart zu erfinden.»

«Andrerseits», wandte Parker ein, «wenn wir für einen Augenblick unterstellen, daß er Cathcart doch erschossen hat, wäre das ein starker Ansporn für ihn gewesen, sie zu erfinden. Er würde alles daransetzen, seinen Kopf aus der – ich meine, wenn etwas Wichtiges auf dem Spiel steht, kann man sich oft nur wundern, wie sehr das die Sinne schärft. Und daß die Geschichte so weit hergeholt ist, spricht für einen ungeübten Märchenerzähler.»

«Wie wahr, mein König! Nun, bisher hast du mir einen Strich durch alle meine Erkenntnisse gemacht. Tut aber nichts. Mein Haupt ist blutig, doch ungebeugt. Cathcart hat also hier gesessen – »

«Das sagt dein Bruder.»

«Hol dich der Kuckuck, *ich* sage, er hat hier gesessen; irgendwer hat hier jedenfalls gesessen; er hat seine vier Buchstaben deutlich ins Kissen gedrückt.»

«Das könnte schon tagsüber gewesen sein.»

«Ach was. Am Tag waren sie alle draußen. Du brauchst dein Sadduzäertum auch wieder nicht zu übertreiben, Charles. Ich sage, Cathcart hat hier gesessen und – hallo, hallo!»

Er bückte sich und starrte in den Kamin.

«Das ist ja verbranntes Papier, Charles.»

«Ich weiß. Das hat mich gestern auch schon sehr interessiert, bis ich merkte, daß es in ein paar anderen Zimmern genauso war. Man läßt hier oft das Feuer in den Zimmern ausgehen, wenn tagsüber alle draußen sind, und zündet es dann eine Stunde vor dem Abendessen wieder an. Hier sind nämlich an Personal nur die Köchin, das Hausmädchen und Fleming, und die haben bei so einer großen Gesellschaft allerhand zu tun.»

Lord Peter klaubte die verkohlten Reste zusammen.

«Ich finde nichts, was deiner Vermutung widerspricht», meinte er traurig, «und dieses Stückchen *Morning Post* hier bestätigt sie sogar eher. Dann können wir also nur annehmen, daß Cathcart hier gedankenverloren gesessen und gar nichts getan hat. Ich fürchte, das bringt uns nicht viel weiter.» Er stand auf und ging zur Kommode.

«Diese Schildpattgarnitur gefällt mir», sagte er, «und das Parfum – *Baiser du soir* – auch ganz nett. Kannte ich noch nicht. Muß Bunter mal darauf aufmerksam machen. Ein bezauberndes Maniküretui, nicht? Weißt du, ich liebe es ja auch, sauber und adrett zu sein und so, aber Cathcart gehörte zu denen, die einem immer ein bißchen *zu* gepflegt vorkamen. Armer Teufel! Und jetzt wird er in Golders Green begraben. Ich hab ihn eigentlich nur ein-, zweimal gesehen. Auf mich hat er immer gewirkt wie einer, der schon alles kennt. Ich hab mich ziemlich gewundert, daß Mary etwas an ihm fand, aber ich kenne meine Schwester ja wirklich furchtbar wenig. Sie ist fünf Jahre jünger als ich. Als der Krieg ausbrach, war sie gerade aus der Schule gekommen und nach Paris gegangen. Ich ging zum Militär, und sie kam wieder nach Hause und machte sich in der Krankenpflege und Sozialarbeit nützlich. Dadurch habe ich sie nur hin und wieder mal gesehen. Damals war sie auch ganz besessen von neuen Ideen, die Welt zu verbessern, und hatte nichts mit mir zu reden. Und schließlich ist sie noch an so einen Pazifisten geraten, der wohl ein ziemlich falscher Fuffziger war. Ich selbst wurde krank, wie du weißt, und nachdem mir auch noch Barbara den Laufpaß gegeben hatte, waren die Herzensangelegenheiten meiner Mitmenschen mir ziemlich schnuppe. Dann habe ich bei der Aufklärung des Attenbury-Diamanten-Diebstahls mitgemischt – und das Ergebnis ist, daß ich meine eigene Schwester kaum kenne. Aber ihr Geschmack in bezug auf Männer scheint sich geändert zu haben. Meine Mutter sagte, Cathcart habe Charme; das heißt, daß er auf Frauen wirkte. Als Mann kann man das ja von einem anderen nie sagen, aber Mutter hat meist recht. Was ist aus seinen Papieren geworden?»

«Er hatte hier kaum welche», antwortete Parker. «Ein Scheckheft von der Cox-Filiale am Charing Cross, aber verhältnismäßig neu und nicht sehr aufschlußreich. Anscheinend hatte er dort nur ein kleines Konto für seine Englandaufenthalte. Die meisten Schecks sind auf ihn selbst ausgestellt, und dann und wann hat er eine Hotel- oder Schneiderrechnung bezahlt.»

«Hatte er kein Bankbuch?»

«Ich glaube, seine wichtigen Papiere sind alle in Paris. Er hat dort eine Wohnung, irgendwo unweit der Seine. Wir stehen mit der Pariser Polizei in Verbindung. Dann hatte er noch ein Zimmer in Albany. Ich habe angeordnet, daß es versiegelt wird, bis ich hinkomme. Morgen wollte ich hinfahren.»

«Das wird am besten sein. Brieftasche?»

«Ja, hier. Etwa dreißig Pfund in verschiedenen Scheinen, die Karte eines Weinhändlers und eine Rechnung für eine Reithose.»

«Keine Korrespondenz?»

«Nicht eine Zeile.»

«Nein», meinte Wimsey, «ich glaube, er war so einer, der keine Briefe aufhob. Viel zu ausgeprägter Selbsterhaltungstrieb.»

«Stimmt. Ich habe sogar schon die Dienstboten nach seiner Korrespondenz gefragt. Sie sagen, er hat ziemlich viele Briefe bekommen, aber nie einen herumliegen lassen. Was er an Briefen geschrieben hat, konnten sie mir nicht sagen, weil alle ausgehende Post in den Postsack geworfen wird, der so, wie er ist, zur Post gebracht und erst dort geöffnet wird, oder man gibt ihn dem Briefträger mit, wenn er sich mal hier sehen läßt. Im allgemeinen bestand der Eindruck, daß er nicht viel schrieb. Das Hausmädchen sagt, sie hat in seinem Papierkorb nie etwas gefunden, was der Rede wert war.»

«Na, das hilft uns ja ungemein weiter. Moment mal. Hier ist sein Füllfederhalter. Sehr hübsch – Onoto mit komplettem Goldgehäuse. Ach Gott, vollkommen leer! Na ja, ich wüßte nicht, was man daraus genau schließen könnte. Einen Bleistift sehe ich auch nirgends. Langsam glaube ich, daß deine Vermutung, er habe Briefe geschrieben, falsch war.»

«Ich habe nichts dergleichen vermutet», antwortete Parker nachsichtig. «Aber ich glaube, du hast recht.»

Lord Peter wandte sich von der Kommode ab, sah kurz den Inhalt des Kleiderschranks durch und nahm sich die paar Bücher vor, die auf dem Regal neben dem Bett standen.

«*La Rôtisserie de la Reine Pédauque, L'Anneau d'Améthyste, South Wind* (unser junger Freund macht seinem Typ alle Ehre), *Chronique d'un Cadet de Coutras* (na, na, Charles!), *Manon Lescaut.* Hm. Gibt's hier in diesem Zimmer noch etwas, das ich mir ansehen sollte?»

«Ich glaube nicht. Wo möchtest du jetzt weitermachen?»

«Wir folgen ihnen nach unten. Sekunde! Wer wohnt in den anderen Zimmern? Ah, ja. Hier ist Geralds Zimmer. Helen ist in der Kirche. Nichts wie hinein. Hier ist natürlich abgestaubt und geputzt worden, so daß bestimmt nichts mehr zu finden ist, wie?»

«Ich fürchte ja. Schließlich konnte ich der Herzogin nicht gut ihr eigenes Zimmer verbieten.»

«Richtig. Hier ist das Fenster, aus dem Gerald ihm nachgerufen hat. Hm! Im Kamin ist natürlich auch nichts – das Feuer ist seitdem wieder angemacht worden. Weißt du, ich frage mich, wo Gerald diesen Brief hingetan hat – den von Freeborn, meine ich.»

«Darüber hat bisher niemand ein Wort von ihm herausgekriegt», sagte Parker. «Mr. Murbles hat schon seine liebe Not mit ihm gehabt. Der Herzog behauptet steif und fest, er habe ihn vernichtet. Mr. Murbles hält das für Unsinn. Ist es auch. Wenn er dem Verlobten seiner Schwester so einen Vorwurf machen wollte, hätte er doch wenigstens *einen* Beweis dafür erbracht, daß in seinem Wahnsinn Methode steckte, nicht wahr? Oder war er einer von diesen Patriarchen, die nur zu sagen brauchten: ‹Als Oberhaupt der Familie verbiete ich diese Heirat›?»

«Gerald», sagte Wimsey, «ist ein guter, ordentlicher, anständiger, wohlerzogener Internatsschüler und ein furchtbarer Esel. Aber für so mittelalterlich halte ich ihn nicht.»

«Aber wenn er den Brief hat, warum zeigt er ihn nicht?»

«Allerdings, warum nicht? Briefe aus Ägypten von früheren Kommilitonen sind im allgemeinen so kompromittierend nicht.»

«Du meinst also nicht», fuhr Parker zögernd fort, «daß dieser Mr. Freeborn in seinem Brief auf irgendeine alte – äh – Episode angespielt haben könnte, die dein Bruder nicht gern der Herzogin erzählen möchte?»

Lord Peter betrachtete gedankenverloren eine Reihe Schuhe und schwieg.

«Das wäre eine Idee», meinte er schließlich. «Es hat solche Episoden gegeben – ganz harmlos, aber Helen würde großes Aufheben davon machen.» Er pfiff nachdenklich durch die Zähne. «Aber immerhin, wenn's zum Galgen geht – »

«Glaubst du, daß dein Bruder wirklich mit dem Galgen rechnet, Wimsey?» fragte Parker.

«Murbles wird ihm das schon klargemacht haben», sagte Lord Peter.

«Schon. Aber kann er es sich wirklich vorstellen – begreift er voll und ganz, daß man einen englischen Peer auf Grund von Indizien wegen Mordes aufhängen kann?»

Darüber mußte Lord Peter erst einmal nachdenken.

«Phantasie war noch nie Geralds Stärke», räumte er ein. «Ich nehme doch an, daß man auch Peers aufhängt? Sie werden nicht etwa auf dem Tower Hill geköpft?»

«Ich kann mich gern erkundigen», sagte Parker. «Earl Ferrers ist jedenfalls 1760 gehängt worden.»

«Wirklich?» meinte Lord Peter. «Na ja. Wie sagten schon die alten Heiden vom Evangelium? Es ist lange her, und hoffentlich stimmt es nicht.»

«Es stimmt aber», sagte Parker. «Und danach haben sie ihn in Stükke geschnitten. Aber diese Sitte ist aus der Mode gekommen.»

«Wir werden es Gerald beibringen», sagte Lord Peter, «und ihm nahelegen, die Sache ernst zu nehmen. Welche von diesen Stiefeln hat er am Mittwochabend angehabt?»

«Die da», sagte Parker. «Aber der Dummkopf hat sie saubergemacht.»

«Tja», machte Lord Peter mißmutig. «Hm! Schöne, schwere Schnürstiefel – die drücken einem das Blut in den Kopf.»

«Gamaschen hatte er auch an», sagte Parker. «Die hier.»

«Ziemlich aufwendige Vorbereitungen für einen Spaziergang im Garten. Aber wie du gerade ganz richtig sagen wolltest, draußen war es naß. Ich muß Helen mal fragen, ob Gerald öfter an Schlaflosigkeit leidet.»

«Hab ich schon gefragt. Normalerweise nicht, sagt sie, aber manchmal hat er solche Zahnschmerzen, daß er nicht einschlafen kann.»

«Aber damit geht man doch nicht in einer kalten Regennacht aus dem Haus. Na ja, gehen wir mal nach unten.»

Sie gingen durchs Billardzimmer, wo der Oberst gerade eine sensationelle Serie hinlegte, und von da weiter in den angrenzenden kleinen Wintergarten.

Lord Peter betrachtete düster die Chrysanthemen und Zwiebelkästen ringsum.

«Dieses Grünzeug strotzt vor Gesundheit», meinte er. «Hast du etwa dem Gärtner erlaubt, hier herumzutrampeln, um die Blumen zu gießen?»

«Ja», sagte Parker begütigend, «aber er hatte strikte Anweisungen, nur auf diese Matten zu treten.»

«Gut», sagte Lord Peter. «Dann wollen wir die mal wegräumen und uns an die Arbeit machen.»

Mit der Lupe vor dem Auge kroch er aufmerksam über den Boden.

«Wahrscheinlich sind hier alle durchgegangen, wie?»

«Ja», bestätigte Parker. «Die meisten Abdrücke habe ich schon identifiziert. Die Leute sind hier ein und aus gegangen. Der Abdruck da ist vom Herzog. Er ist von draußen hereingekommen. Hier ist er über die Leiche gestolpert.»

Parker hatte die Tür nach draußen geöffnet und eine Matte hochgehoben, unter der ein aufgewühltes, von Blut verfärbtes Stück Kiesweg zum Vorschein kam. «Er ist neben dem Toten niedergekniet. Hier sind seine Knie und hier die Fußspitzen. Dann ist er durch den Wintergarten ins Haus gegangen und hat uns gleich hinter der Tür einen schönen Abdruck aus schwarzem Lehm und Kies hinterlassen.»

Lord Peter betrachtete aufmerksam die Spuren.

«Ein Glück, daß der Boden hier so weich ist», meinte er.

«Ja. Aber nur diese Stelle. Der Gärtner sagt, daß der Boden hier immer so naß und zertreten ist, weil er hier die Gießkannen aus dem Wassertrog füllt. Der Trog wird aus dem Brunnen aufgefüllt, und von hier tragen sie das Wasser in Kannen weiter. Dieses Jahr ist der Boden besonders strapaziert worden, darum haben sie vor ein paar Wochen frischen Kies aufgetragen.»

«Schade, daß ihr Fleiß nicht gleich dem ganzen Weg zugute gekommen ist, wenn sie schon einmal dabei waren», knurrte Lord Peter, während er schwankend auf einem kleinen Stück Sackleinen balancierte. «Jedenfalls bestätigt das bisher Geralds Aussage. Hier auf dem Beetrand muß ein Elefant gestanden haben. Wer ist das?»

«Nur einer von den Konstablern. Ich schätze ihn auf gut zwei Zentner. Hat nichts weiter zu bedeuten. Und hier diese Gummisohle mit dem Flicken, das ist Craikes. Den findest du überall. Dieser schwammige Abdruck hier ist Mr. Arbuthnot in Pantoffeln, und die Galoschen da gehören Mr. Pettigrew-Robinson. Die können wir alle links liegenlassen. Aber was hier über die Schwelle kommt, das ist ein Frauenfuß in derben Schuhen. Ich nehme an, das war Lady Mary. Da ist er wieder, gleich am Brunnenrand. Sie ist herausgekommen, um den Toten anzusehen.»

«Richtig», sagte Peter. «Und dann ist sie wieder hineingegangen und hat ein paar rote Kieskörner ins Haus geschleppt. Soweit, so gut. Hallo!»

An der Außenwand des Wintergartens befanden sich ein paar Regale für kleinere Pflanzen, und unter diesen fristeten auf einem feuchten, ungepflegten Flecken Erde ein paar magere Kakteen und Farne ihr Dasein. Das Ganze lag versteckt hinter einer Reihe hoher Chrysanthemen in Töpfen.

«Hast du was gefunden?» erkundigte sich Parker, als er seinen Freund neugierig in dieses grüne Versteck spähen sah.

Lord Peter zog seine lange Nase zwischen zwei Blumentöpfen zurück und meinte: «Wer hat da etwas hingestellt und was?»

Parker eilte hin. Zwischen den Kakteen war deutlich der Abdruck von etwas Rechteckigem mit vorstehenden Kanten zu sehen, das vor Blicken geschützt hinter den Blumentöpfen gestanden hatte.

«Wie gut, daß Geralds Gärtner nicht einer von den übereifrigen ist, die nicht einmal einen Kaktus den Winter über in Ruhe lassen können», sagte Lord Peter, «sonst hätte er diese kleinen Hängeköpfchen liebevoll wieder aufgerichtet – Himmel verd . . .! Hol der Geier dieses rosarote Stachelschwein! Miß du das aus.»

Parker nahm Maß.

«Sechsundsiebzig mal fünfzehn», sagte er. «Und ziemlich schwer, denn es ist tief eingesunken und hat die Pflanzen zerdrückt. Kann das ein Brett gewesen sein oder so was?»

«Glaub ich nicht», sagte Lord Peter. «Hier auf der einen Seite ist der Abdruck tiefer. Ich vermute, das war etwas Sperriges, das beim Hinstellen verkantet und an die Glaswand gelehnt wurde. Wenn du meine private Meinung hören willst, ich glaube, das war ein Koffer.»

«Ein Koffer!» rief Parker. «Wieso ein Koffer?»

«Ja, wieso wohl? Ich glaube, wir dürfen annehmen, daß er nicht sehr lange hier gestanden hat. Am Tag hätte man ihn gut gesehen. Aber es könnte ihn jemand hier hineingeschoben haben, der damit überrascht wurde – vielleicht um drei Uhr morgens – und nicht gern damit gesehen werden wollte.»

«Wann hätte er ihn dann wieder weggenommen?»

«Ziemlich bald, würde ich sagen. Vor Tagesanbruch jedenfalls, sonst hätte sogar Inspektor Craikes ihn schwerlich übersehen können.»

«Es wird doch nicht die Tasche des Arztes gewesen sein?»

«Nein – sonst wäre der Arzt ein schöner Trottel. Warum eine Tasche so unbequem weit weg auf den feuchten Boden stellen, wenn er sie so vernünftig und praktisch gleich neben der Leiche abstellen konnte? Nein. Wenn nicht Craikes oder der Gärtner das Ding haben herumstehen lassen, dann wurde es Mittwoch nacht entweder von Gerald, Cathcart – oder, wie ich vermute, von Mary dort abgestellt. Sonst wüßte ich niemanden, der dort etwas verstecken sollte.»

«Doch», sagte Parker, «einen.»

«Und wer soll das sein?»

«Der Unbekannte.»

«Wer ist das?»

Zur Antwort schritt Parker stolz auf eine Reihe hölzerner Rahmen zu, die sorgsam mit Matten abgedeckt waren. Diese zog er fort wie ein Bischof die Hülle vom Denkmal, und darunter kam eine V-förmige Reihe von Fußabdrücken zum Vorschein.

«Die hier», sagte Parker, «gehören zu niemandem – ich meine, zu niemandem, von dem ich je etwas gesehen oder gehört hätte.»

«Hurra!» sagte Peter.

> *«Und abwärts von des Berges Grat*
> *Sie folgten der kleinen Spur*

(allerdings ist sie eher groß).»

«So einfach ist es leider nicht», meinte Parker. «Sagen wir lieber:

Sie folgten von dem erd'gen Weg
Der Spur im Morgenlicht
Bis auf der Brücke schmalen Steg,
und weiter ging sie nicht.»

«Großer Dichter, dieser Wordsworth», sagte Lord Peter. «War schon immer meine Meinung. Also, sehen wir mal. Diese Fußabdrükke – von einem Mann, Schuhgröße 45 mit schiefen Absätzen und einem Flicken an der linken Innenseite – kommen vom festen Weg, auf dem keine Spuren zu sehen sind; sie nähern sich der Leiche – hier, wo die Blutlache ist. Sag mal, das ist doch komisch, findest du nicht? Nein? Na ja, vielleicht nicht. Ob keine Spuren unter der Leiche sind? Schwer zu sagen, das ist alles so ein Matsch hier. Also, der Unbekannte kommt bis hierher – hier ist ein sehr tiefer Abdruck. Wollte er Cathcart einfach in den Brunnen werfen? Er hört ein Geräusch, schrickt zusammen, macht kehrt und rennt auf leisen Sohlen – ins Gebüsch, beim Zeus!»

«Eben», sagte Parker, «und von da führt die Spur zu einem Graspfad im Wald und endet dort.»

«Hm! Na schön, wir gehen ihr später nach. Aber zunächst: Wo kommt sie her?»

Die beiden Freunde folgten gemeinsam dem Weg, der vom Haus wegführte. Der Kiesboden war bis auf den kleinen Flecken vor dem Wintergarten alt und hart und wies kaum Spuren auf, vor allem nachdem es die letzten Tage geregnet hatte. Parker konnte Wimsey jedoch versichern, daß dort deutliche Schleif- und Blutspuren gewesen waren.

«Was für Blutspuren? Tropfen?»

«Nein, verschmiertes Blut. Auf dem ganzen Weg waren auch Furchen in den Kies gekratzt. Und hier kommt nun etwas Merkwürdiges.»

Es war der deutliche Abdruck einer Männerhand, tief in die Erde an der Rasenkante eingedrückt, mit den Fingern zum Haus. Auf dem Kiesweg waren zwei lange Furchen zu erkennen. Das Gras zwischen Weg und Beet war blutverschmiert, und die Kante stark zertreten.

«Das gefällt mir nicht», sagte Lord Peter.

«Häßlich, wie?» stimmte Parker zu.

«Der arme Teufel!» meinte Peter. «Er hat verzweifelt versucht, sich hier festzukrallen. Das erklärt auch das Blut an der Wintergartentür.

Aber was für ein Ungeheuer schleift eine Leiche durch die Gegend, die noch nicht einmal ganz tot ist?»

Ein paar Schritte weiter mündete der Pfad in den Hauptzufahrtsweg. Rechts und links von diesem standen Bäume, die sich zu einem Dickicht weiteten. An der Stelle, wo die beiden Wege sich trafen, fanden sich weitere undeutliche Spuren, und noch einmal rund zwanzig Schritte weiter schwenkten sie ins Dickicht ab. Irgendwann war hier einmal ein großer Baum umgestürzt und hatte eine kleine Lichtung hinterlassen, in deren Mitte jetzt eine Plane ausgebreitet und am Boden befestigt worden war. Die Luft roch schwer nach Pilzen und gefallenem Laub.

«Der Schauplatz der Tragödie», sagte Parker kurz und rollte die Plane zurück.

Lord Peter starrte traurig zu Boden. Eingemummt in einen Mantel nebst dickem grauem Schal wirkte er mit seinem langen, schmalen Gesicht wie ein Marabu. Der zappelnde Körper des gestürzten Mannes hatte das modernde Laub aufgewühlt und einen tiefen Eindruck im weichen Boden hinterlassen. An einer Stelle zeigte die dunklere Färbung der Erde, wo eine große Blutlache eingesickert war, und das Rostrot auf den gelben Blättern einer Weißpappel war nicht herbstlich.

«Hier hat man das Taschentuch und den Revolver gefunden», sagte Parker. «Ich habe nach Fingerspuren gesucht, aber Regen und Matsch hatten schon alles weggespült.»

Wimsey zückte seine Lupe, legte sich auf den Bauch und kroch, von Parker stumm gefolgt, den Ort des Geschehens höchstpersönlich ab.

«Er ist eine Zeitlang auf und ab gegangen», sagte Lord Peter. «Geraucht hat er nicht. Er muß über etwas nachgedacht oder auf jemanden gewartet haben. Was ist denn das? Aha! Wieder unsere Schuhgröße 45, diesmal von der andern Seite der Lichtung. Keine Kampfspuren. Merkwürdig! Cathcart wurde doch aus nächster Nähe erschossen, oder?»

«Ja, sein Hemd war vorn versengt.»

«Eben. Wieso hat er stillgehalten und sich erschießen lassen?»

«Ich stelle mir vor», sagte Parker, «daß Schuhgröße 45, falls er sich hier mit ihm treffen wollte, jemand war, den er kannte, der also nah an ihn herankommen konnte, ohne seinen Argwohn zu erregen.»

«Demnach wäre es eine friedliche Begegnung gewesen, wenigstens von Cathcart aus gesehen. Aber das reimt sich nicht mit dem Revolver. Wie kommt Schuhgröße 45 an Geralds Revolver?»

«Die Tür zum Wintergarten war offen», meinte Parker zweifelnd.

«Das wußten aber nur Gerald und Fleming», erwiderte Lord Peter. «Außerdem, du wirst mir doch nicht weismachen wollen, daß Schuhgröße 45 da hineingegangen ist, um aus dem Arbeitszimmer den Revolver zu holen, dann wieder hierher zurückgekommen ist und Cathcart erschossen hat? Das käme mir etwas umständlich vor. Wenn er eine Schießerei vorgehabt hätte, wäre er von vornherein bewaffnet gekommen.»

«Ich halte es für wahrscheinlicher, daß Carthcart den Revolver mitgebracht hat», meinte Parker.

«Warum sind dann keine Kampfspuren zu sehen?»

«Vielleicht hat Cathcart sich selbst erschossen», sagte Parker.

«Aber warum hätte Schuhgröße 45 ihn dann erst zu einer auffälligen Stelle schleppen sollen, bevor er weglief?»

«Moment», sagte Parker. «Was hältst du davon? Schuhgröße 45 hat eine Verabredung mit Cathcart – sagen wir, um ihn zu erpressen. Irgendwie gelingt es ihm, Cathcart zwischen Viertel vor und Viertel nach zehn von dieser Absicht in Kenntnis zu setzen. Das würde den Stimmungsumschwung bei Cathcart erklären, und damit könnten sowohl Mr. Arbuthnot als auch der Herzog die Wahrheit gesagt haben. Cathcart rennt nach dem Krach mit deinem Bruder wütend aus dem Haus. Er kommt hierher, um seine Verabredung einzuhalten. Während er auf Schuhgröße 45 wartet, geht er auf und ab. Schuhgröße 45 kommt und verhandelt mit Cathcart. Cathcart bietet ihm Geld an. Schuhgröße 45 will mehr. Cathcart sagt, daß er soviel wirklich nicht hat. Daraufhin sagt Schuhgröße 45, daß er die Bombe platzen lassen will. Cathcart antwortet: ‹Dann kannst du zum Teufel fahren. Dahin fahre ich nämlich auch.› Cathcart, der sich den Revolver schon vorher beschafft hat, erschießt sich. Schuhgröße 45 wird von Reue gepackt. Er sieht, daß Cathcart noch nicht ganz tot ist, hebt ihn auf und trägt und schleift ihn halb und halb zum Haus. Er ist kleiner als Cathcart und nicht sehr kräftig und muß sich schwer plagen. Gerade sind sie bis zur Tür des Wintergartens gekommen, da erleidet Cathcart einen letzten Blutsturz und gibt seinen Geist auf. Schuhgröße 45 begreift plötzlich, daß er in einer Situation ist – morgens um drei allein mit einer Leiche auf einem fremden Grundstück –, die der Erklärung bedarf. Er läßt Cathcart fallen und sucht das Weite. Es tritt auf der Herzog von Denver und stolpert über die Leiche. Tableau!»

«Das ist gut», sagte Lord Peter. «Sehr gut sogar. Aber wann soll sich das Ganze nach deiner Theorie abgespielt haben? Gerald hat die Leiche um drei Uhr gefunden; der Doktor kam um halb fünf und behauptete, Cathcart sei schon mehrere Stunden tot. Bitte sehr. Und was ist mit dem Schuß, den meine Schwester um drei Uhr gehört hat?»

«Sieh mal», meinte Parker, «ich möchte deiner Schwester wirklich nicht zu nahe treten. Sagen wir mal, ich vermute, daß der Schuß um drei Uhr von Wilderern abgegeben wurde.»

«Selbstverständlich waren das Wilderer», sagte Lord Peter. «Also wirklich, Parker, ich glaube, das hat Hand und Fuß. Machen wir uns diese Erklärung vorerst zu eigen. Dann gilt es jetzt vor allem, Schuhgröße 45 zu finden, weil er bezeugen kann, daß Cathcart Selbstmord begangen hat; und das ist, was meinen Bruder betrifft, überhaupt der springende Punkt. Aber zur Befriedigung meiner eigenen Neugier möchte ich gern noch wissen: Womit hat Schuhgröße 45 Cathcart erpreßt? Wer hat einen Koffer im Wintergarten versteckt? Und was tat Gerald morgens um drei Uhr draußen im Garten?»

«Tja», sagte Parker, «dann schlage ich vor, wir versuchen als erstes festzustellen, woher Schuhgröße 45 kam.»

«Hoho!» rief Wimsey plötzlich, als sie sich wieder dem Weg zuwandten. «Da liegt ja was – Parker, wir haben einen echten Schatz gefunden!»

Zwischen Lehm und moderndem Laub zog er etwas Kleines, Glitzerndes hervor – es funkelte weiß und grün zwischen seinen Fingerspitzen.

Es war ein kleines Amulett, wie Frauen es gern am Armband tragen – eine winzige Brillantkatze mit Augen aus leuchtenden Smaragden.

Lehmflecken und Blutflecken

Andere Dinge mögen in ihrer Art ja recht nett sein – aber reines Blut geht über alles... Wir sagen: «Da! Das ist Blut!» Es ist eine richtige Tatsache. Wir können mit den Fingern darauf zeigen. Es schließt jeden Zweifel aus. Reines Blut muß es sein, nicht?
David Copperfield

«Bis jetzt», sagte Lord Peter, während sie unter Mühen der Spur von Schuhgröße 45 durch das Wäldchen folgten, «war ich überzeugt, daß diese entgegenkommenden Verbrecher, die ihre Spuren mit lauter kleinen persönlichen Dingen verzieren – hier ist er, auf einem zertretenen Pilz –, eine Erfindung der Detektivliteratur zum Nutzen der Autoren seien. Ich sehe, daß ich in meinem Beruf noch etwas dazulernen kann.»

«Du übst ihn ja auch noch nicht so lange aus», meinte Parker. «Außerdem wissen wir nicht, ob die Diamantkatze dem Verbrecher gehört. Sie könnte jemandem aus deiner Familie gehören und schon seit Tagen hier herumliegen. Sie könnte diesem Mr. Dingsda in Amerika gehören, oder dem vorletzten Bewohner, und schon seit Jahren hier liegen. Dieser abgebrochene Zweig hier, das könnte unser Freund gewesen sein – ich glaube, er ist es.»

«Ich werde mal in der Familie nachfragen», sagte Lord Peter, «und im Dorf könnten wir erfahren, ob sich dort schon einmal jemand nach einer verlorenen Katze erkundigt hat. Das sind nämlich echte Steine. So etwas verliert man nicht, ohne einen Riesenwirbel darum zu machen – jetzt hab ich ihn aber ganz verloren.»

«Macht nichts – ich habe ihn. Hier ist er über eine Wurzel gestolpert.»

«Geschieht ihm recht», meinte Lord Peter giftig, indem er den Rükken streckte. «Weißt du, ich finde, der menschliche Körper ist für dieses Spürhundgeschäft nicht sehr durchdacht konstruiert. Wenn man auf allen vieren laufen könnte oder Augen an den Knien hätte, das wäre viel praktischer.»

«Die teleologische Betrachtungsweise der Schöpfung hat ihre Tükken», kommentierte Parker gelassen. «Aha! Jetzt kommen wir an den Zaun.»

«Und hier ist er herübergestiegen», sagte Lord Peter und zeigte auf eine Stelle, wo die Lattenspitze abgebrochen war. «Hier ist er mit den Absätzen aufgekommen, und hier ist er vornüber auf Hände und Knie gefallen. Hm! Hilf mir mal hoch, bitte. Danke. Aha, der Bruch ist alt. Mr. Montague-in-Amerika sollte seinen Zaun besser in Ordnung halten. Schuhgröße 45 hat sich jedenfalls den Mantel an den Spitzen zerrissen; er hat ein Stückchen Burberry zurückgelassen. Welch ein Glück! Hier auf der anderen Seite ist ein tiefer, sumpfiger Graben, in den ich jetzt spornstreichs hineinfallen werde.»

Ein dumpfes Platschen verriet, daß er seine Worte wahrgemacht hatte. Der solchermaßen schnöde allein gelassene Parker blickte sich um, und als er sah, daß es bis zum Tor nur etwa hundert Schritt waren, lief er hin und wurde von Hardraw, dem Wildhüter, der gerade aus seinem Haus kam, zuvorkommend hinausgelassen.

«Übrigens», sagte Parker zu ihm, «haben Sie Mittwoch nacht überhaupt etwas von Wilderern entdeckt?»

«Nee», antwortete der Mann, «nicht mal 'n totes Karnickel. Da muß das gnädige Fräulein sich verhört haben, und es war doch der Schuß, den ich gehört habe, der den Hauptmann getötet hat.»

«Schon möglich», sagte Parker. «Wissen Sie übrigens, wie lange die Spitzen da drüben an den Zaunlatten schon abgebrochen sind?»

«Na, so um 'nen Monat rum. Hätte längst repariert werden müssen, aber der Mann ist krank.»

«Das Tor ist nachts verschlossen, nehme ich an?»

«Ja.»

«Und jeder, der herein will, muß Sie wecken?»

«Ja, allerdings.»

«Sie haben wohl letzten Mittwoch auch keine verdächtige Person draußen um den Zaun herumschleichen sehen?»

«Nee, Sir. Aber vielleicht meine Frau. He, Frau!»

Die so herbeigerufene Mrs. Hardraw erschien mit einem kleinen Jungen am Rockzipfel in der Tür.

«Mittwoch?» meinte sie. «Nein, da hab ich keinen rumlungern sehen. Ich hab nämlich immer ein Auge auf Landstreicher und so, weil das doch hier so einsam ist. Mittwoch. Warte mal, John, das war doch der Tag, wo der junge Mann mit dem Motorrad hier war.»

«Ein junger Mann mit einem Motorrad?»

«Das muß da gewesen sein. Er hat gesagt, daß er 'nen Platten hat und 'nen Eimer Wasser braucht.»

«Hat er sonst nichts gesagt?»

«Er hat noch gefragt, wie der Ort hier heißt und wem das Jagdhaus gehört.»

«Haben Sie ihm gesagt, daß sich der Herzog von Denver hier aufhält?»

«Ja, Sir, und er hat gemeint, da kommen sicher viele feine Leute hierher zum Jagen.»

«Hat er gesagt, wohin er fahren wollte?»

«Er kommt von Weirdale rauf und will nach Cumberland, hat er gesagt.»

«Wie lange hat er sich hier aufgehalten?»

«Vielleicht 'ne halbe Stunde. Und dann hat er versucht, sein Motorrad wieder zum Laufen zu bringen, und ist in Richtung King's Fenton davongeknattert.»

Sie zeigte nach rechts, wo man Lord Peter wild gestikulierend mitten auf der Straße stehen sah.

«Was war das für ein Mann?»

Wie die meisten Leute tat Mrs. Hardraw sich mit Beschreibungen schwer. Ziemlich jung und ziemlich groß sei er gewesen, meinte sie, weder dunkelhaarig noch blond und mit so einem langen Mantel, wie Motorradfahrer ihn trügen, mit einem Gürtel darum.

«War er ein vornehmer Mann?»

Mrs. Hardraw zögerte, und Mr. Parker stufte den Fremden im Geiste als ‹so-so› ein.

«Sie haben nicht zufällig die Nummer seines Motorrads gesehen?»

Mrs. Hardraw hatte sie nicht gesehen. «Aber ein Beiwagen war dran», sagte sie.

Lord Peter winkte immer ungeduldiger, und Mr. Parker beeilte sich, ihm wieder Gesellschaft zu leisten.

«Komm schon her, alte Klatschtante», schalt Lord Peter grundlos. «Ist das nicht ein wunderschöner Graben?

Aus solcher Goss' wie dieser
Da linde Luft die Bäume schmeichelnd küßte
Und sie nicht rauschen ließ, aus solcher Goss'
Erstieg wohl unser Freund die Mauern Trojas
Und wetzte sich im Schlamm die Schuhe blank.

Sieh dir mal meine Hose an!»

«Gar nicht so leicht, von dieser Seite über den Zaun zu steigen», meinte Parker.

«O ja. Er hat im Graben gestanden, einen Fuß hierher gesetzt, wo die Latte weggebrochen ist, mit einer Hand nach oben gegriffen und sich hochgezogen. Schuhgröße 45 muß ungewöhnlich groß, kräftig und gelenkig sein. Ich habe meinen Fuß da nicht hinaufgekriegt, geschweige die Hand bis oben. Ich bin einsfünfundsiebzig groß. Kommst du ran?»

Parker mit seinen einsdreiundachtzig reichte mit der Hand gerade bis oben.

«Ich *könnte* es schaffen – an einem guten Tag», sagte er, «und bei entsprechendem Anreiz und gutem Zureden.»

«Eben», sagte Lord Peter. «Und daraus schließen wir auf seine ungewöhnliche Größe und Kraft.»

«Ja», meinte Parker. «Unser Pech, daß wir uns vorhin erst genötigt sahen, ihn für ungewöhnlich klein und schwach zu halten.»

«Oh!» machte Peter. «Hm – ja, da hast du recht, das kommt ein wenig ungelegen.»

«Aber es könnte sich recht bald aufklären. Könnte er nicht einen Komplicen gehabt haben, der ihm hier hinaufgeholfen hat?»

«Dann müßte der Komplice ein Wesen ohne Füße und sonstige Fortbewegungswerkzeuge sein», sagte Lord Peter und zeigte auf die einsamen Abdrücke eines Paars geflickter Schuhe, Größe 45. «Übrigens, wie hat er im Dunkeln sofort die Stelle gefunden, an der die Spitzen fehlten? Anscheinend ist er aus der Gegend oder hat sich vorher umgesehen.»

«Bei der Gelegenheit», erwiderte Parker, «kann ich dir ja endlich von dem unterhaltsamen ‹Klatsch› berichten, den ich mit Mrs. Hardraw hatte.»

«Hoppla!» meinte Wimsey, nachdem er sich das angehört hatte. «Das ist ja interessant. Wir sollten uns mal in Riddlesdale und King's Fenton erkundigen. Inzwischen wissen wir also, woher Schuhgröße 45 gekommen ist; aber wohin ist er verschwunden, nachdem er Cathcarts Leiche neben dem Brunnen abgelegt hatte?»

«Die Spur führt in die Schonung», sagte Parker. «Dort habe ich sie verloren. Totes Laub und Unterholz bilden einen dicken Teppich.»

«Aber wir müssen dort nicht wieder mit der Nase am Boden herumschnüffeln», begehrte sein Freund auf. «Wenn der Kerl in die Schonung hineingegangen ist, muß er, da er vermutlich nicht mehr drin ist, auch wieder herausgekommen sein. Durchs Tor kann er nicht gegangen sein, sonst hätte Hardraw ihn gesehen; er ist auch nicht auf demselben Weg wieder herausgekommen, auf dem er hineingegangen ist, sonst hätte er entsprechende Spuren hinterlassen. Demnach ist er woanders herausgekommen. Gehen wir mal um den Zaun herum.»

«Dann sollten wir uns nach links wenden», meinte Parker, «denn da ist die Schonung, durch die er ja offenbar gelaufen ist.»

«Wahr, o König! Und da dies keine Kirche ist, kann es auch nicht schaden, gegen den Uhrzeigersinn herumzugehen. Apropos Kirche – eben kommt Helen zurück. Geh mal einen Schritt schneller, altes Haus.»

Sie überquerten die Einfahrt, gingen am Häuschen des Wildhüters vorbei und verließen die Straße, um über offene Wiesen dem Zaun zu folgen. Schon bald fanden sie, was sie suchten. An einer der Eisenspitzen über ihnen baumelte ein einsames Stück Stoff. Wimsey kletterte, gestützt von Parker, in geradezu lyrischer Begeisterung hinauf.

«Da haben wir's!» rief er. «Den Gürtel eines Regenmantels. Hier hat er alle Vorsicht fahrenlassen. Dies sind die Spuren eines Mannes, der um sein Leben rennt. Er hat sich den Mantel heruntergerissen und ist – einmal, zweimal, dreimal – verzweifelt am Zaun hochgesprungen. Beim dritten Anlauf hat er den Mantel an den Spitzen festgehakt. Dann ist er hinaufgeklettert und hat uns die schönsten Kratzspuren am Holz hinterlassen. Jetzt ist er oben. Ah, hier ist Blut in eine Ritze gelaufen. Er hat sich die Hand verletzt. Dann springt er hinunter, reißt den Mantel nach und läßt den Gürtel hängen – »

«Spring du endlich auch runter», knurrte Parker. «Du brichst mir das Schlüsselbein.»

Lord Peter sprang gehorsam hinunter, dann stand er, den Gürtel in der Hand, da und ließ den Blick seiner schmalen grauen Augen rastlos über die Wiesen schweifen. Plötzlich packte er Parkers Arm und ging raschen Schrittes auf einen Steinwall auf der anderen Seite der Wiese zu – ein niedriges Bauwerk lose aufgeschichteter Steine, wie sie für die Gegend typisch sind. Darauf lief er entlang wie ein Terrier, die Nase vorneweg, die Zungenspitze albern zwischen den Zähnen, sprang schließlich hinüber, drehte sich zu Parker um und meinte:

«Hast du mal *Des letzten Minnesängers Sang* gelesen?»

«Von Scott? In der Schule hab ich viel davon gehört», sagte Parker. «Warum?»

«Weil da so ein Knirps drin vorkommt, der im unpassendsten Moment schreit: ‹Gefunden! Gefunden!›» sagte Lord Peter. «Ich habe ihn immer als furchtbar aufdringlich empfunden, aber jetzt weiß ich, was in ihm vorging. Sieh dir das mal an.»

Dicht unterhalb des Steinwalls wies der schmale, lehmige Weg, der hier rechtwinklig zur Straße verlief, die tief eingedrückten Spuren eines Motorrads mit Beiwagen auf.

«Und wie hübsch», sagte Mr. Parker beifällig. «Neuer Dunlopreifen auf dem Vorderrad, alter Reifen auf dem Hinterrad, geflickter

Reifen am Beiwagen. Was wollen wir mehr? Die Spur kommt von der Straße und kehrt wieder zur Straße zurück. Der Bursche hat sein Motorrad von der Straße hierhergeschoben, damit nicht irgendein vorbeikommender Naseweis damit verschwand oder sich die Nummer merkte. Dann ist er auf Schusters Rappen zu der Stelle am Zaun gegangen, die er zuvor am Tag erkundet hatte, und ist hinübergestiegen. Nach der Geschichte mit Cathcart hat er's mit der Angst bekommen, ist durch die Schonung gerannt und hat ohne Rücksicht auf Verluste den kürzesten Weg zu seinem fahrbaren Untersatz genommen. Na bitte.»

Er setzte sich auf den Steinwall, zog sein Notizbuch aus der Tasche und fertigte nach den ihm bekannten Daten eine Beschreibung des Mannes an.

«Allmählich sieht's ein bißchen besser für den guten Jerry aus», meinte Lord Peter. Er lehnte sich an die Mauer und pfiff leise, aber gekonnt, die kunstvolle Passage von Bach, die mit den Worten beginnt: «Laß Zions Kinder».

«Ich möchte nur wissen», sagte der Ehrenwerte Freddy Arbuthnot, «welcher von allen guten Geistern verlassene Trottel den Sonntagnachmittag erfunden hat.»

Er schaufelte mit rücksichtslosem Gepolter Kohlen auf das Kaminfeuer im Arbeitszimmer und weckte damit Oberst Marchbanks auf, der «Wie? Ja, ganz recht!» murmelte und prompt wieder einschlief.

«Du brauchst dich gar nicht zu beklagen, Freddy», sagte Lord Peter, der seit einiger Zeit dabei war, mit nervtötender Gründlichkeit sämtliche Schreibtischschubladen zu öffnen und an der Verriegelung der Verandatür herumzuspielen. «Denk mal an Jerry, wie der sich erst langweilen muß. Ich sollte ihm vielleicht ein paar Zeilen schreiben.»

Er ging zum Schreibtisch und nahm ein Blatt Papier. «Weißt du zufällig, ob hier oft jemand Briefe schreibt?»

«Keine Ahnung», antwortete der Ehrenwerte Freddy. «Schreib selber nie welche. Wozu schreiben, wenn man telegrafieren kann? Dann schreiben die Leute doch nur zurück. Ich glaube, wenn Denver schreibt, schreibt er hier, und neulich habe ich auch den Oberst mit Feder und Tinte sich abquälen sehen, stimmt's, Oberst?» (Der Oberst reagierte mit einem Grunzen auf die Erwähnung seines Namens, ganz wie ein Hund, der im Schlaf mit dem Schwanz wedelt.) «Was ist denn? Keine Tinte da?»

«War nur mal eine Frage», antwortete Peter gelassen. Er schob ein Papiermesser unter das oberste Löschblatt der Schreibunterlage und hielt dieses gegens Licht. «Ganz recht, altes Haus. Ich muß deine Beobachtungsgabe loben. Das hier ist Jerrys Unterschrift, die andere da ist vom Oberst, und dann haben wir noch eine große, schwungvolle Schrift, die ich für weiblich halten würde.»

Er betrachtete noch einmal das Löschblatt, schüttelte den Kopf, faltete es zusammen und steckte es in die Tasche. «Scheint nichts weiter drauf zu sein», meinte er, «aber man weiß ja nie. ‹Fünf irgendwas ... schöne irgendwas› – werden wohl Waldhühner sein. ‹ – oe – is – f.u –› vielleicht ‹ist fruchtlos› oder so ähnlich. Na ja, kann nicht schaden, das Ding mal aufzuheben.»

Dann glättete er sein Briefpapier und begann:

«Lieber Jerry,

da bin ich, der Spürhund der Familie in Aktion, und es ist mächtig aufregend – »

Der Oberst schnarchte.

Sonntag nachmittag. Parker war mit dem Wagen nach King's Fenton gefahren mit dem Auftrag, unterwegs in Riddlesdale anzuhalten, um sich nach einer grünäugigen Katze sowie einem jungen Mann mit Beiwagen zu erkundigen. Die Herzogin hatte sich ein wenig hingelegt. Mrs. Pettigrew-Robinson hatte ihren Mann auf eine Wanderung entführt. Irgendwo im Obergeschoß erfreute sich Mrs. Marchbanks der vollkommenen Geistesgemeinschaft mit ihrem Gatten.

Lord Peters Feder kratzte leise übers Papier, hielt inne, kratzte weiter, hörte ganz auf. Er stützte das lange Kinn auf die Hände und starrte aus dem Fenster, an dessen Scheiben plötzliche kleine Regenschauer prasselten oder dann und wann ein totes Blatt vorbeiwehte. Der Oberst schnarchte; das Feuer knisterte; der Ehrenwerte Freddy begann vor sich hin zu summen und auf der Armlehne seines Sessels den Takt zu klopfen. Die Uhr rückte träge auf fünf. Das bedeutete Teezeit und brachte die Herzogin auf den Plan.

«Wie geht es Mary?» fragte Lord Peter, indem er plötzlich in den Feuerschein trat.

«Ich mache mir wirklich Sorgen um sie», antwortete die Herzogin. «Sie läßt sich so merkwürdig gehen. Das paßt gar nicht zu ihr. Sie läßt auch kaum jemanden in ihre Nähe. Ich habe wieder nach Dr. Thorpe geschickt.»

«Findest du nicht auch, sie sollte besser aufstehen und ein bißchen zu uns runterkommen?» meinte Wimsey. «So allein muß sie ja ins Brüten kommen, denke ich. Freddys geistreiche Unterhaltung würde sie sicher aufmuntern.»

«Du darfst nicht vergessen», erwiderte die Herzogin, «daß die Ärmste mit Hauptmann Cathcart verlobt war. Nicht jeder ist so gefühllos wie du.»

«Sind noch mehr Briefe da, Euer Gnaden?» fragte der Diener, der eben mit dem Postsack hereinkam.

«Ach, bringen Sie jetzt die Post weg?» fragte Wimsey. «Ja, hier ist einer – und noch einer, wenn's Ihnen nichts ausmacht, eine Minute zu warten, bis ich ihn geschrieben habe. Ich möchte so schnell schreiben können wie die Leute in den Filmen», fuhr er fort und schrieb rasch, während er weitersprach: «‹Liebe Lilian, Dein Vater hat Mr. William Snooks umgebracht, und wenn Du mir nicht durch Überbringer desselbigen sofort tausend Pfund schickst, erzähle ich alles Deinem Mann. Hochachtungsvoll, Dein Earl of Digglesbrake.› So macht man das; und alles mit einem Federstrich. Hier, Fleming.»

Der Brief war an Ihre Gnaden die Herzoginwitwe von Denver gerichtet.

Aus der *Morning Post* von Montag, dem ... November 19 ...:

HERRENLOSES MOTORRAD

Ein Viehtreiber machte gestern eine erstaunliche Entdeckung. Er pflegt seine Kühe an einem bestimmten Teich zu tränken, der etwa zwölf Meilen südlich von Ripley ein wenig abseits von der Straße liegt. Diesmal sah er, daß eines seiner Tiere offenbar Schwierigkeiten hatte. Als er hinging, um ihm zu helfen, mußte er feststellen, daß es sich in einem Motorrad verfangen hatte, das in den Teich gefahren und dort zurückgelassen worden war. Mit Unterstützung einiger Arbeiter zog er die Maschine heraus. Es handelte sich um eine Douglas mit dunkelgrauem Beiwagen. Die Nummernschilder waren abmontiert. Es ist ein tiefer Teich, in dem das Gespann völlig untergetaucht war. Wahrscheinlich hat es jedoch nicht länger als eine Woche darin gelegen, denn der Teich wird sonntags und montags vielfach als Viehtränke benutzt. Die Polizei sucht zur Zeit noch den Besitzer. Am Vorderrad befindet sich ein neuer Dunlopreifen, und der Reifen des Beiwagens ist stark geflickt. Es handelt sich um ein sehr abgenutztes 1914er Modell.

«Das erinnert mich an etwas», sagte Lord Peter nachdenklich. Er suchte auf einem Fahrplan die Abfahrtszeit des nächsten Zuges nach Ripley heraus und ließ den Wagen vorfahren.

«Und schicken Sie Bunter zu mir», fügte er hinzu.

Dieser Herr erschien, als sein Gebieter sich gerade in den Mantel zwängte.

«Was hat da noch am Donnerstag von einem Nummernschild in der Zeitung gestanden, Bunter?» erkundigte sich Seine Lordschaft.

Wie von Zauberhand brachte Bunter den Ausschnitt einer Abendzeitung zum Vorschein:

DAS VERSCHWUNDENE NUMMERNSCHILD

Heute morgen um sechs Uhr wurde der Pfarrer Nathaniel Foulis aus der Pfarrei St. Simon in North Fellcote angehalten, weil er ein Motorrad ohne Nummernschild fuhr. Der hochwürdige Herr war wie vom Donner gerührt, als man ihn auf sein Vergehen aufmerksam machte. Er erklärte, er sei um vier Uhr dringend zu einem Sterbenden gerufen worden, der sechs Meilen entfernt wohnte, um ihm die Sakramente zu spenden. Er sei mit dem Motorrad hingefahren und habe es vertrauensvoll an der Straße stehen lassen, während er seiner frommen Pflicht nachkam. Um halb sechs habe er das Haus wieder verlassen und nicht gemerkt, daß etwas nicht in Ordnung gewesen sei. Mr. Foulis ist in North Fellcote und Umgebung wohlbekannt und dürfte unzweifelhaft einem dummen Streich zum Opfer gefallen sein. North Fellcote ist ein kleines Dorf wenige Meilen nördlich von Ripley.

«Bunter, ich fahre nach Ripley», sagte Lord Peter.

«Ja, Mylord. Werden Mylord mich benötigen?»

«Nein», sagte Lord Peter, «aber – wen hat meine Schwester denn hier als Zofe, Bunter?»

«Ellen, Mylord – das Hausmädchen.»

«Dann wünsche ich, daß Sie Ihr Unterhaltungstalent bei Ellen zur Geltung bringen.»

«Sehr wohl, Mylord.»

«Flickt und reinigt sie auch die Kleider meiner Schwester und so weiter?»

«Ich glaube ja, Mylord.»

«Aber setzen Sie ihr keine Flöhe ins Ohr, verstanden, Bunter?»

«So etwas würde ich bei einer Frau nie wagen, Mylord. Es steigt ihnen nur zu Kopf, wenn ich so sagen darf.»

«Wann ist Mr. Parker nach London gefahren?»

«Heute früh um sechs Uhr, Mylord.»

Die Umstände begünstigten Mr. Bunters Ermittlungen. Er begegnete Ellen, als sie mit einem Armvoll Kleider die Hintertreppe herunterkam. Dabei wurde ein Paar Lederhandschuhe versehentlich zu Boden gerissen, und Bunter hob sie mit einer Entschuldigung auf und folgte der jungen Frau damit ins Dienstbotenzimmer.

«Da», sagte Ellen, indem sie ihre Bürde auf den Tisch warf. «Und was ich für Arbeit hatte, die Sachen zu kriegen, das kann ich Ihnen sagen! Einen Rappel nenne ich das, so zu tun, als wenn man solche Kopfschmerzen hätte, daß man keinen Menschen in sein Zimmer lassen kann, um die Sachen zum Ausbürsten abzuholen, und kaum bin ich draußen, springt sie aus dem Bett und hopst im ganzen Zimmer rum. So was nenn ich keine Kopfschmerzen, oder? Aber bitte! Ich sag Ihnen, solche Kopfschmerzen, wie ich sie manchmal kriege, haben Sie noch nie gehabt. Da denke ich, mir zerspringt der Kopf – ich könnte mich nicht auf den Beinen halten, und wenn das Haus am Brennen wär. Muß mich hinlegen und liegenbleiben – grausam ist das, sag ich Ihnen. Und was man davon für Falten auf der Stirn kriegt.»

«Also, Falten sehe ich nun wirklich keine», entgegnete Mr. Bunter, «aber vielleicht habe ich nur nicht genau genug hingeschaut.» Es folgte ein Zwischenspiel, bei dem Mr. Bunter genau genug und nah genug hinsah, um eventuelle Falten zu entdecken. «Nein», sagte er. «Wo sollen da Falten sein? Ich glaube, ich würde nicht einmal welche finden, wenn ich das große Mikroskop nähme, das Seine Lordschaft in London hat.»

«Meine Güte, Mr. Bunter», sagte Ellen, indem sie einen Schwamm und ein Fläschchen Benzin aus dem Schrank nahm, «wozu braucht denn Seine Lordschaft so ein Ding?»

«Wissen Sie, Miss Ellen, bei unserem Hobby, der Kriminalistik, will man manchmal etwas besonders stark vergrößert sehen – wenn es zum Beispiel um eine Fälschung geht, wollen wir sehen, ob an der Schrift etwas verändert oder ausgelöscht oder ob mit zweierlei Tinte geschrieben wurde. Oder wir sehen uns die Haarwurzeln an, wenn wir wissen wollen, ob ein Büschel Haare ausgerissen wurde oder ausgefallen ist. Oder wir möchten zum Beispiel bei einem Blutflecken wissen, ob es Tierblut oder Menschenblut ist, oder vielleicht auch nur ein Rotweinfleck.»

«Aber stimmt es denn wirklich, Mr. Bunter», fragte Ellen, indem sie einen Tweedrock auf dem Tisch ausbreitete und die Benzinflasche entstöpselte, «daß Sie und Lord Peter das alles feststellen können?»

«Natürlich sind wir keine Chemiker», antwortete Mr. Bunter, «aber Seine Lordschaft hat Erfahrung in vielen Dingen – genug jedenfalls, um zu erkennen, wann etwas verdächtig aussieht, und wenn wir

Zweifel haben, wenden wir uns an einen sehr berühmten Wissenschaftler.» (Er fing galant Ellens Hand ab, die sich mit einem benzingetränkten Schwamm dem Tweedrock näherte.) «Sehen Sie, da ist zum Beispiel ein Fleck am Rocksaum, unten an der Seitennaht. Nun nehmen wir mal an, es handelt sich um einen Mordfall, und die Person, die diesen Rock getragen hat, ist der Tat verdächtig, dann würde ich diesen Fleck untersuchen.» (Mit diesen Worten zauberte Mr. Bunter eine Lupe aus der Tasche.) «Dann würde ich mit einem feuchten Taschentuch über den Rand reiben.» (Er ließ den Worten die Tat folgen.) «Und dabei würde ich sehen, daß es sich rot färbt. Dann würde ich den Rock umwenden und feststellen, daß der Fleck durch den ganzen Stoff geht; daraufhin würde ich eine Schere nehmen» (Mr. Bunter nahm eine kleine, scharfe Schere zur Hand) «und ein Stückchen von der Innenkante des Saums abschneiden, so» (er tat es), «und das würde ich in dieses Döschen tun» (ein kleines Döschen erschien wie von selbst aus Bunters Brusttasche), «das ich auf beiden Seiten mit einem Etikett versiegeln würde, und darauf würde ich schreiben: ‹Lady Mary Wimseys Rock› und das Datum. Dann würde ich das Ganze sofort zu diesem Chemiker in London schicken, und der würde den Stoff unterm Mikroskop betrachten und mir sofort sagen, es handle sich zum Beispiel um Kaninchenblut, das schon soundso viele Tage alt sei, und damit wäre der Fall erledigt», endete Mr. Bunter triumphierend, indem er die Nagelschere und ganz in Gedanken auch gleich das Schächtelchen nebst Inhalt wieder in die Tasche steckte.

«Dann hätte er sich aber geirrt», erwiderte Ellen mit einer neckischen Kopfbewegung, «denn das Blut ist von einem Vogel und nicht von einem Kaninchen, weil Lady Mary mir das selbst gesagt hat; und ginge es nicht schneller, einfach die betreffende Person zu fragen, statt erst mit so komischen Sachen wie Ihrem Mikroskop herumzuspielen?»

«Nun, ich habe das Kaninchenblut ja nur als Beispiel erwähnt», sagte Mr. Bunter. «Komisch, daß sie da unten einen Blutfleck abbekommen hat. Sie muß sich ja regelrecht hineingekniet haben.»

«Ja, das arme Ding muß stark geblutet haben. Da hat wohl einer ziemlich schlecht geschossen. Seine Gnaden war es sicher nicht, und auch nicht der arme Hauptmann. Vielleicht Mr. Arbuthnot. Der ballert manchmal ein bißchen wild in die Gegend. Häßliche Sache jedenfalls, und so schlecht zu reinigen, wenn man zu lange wartet. Ich kann Ihnen sagen, mir war an dem Tag, an dem der arme Hauptmann erschossen wurde, auch nicht nach Reinigen; und dann diese Voruntersuchung – so was Schreckliches –, und Seine Gnaden dann einfach so abzuführen! Mich hat das furchtbar aufgeregt. Wahrscheinlich bin ich ein bißchen überempfindlich. Jedenfalls wußten wir alle die ersten Tage nicht, wo uns der Kopf stand, und dann schließt Lady Mary sich auch noch oben in ihrem Zimmer ein und läßt mich nicht an den Kleiderschrank. ‹Oh!› sagt sie. ‹Laß diesen Kleiderschrank in Ruhe. Hörst du nicht, wie er quietscht, das halte ich nicht aus, wo mir der Kopf so weh tut und meine Nerven so angegriffen sind›, sagt sie. ‹Aber ich will doch nur Ihre Röcke ausbürsten, Mylady›, sag ich. ‹Laß meine Röcke in Ruhe›, sagt sie, ‹und geh jetzt, Ellen. Ich schreie, wenn ich dich noch einmal da herumkramen sehe, Du gehst mir auf die Nerven›, sagt sie. Na ja, und wieso hätte ich da noch weiterarbeiten sollen, wenn man so mit mir spricht? Muß ja sehr schön sein, wenn man eine Lady ist, da kann man alle Launen mit schlechten Nerven entschuldigen. Ich weiß noch, wie schrecklich ich dran war, als mein Freund, der arme Bert, im Krieg gefallen ist – die Augen hab ich mir fast ausgeweint; aber mein Gott, Mr. Bunter, ich hätte mich doch geschämt, mich so aufzuführen. Außerdem, unter uns gesagt, ich glaube, Lady Mary war in den Hauptmann gar nicht so verliebt. Sie hat nicht gewußt, was sie an ihm hatte, das hab ich auch mal zur Köchin gesagt, und die hat mir recht gegeben. Er hatte schon was an sich, der Hauptmann. Natürlich immer ganz ein Herr; hat nie was gesagt, was ihm nicht zukam – das soll das nicht heißen –, aber ich meine, es hat immer Freude gemacht, für ihn was zu tun. Und so ein schöner Mann war er ja auch, Mr. Bunter.»

«Aha!» sagte Mr. Bunter. «Alles in allem hat Lady Mary sich also etwas mehr erregt, als man von ihr erwartet hätte, ja?»

«Also, ganz ehrlich, Mr. Bunter, ich halte das Ganze nur für Anstellerei. Sie wollte ja bloß heiraten und weg von zu Hause. So ein gemeiner Fleck. Richtig eingetrocknet. Mit dem Herzog ist sie ja nie gut ausgekommen, und wie sie im Krieg in London war, da hat sie sich ja was geleistet, Offiziere gepflegt und sich mit allerlei komischen Leuten eingelassen, mit denen Seine Gnaden nicht einverstanden war. Sie soll sogar eine Affäre mit so einem richtig heruntergekommenen Kerl gehabt haben, sagt die Köchin; ich glaube, das war so ein dreckiger Russe – die uns hier alle in Stücke hauen wollen – als wenn im Krieg nicht schon genug Menschen gestorben wären! Jedenfalls hat Seine Gnaden sich furchtbar aufgeregt und ihr alles Geld gesperrt und sie nach Hause schicken lassen, und seitdem will sie nur noch weg, egal mit wem. Was die sich alles einbildet! Zum Davonlaufen, sag ich Ihnen. Aber Seine Gnaden tut mir leid. Ich kann mir vorstellen, wie ihm zumute ist. Der arme Mann! Und dann für einen Mord verhaftet und eingesperrt zu werden wie ein lausiger Landstreicher. Das muß man sich mal vorstellen!»

Nachdem ihr Atemvorrat erschöpft und die Blutflecken ausgewaschen waren, hielt Ellen inne und streckte den Rücken.

«Harte Arbeit ist das», sagte sie, weiterrubbelnd, «mir tut schon alles weh.»

«Wenn Sie mir erlauben, Ihnen zu helfen», sagte Mr. Bunter und nahm schon das warme Wasser, Benzinfläschchen und Schwamm an sich.

Er klappte das nächste Stück Rock hoch.

«Haben Sie eine Bürste», fragte er, «um den Schmutz hier wegzubürsten?»

«Sie sind ja blind wie eine Fledermaus, Mr. Bunter!» meinte Ellen kichernd. «Sehen Sie denn die Bürste da direkt vor Ihrer Nase nicht?»

«Das schon», antwortete der treue Diener, «aber die ist mir nicht hart genug. Wenn Sie so lieb sind und mir eine richtig harte Bürste besorgen, mache ich das für Sie.»

«Frechheit!» sagte Ellen. «Aber», gab sie unter Mr. Bunters feurig bewunderndem Blick nach, «ich hole Ihnen mal die Kleiderbürste aus der Diele. Die ist so hart wie ein Ziegelstein.»

Kaum war sie draußen, hatte Mr. Bunter schon ein Taschenmesser und zwei weitere Döschen zur Hand. Im Nu hatte er an zwei Stellen etwas vom Rock abgekratzt und zwei neue Etikette beschriftet:

«Kies von Lady Marys Rock, fünfzehn Zentimeter über dem Saum.»

«Silbersand von Lady Marys Rocksaum.»

Er setzte noch das Datum ein, und kaum hatte er die Döschen wieder in der Tasche, kam Ellen mit der Kleiderbürste zurück. Der Reinigungsprozeß, begleitet von Ellens unzusammenhängendem Geplauder, dauerte noch eine Weile an. Ein dritter Fleck an Lady Marys Rock zog Mr. Bunters kritischen Blick auf sich.

«Nanu!» sagte er. «Hier hat ja Lady Mary selbst schon Hand anzulegen versucht.»

«Was?» rief Ellen. Sie sah sich den Fleck, der an einer Seite verschmiert und aufgehellt war und überhaupt leicht verwaschen wirkte, aus der Nähe an.

«Na so was!» rief sie laut. «Es stimmt tatsächlich. Also, was soll denn das schon wieder? Und dann tut sie so krank, als ob sie nicht mal den Kopf vom Kissen heben könnte. So was Hinterhältiges!»

«Kann sie das nicht schon vorher gemacht haben?» fragte Mr. Bunter.

«Na ja, vielleicht zwischen dem Tag, an dem der Hauptmann ermordet worden ist, und der Voruntersuchung», räumte Ellen ein, «aber ich kann mir nicht vorstellen, daß ein Mensch ausgerechnet in *der* Zeit anfängt, sich für Hausarbeit zu interessieren. Davon versteht sie nämlich sowieso nicht viel, obwohl sie im Krieg Krankenschwester war. Ich hab ja nie geglaubt, daß daraus was wird.»

«Sie hat Seife benutzt», stellte Mr. Bunter fest, während er resolut mit dem Benzinschwamm daranging. «Kann sie denn in ihrem Zimmer Wasser heiß machen?»

«Na, wozu sollte das denn gut sein, Mr. Bunter?» rief Ellen verwundert. «Sie glauben doch nicht, daß sie da oben einen Wasserkessel hat? Ich bringe ihr jeden Morgen den Tee. Eine Lady macht doch kein Wasser heiß!»

«Das nicht», sagte Mr. Bunter, «und sie hätte es sich ja auch aus dem Bad holen können.» Er nahm den Fleck noch näher in Augenschein. «Sehr stümperhaft», meinte er, «eindeutig Amateurarbeit. Scheint dabei auch noch unterbrochen worden zu sein. Eine energische junge Dame, aber nicht sehr erfinderisch.»

Diese letzten Bemerkungen waren vertraulich an die Benzinflasche gerichtet.

Ellen hatte den Kopf aus dem Fenster gestreckt und unterhielt sich mit dem Wildhüter.

Der Polizeichef von Ripley empfing Lord Peter zuerst frostig, dann, nachdem er erfahren hatte, wer er war, mit einer Mischung aus amtlicher Distanz gegenüber dem Privatdetektiv und amtlichem Respekt vor dem Herzogssohn.

«Ich komme zu Ihnen», sagte Wimsey, «weil Sie sich auf diese Sucharbeit viel besser verstehen als ein Amateur wie ich. Ihre tüchtigen Leute sind ja bestimmt schon an der Arbeit, wie?»

«Natürlich», sagte der Polizeichef, «aber es ist nicht so leicht, den Weg eines Motorrads zu verfolgen, dessen Nummer man nicht kennt. Denken Sie nur an diesen Mord von Bournemouth.» Er schüttelte bedauernd den Kopf und akzeptierte dankend eine Villar y Villar.

«Wir haben zunächst keinen Zusammenhang mit dieser Nummernschildgeschichte vermutet», fuhr der Polizeichef in wegwerfendem Ton fort, dem Lord Peter entnahm, daß erst seine eigenen Ausführungen der letzten halben Stunde diesen Zusammenhang im Gehirn des Beamten hergestellt hatten. «Natürlich, wenn man ihn *ohne* Nummernschild durch Ripley hätte fahren sehen, wäre er aufgefallen und angehalten worden, aber wenn er Mr. Foulis' Nummernschilder hatte, war er so sicher wie – wie die Bank von England», schloß er mit einem Geistesblitz.

«Zweifellos», sagte Wimsey. «Sehr ärgerlich für den armen Pfarrer. Und das so früh am Morgen. Ich nehme an, die Sache wurde zuerst als Dummejungenstreich angesehen?»

«Genau», pflichtete ihm der Polizeichef bei, «aber nachdem wir nun Ihre Ansicht gehört haben, werden wir alles daransetzen, diesen Mann zu finden. Seine Gnaden werden sicher nicht traurig sein, wenn er hört, daß wir ihn haben. Sie können sich auf uns verlassen, und wenn wir den Mann oder die Nummernschilder finden – »

«Der Himmel segne und bewahre uns!» brach es mit unerwartetem Temperament aus Lord Peter heraus. «Mann, Sie werden doch nicht hingehen und Ihre Zeit damit verschwenden, nach den Nummernschildern zu suchen! Glauben Sie denn, er klaut die Nummernschilder des Pfarrers, wenn er seine eigenen in der Nachbarschaft herumzeigen will? Sollten Sie die Dinger finden, so hätten Sie seinen Namen und seine Adresse; solange er die Schilder aber in der Hosentasche hat, sind Sie auf dem Holzweg. Entschuldigen Sie, wenn ich hier so deutlich meine Meinung sage, aber ich ertrage einfach den Gedanken nicht, daß Sie sich womöglich diese ganze Mühe umsonst machen – Teiche abfischen und Misthaufen umgraben, um nach Nummernschildern zu suchen, die gar nicht da sind. Erkundigen Sie sich lieber an den Bahnhöfen nach einem jungen Mann von etwa einsdreiundachtzig bis einsfünfundachtzig, mit Schuhgröße 45, einem Regenmantel, an dem der Gürtel fehlt, und einer tiefen Kratzwunde an einer Hand. Hören Sie, hier haben Sie meine Adresse, und ich wäre Ihnen dankbar, wenn Sie mich über alles auf dem laufenden hielten, was sich so ergibt. Furchtbar für meinen Bruder, das alles. So sensibel, der Mann; tut ihm schrecklich weh. Übrigens, ich bin ein sehr unsteter Vogel – mal hier, mal da; Sie könnten mir vielleicht alle Mitteilungen doppelt zukommen lassen – nach Riddlesdale und London, Piccadilly 110 A. Wenn Sie übrigens mal nach London kommen, sind Sie bei mir jederzeit gern gesehen. Entschuldigen Sie, wenn ich mich jetzt wieder auf die Socken mache, ja? Ich habe viel zu tun.»

Bei seiner Rückkehr nach Riddlesdale fand Lord Peter einen neuen Gast am Teetisch vor. Als Peter eintrat, erhob er sich zu imposanter Größe und streckte ihm eine wohlgeformte, ausdrucksvolle Hand entgegen, die einem Schauspieler ein Vermögen eingebracht hätte. Er war zwar kein Schauspieler, fand aber die Hände doch sehr geeignet zur Erzielung dramatischer Effekte. Mit seiner prächtigen Figur und der edlen Kopfform war er eine eindrucksvolle Erscheinung; seine Züge waren makellos, seine Augen hart. Die Herzoginwitwe hatte einmal über ihn gesagt: «Sir Impey Biggs ist der schönste Mann Englands, und keine Frau wird je zwei Penny für ihn geben.» Er war mit seinen achtunddreißig Jahren tatsächlich noch Junggeselle und außerdem berühmt für seine Rednergabe und das Geschick, mit dem er gegnerische Zeugen sanft, aber unbarmherzig auseinandernahm. Sein unvermutetes Freizeitvergnügen war die Zucht von Kanarienvögeln, und außer ihrem Gesang liebte er nur Revueschlager. Er erwiderte Wimseys Gruß mit seiner schönen, klangvollen, wunderbar beherrschten Stimme. Tragische Ironie, beißende Verachtung und helle Empörung waren die Ausdrucksvarianten, mit denen Sir Impey Biggs Richtern wie Geschworenen beikam; er verfolgte die Mörder der Unschuldigen und verteidigte bei Verleumdungsklagen; er verstand zu rühren und war selbst so gefühllos wie ein Stein. Wimsey gab seiner Freude über das Wiedersehen in einem noch verhalteneren, zögernderen Ton Ausdruck, als man ohnehin von ihm gewöhnt war.

«Sie kommen gerade von Jerry?» fragte er. «Bitte frischen Toast, Fleming. Wie geht's ihm denn? Macht's ihm noch Spaß? Ich kenne keinen zweiten Menschen, der aus einer Situation so wenig machen kann wie Jerry. Wie gern würde ich so was mal selbst erleben, allerdings würde es mir wenig Freude machen, eingesperrt zu sein und zusehen zu müssen, wie andere meinen Fall verpfuschen. Das soll keine Anspielung auf Murbles und Sie sein, Biggs. Ich meine mich selbst – oder den Mann, der meine Rolle spielen würde, wenn ich Jerry wäre. Können Sie mir folgen?»

«Ich habe eben zu Sir Impey gesagt», ließ sich die Herzogin vernehmen, «daß er Gerald unbedingt dazu bringen muß, zu sagen, was er um drei Uhr morgens im Garten wollte. Wäre ich doch nur in Riddlesdale gewesen, dann hätte das alles nicht passieren können. Natürlich wissen *wir*, daß er nichts Böses getan hat, aber können wir von den Geschworenen erwarten, daß sie das verstehen? Die unteren Klassen sind ja so voreingenommen. Wie dumm aber auch von Gerald, einfach nicht zu begreifen, daß er reden muß! Er kennt *keine* Rücksicht.»

«Ich tue schon mein Bestes, Herzogin», sagte Sir Impey, «aber Sie müssen etwas Geduld haben. Wir Rechtsanwälte haben es ja auch gern ein bißchen geheimnisvoll, wissen Sie? Wenn jeder vorträte und geradeheraus die Wahrheit sagte, die ganze Wahrheit und nichts als die Wahrheit, müßten wir alle ins Armenhaus.»

«Hauptmann Cathcarts Tod ist allerdings geheimnisvoll», sagte die

Herzogin, «aber nach allem, was sich jetzt über ihn herausstellt, war es für meine Schwägerin letzten Endes besser so.»

«Sagen Sie, Biggs, könnten Sie nicht auf ‹Tod durch göttliche Heimsuchung› plädieren?» meinte Lord Peter. «Gottes Strafe dafür, daß er in unsere Familie einheiraten wollte?»

«Ich habe schon dümmere Urteile erlebt», antwortete Biggs trokken. «Es ist köstlich, was man den Geschworenen alles einreden kann, wenn man nur will. Ich erinnere mich da an einen Fall in Liverpool –»

So lenkte er geschickt hinüber ins ruhige Fahrwasser der Anekdoten. Lord Peter betrachtete sein statuenhaftes Profil vor dem Feuer; es erinnerte ihn an die strenge Schönheit des Wagenlenkers von Delphi und war ebenso ausdrucksvoll.

Erst nach dem Abendessen sprach Sir Impey ganz offen mit Wimsey. Die Herzogin war zu Bett gegangen, und die beiden Männer befanden sich allein in der Bibliothek. Lord Peter, im korrekten Abendanzug und von Bunter bestens versorgt, war den ganzen Abend ungewöhnlich mitteilsam und fröhlich gewesen. Jetzt zündete er sich eine Zigarre an, ließ sich im größten Sessel nieder und hüllte sich in tiefes Schweigen.

Sir Impey Biggs ging eine halbe Stunde lang rauchend auf und ab. Dann trat er entschlossen näher, knipste die Leselampe an, richtete ihren Schein brutal auf Wimseys Gesicht, setzte sich ihm gegenüber und sagte: «Also, Wimsey, jetzt will ich alles hören, was Sie wissen.»

«So, so», meinte Peter. Er stand auf, zog den Stecker der Leselampe heraus und stellte sie auf eine Anrichte.

«Keine Zeugeneinschüchterung, bitte», kommentierte er grinsend.

«Meinetwegen, wenn Sie nur aufwachen», sagte Biggs ungerührt. «Also los.»

Lord Peter nahm die Zigarre aus dem Mund, betrachtete sie mit schiefgelegtem Kopf, drehte sie vorsichtig um, fand, daß die Asche noch ein Weilchen am Deckblatt halten würde, rauchte wortlos weiter, bis sie jeden Moment hinunterfallen mußte, nahm dann die Zigarre wieder aus dem Mund, lud die Asche genau in der Mitte des Aschenbechers ab und begann mit seiner Aussage, bei der er nur die Sache mit dem Koffer sowie die Informationen wegließ, die Bunter von Ellen erhalten hatte.

Sir Impey Biggs hörte ihm mit einer Miene zu, die Peter unangenehm an ein Kreuzverhör erinnerte, und warf hier und da eine scharfe Frage ein. Er machte sich ein paar Notizen, und als Wimsey fertig war, klopfte er nachdenklich auf sein Notizbuch.

«Ich glaube, daraus können wir etwas machen», sagte er, «selbst wenn die Polizei Ihren mysteriösen Fremden nicht findet. Denvers Schweigen kompliziert die Sache natürlich sehr.» Er hielt sich kurz die Hand vor die Augen. «Sie sagen also, Sie haben die Polizei auf diesen Kerl angesetzt?»

«Ja.»

«Haben Sie eine sehr schlechte Meinung von der Polizei?»

«In solchen Dingen nicht. Das ist ihre Stärke; für so was ist sie eingerichtet, und das macht sie auch gut.»

«Aha! Sie rechnen also damit, daß sie den Mann findet?»

«Ich will es hoffen.»

«So! Und was soll, bitte sehr, aus meiner Verteidigungsstrategie werden, *wenn* sie ihn findet, Wimsey?»

«Was soll –?»

«Passen Sie mal auf, Wimsey», sagte der Verteidiger, «Sie sind nicht von gestern und brauchen jetzt auch kein Gesicht zu machen wie ein Dorfpolizist. Wollen Sie diesen Mann wirklich finden?»

«Gewiß.»

«Das ist natürlich Ihre Sache, aber mir sind schon ziemlich die Hände gebunden. Haben Sie sich einmal überlegt, daß es vielleicht besser wäre, den Mann *nicht* zu finden?»

Wimsey sah den Anwalt mit geradezu entwaffnend ehrlichem Erstaunen an.

«Bedenken Sie folgendes», sagte dieser. «Wenn die Polizei erst etwas oder jemanden in den Fingern hat, hat es keinen Sinn mehr, auf meine oder Murbles' oder irgend jemandes Diskretion zu bauen. Dann wird alles ans Licht gezerrt, und nicht gerade auf feine Art. Denver steht unter Mordanklage und weigert sich auf das entschiedenste, mir auch nur im mindesten zu helfen.»

«Jerry ist ein Esel. Er begreift nicht – »

«Glauben Sie vielleicht», unterbrach ihn Biggs, «ich hätte mir nicht die größte Mühe gegeben, es ihm begreiflich zu machen? Aber er sagt nur: ‹Sie können mich nicht aufhängen; ich habe den Mann nicht umgebracht, obwohl ich es ganz erfreulich finde, daß er tot ist. Was ich im Garten getan habe, geht die nichts an.› Jetzt frage ich Sie, Wimsey, hat es noch etwas mit Vernunft zu tun, wenn ein Mann in Denvers Lage sich auf diesen Standpunkt stellt?»

Peter murmelte etwas wie «noch nie Verstand gehabt».

«Hat man Denver schon etwas von diesem anderen Mann gesagt?»

«Bei der Voruntersuchung wurden Fußspuren erwähnt, soviel ich weiß.»

«Dieser Mann von Scotland Yard ist ein Freund von Ihnen, höre ich?»

«Ja.»

«Um so besser. Dann wird er ja den Mund halten können.»

«Hören Sie, Biggs, das klingt ja alles sehr eindrucksvoll und mysteriös, aber worauf wollen Sie eigentlich hinaus? Warum soll ich mir den Burschen nicht greifen, wenn ich kann?»

«Ich will Ihnen mit einer Gegenfrage antworten.» Sir Impey Biggs beugte sich etwas weiter vor. «Warum versucht Denver ihn zu dekken?»

Sir Impey pflegte sich damit großzutun, daß kein Zeuge in seiner Gegenwart unentdeckt einen Meineid leisten könne. Als er die Frage stellte, entließ er kurz den Blick des andern und sah scharf auf Wimseys langen, beweglichen Mund und die nervösen Hände. Als er eine Sekunde später wieder aufschaute, begegnete er einem Blick, der gut gespielt die ganze Ausdrucksskala überraschten Erkennens durchlief; aber es war zu spät. Er hatte eine kleine Falte am Mundwinkel sich glätten und die Finger kaum merklich sich entspannen sehen.

«Mein Gott!» sagte Peter. «Darauf wäre ich nie gekommen. Was seid ihr Anwälte doch für schlaue Leute! Wenn das so ist, sollte ich wohl etwas leiser treten, wie? War schon immer ein bißchen voreilig. Meine Mutter sagt – »

«Sie sind ein Fuchs, Wimsey», sagte der Anwalt. «Dann war ich wohl doch im Irrtum. Finden Sie nur ruhig Ihren Mann. Aber eins möchte ich Sie noch fragen. Wen decken *Sie*?»

«Hören Sie mal, Biggs», sagte Wimsey, «Sie werden nicht dafür bezahlt, hier solche Fragen zu stellen, klar? Warten Sie damit bis vor Gericht. Ihre Aufgabe ist es, das Beste aus dem zu machen, was wir Ihnen liefern, aber nicht, uns durch die Mangel zu drehen. Angenommen, ich hätte Cathcart selbst umgebracht – »

«Haben Sie nicht.»

«Weiß ich, aber wenn, dann würde ich mich nicht mit so einem Blick ansehen und mir in diesem Ton Fragen stellen lassen. Ich will Ihnen aber entgegenkommen und Ihnen ehrlich sagen, daß ich nicht weiß, wer den Kerl umgebracht hat. Sobald ich es weiß, sage ich es Ihnen.»

«Wirklich?»

«Ja. Aber erst, wenn ich sicher bin. Ihr Brüder versteht aus dem kleinsten Indiz eine ellenlange Beweiskette zu schmieden und würdet mich schon aufhängen, wenn ich erst anfinge, mich selbst zu verdächtigen.»

«Hm!» machte Biggs. «Inzwischen kann ich Ihnen schon mal verraten, daß ich auf ungenügende Beweislage hinauswill.»

«So. Freispruch aus Mangel an Beweisen, wie? Na ja, jedenfalls schwöre ich Ihnen, Biggs, daß mein Bruder nicht hängen wird, weil ich mit Beweisen hinterm Berg halte.»

«Selbstverständlich nicht», sagte Biggs und fügte stumm hinzu: «Aber du hoffst, daß es soweit nicht kommt.»

Ein Regenschauer prasselte durch den breiten Kamin herunter und verzischte auf den Holzscheiten.

«Craven Hotel
Strand, W. C.
Dienstag

Lieber Wimsey,

wie versprochen, hier ein paar Zeilen über mein bisheriges Vorankommen, obwohl es herzlich wenig ist. Auf der Fahrt hierher saß ich neben Mrs. Pettigrew-Robinson und durfte für sie das Fenster auf- und zumachen und auf ihr Gepäck achtgeben. Sie erwähnte, daß Deine Schwester, als sie am Donnerstagmorgen das Haus aufweckte, zuerst zu Mr. Arbuthnots Tür gegangen sei – was die Dame etwas merkwürdig zu finden scheint, aber bei Licht besehen ist es nur natürlich, denn das Zimmer liegt genau gegenüber der Treppe. Mr. Arbuthnot hat dann die Pettigrew-Robinsons aufgeweckt, und Mr. P. ist sofort nach unten gerannt. Mrs. P. fand, daß Lady Mary sehr schwach aussah, und wollte ihr helfen. Deine Schwester hat sie aber abgewiesen – barsch, sagt Mrs. P. – und sich alle Hilfsangebote ‹aufs unfreundlichste› verbeten. Sie ist dann in ihr Zimmer gerannt und hat sich eingesperrt. Mrs. Pettigrew-Robinson hat an der Tür gelauscht, ‹um sicherzugehen›, sagt sie, ‹daß alles in Ordnung war›, aber als sie Deine Schwester nur hat herumlaufen und Schranktüren schlagen hören, fand sie, daß sie ihre Neugier unten besser befriedigen könne, und ist hinuntergegangen.

Wenn Mrs. Marchbanks mir das erzählt hätte, würde ich ihm zugegebenermaßen mehr Bedeutung beimessen, aber ich glaube, selbst wenn ich im Sterben läge, würde ich zwischen mir und Mrs. Pettigrew-Robinson immer noch die Tür fest zumachen. Mrs. P. war sicher, daß Lady Mary nie etwas in der Hand hatte. Gekleidet war sie genauso, wie sie es dem Untersuchungsrichter geschildert hat – langer Mantel über dem Pyjama (Schlafanzug war Mrs. P.s Ausdruck), derbe Schuhe und eine Wollmütze. Diese Sachen hatte sie auch später noch an, als der Arzt kam. Noch eine kleine Merkwürdigkeit am Rande:

Mrs. Pettigrew-Robinson (die, wie Du Dich erinnerst, seit zwei Uhr wach war) will mit Sicherheit gehört haben, daß kurz *bevor* Lady Mary an Mr. Arbuthnots Tür klopfte, irgendwo auf dem Korridor eine Tür schlug. Ich weiß nicht, was ich davon halten soll – vielleicht hat es nichts zu bedeuten, aber ich will es nicht unerwähnt lassen.

Hier in London war's scheußlich. Dein angehender Schwager war ein Muster an Diskretion. Sein Zimmer in Albany ist, aus kriminalistischer Sicht, eine trostlose Wüste: keinerlei Papiere, außer ein paar englischen Rechnungen und Quittungen und ein paar Einladungen. Einige der Absender habe ich aufgesucht, aber sie kannten Cathcart zumeist nur aus dem Club oder vom Militär und konnten mir nichts über sein Privatleben sagen. Er ist in einigen Nachtclubs bekannt. Ich habe letzte Nacht – oder vielmehr heute morgen – die Runde durch sie gemacht. Allgemeiner Eindruck: großzügig, aber undurchschaubar. Sein Lieblingsspiel scheint übrigens Poker gewesen zu sein. Für krumme Sachen keine Anhaltspunkte. Er hat insgesamt sehr beständig gewonnen, aber nie sehr hoch.

Die Informationen, die wir brauchen, dürften uns in Paris erwarten. Ich habe an die Sûreté und an Crédit Lyonnais geschrieben und um seine Papiere, vor allem um sein Kontobuch und sein Scheckheft, gebeten.

Ich bin von der gestrigen und heutigen Arbeit todmüde. Nach so einer Reise auch noch die ganze Nacht auf den Beinen zu sein ist kein Vergnügen. Falls Du mich nicht brauchst, warte ich hier auf die Papiere, oder ich fahre vielleicht selbst nach Paris.

Unter den Büchern, die Cathcart hier hatte, befinden sich ein paar moderne französische Romane und noch eine Ausgabe von *Manon*, mit ‹zierlichen› Illustrationen, wie es in den Katalogen immer heißt. Aber er muß doch *irgendwo* ein Leben geführt haben, oder nicht?

Die beiliegende Rechnung von einem Schönheitssalon in der Bond Street interessiert Dich vielleicht. Ich war da. Die Inhaberin sagt, er sei regelmäßig jede Woche einmal gekommen, wenn er in England war.

Eine völlige Niete habe ich am Sonntag in King's Fenton gezogen – aber das habe ich Dir ja schon erzählt. Ich glaube nicht, daß der Kerl durch diesen Ort gekommen ist. Mich würde es nicht wundern, wenn er sich durchs Moor davongemacht hätte. Meinst Du, es könnte sich lohnen, in dieser Richtung zu suchen? Aber das dürfte wie die Suche nach einer Nadel im Heuhaufen sein. Merkwürdig ist ja nach wie vor die Sache mit der Brillantkatze. Du hast im Haus nichts Näheres darüber erfahren, oder? Irgendwie scheint sie mir zu Schuhgröße 45 nicht zu passen – aber man sollte doch meinen, daß man im Dorf etwas davon wüßte, wenn jemand sie verloren hätte.

Also bis bald!

Stets Dein
Charles Parker»

– und die Tochter, in großer Angst

«Auch die Frauen sahen blaß und krank aus.»
Des Pilgers Wanderschaft

Mr. Bunter brachte Lord Peter am Mittwochmorgen Parkers Brief ans Bett. Das Haus war fast leer, denn alle waren nach Northallerton gefahren, um dem Haftprüfungstermin beizuwohnen. Dieser würde natürlich eine reine Formsache sein, aber es gehörte sich nun einmal, daß die Familie dabei voll repräsentiert war. Sogar die Herzoginwitwe war gekommen – sie war sofort zu ihrem Sohn geeilt und wohnte tapfer in einem möblierten Zimmer, doch die jüngere Herzogin fand das von ihrer Schwiegermutter mehr couragiert als würdevoll. Man wußte außerdem nie, was sie anstellen würde, wenn man sie sich selbst überließ. Womöglich gab sie noch einem Zeitungsreporter ein Interview. Überdies gehörte in so einem Augenblick die Frau an die Seite ihres Mannes.

Lady Mary war krank, wogegen man nichts sagen konnte, und wenn Lord Peter es vorzog, im Pyjama herumzusitzen und Zigaretten zu rauchen, während sein einziger Bruder einer öffentlichen Demütigung unterzogen wurde, so war von ihm ja nichts anderes zu erwarten. Peter schlug nach seiner Mutter. Wie dieser exzentrische Zug in die Familie geraten war, konnte Ihre Gnaden leicht erraten; die Herzoginwitwe entstammte zwar einer guten Familie aus Hampshire, aber an den Wurzeln des Stammbaums war fremdländisches Blut. Ihre eigene Pflicht war klar, und sie würde sie tun.

Lord Peter war wach und sah ziemlich mitgenommen aus, als ob er auch nachts noch den Spürhund gespielt hätte. Mr. Bunter hüllte ihn fürsorglich in einen prächtigen orientalischen Morgenmantel und stellte ihm das Tablett auf die Knie.

«Bunter», sagte Lord Peter leicht verdrießlich, «Ihr *café au lait* ist das einzig Erträgliche in diesem gräßlichen Haus.»

«Vielen Dank, Mylord. Es ist heute wieder sehr kühl, Mylord, aber es regnet nicht direkt.»

Lord Peter las stirnrunzelnd den Brief.

«Steht was in der Zeitung, Bunter?»

«Nichts Wichtiges, Mylord. Eine Versteigerung nächste Woche in der Northbury Hall – Mr. Fleetwhites Bibliothek –, eine Caxton-Ausgabe der *Confessio Amantis* – »

«Wozu sagen Sie mir das überhaupt, wenn wir hier noch Gott weiß wie lange festsitzen werden? Wäre ich doch nur bei meinen Büchern geblieben und hätte die Finger von der Kriminalistik gelassen! Haben Sie die Proben an Lubbock geschickt?»

«Ja, Mylord», sagte Bunter sanft. Dr. Lubbock war der ‹berühmte Wissenschaftler›.

«Wir brauchen Fakten», sagte Lord Peter. «Fakten. Als kleiner Junge habe ich Fakten immer gehaßt. Ich fand sie häßlich – hart und unhandlich. Und so kompromißlos.»

«Sehr wohl, Mylord. Meine alte Mutter – »

«Ihre Mutter, Bunter? Wußte gar nicht, daß Sie eine haben. Hab mir immer eingebildet, Sie seien fix und fertig auf die Welt gekommen. Pardon. Sehr ungezogen von mir. Entschuldigung!»

«Keine Ursache, Mylord. Meine Mutter wohnt in Kent, Mylord, nicht weit von Maidstone. Fünfundsiebzig ist sie, Mylord, und eine überaus aktive Frau für ihr Alter, wenn Sie mir die Erwähnung gestatten. Ich war einer von sieben.»

«Das ist eine Erfindung, Bunter. Ich weiß es besser. Sie sind einzig. Aber ich habe Sie unterbrochen. Sie wollten mir von Ihrer Mutter erzählen.»

«Sie sagt immer, Tatsachen seien wie Kühe, Mylord. Wenn man ihnen nur fest genug in die Augen sieht, laufen sie meist weg. Sie ist eine sehr energische Frau, Mylord.»

Lord Peter streckte impulsiv die Hand aus, aber Mr. Bunter war viel zu gut erzogen, um sie zu sehen. Er hatte bereits begonnen, das Rasiermesser abzustreichen. Lord Peter sprang plötzlich mit einem Satz aus dem Bett und rannte über den Flur ins Bad.

Hier fand er so weit wieder zu sich, daß er die Stimme heben und *«Come unto these Yellow Sands»* anstimmen konnte, woraufhin er, da ihm gerade so recht nach Purcell zumute war, *«I attempt from Love's Sickness to Fly»* folgen ließ, was seine Laune so verbesserte, daß er gegen alle Gewohnheit etliche Liter kaltes Wasser in die Wanne laufen ließ und sich mit dem Schwamm von oben bis unten abrieb. Dann stürzte er, nachdem er sich kräftig trockengerubbelt hatte, aus dem Bad und stieß dabei recht unsanft mit dem Schienbein gegen den Dekkel einer großen Eichentruhe, die neben dem Treppenaufgang stand – so unsanft, daß der Deckel dabei hochsprang und mit einem protestierenden Knall wieder zufiel.

Lord Peter ließ ein paar kräftige Ausdrücke hören und rieb sich das schmerzende Bein. Doch plötzlich kam ihm ein Gedanke. Er legte Handtücher, Seife, Schwamm, Bürste und die übrigen Utensilien ab und hob ruhig den Deckel der Truhe hoch.

Ob er nun, wie die Heldin in Jane Austens *Northanger Abbey,* etwas Grausiges darin zu finden erwartete, war nicht ersichtlich. Sicher ist hingegen, daß er gleich ihr nichts weiter Aufregendes fand als ein paar säuberlich zusammengelegte Laken und Decken auf dem Truhenboden. Unzufrieden nahm er das oberste Laken behutsam heraus und betrachtete es eine Weile im Licht des Treppenfensters. Eben wollte er es leise pfeifend wieder an seinen Platz legen, als ein leises Zischen von heftig eingeatmeter Luft ihn erschrocken aufblicken ließ.

Neben ihm stand seine Schwester. Er hatte sie nicht kommen hören, aber da stand sie in ihrem Morgenmantel, die Hände ängstlich vor der Brust ineinander verschlungen. Ihre Pupillen waren so geweitet, daß ihre blauen Augen fast schwarz wirkten, und ihre Haut hatte fast die gleiche Farbe wie ihr aschblondes Haar. Wimsey starrte sie über das Laken in seinen Armen an, und das Entsetzen in ihrem Gesicht griff auf ihn über, prägte sie beide plötzlich mit der geheimnisvollen Ähnlichkeit der Blutsverwandtschaft.

Peters eigener Eindruck von sich selber war, daß er eine Minute lang glotzte «wie ein abgestochenes Schwein». In Wahrheit aber wußte er, daß er sich nach einem Sekundenbruchteil wieder gefangen hatte. Er ließ das Laken in die Truhe fallen und stand auf.

«Nanu, Polly, altes Mädchen», sagte er, «wo hast du dich denn die ganze Zeit versteckt gehalten? Seh dich zum erstenmal. Du machst ja wohl ziemlich schlechte Zeiten durch.»

Er legte den Arm um sie und fühlte, wie sie zusammenzuckte.

«Was hast du denn?» fragte er. «Was ist los, Schwesterchen? Schau mal, Mary, wir haben ja bisher wenig voneinander gesehen, aber ich bin immerhin dein Bruder. Hast du Kummer? Kann ich dir nicht – »

«Kummer?» sagte sie. «Peter, dummer Kerl, ich soll wohl keinen Kummer haben? Hast du noch nicht gehört, daß man meinen Verlobten umgebracht und meinen Bruder ins Gefängnis geworfen hat? Ist das nicht Kummer genug?» Sie lachte, und Peter dachte plötzlich: Sie redet wie in einem Kitschroman. Jetzt sprach sie aber in normalerem Ton weiter. «Ist ja schon gut, Peter. Wirklich – aber mir tut der Kopf so weh. Ich weiß wirklich nicht mehr, was ich tue. Was suchst du da eigentlich? Du hast solchen Lärm gemacht, da bin ich herausgekommen. Ich hatte geglaubt, da sei eine Tür zugeschlagen.»

«Du kriechst mal besser wieder unter die Decke», sagte Lord Peter. «Sonst erkältest du dich noch. Warum müssen Frauen in diesem kalten Klima immer so spinnwebendünne Pyjamas tragen? Nun laß den Kopf nicht hängen. Ich schaue später mal rein, und dann halten wir beide ein gemütliches Schwätzchen, ja?»

«Heute nicht – bitte nicht heute, Peter. Ich werde noch verrückt.» (Wieder Kitschroman, dachte Peter.) «Machen sie Gerald heute den Prozeß?»

«Einen Prozeß nicht direkt», antwortete Peter, indem er sie sanft zu ihrem Zimmer schob. «Reine Formsache, verstehst du? So ein alter Friedensrichter hört sich die Klageschrift an, dann tritt Murbles auf und sagt, er möchte, bitte sehr, zur Sache nicht Stellung nehmen, da er den Verteidiger informieren muß. Das ist nämlich Biggy. Dann hören sie sich die Haftverfügung an, und Murbles sagt, daß Gerald sich seine Verteidigung vorbehält. Das ist alles bis zum Schwurgerichtsprozeß – alles nur Gewäsch. Der Prozeß dürfte Anfang nächsten Monats stattfinden. Bis dahin mußt du wieder obenauf sein.»

Mary schauderte.

«N-nein! Könnte ich davon nicht verschont bleiben? Ich kann das nicht noch einmal durchmachen. Ich würde krank. Ich fühle mich entsetzlich elend. Nein, komm nicht herein. Ich will nicht. Läute nach Ellen. Nein, laß mich; geh weg. Ich will dich nicht, Peter!»

Peter zögerte leicht erschrocken.

«Besser nicht, Mylord, wenn Sie mir die Bemerkung gestatten», hörte er Bunters Stimme an seinem Ohr. «Das gäbe nur einen hysterischen Anfall», fuhr er fort, während er seinen Gebieter sanft von der Tür wegführte. «Eine Qual für beide Beteiligten und vom Ergebnis her völlig unproduktiv. Warten wir lieber auf die Rückkehr Ihrer Gnaden, der Herzogin.»

«Völlig richtig», sagte Peter. Er drehte sich um und wollte seine Sachen nehmen, aber Bunter kam ihm geschickt zuvor. Noch einmal hob er den Deckel hoch und sah in die Truhe.

«Was sagten Sie noch, was Sie an diesem Rock gefunden haben, Bunter?»

«Kies, Mylord, und Silbersand.»

«Silbersand.»

Hinter Riddlesdale Lodge streckte sich endlos das dunkle Moor aufwärts. Das Heidekraut war braun und naß, und die kleinen Bäche dazwischen hatten keine Farbe. Es war sechs Uhr, aber einen Sonnenuntergang gab es nicht. Den ganzen Tag war nur ein blasser Schimmer hinter einem bedeckten Himmel langsam von Osten nach Westen gewandert. Lord Peter, der nach langer, fruchtloser Jagd nach Informationen über den Mann mit dem Motorrad heimwärts wanderte, gab dem dumpfen Leiden seines Herdentriebs lauten Ausdruck. «Wäre Parker nur hier», maulte er und stapfte weiter den sumpfigen Viehpfad hinunter.

Sein Ziel war nicht direkt das Jagdhaus, sondern ein Gehöft namens Grider's Hole, das rund zweieinhalb Meilen davon entfernt lag. Es befand sich fast genau nördlich von Riddlesdale, ein einsamer Vorposten am Rande des Moors in einem fruchtbaren Tal zwischen zwei ausgedehnten Moorhügeln. Der Pfad wand sich von Whemmeling Fell, so hieß die Höhe, hinunter, führte um einen tückischen Sumpf herum und überquerte etwa eine halbe Meile vor dem Gehöft das Bächlein Ridd. Peter hatte kaum Hoffnung, in Grider's Hole etwas Neues zu erfahren, aber er war nun einmal grimmig entschlossen, wirklich jeden Stein umzudrehen. Insgeheim war er überzeugt, daß der Mann mit dem Motorrad, Parkers Ermittlungen zum Trotz, über die Landstraße gekommen und vielleicht direkt durch King's Fenton gefahren war, ohne anzuhalten oder sonstwie Aufmerksamkeit zu erregen. Doch er hatte versprochen, die Nachbarschaft zu durchkämmen, und Grider's Hole lag in der Nachbarschaft. Er blieb kurz stehen, um seine ausgegangene Pfeife wieder anzuzünden, dann stapfte er unbeirrt weiter. Der Weg war in regelmäßigen Abständen zuerst mit kräftigen weißen Pfosten markiert, später mit Hürden eingezäunt. Den Grund dafür verstand man sofort, wenn man ins Tal kam, denn nur ein paar Meter links vom Weg begannen die vereinzelten Büschel groben, schilfigen Grases zwischen schwabbeligem schwarzem Moor, das alles, was schwerer war als eine Bachstelze, im Nu inmitten blubbernder Bläschen verschluckte. Wimsey bückte sich nach einer leeren Sardinenbüchse, die furchtbar verbeult zu seinen Füßen lag, und schleuderte sie achtlos in den Sumpf. Sie schlug mit einem Geräusch, das einem feuchten Kuß ähnelte, auf der Oberfläche auf und war im nächsten Augenblick verschwunden. Jenem Instinkt folgend, der einen immer, wenn man gedrückter Stimmung ist, in trüben Gedanken schwelgen läßt, lehnte Peter sich traurig an eine Hürde und ergab sich schwermütigen Betrachtungen über 1. die Eitelkeit menschlichen Strebens; 2. die Unbeständigkeit allen Seins; 3. die erste Liebe; 4. den Verfall der Ideale; 5. die Nachwehen des Weltkriegs; 6. Geburtenkontrolle und 7. den Trug des freien Willens. Damit war jedoch sein Nadir erreicht. Er merkte, daß seine Füße immer kälter wurden und sein Magen immer leerer, und da er noch ein paar Meilen vor sich hatte, überquerte er den Bach auf ein paar schlüpfrigen Steinen und näherte sich dem Tor zum Gehöft, das nicht aus den üblichen fünf

Stangen bestand, sondern solide und wehrhaft gebaut war. Ein Mann stand daran gelehnt, einen Strohhalm im Mund. Er machte keine Anstalten, sich vom Fleck zu rühren, als Wimsey näher kam.

«Guten Abend», sagte der Adelssproß munter und legte die Hand auf den Riegel. «Recht kühl, wie?»

Der Mann antwortete nicht, sondern lehnte sich noch schwerer ans Tor und atmete vor sich hin. Er trug einen Rock aus grobem Stoff und Breeches, und seine Gamaschen starrten von Kot.

«Natürlich der Jahreszeit angemessen», sagte Peter. «Gut für die Schafe, nicht? Macht die Wolle schön kraus und so.»

Der Mann nahm den Strohhalm aus dem Mund und spuckte in die Richtung von Peters rechtem Stiefel.

«Gehen Ihnen viele Tiere im Moor verloren?» fuhr Peter fort, indem er wie unabsichtlich den Riegel löste und sich von der anderen Seite ans Tor lehnte. «Ich sehe, Sie haben eine feste Mauer ums Haus. Muß ein bißchen gefährlich sein hier im Dunkeln, wenn Sie etwa einen kleinen Abendspaziergang mit Ihrer Freundin machen wollen, wie?»

Der Mann spuckte wieder aus, zog seinen Hut in die Stirn und meinte kurz angebunden:

«Was woll'n Sie?»

«Och», sagte Peter, «ich möchte nur Mr. – ich meine, dem Besitzer dieses Hofs einen kleinen Freundschaftsbesuch machen. So von Nachbar zu Nachbar. Einsame Gegend hier, nicht? Meinen Sie, ob er zu Hause ist?»

Der Mann grunzte.

«Freut mich zu hören», sagte Peter. «Ich finde es immer wieder erfreulich, wie nett und gastfreundlich die Leute hier in Yorkshire alle sind. Egal wer kommt, ein Plätzchen am Feuer ist immer für ihn da. Entschuldigen Sie, aber Sie lehnen so am Tor, daß ich es nicht aufkriege. Nur aus Versehen natürlich, aber zufällig haben Sie da, wo Sie stehen, den längsten Hebel. Ein bezaubernd schönes Haus, nicht? So herrlich fest und trutzig und so weiter. Kein Efeu, keine Rosenbögen und derlei Spießerkram. Wer wohnt denn hier?»

Der Mann betrachtete ihn ein paar Sekunden lang von oben bis unten und sagte dann: «Mr. Grimethorpe.»

«Ach nein, wirklich?» rief Lord Peter. «Wer hätte das gedacht? Genau der Mann, den ich kennenlernen möchte. Das Muster eines Bauern, wie? Überall, wohin ich in Nord-Yorkshire komme, landauf, landab höre ich Mr. Grimethorpes Lob. ‹Grimethorpes Butter ist die beste.› – ‹Grimethorpes Wolle reißt nie von der Rolle.› – ‹Freuden winken mit Grimethorpes

Schinken.› – ‹Für den Schlemmer Grimethorpes Lämmer.› – ‹Mit Grimethorpes Rinderbraten muß jedes Fest geraten.› Es ist der Traum meines Lebens, Mr. Grimethorpe einmal von Angesicht zu Angesicht kennenzulernen. Und Sie sind gewiß sein treuer Knecht und unentbehrlicher Gehilfe: Du springst vom Bett, noch eh' der Tag anbricht, die Küh' zu melken vor dem ersten Licht. Du, wenn das Abendrot die Erde kost, die sanften Schafe von dem Berge holst. Du, an des Herdes heimeligem Schein, von alter Zeit erzählst den Kindern fein. – Ein schönes Leben, obwohl im Winter vielleicht etwas eintönig. Erlauben Sie mir, Ihre ehrliche Hand zu drücken.»

Ob von dieser lyrischen Anwandlung gerührt, oder ob das schwindende Tageslicht noch nicht zu trübe war, um einen blassen Schimmer von dem runden Metallstück in Lord Peters Hand zurückzuwerfen, jedenfalls trat der Mann eine Winzigkeit vom Tor zurück.

«Herzlichen Dank, Gevatter», sagte Peter und drängte sich flink an ihm vorbei. «Vermute ich richtig, daß ich Mr. Grimethorpe im Haus antreffen werde?»

Der Mann sagte nichts, bis Wimsey ein Dutzend Schritte auf dem gepflasterten Weg weitergegangen war, dann rief er ihm nach, ohne sich jedoch umzudrehen:

«Mister!»

«Ja, mein Freund?» antwortete Peter liebenswürdig und ging zu ihm zurück.

«Kann sein, daß er die Hunde auf Sie hetzt.»

«Was Sie nicht sagen!» rief Lord Peter. «Der treue Hund begrüßt den verlorenen Sohn bei der Heimkehr. Szene familiärer Wiedersehensfreude. ‹Mein lange verirrtes Fleisch und Blut!› Tränen und lange Reden, Freibier für das beglückte Gesinde. Frohsinn und Lachen am Kamin, bis die Balken sich biegen und die Räucherschinken runterfallen, um mitzufeiern. Gute Nacht, mein Fürst, bis die Kühe heimkehren und die Hunde Isebel fressen in jenem Lande Israels, da des Lenzes Windspiele den Spuren des Winters folgen. Ich fürchte», sagte er zu sich selbst, «die Teezeit ist vorbei.»

Lord Peters Stimmung hob sich, während er sich der Haustür näherte. Solche Besuche liebte er. Obgleich er sich der Kriminalistik zugewandt hatte, wie er sich bei anderer Veranlagung auf Indischen Hanf verlegt haben würde – nämlich des Nervenkitzels wegen –, als sein Leben in Staub und Asche zu liegen schien, war seine Mentalität nicht in erster Linie die eines Kriminalisten. Von seinen Nachforschungen in Grider's Hole versprach er sich so gut wie nichts, und wenn, dann hätte er alles, was er wissen wollte, gegen eine im rechten

Augenblick gezückte Banknote auch von dem griesgrämigen Herrn am Tor erfahren können. So wäre Parker mit Sicherheit vorgegangen; er wurde dafür bezahlt, zu ermitteln und sonst nichts, und weder seine natürlichen Gaben noch seine Schulbildung (auf dem Gymnasium von Barrow-in-Furness) machten ihn geneigt, aus der Laune einer unbotmäßigen Phantasie heraus auf Nebenpfade auszuweichen. Für Lord Peter aber war die ganze Welt ein unterhaltsames Labyrinth von Nebenpfaden. Er hatte es in fünf bis sechs Sprachen zu einer beachtlichen Fertigkeit gebracht, war ein Musiker von einigem Geschick und noch mehr Verständnis, Giftexperte, Sammler seltener Buchausgaben, Salonlöwe und ein gewöhnlicher Naseweis. Man hatte ihn schon sonntags um halb eins in Frack und Zylinder durch den Hyde Park spazieren und die *News of the World* lesen sehen. Seine Leidenschaft für das Unerforschte ließ ihn im Britischen Museum obskure Pamphlete ausgraben, die Gefühlswelt von Steuerbeamten erforschen und herausfinden, wo seine eigene Abwasserleitung endete. Und jetzt führte für ihn kein Weg daran vorbei, in einem persönlichen Gespräch zu ergründen, warum ein Bauer in Nord-Yorkshire die Angewohnheit hatte, seine Hunde auf harmlose Besucher zu hetzen. Das Ergebnis war unvermutet.

Sein erstes Klopfen blieb unbeachtet, und er klopfte noch einmal. Diesmal war drinnen Bewegung zu vernehmen, und eine verdrießliche Männerstimme rief:

«Nun laß ihn schon rein, zum Teufel mit ihm – und mit dir», woraufhin man einen Gegenstand zu Boden fallen oder gegen die Wand fliegen hörte.

Die Tür wurde unverhofft von einem etwa siebenjährigen Mädchen geöffnet, das sehr dunkel und hübsch war und sich den Arm rieb, als ob es dort von dem Wurfgeschoß getroffen worden sei. Schüchtern stand die Kleine da und blockierte die Schwelle, bis dieselbe Stimme von neuem ungeduldig grollte:

«Na, wer ist's?»

«Guten Abend», sagte Wimsey und nahm den Hut ab. «Verzeihen Sie, wenn ich hier so hereinplatze. Ich wohne zur Zeit im Jagdhaus von Riddlesdale.»

«Na und?» rief die Stimme. Über den Kopf des Kindes hinweg erkannte Wimsey jetzt die Silhouette eines großen, schwer gebauten Mannes, der rauchend in der Ecke neben einem gewaltigen Kamin saß. Das Feuer spendete das einzige Licht, denn das Fenster war klein, und draußen war es schon ziemlich dunkel geworden. Es schien ein großer Raum zu sein, aber er wurde gleich hinterm Kamin von einer hohen eichenen Sitzbank abgeteilt, und dahinter herrschte undurchdringliche Finsternis.

«Darf ich eintreten?» fragte Wimsey.

«Wenn es sein muß», antwortete der Mann ungnädig. «Mach die Tür zu, Göre; was glotzt du so? Geh zu deiner Mutter und laß dir von ihr Manieren beibringen.»

Dies war nun wohl ein Fall von unsachgemäßem Umgang eines Glashausbewohners mit harten Gegenständen, doch das Mädchen verschwand eilig in der dunklen Höhle hinter der Bank, und Peter trat ein.

«Sind Sie Mr. Grimethorpe?» fragte er höflich.

«Und wenn?» erwiderte der Bauer. «*Ich* hab keinen Grund, mich für meinen Namen zu schämen.»

«Ganz gewiß nicht», sagte Lord Peter, «und schon gar nicht Ihres Hofes. Hübsch haben Sie's hier, wie? Übrigens, mein Name ist Wimsey – Lord Peter Wimsey, genauer gesagt; der Bruder des Herzogs von Denver. Ich möchte Sie wirklich nicht stören – Sie haben sicher viel zu tun, mit den Schafen und so – aber ich hab mir gedacht, ein kleiner Nachbarschaftsbesuch tut nicht weh. Einsame Gegend hier, nicht wahr? Ich weiß nun mal gern, wer meine Nachbarn sind. Von London her bin ich es gewöhnt, daß sich die Leute gegenseitig auf die Füße treten. Hier kommen wohl nicht viele Fremde vorbei, oder?»

«Gar keine», sagte Mr. Grimethorpe mit Nachdruck.

«Na ja, ist vielleicht auch ganz gut so», fuhr Lord Peter fort. «Da weiß man seine eigenen vier Wände zu schätzen, nicht? Ich denke oft, in der Stadt begegnet man viel zuviel Fremden. Nichts geht über die eigene Familie, wenn die Arbeit getan ist – so gemütlich. Sie sind verheiratet, Mr. Grimethorpe?»

«Was geht das Sie an?» knurrte der Bauer und drehte sich mit solcher Heftigkeit zu ihm um, daß Wimsey nervös nach den erwähnten Hunden Ausschau hielt.

«Natürlich nichts», antwortete er. «Ich dachte nur, dieses reizende kleine Mädchen sei vielleicht Ihr Töchterchen.»

«Und wenn ich dächte, daß sie nicht von mir wär», sagte Mr. Grimethorpe, «würde ich den Balg erwürgen, und die Mutter dazu. Na, was sagen Sie jetzt?»

Im Grunde ließ diese Bemerkung, wenn man sie als Beitrag zur Unterhaltung auffassen wollte, so vieles zu wünschen übrig, daß Wimseys natürliche Geschwätzigkeit einen schweren Rückschlag erlitt. Er rettete sich jedoch auf einen typisch männlichen Ausweg und bot Mr. Grimethorpe eine Zigarre an, wobei er dachte:

«Diese Frau muß die Hölle auf Erden haben.»

Der Bauer lehnte die Zigarre mit einem einzigen Wort ab und schwieg. Wimsey zündete sich seinerseits eine Zigarette an und betrachtete nachdenklich seinen Gesprächspartner. Dieser war ein Mann von etwa fünfundvierzig Jahren, derb, hart und wettergebräunt, mit kantigen Schultern und kurzen, dicken Schenkeln – ein bösartiger Bullterrier. Wimsey sah, daß zarte Andeutungen bei so einem Wesen verlorene Liebesmüh waren, und wählte eine offenere Methode.

«Ehrlich gesagt, Mr. Grimethorpe», sagte er, «ich bin nicht ganz und gar ohne Grund hier hereingeschneit. Es ist immer gut, sich mit einem Vorwand zu wappnen, nicht? Obwohl es mir natürlich ein reines Vergnügen ist, Sie kennenzulernen – ich meine, dazu bedürfte es keines Vorwands. Aber die Sache ist die, ich suche einen bestimmten jungen Mann, einen – äh – Bekannten von mir –, er hat gesagt, daß er sich um diese Zeit hier in der Gegend herumtreiben wird. Aber ich fürchte, ich habe ihn verpaßt. Sehen Sie, ich bin gerade erst aus Korsika zurückgekommen – interessantes Land, Mr. Grimethorpe, allerdings ein bißchen abgelegen –, und wenn ich meinen Freund richtig verstanden habe, muß er hier vor ungefähr einer Woche aufgekreuzt sein und mich ausfindig gemacht haben. Glück muß man haben. Aber er hat seine Karte nicht hinterlassen, und darum bin ich eben nicht ganz sicher, verstehen Sie? Sie sind ihm wohl nicht zufällig begegnet? Groß ist er, mit langen Füßen und einem Motorrad mit Beiwagen. Ich dachte, er hat sich vielleicht mal hier sehen lassen. Oh! Kennen Sie ihn etwa?»

Das Gesicht des Bauern war angeschwollen und fast schwarz vor Wut.

«Welcher Tag, sagen Sie?» fragte er gepreßt.

«Mittwoch abend oder Donnerstag morgen, würde ich meinen», sagte Peter, die Hand an seinem schweren Malakka-Stock.

«Hab ich's doch gewußt!» grollte Mr. Grimethorpe. «Diese Schlampe – diese verdammten Weiber allesamt. Sie, Mister, der Kerl ist ein Freund von Ihnen? Sie, ich war am Mittwoch und Donnerstag in Stapley – das haben Sie doch gewußt, oder? Und dieser Freund von Ihnen auch, wie? Und wenn ich nicht weg gewesen wäre, um so schlimmer für ihn. Im Peter's Pott läg er jetzt, wenn ich ihn erwischt hätte, und da landen Sie auch gleich, hol Sie der Teufel! Und wenn ich ihn noch mal hier herumschleichen sehe, breche ich ihm sämtliche Knochen im Leib und schicke ihn da nach Ihnen suchen!»

Und mit diesen erstaunlichen Worten wollte er Peter an die Kehle wie eine Bulldogge.

«So aber nicht», sagte Peter, indem er sich mit einer Behendigkeit, die seinen Gegner überraschte, aus dessen Griff befreite und mit unvermuteter Kraft sein Handgelenk schmerzhaft umspannte. «Das wäre unklug – auf diese Weise könnten Sie mal einen umbringen. Und Mord ist was Häßliches. Untersuchungsprozeß, vorwitzige Fragen vom Staatsanwalt, und zum Schluß legt man Ihnen noch einen Strick um den Hals. Außerdem ist Ihre Methode ein bißchen primitiv. Halten Sie still, Sie Narr, oder soll ich Ihnen den Arm brechen? Besser so? Dann ist es ja gut. Setzen Sie sich. Sie laden sich mal Ärger auf, wenn Sie auf höfliche Fragen immer so reagieren.»

«Raus aus meinem Haus», sagte Mr. Grimethorpe finster.

«Aber gern», sagte Lord Peter. «Ich muß mich noch für den sehr unterhaltsamen Abend bedanken, Mr. Grimethorpe. Schade, daß Sie mir nichts über meinen Freund sagen konnten – »

Mr. Grimethorpe sprang mit einem gotteslästerlichen Fluch auf, rannte zur Tür und schrie: «Jabez!» Lord Peter sah ihm noch kurz nach, dann schaute er sich im Zimmer um.

«Hier stinkt's», sagte er. «Der Kerl weiß etwas. Ein mordlüsterner Irrer. Ob er – »

Er warf einen Blick hinter die Sitzbank und sah sich einer Frau gegenüber – ein weißer Fleck in der tiefen Düsternis.

«Du?» stieß sie mit einem leisen, heiseren Keuchen hervor. «Du? Bist du verrückt, hierherzukommen? Mach schnell, daß du wegkommst! Er geht die Hunde holen.»

Sie legte ihm beide Hände auf die Brust und drängte ihn verzweifelt fort. Als aber dann der Feuerschein auf sein Gesicht fiel, stieß sie einen halberstickten Schrei aus und stand wie versteinert – ein Medusenhaupt des Schreckens.

Medusa war schön, heißt es in der Sage, und auch diese Frau war schön; breite weiße Stirn unter fülligem, schwärzlichem Haar, schwarze, glühende Augen unter geraden Brauen, breiter, leidenschaftlicher Mund – ein Anblick so wunderbar, daß sich selbst in diesem heiklen Augenblick sechzehn Generationen herrschaftlicher Privilegien in Lord Peter regten. Instinktiv faßten seine Hände nach den ihren, aber sie riß sich schnell von ihm los und wich zurück.

«Madam», sagte Wimsey, kaum daß er sich wieder gefangen hatte, «ich weiß nicht – »

Tausend Fragen gingen ihm durch den Kopf, aber bevor er auch nur eine davon formulieren konnte, erscholl hinterm Haus ein langgezogenes Heulen, und dann noch eines und noch eines.

«Laufen Sie, laufen Sie!» sagte sie. «Die Hunde! Mein Gott, mein

Gott, was soll aus mir werden? Gehen Sie, wenn Sie nicht wollen, daß er mich umbringt. Gehen Sie! Haben Sie Erbarmen!»

«Hören Sie», sagte Peter, «soll ich nicht lieber bleiben und Sie beschützen –?»

«Wenn Sie bleiben, ermorden Sie mich», sagte die Frau. «Gehen Sie!»

Peter ließ die Grundsätze seiner Erziehung fahren und ergriff die Flucht. Die Bestien waren ihm hart auf den Fersen. Der ersten versetzte er eins mit seinem Stock, und das Tier blieb knurrend auf Abstand. Am Tor lehnte immer noch der Mann, dem Grimethorpe jetzt mit heiserer Stimme zuschrie, er solle den Flüchtigen halten. Peter erreichte ihn; ein kurzes Getümmel von Menschen und Hunden, und plötzlich fühlte Peter sich gepackt und buchstäblich übers Tor geworfen. Als er sich aufrappelte und weiterlief, hörte der den Bauern auf den Mann einschimpfen und den Mann erwidern, daß er nichts dafür könne; dann die Stimme der Frau, hoch und angstvoll. Er sah über die Schulter zurück. Der Mann und die Frau und noch ein zweiter Mann, der jetzt hinzugekommen war, prügelten die Hunde zurück und schienen Grimethorpe zu beschwören, sie nicht vom Hof zu lassen. Offenbar hatten ihre Vorhaltungen einen gewissen Erfolg, denn der Bauer machte verdrossen kehrt, während der zweite Mann mit viel Geschrei und Peitschenknallen die Hunde zurückrief. Die Frau sagte etwas, und ihr Mann ging wutentbrannt auf sie los und schlug sie zu Boden.

Peter wollte schon wieder zurück, aber ein starkes inneres Gefühl sagte ihm, daß er alles nur noch schlimmer machen konnte, und so blieb er stehen und wartete, bis die Frau sich wieder erhoben hatte und ins Haus ging, unterwegs das Blut und den Schmutz mit dem Schal von ihrem Gesicht abwischend. Der Bauer drehte sich um, schüttelte noch einmal drohend die Faust nach ihm und folgte ihr ins Haus. Jabez hatte die Hunde wieder beisammen und trieb sie zurück, und Peters Freund lehnte sich wieder ans Tor.

Peter wartete, bis die Haustür hinter Mr. und Mrs. Grimethorpe zu war, dann zog er sein Taschentuch heraus und machte dem Mann im Halbdunkel vorsichtig ein Zeichen; dieser schlüpfte rasch durchs Tor und kam langsam zu ihm herunter.

«Vielen Dank», sagte Wimsey und drückte ihm eine Münze in die Hand. «Ich fürchte, da habe ich Unheil angerichtet, ohne es zu wollen.»

Der Mann sah das Geld und dann ihn an.

«So macht's der Bauer mit allen, die kommen und die Frau sehen wollen», sagte er. «Am besten bleiben Sie hier weg, sonst laden Sie sich noch ihr Blut aufs Gewissen.»

«Sagen Sie mal», meinte Wimsey, «haben Sie zufällig um den letzten Mittwoch herum einen jungen Mann mit Motorrad hier in der Gegend gesehen?»

«Nee. Mittwoch? Muß der Tag gewesen sein, als der Bauer in Stapley war, glaub ich, wegen der Maschinen. Nee, da hab ich nichts gesehen.»

«Na schön. Wenn Sie von jemandem hören, der ihn gesehen hat, sagen Sie mir Bescheid, ja? Hier steht mein Name drauf, und ich wohne im Jagdhaus Riddlesdale Lodge. Gute Nacht und nochmals vielen Dank.»

Der Mann nahm die Karte entgegen und schlurfte ohne ein Wort des Abschieds zurück.

Lord Peter ging langsam, den Mantelkragen hochgeschlagen und den Hut über die Augen gezogen. Diese kinoreife Episode sperrte sich gegen seine Logik. Mit Mühe brachte er ein wenig Ordnung in seine Überlegungen.

«Erstens», sagte er, «Mr. Grimethorpe. Ein Herr, der vor nichts zurückschreckt. Bärenstark. Unliebenswürdig. Ungastlich. Hervorstechendste Eigenschaft – Eifersucht auf seine erstaunlich hübsche Frau. War letzten Mittwoch und Donnerstag in Stapley, um Maschinen zu kaufen. (Hilfreicher Herr am Hoftor bestätigt das übrigens, so daß man es in diesem Stadium der Ermittlungen als brauchbares Alibi durchgehen lassen kann.) Hat darum unsern geheimnisvollen Freund mit dem Seitenwagengespann nicht gesehen, *falls* er da war. Ist aber geneigt, zu glauben, *daß* er da war, und zweifelt kaum am Grund seines Daseins. Was eine interessante Frage aufwirft. Wozu der Beiwagen? Ist doch lästig beim Fahren. Sehr gut. Aber wenn unser Freund wegen Mrs. G. hier war, hat er sie doch offenbar nicht mitgenommen. Wieder gut.

Zweitens, Mrs. Grimethorpe. Ein ganz besonderer Punkt, beim Zeus!» Er blieb meditierend stehen, um einen erregenden Augenblick zu rekonstruieren. «Geben wir unumwunden zu, daß Schuhgröße 45, wenn er ihretwegen gekommen war, jede Entschuldigung hat. Ja! Mrs. G. lebt in ständiger Todesangst vor ihrem Mann, der sich nichts dabei denkt, sie auf bloßen Verdacht hin niederzuschlagen. Ich wollte – aber ich hätte alles nur noch schlimmer gemacht. Bei so einer Bestie von Mann tut man einer Frau den größten Gefallen, wenn man sich von ihr fernhält. Hoffentlich gibt das nicht eines Tages noch einen

Mord. Einer genügt schon. Wo war ich stehengeblieben?

Aha, ja. Mrs. Grimethorpe weiß etwas – und kennt jemanden. Sie hat mich für jemanden gehalten, der allen Grund hatte, nicht nach Grider's Hole zu kommen. Wo mag sie nur gewesen sein, als ich mit Grimethorpe sprach? Im Zimmer nicht. Vielleicht hat das Kind sie gewarnt. Halt, nein, so geht's nicht. Dem Kind habe ich gesagt, wer ich bin. Aha, Moment! Geht mir ein Licht auf? Sie hat aus dem Fenster geschaut und einen Kerl in einem nicht mehr ganz neuen Burberry gesehen. Schuhgröße 45 ist ein Kerl in einem alten Burberry. Also, nehmen wir für einen Augenblick an, sie hält mich für Schuhgröße 45. Was macht sie? Vernünftigerweise bleibt sie außer Sichtweite – begreift nicht, wie ich so ein Narr sein und herkommen kann. Als Grimethorpe dann hinausrennt und nach den Hunden schreit, kommt sie unter Einsatz ihres Lebens heruntergeschlichen, um ihren – sagen wir kühn: Geliebten? zu warnen, daß er verschwinden soll. Sie entdeckt, daß er nicht ihr Geliebter ist, sondern nur ein blöd gaffender Esel von (wie ich fürchte) sehr entgegenkommendem Wesen. Neue peinliche Situation. Sie sagt dem Esel, er soll verschwinden, um sich und sie zu retten. Der Esel verschwindet – nicht eben anmutig. Die nächste Folge dieses berückenden Dramas sehen Sie demnächst in diesem Theater – wann? Das wüßte ich selbst nur zu gern.»

Er trottete eine Zeitlang weiter.

«Trotzdem», gab er sich selbst die Antwort, «wird aus alldem nicht klarer, was Schuhgröße 45 am Riddlesdale Lodge gewollt hat.»

Am Ende seiner Wanderung hatte er noch immer keine Lösung gefunden.

«Was auch geschieht», sagte er bei sich, «und wenn es geht, ohne ihr Leben in Gefahr zu bringen, muß ich Mrs. Grimethorpe wiedersehen.»

Die Rue St. Honoré und die Rue de la Paix

«Ich glaube, es war die Katze.»
H. M. S. Pinafore

Mr. Parker saß unglücklich in einem kleinen Appartement in der Rue St. Honoré. Es war drei Uhr nachmittags. Paris glänzte im Schein einer gedämpften, aber freundlichen Herbstsonne, doch das Zimmer lag nach Norden und wirkte bedrückend mit seinen dunklen, einfachen Möbeln und der Aura von Verlassenheit. Es war ein Männerzimmer, ganz im Stil eines diskreten Clubs eingerichtet; ein Zimmer, das unbeirrt das Geheimnis seines toten Bewohners wahrte. Zwei große, mit rotem Leder bezogene Sessel standen vor dem kalten Kamin. Auf dem Kaminsims stand eine bronzene Uhr, flankiert von zwei polierten deutschen Kartuschen, einem steinernen Tabakgefäß und einer orientalischen Messingschale, in der sich eine längst erkaltete Pfeife befand. An den Wänden hingen ein paar ausgezeichnete Stiche in schmalen Birnenholzrahmen und das Ölporträt einer ziemlich rosigen Dame aus der Zeit Karls II. Die Fenstervorhänge waren rot, und auf dem Boden lag ein solider türkischer Teppich. Gegenüber dem Kamin stand ein großer Mahagoni-Bücherschrank mit Glastüren, der einige englische und französische Klassiker nebst einer umfangreichen Sammlung von Büchern über Geschichte und internationale Politik enthielt, dazu ein paar französische Romane, eine Anzahl von Werken über militärische oder sportliche Themen und eine berühmte französische Ausgabe des *Decamerone* mit Illustrationen. Unter dem Fenster stand ein großer Schreibtisch.

Parker schüttelte den Kopf, nahm ein Blatt Papier und begann seinen Bericht zu schreiben. Er hatte um sieben gefrühstückt: Kaffee und Hörnchen; dann hatte er die Wohnung gründlich durchsucht; er hatte den Concierge ausgefragt, dann den Direktor des Crédit Lyonnais und den für diesen Stadtteil zuständigen Polizeipräfekten, und das Ergebnis war überaus mager.

Informationen aus Hauptmann Cathcarts Papieren:

Vor dem Krieg war Denis Cathcart zweifellos ein reicher Mann gewesen. Er besaß erhebliche Kapitalanlagen in Rußland und Deutschland und eine bedeutende Beteiligung an einem florierenden Weingut in der Champagne. Nachdem er mit einundzwanzig Jahren in den Besitz dieses Vermögens gelangt war, hatte er seinen dreijährigen Cambridge-Aufenthalt beendet und war viel gereist, hatte bedeutende Persönlichkeiten in verschiedenen Ländern aufgesucht und offenbar eine diplomatische Karriere angestrebt. In der Zeit zwischen 1913 und 1918 wurde die Geschichte, die die Bücher erzählten, immer interessanter, erstaunlicher und bedrückender. Bei Kriegsausbruch hatte er sich zum 15. . . .shire-Regiment gemeldet. An Hand des Scheckbuchs konnte Parker das ganze Finanzgebaren eines jungen britischen Offiziers rekonstruieren – Kleidung, Pferde, Ausstattung, Reisen, Wein und Diners im Urlaub, Spielschulden, Miete für die Wohnung in der Rue St. Honoré, Clubbeiträge und was nicht sonst noch. Alle diese Ausgaben waren ausgesprochen mäßig und hielten sich im Rahmen seiner Einkünfte. Quittierte Rechnungen, säuberlich abgeheftet, füllten eine Schublade des Schreibtischs, und bei einem genauen Vergleich mit dem Scheckbuch und den Lastschriften ergaben sich keinerlei Diskrepanzen. Darüber hinaus aber scheint es noch einen anderen Kanal gegeben zu haben, in den Cathcarts Mittel flossen. Ab 1913 tauchten regelmäßig alle drei Monate, manchmal auch kürzer hintereinander, bestimmte hohe Barabhebungen auf, über deren Verwendung sich der Schreibtisch diskret ausschwieg: keine Quittungen, keine Notizen über Geldausgaben.

Der große Knall, der 1914 die Weltwirtschaft erschütterte, spiegelte sich verkleinert in Cathcarts Bankbuch wider. Die Gutschriften aus russischen und deutschen Quellen versiegten schlagartig. Die Renditen seiner französischen Geldanlagen sanken auf ein Viertel ihrer ursprünglichen Höhe, denn die Flut des Krieges überspülte auch die Weinberge und riß die Arbeiter mit sich fort. Im ersten Jahr flossen ihm noch ansehnliche Dividenden aus französischen Obligationen zu; dann erfolgte eine ominöse Gutschrift über 20000 Francs und sechs Monate später eine weitere über 30000 Francs. Danach ging es schnell bergab. Parker sah im Geiste die kurzen Mitteilungen von der Front, in denen der Verkauf staatlicher Sicherheiten angeordnet wurde, während die Ersparnisse der letzten sechs Jahre im Mahlstrom steigender Preise und zusammenbrechender Währungen immer rascher davonwirbelten. Die Dividenden wurden kleiner und kleiner und versiegten endlich ganz; und dann erfolgte eine noch bedenklichere Serie von Lastschriften, in Form von Spesen für Wechselprolongationen.

1918 spitzte die Lage sich zu, und einige Eintragungen zeugten von dem verzweifelten Versuch, sich durch Devisenspekulationen zu sanieren. Es fanden sich Bankaufträge für den Ankauf deutscher Mark, russischer Rubel und rumänischer Lei. Mr. Parker seufzte mitfühlend bei diesem Anblick, denn er dachte an die rund zwölf Pfund, die er selbst für solch trügerische Werke der Graveurkunst angelegt hatte und die jetzt nutz- und wertlos daheim in seinem Schreibtisch lagen. Er wußte, daß sie nur noch Altpapier waren, aber sein Ordnungssinn erlaubte ihm nicht, sie einfach zu vernichten. Offenbar hatten Mark und Rubel sich für Cathcart als sehr schwache Strohhalme erwiesen.

Etwa um diese Zeit tauchten in Cathcarts Bankbuch die ersten Bareinzahlungen auf, manchmal groß, manchmal klein, in unregelmäßigen zeitlichen Abständen und ohne erkennbaren Zusammenhang. Im Dezember 1919 waren es sogar einmal 35 000 Francs. Parker glaubte zuerst, es handle sich wohl um Dividenden aus Geldanlagen, die Cathcart nicht über die Bank abwickelte. Er durchsuchte noch einmal das ganze Zimmer in der Hoffnung, entweder die Wertpapiere selbst oder wenigstens einen Hinweis auf sie zu finden, aber die Suche war vergebens, und so mußte er annehmen, daß Cathcart diese Papiere entweder irgendwo an einem geheimen Ort aufbewahrte oder die fraglichen Einzahlungen aus einer völlig anderen Quelle stammten.

Cathcart hatte offenbar seine sofortige Entlassung aus dem Militärdienst erreicht (sicherlich dank seiner früheren häufigen Besuche bei hochgestellten Persönlichkeiten) und anschließend einen längeren Urlaub an der Riviera gemacht. Ein darauffolgender Besuch in London fiel mit dem Erwerb von 700 Pfund zusammen, die, nachdem sie in Francs umgewechselt worden waren, bei dem damaligen Wechselkurs einen ansehnlichen Betrag auf dem Konto ausmachten. Von da an boten die Ausgaben und Einnahmen ein einigermaßen gleichbleibendes Bild und waren mehr oder weniger ausgeglichen; die Barabhebungen wurden im Laufe der Zeit immer häufiger und höher, während ab 1921 die Einnahmen aus dem Weingut eine leichte Erholung zeigten.

Mr. Parker schrieb das alles gewissenhaft nieder, dann lehnte er sich im Sessel zurück und sah sich im Zimmer um. Er empfand – nicht zum erstenmal – eine gewisse Abneigung gegen seinen Beruf, der ihn aus der großen Männergesellschaft ausschloß, deren Mitglieder einander akzeptierten und die Privatsphäre achteten. Er zündete sich seine erloschene Pfeife wieder an und fuhr mit dem Bericht fort.

Die Aussagen Monsieur Turgeots, des Direktors von Crédit Lyonnais, bestätigten die aus dem Bankbuch gewonnenen Erkenntnisse in allen Einzelheiten. Monsieur Cathcart habe in letzter Zeit alle seine Einzahlungen in bar vorgenommen, meist in kleinen Noten. Ein paarmal habe er sein Konto überzogen, aber nie hoch, und er habe es stets innerhalb weniger Monate wieder ausgeglichen. Natürlich habe er Einkommenseinbußen erlitten, wie alle Leute, aber sein Konto habe der Bank nie Anlaß zur Sorge gegeben. Im Augenblick weise es ein Guthaben von rund 14000 Francs auf. Monsieur Cathcart sei immer sehr angenehm gewesen, aber nicht mitteilsam – *très correct.*

Informationen nach Aussagen des Concierge:

Man hat von Monsieur Cathcart nicht viel zu sehen bekommen, aber er war immer *très gentil.* Er versäumte es nie, beim Ein- oder Ausgehen *«Bonjour, Bourgois»* zu sagen. Manchmal hatte er Besuch – Herren im Abendanzug. Man hat auch Karten gespielt. Monsieur Bourgois hat nie Damen zu Cathcarts Wohnung führen müssen, außer einmal im letzten Februar, als Cathcart eine Einladung gegeben hatte für einige Damen, *très comme il faut,* darunter seine Verlobte, *une jolie blonde.* Monsieur Cathcart benutzte seine Wohnung als *pied-à-terre* und schloß sie oft für Wochen oder gar Monate ab, um zu verreisen. Er war *un jeune homme très rangé.* Einen Diener hatte er nie. Madame Leblanc, eine Kusine der verstorbenen Madame Bourgois, hielt sein Appartement sauber. Selbstverständlich könne Monsieur die Adresse von Madame Leblanc bekommen.

Informationen nach Aussage von Madame Leblanc:

Monsieur Cathcart war ein reizender junger Mann, für den man gern arbeitete. Sehr großzügig, interessierte sich sehr für ihre Familie. Madame Leblanc war untröstlich, zu hören, daß er tot sei, und das kurz vor seiner Verheiratung mit der Tochter der englischen Mylady. Madame Leblanc hatte Mademoiselle letztes Jahr gesehen, als sie Monsieur Cathcart in Paris besuchte. Sie fand, die junge Dame habe sich glücklich schätzen können. Wenige junge Männer seien so ernsthaft wie Monsieur Cathcart, besonders wenn sie so gut aussähen. Madame Leblanc habe Erfahrung mit jungen Männern und könnte allerhand Geschichten erzählen, wenn das ihre Art wäre, aber keine über Monsieur Cathcart. Er benutzte seine Wohnung nicht ständig; gewöhnlich ließ er sie wissen, wann er zu Hause sein werde, und dann ging sie hin und machte Ordnung. Er hielt sehr auf persönliche Ordnung; in dieser Beziehung war er anders als die englischen Herren. Madame Leblanc kenne viele von ihnen, die ihre Sachen *sens dessus dessous* hätten. Monsieur Cathcart war immer sehr gut gekleidet; er war sehr eigen mit dem Bad; in puncto Toilette war er wie eine Frau, der arme junge Herr. Und nun war er also tot. *Le pauvre garçon!* Es hatte Madame Leblanc wahrhaftig den Appetit verdorben.

Vom Polizeipräfekten erhaltene Informationen:

Keine. Monsieur Cathcart sei der Polizei nie in irgendeiner Weise aufgefallen. Zu den von Monsieur Parker erwähnten Geldsummen: Wenn Monsieur die Nummern einiger Geldscheine angeben könne, werde man sich bemühen, ihren Verbleib festzustellen.

Wohin war das Geld gegangen? Parker sah nur zwei Möglichkeiten: ein illegitimes Verhältnis oder Erpressung. Gewiß mochte ein gutaussehender Mann wie Cathcart im Laufe seines Lebens die eine oder andere Geliebte gehabt haben, auch ohne daß der Concierge davon wußte. Und gewiß konnte einer, der gewohnheitsmäßig beim Kartenspiel betrog – wenn das der Fall war –, jemandem in die Hände gefallen sein, der zuviel wußte. Es fiel auf, daß die geheimnisvollen Geldeingänge gerade in der Zeit begannen, als seine Ersparnisse erschöpft waren; es erschien durchaus plausibel, daß es sich dabei um irreguläre Gewinne handelte – aus Spielcasinos, durch Spekulationen oder, wenn an Denvers Geschichte etwas dran war, durch Falschspiel. Alles in allem neigte Parker mehr der Erpressungstheorie zu. Sie paßte auch besser zum Ablauf der Ereignisse, den er und Lord Peter in Riddlesdale rekonstruiert hatten.

Das eine oder andere aber machte Parker noch Kopfzerbrechen. Warum hätte der Erpresser mit einem Beiwagengespann in den Mooren Yorkshires herumkutschieren sollen? Wem gehörte die grünäugige Katze? Sie war ein kostbares Amulett. Hatte Cathcart es dem Erpresser in Zahlung geben wollen? Das wäre dumm gewesen. Man konnte nur annehmen, daß der Erpresser es verächtlich weggeworfen hatte. Parker hatte es jetzt bei sich, und schon kam ihm der Gedanke, daß es sich vielleicht lohnen konnte, zu einem Juwelier zu gehen und seinen Wert schätzen zu lassen. Aber der Beiwagen war ein Problem, die Katze war ein Problem, und vor allem, Lady Mary war ein Problem.

Warum hatte Lady Mary bei der Voruntersuchung gelogen? Denn *daß* sie gelogen hatte, stand für Parker zweifelsfrei fest. Er glaubte ihr die Geschichte von dem zweiten Schuß nicht, der sie geweckt haben sollte. Was hatte sie morgens früh um drei zur Wintergartentür geführt? Wem gehörte der Koffer – falls es ein Koffer war – , der versteckt hinter den Kakteen gestanden hatte? Warum dieser so lange anhaltende Nervenzusammenbruch ohne bestimmte Symptome, der Lady Mary daran hinderte, zum Haftprüfungstermin zu erscheinen oder wenigstens die Fragen ihres Bruders zu beantworten? Könnte Lady Mary bei dem Gespräch im Gebüsch zugegen gewesen sein? Aber dann hätten Wimsey und er doch ihre Fußabdrücke gefunden. Stand sie mit dem Erpresser im Bunde? Das war ein unerfreulicher Gedanke. Hatte sie ihrem Verlobten helfen wollen? Sie verfügte über eigene Einkünfte – und zwar recht ansehnliche, wie Parker von der Herzogin wußte. Hatte sie vielleicht versucht, Cathcart mit Geld zu unterstützen? Aber warum sollte sie in diesem Falle nicht sagen, was sie wußte? Das Übelste, was es über Cathcart zu erfahren gab – immer vorausgesetzt, daß dies die Falschspielerei war – , wußte inzwischen jeder, und der Mann selbst war tot. Wenn sie die Wahrheit kannte, warum kam sie nicht damit heraus, um ihren Bruder zu retten?

An diesem Punkt wurde er von einem noch unerfreulicheren Gedanken heimgesucht. Wenn es am Ende gar nicht Denver gewesen war, den Mrs. Marchbanks in der Bibliothek gehört hatte, sondern jemand anders – jemand, der ebenfalls eine Verabredung mit dem Erpresser hatte – jemand, der mit ihm gegen Cathcart unter einer Decke steckte – jemand, der wußte, daß die Begegnung gefährlich werden konnte? Hatte er, Parker, dem Rasenstück zwischen Haus und Gebüsch die gebührende Aufmerksamkeit gewidmet? Hätte er dort vielleicht am Donnerstagmorgen noch hier und da einen niedergetretenen Halm gefunden, den Regen und Wurzelsäfte inzwischen wieder aufgerichtet hatten? Waren ihm und Peter im Wald auch keine Fußspuren entgangen? Hatte eine vertraute Hand den Schuß aus nächster Nähe abgegeben? Noch einmal – *wem gehörte die grünäugige Katze?*

Vermutungen über Vermutungen, und eine häßlicher als die andere, jagten sich in Parkers Kopf. Er griff nach einem Foto von Cathcart, das Peter ihm mitgegeben hatte, und betrachtete es lange und aufmerksam. Es war ein dunkles, hübsches Gesicht; die Haare schwarz und leicht gewellt, die Nase kräftig und wohlgeformt, die großen dunklen Augen sympathisch und arrogant zugleich. Der Mund wirkte angenehm, wenn auch die Lippen ein wenig zu dick waren und mit ihren starken Bögen Sinnlichkeit andeuteten; das Kinn hatte eine Spalte. Auf Parker wirkte das Gesicht, wenn er ehrlich sein sollte, nicht attraktiv; er würde eher dazu neigen, den Mann als «byronesken Widerling» abzutun, aber aus Erfahrung wußte er, daß so ein Gesicht sehr auf Frauen wirken konnte, sei es aus Liebe oder Haß.

Zufälle erscheinen oft wie Lausbubenstreiche der Vorsehung. Mr. Parker sollte in Kürze mit einem solchen – wenn der Ausdruck angemessen ist – Beispiel olympischen Humors beglückt werden. In der Regel widerfuhren derlei Dinge nicht ihm; sie lagen mehr auf Wimseys Linie. Parker hatte seinen Weg von bescheidenen Anfängen bis zu einer respektablen Stellung beim CID durch harte Arbeit kombiniert mit Intelligenz und Umsicht gemacht, weniger mit Hilfe spektakulärer Glückstreffer oder durch die Gabe, auf Erfolgswogen mitzuschwimmen. Diesmal aber bekam er wahrlich einen «Fingerzeig von oben», und wie es wohl in der Natur von Dingen und Menschen liegt, war er ausgesprochen undankbar dafür.

Er schloß seinen Bericht ab, legte alles wieder ordentlich in den Schreibtisch zurück und ging zum Polizeirevier, um den Schlüssel abzugeben und mit dem Präfekten die Versiegelung der Wohnung zu regeln. Es war noch früh am Nachmittag und nicht zu kalt, und so beschloß er, seine trüben Gedanken mit einem Café-Cognac am Boul' Mich' zu vertreiben und danach einen Schaufensterbummel durch die Pariser Geschäftsstraßen zu machen. Als Mann von freundlicher Gemütsart und starkem Familiensinn erwog er sogar, für seine ältere Schwester, die unverheiratet war und in Barrow-in-Furness ein ziemlich freudloses Dasein fristete, etwas richtig Pariserisches zu kaufen. Er wußte, welch rührende Freude sie an hauchdünner Spitzenunterwäsche haben würde, die kein Mensch außer ihr selbst je zu sehen bekäme. Mr. Parker war auch nicht der Mann, der sich geniert hätte, in einer fremden Sprache nach Damenunterwäsche zu fragen; dazu mangelte es ihm an Phantasie. Er erinnerte sich, wie einmal ein Richter in der Verhandlung gefragt hatte, was ein Kamisol sei, und an der Beschreibung dieses Kleidungsstücks hatte er nichts Anstößiges gefunden. Also beschloß er, einen echt Pariser Laden aufzusuchen und ein Kamisol zu verlangen. Damit wäre ein Anfang gemacht, und Mademoiselle würde ihm dann schon noch andere Dinge zeigen, ohne daß er sie dazu erst auffordern müßte.

Gedacht, getan, und so sah man Mr. Parker gegen sechs Uhr mit einem kleinen Karton unterm Arm die Rue de la Paix entlangflanieren. Er hatte mehr Geld ausgegeben, als er eigentlich vorhatte, aber dafür hatte er seine Kenntnisse erweitert. Er wußte zum Beispiel jetzt genau, was ein Kamisol war und daß Crêpe de Chine für sein Volumen doch erstaunlich teuer ist. Die junge Dame war bezaubernd verständnisvoll gewesen und hatte ihrem Kunden, ohne dergleichen direkt anzudeuten, das Gefühl gegeben, ein kleiner Schwerenöter zu sein. Er fand auch, daß seine französische Aussprache immer besser wurde. Die Straße wimmelte von Menschen, die langsam an den strahlenden Schaufenstern entlangbummelten. Mr. Parker blieb wie selbstverständlich vor der prunkvollen Auslage eines Juweliergeschäfts stehen, als schwanke er zwischen einem Perlenhalsband für 80000 Francs und einem in Platin gefaßten Anhänger aus Diamanten und Aquamarinen.

Und da sah er unter einem Schildchen mit der Inschrift *«Bonne fortune»* eine grünäugige Katze hängen, die ihn boshaft anblinzelte.

Die Katze sah Mr. Parker an, und Mr. Parker sah die Katze an. Es war keine gewöhnliche Katze. Sie hatte Persönlichkeit. Ihr kleiner, gebuckelter Körper glitzerte von Diamanten, und die eng beieinanderstehenden Platinpfoten und der funkelnde, aufgerichtete Schwanz sprachen von katzenhaft sinnlicher Lust bei der Berührung mit einem Objekt der Liebe. Ihr leicht zur Seite geneigter Kopf schien geradezu auf einen kraulenden Finger unterm Kinn zu warten. Es war ein kleines Kunstwerk, keine Dutzendarbeit. Mr. Parker kramte in seiner Brieftasche. Er sah von der Katze in seiner Hand zu der Katze im Schaufenster. Sie waren gleich. Sie waren sich erstaunlich gleich. Sie waren identisch. Mr. Parker betrat den Laden.

«Ich habe hier», sagte er zu dem jungen Mann hinterm Ladentisch, «eine Brillantkatze, die einer Katze in Ihrem Schaufenster sehr ähnelt. Könnten Sie so freundlich sein und mir sagen, wieviel so eine Katze wert ist?»

Der junge Mann antwortete sofort:

«Gewiß, Monsieur. Die Katze kostet fünftausend Francs. Sie ist, wie Sie festgestellt haben werden, aus bestem Material. Außerdem ist sie ein Kunstwerk; sie ist viel kostbarer als der Marktwert der Steine.»

«Sie ist ein Talisman, nehme ich an?»

«Ja, Monsieur, sie bringt viel Glück, vor allem beim Kartenspiel. Viele Damen kaufen solche Glücksbringer. Wir haben hier noch andere, aber alle nach diesem Muster angefertigten sind in Qualität und Preis gleich. Monsieur können versichert sein, daß diese Katze einen reinen Stammbaum hat.»

«Ich denke doch, daß man solche Katzen überall in Paris bekommen kann?» warf Mr. Parker lässig hin.

«Aber nein, Monsieur. Wenn Sie Ihrer Katze eine Gefährtin geben wollen, empfehle ich Ihnen, es schnell zu tun. Monsieur Briquet hat von Anfang an nur zwanzig gehabt, und davon sind nur noch drei übrig, einschließlich der im Fenster. Ich glaube nicht, daß er noch mehr machen lassen wird. Wenn man etwas zu oft wiederholt, nimmt man ihm das Besondere. Natürlich werden wir andere Katzen hereinbekommen – »

«Ich will keine andere Katze», sagte Mr. Parker, plötzlich interessiert. «Verstehe ich Sie also richtig, daß solche Katzen wie diese ausschließlich von Monsieur Briquet verkauft werden? Daß meine Katze ursprünglich aus diesem Laden kommt?»

«Zweifellos, Monsieur; das ist eine von unseren Katzen. Die Tierchen werden von einem unserer Goldschmiede hergestellt – er ist ein Genie und hat schon viele unserer hübschesten Artikel angefertigt.»

«Es läßt sich wohl nicht feststellen, an wen diese Katze ursprünglich verkauft wurde?»

«Wenn sie bar bezahlt wurde, dürfte das schwierig sein, aber wenn sie durch die Bücher gegangen ist, kann man es vielleicht noch feststellen, falls Monsieur es wünscht.»

«Und wie ich es wünsche», sagte Parker und zückte seine Visitenkarte. «Ich bin Beamter der britischen Polizei, und es ist für mich überaus wichtig, zu erfahren, wem diese Katze zuerst gehört hat.»

«In diesem Falle», sagte der junge Mann, «sollte ich lieber dem Geschäftsinhaber Bescheid sagen.»

Er ging mit der Karte in ein Hinterzimmer und kam bald mit einem wohlbeleibten Herrn zurück, den er als Monsieur Briquet vorstellte.

In Monsieur Briquets Privatbüro wurden die Geschäftsbücher hervorgeholt und auf dem Schreibtisch ausgebreitet.

«Sie werden verstehen, Monsieur», sagte Monsieur Briquet, «daß ich Ihnen nur die Namen und Adressen derjenigen Käufer unserer Katzen nennen kann, die eine Rechnung geschickt bekommen haben. Es ist allerdings unwahrscheinlich, daß ein Objekt von diesem Wert gegen bar verkauft wurde. Aber immerhin, bei reichen Angelsachsen kann so etwas vorkommen. Wir brauchen nicht weiter zurückzugehen als bis zum Beginn dieses Jahres, als diese Katzen angefertigt wurden.» Er fuhr mit einem dicklichen Finger über die Seite eines Geschäftsbuchs. «Die erste wurde am 19. Februar verkauft.»

Mr. Parker schrieb sich ein paar Namen und Adressen auf, und nach einer halben Stunde sagte Monsieur Briquet in abschließendem Ton: «Das sind alle, Monsieur. Wie viele Namen haben wir jetzt?»

«Dreizehn», sagte Parker.

«Und drei sind noch da – die ursprüngliche Zahl war zwanzig – demnach müssen vier bar verkauft worden sein. Wenn Monsieur das bestätigt haben wollen, können wir im Journal nachsehen.»

Die Suche im Journal dauerte länger und war ermüdender, aber schließlich hatten sie die gesuchten Einträge. Eine Katze war am 31. Januar verkauft worden, eine am 6. Februar, die dritte am 17. Mai und die letzte am 9. August.

Mr. Parker war aufgestanden und begann soeben eine lange Dankesrede, als eine plötzliche Gedankenverbindung zwischen diesen Daten und seinen bisherigen Überlegungen ihn veranlaßte, Monsieur Briquet das Foto von Cathcart zu zeigen und zu fragen, ob er den Mann erkenne.

Monsieur Briquet schüttelte den Kopf.

«Ich kann mit Sicherheit sagen, daß er nicht zu unsern Stammkunden gehört», sagte er, «und ich habe ein gutes Gedächtnis für Gesichter. Ich lege Wert darauf, jeden mit Namen zu kennen, der bei uns ein größeres Konto hat. Und dieser Herr hat kein alltägliches Gesicht. Aber ich will meine Angestellten fragen.»

Die meisten Angestellten erkannten den Mann auf dem Foto nicht, und Parker wollte es gerade wieder wegstecken, als ein junges Mädchen, das einem dicken, älteren Herrn soeben einen Verlobungsring verkauft hatte, hinzukam und auf Anhieb sagte:

«*Mais oui, je l'ai vu, ce monsieur-là.* Das ist der englische Herr, der die Brillantkatze für *la jolie blonde* gekauft hat.»

«Mademoiselle», rief Parker eifrig, «ich beschwöre Sie, versuchen Sie sich an alle Einzelheiten zu erinnern.»

«*Parfaitement*», sagte sie. «So ein Gesicht vergißt man ja nicht, vor allem wenn man eine Frau ist. Der Herr hat die Brillantkatze gekauft und bar bezahlt – halt, nein. Die Dame hat sie gekauft, und ich weiß noch, wie ich mich gewundert habe, daß sie bar dafür bezahlte, denn gewöhnlich tragen Damen nicht so große Summen bei sich. Der Herr hat auch etwas gekauft. Er hat für die Dame einen Schildpattkamm mit Brillanten gekauft, und dann hat sie gesagt, sie muß ihm auch etwas schenken, *pour porter bonheur*, und hat mich nach einem Amulett gefragt, das seinem Träger beim Kartenspiel Glück bringt. Ich habe ihr ein paar Schmuckstücke gezeigt, die besser zu einem Herrn passen, aber dann hat sie die Katzen gesehen und sich sofort in sie verliebt und gesagt, er brauche so eine Katze und nichts anderes; sie war überzeugt, daß sie ihm gute Karten bringen würde. Sie hat mich gefragt, ob es nicht so sei, und ich habe gesagt: ‹Zweifellos, und Monsieur darf nie mehr ohne sie spielen›, und da hat er sehr gelacht und gesagt, daß er sie immer bei sich haben wird, wenn er Karten spielt.»

«Und wie sah diese Dame aus?»

«Blond, Monsieur, und sehr hübsch; ziemlich groß und schlank und sehr gut gekleidet. Großer Hut und dunkelblaues Kostüm. *Quoi encore?* Ach ja, sie war Ausländerin.»

«Engländerin?»

«Das weiß ich nicht. Sie hat sehr, sehr gut französisch gesprochen, fast wie eine Französin, aber sie hatte einen ganz, ganz leichten Akzent.»

«In welcher Sprache hat sie sich mit dem Herrn unterhalten?»

«Französisch, Monsieur. Sehen Sie, wir haben alle miteinander gesprochen, und sie haben sich immer an mich gewandt, und darum haben wir die ganze Zeit französisch gesprochen. Der Herr sprach französisch *à merveille*, und ich habe nur aus seiner Kleidung und einem *je ne sais quoi* in seiner Erscheinung geschlossen, daß er Engländer sein muß. Die Dame sprach auch fließend, aber von Zeit zu Zeit hörte man einen ganz kleinen Akzent. Natürlich bin ich ab und zu von ihnen weggegangen, um etwas aus dem Fenster zu holen, und dann haben sie auch miteinander gesprochen; in welcher Sprache, weiß ich nicht.»

«Nun, Mademoiselle, können Sie mir sagen, wie lange das her ist?»

«Ah, mon Dieu, ça c'est plus difficile. Monsieur sait que les jours se suivent et se ressemblent. Voyons.»

«Wir können im Journal nachsehen», warf Monsieur Briquet ein, «an welchem Tag ein Brillantkamm zusammen mit einer Brillantkatze verkauft worden ist.»

«Natürlich», sagte Parker eilig. «Versuchen wir's.»

Sie gingen ins Büro zurück und nahmen noch einmal das Januarjournal, das ihnen nicht weiterhalf. Am 6. Februar aber fanden sie die Eintragung:

Peigne en écaille et diamants .... f. 7500
Chat en diamants (Dessin C-5) .... f. 5000

«Das wär's», sagte Parker verdrießlich.

«Monsieur scheint nicht zufrieden zu sein», bemerkte der Juwelier.

«Monsieur», sagte Parker, «ich kann Ihnen gar nicht sagen, wie dankbar ich Ihnen für Ihr Entgegenkommen bin, aber ich gebe ehrlich zu, daß mir von allen zwölf Monaten des Jahres jeder andere lieber gewesen wäre.»

Parker fühlte sich durch die ganze Episode so in seinen Empfindungen verletzt, daß er sich zwei Witzblätter kaufte, sie mit zu Boudet an der Ecke Rue Auguste Léopold nahm und beim Abendessen mit ernster Miene las, um sein Gemüt zu besänftigen. Danach kehrte er in sein bescheidenes Hotel zurück, ließ sich etwas zu trinken bringen und setzte sich hin, um einen Brief an Lord Peter zu verfassen. Das Schreiben ging langsam, und es schien ihm keinen sonderlichen Spaß zu machen. Der letzte Absatz lautete:

«Ich habe das alles kommentarlos für Dich aufgezeichnet. Du wirst ebensogut Deine Schlüsse daraus ziehen können wie ich – bessere, hoffe ich, denn die meinen sind unerfreulich und bereiten mir unendlichen Kummer. Es kann aber auch alles blanker Unsinn sein – ich hoffe es; und ich glaube fest, daß sich drüben bei Dir noch etwas findet, was den Fakten eine völlig neue Deutung gibt. Auf jeden Fall müssen wir ihnen aber nachgehen. Ich würde ja anbieten, den Fall einem anderen zu übergeben, aber dieser andere könnte am Ende noch voreiligere Schlüsse ziehen als ich und alles restlos verderben. Falls Du es allerdings wünschst, werde ich auf der Stelle krank. Laß es mich wissen. Solltest Du es für besser halten, wenn ich weiter hier herumgrabe, könntest Du mir dann ein Foto von Lady Mary Wimsey besorgen und möglichst etwas über den Brillantkamm und die grünäugige Katze aus ihr herausbekommen – sowie die genauen Daten feststellen, wann Lady Mary im Februar in Paris war? Schreib mir bitte, wie Du drüben weiterkommst.

Stets Dein
Charles Parker»

Er las Brief und Bericht noch einmal sorgfältig durch und tat sie in einen Umschlag. Dann schrieb er noch einen Brief an seine Schwester, packte fein säuberlich sein Päckchen und läutete nach dem Hoteldiener.

«Dieser Brief soll sofort per Einschreiben abgehen», sagte er, «und das Päckchen morgen früh.»

Danach legte er sich ins Bett und las sich mit einem Kommentar zum Brief an die Hebräer in Schlaf.

Lord Peters Antwort kam postwendend:

«Lieber Charles,

zerbrich Dir nicht den Kopf. Mir gefällt der Stand der Dinge auch nicht so besonders, aber ich weiß lieber Dich mit dem Fall betraut als jeden anderen. Wie Du sagst, dem normalen Polizisten ist es gleichgültig, wen er verhaftet, Hauptsache, er verhaftet überhaupt jemanden, und es ist im großen und ganzen nicht sehr erquicklich, so einen in seinem Privatleben herumschnüffeln zu lassen. Ich werde alles daransetzen, meinen Bruder freizubekommen – das *ist* letztlich und endlich das wichtigste, und alles andere wäre besser, als wenn Jerry für ein Verbrechen gehängt würde, das er nicht begangen hat. Wer es auch immer war, es ist auf jeden Fall richtiger, den Schuldigen dafür zu hängen als einen Unschuldigen. Ermittle also weiter.

Ich lege Dir zwei Fotos bei – die einzigen, die ich zur Zeit auftreiben kann. Das eine in der Schwesterntracht ist ziemlich schlecht, und auf dem anderen ist unter dem großen Hut kaum etwas von ihr zu sehen.

Ich hatte hier am Mittwoch ein recht merkwürdiges Abenteuer, von dem ich Dir erzählen werde, wenn wir wieder zusammen sind. Ich habe eine Frau kennengelernt, die offensichtlich mehr weiß, als sie wissen dürfte, sowie einen vielversprechenden Schurken – allerdings fürchte ich, er hat ein Alibi. Außerdem habe ich eine dunkle Ahnung, was es mit Schuhgröße 45 auf sich haben könnte. In Northallerton ist nicht viel passiert, nur daß Jerry natürlich bis zum Prozeß in Untersuchungshaft bleibt. Meine Mutter ist hier, Gott sei Dank! Ich hoffe, sie kann Mary ein wenig zur Vernunft bringen, aber an den letzten beiden Tagen war es noch schlimmer mit ihr – mit Mary, meine ich, nicht mit meiner Mutter –, immer furchtbar übel und so weiter. Dr. Soundso – ein Esel, wie er im Buche steht – weiß nichts mit ihr anzufangen. Mutter sagt, ihr sei alles sonnenklar, und sie werde das in Ordnung bringen, wenn ich mich noch ein, zwei Tage gedulden könnte. Ich habe sie Mary nach dem Kamm und der Katze fragen lassen. Mary leugnet die Katze rundweg ab, gibt aber den in Paris gekauften Brillantkamm zu – sie will ihn selbst gekauft haben. Er ist in London – ich werde ihn besorgen und Dir schicken. Sie sagt, sie kann sich nicht erinnern, wo sie ihn gekauft hat; die Rechnung hat sie auch nicht mehr, aber er habe nicht annähernd 7500 Francs gekostet. In Paris ist sie vom 2. bis 20. Februar gewesen. Meine Hauptaufgabe ist es jetzt, zu Lubbock zu gehen und eine kleine Angelegenheit zu klären, die mit Silbersand zu tun hat.

Das Assisengericht wird in der ersten Novemberwoche tagen – also Ende nächster Woche. Das macht die Sache ein bißchen eilig, was aber keine Rolle spielt, weil ihm da gar nicht der Prozeß gemacht werden kann; wichtig ist erst das Große Geschworenengericht, denn das muß auf Grund der vorliegenden Fakten eine Anklageschrift formulieren. Danach können wir die Sache hinausziehen, so lange wir wollen. Das wird noch ein furchtbarer Trubel. Parlamentssitzung und so weiter. Der gute Biggs ist unter seiner glatten Oberfläche ganz schön in Aufruhr. Ich habe mir nie richtig klargemacht, was es für ein Theater ist, einem Peer den Prozeß zu machen. Das kommt anscheinend nur alle sechzig Jahre einmal vor, und das Verfahren geht wohl noch auf Königin Elisabeth zurück. Man muß eigens einen Großhofmeister ernennen und weiß Gott was noch alles. Bei der Ernennung müssen sie peinlichst darauf achten, daß sie nur für diesen einen Zweck gilt, denn irgendwann unter Richard III. hatten sie mal einen Großhofmeister, der so machthungrig war, daß sie ihn gar nicht mehr loswurden. Als Heinrich IV. auf den Thron kam und dieses Amt an die Krone fiel, hat er es darum vorsichtshalber behalten, und jetzt verleihen sie den Titel nur noch *pro tempore* für Krönungen und Veranstaltungen wie die mit Jerry. Der König tut immer so, als wüßte er gar nicht, daß er keinen Großhofmeister hat, und ist maßlos erstaunt, daß er sich jemanden für den Posten ausdenken muß. Hast Du das alles gewußt? Ich nicht. Ich hab's Biggy aus der Nase gezogen.

Kopf hoch. Tu so, als wüßtest Du nicht, daß es sich bei einigen der Beteiligten um Verwandte von mir handelt. Meine Mutter sendet Dir herzliche Grüße und was noch alles und hofft, Dich bald mal wiederzusehen. Bunter läßt Dir irgend etwas Korrektes und Respektvolles ausrichten; ich habe vergessen, was.

Schöne Grüße von Spürhund zu Spürhund
Dein
Peter Wimsey»

Es darf hier gleich erwähnt werden, daß die Fotos keinerlei neue Aufschlüsse erbrachten.

Kleine Schwester ärgerlich

«Ich will ins öffentliche Leben einbringen, was jedermann von seiner Mutter mitbekommt.»
Lady Astor

Am Eröffnungstag des Assisengerichts in York erhob die Geschworenenkammer Anklage wegen Mordes gegen Gerald Herzog von Denver. Nachdem Gerald Herzog von Denver demzufolge dem Gericht vorgeführt worden war, beliebte es dem Richter, festzustellen (was sämtliche Zeitungen des Landes allerdings schon seit vierzehn Tagen der Welt verkündeten), daß er als kleiner Feld-, Wald- und Wiesenrichter mitsamt seiner plebejischen Jury nicht zuständig war, einem Peer des Königreichs den Prozeß zu machen. Er fügte jedoch hinzu, daß er es nicht versäumen werde, den Lordkanzler (der sich ebenfalls schon seit vierzehn Tagen über die Besetzung der Königlichen Galerie und die Auswahl der Lords für den parlamentarischen Sonderausschuß insgeheim den Kopf zerbrach) zu informieren. Nachdem dies ordnungsgemäß protokolliert war, wurde der wohlgeborene Untersuchungsgefangene wieder abgeführt.

Einen oder zwei Tage später läutete Mr. Charles Parker im Dämmerlicht eines Londoner Nachmittags im zweiten Stock des Hauses Piccadilly 110 A. Die Tür wurde von Bunter geöffnet, der ihm freundlich lächelnd mitteilte, daß Lord Peter für ein paar Minuten ausgegangen sei, ihn aber erwarte, und ob er bitte eintreten und warten wolle.

«Wir sind erst heute morgen wieder hierhergekommen», fügte der Diener hinzu, «und haben uns noch nicht ganz eingerichtet, Sir, wenn Sie uns bitte entschuldigen wollen. Wäre Ihnen eine Tasse Tee angenehm?»

Parker nahm das Angebot an und ließ sich wohlig in eine Ecke des Chesterfieldsofas sinken. Nach der außerordentlichen Unbequemlichkeit französischer Möbel taten die einschläfernde Nachgiebigkeit unter ihm, die Kissen hinter seinem Kopf und Wimseys ausgezeichnete Zigaretten ihm besonders gut. Was Bunter mit «noch nicht ganz eingerichtet» meinte, blieb sein Geheimnis. Ein fröhlich flackerndes Holzfeuer spiegelte sich in der makellosen Politur des schwarzen

Stutzflügels; die weichen Kalbslederrücken von Lord Peters Sammlung seltener Bücher schimmerten sanft vor den schwarzen und blaßgelben Wänden; in den Vasen standen lohgelbe Chrysanthemen; auf dem Tisch lagen die neuesten Ausgaben sämtlicher Zeitungen – als ob der Inhaber der Wohnung nie fortgewesen wäre.

Während Mr. Parker den Tee trank, nahm er die Fotos von Lady Mary und Denis Cathcart aus seiner Brusttasche. Er lehnte sie an die Teekanne und starrte von einem zum andern, als wollte er mit Gewalt einen tieferen Sinn aus ihren leicht geziert lächelnden, etwas verlegenen Mienen herauslesen. Noch einmal nahm er sich seine Pariser Aufzeichnungen vor und hakte verschiedene Punkte mit einem Bleistift ab. «Verflixt», sagte Mr. Parker, den Blick fest auf Lady Mary geheftet. «Verflixt – verflixt – verflixt – »

Der Gedankengang, den er verfolgte, war außerordentlich interessant. In seinem Kopf jagten sich die Bilder, eines bedeutungsvoller als das andere. Natürlich konnte man in Paris nicht richtig denken – es war so unbequem dort, und die Häuser hatten Zentralheizung. Hier, wo schon so manches Rätsel entwirrt worden war, knisterte ein schönes Feuer im Kamin. Cathcart hatte vorm Feuer gesessen. Natürlich hatte er über ein Problem nachgegrübelt. Wenn Katzen vorm Feuer saßen und in die Flammen starrten, grübelten sie über Probleme nach. Wie eigenartig, daß er darauf nicht schon früher gekommen war. Wenn die grünäugige Katze vorm Feuer saß, versank man geradewegs in einen tiefen schwarzen, samtenen Beziehungsreichtum, der ungemein bedeutungsvoll war. Es war ein Genuß, so klar denken zu können, denn sonst wäre es schlimm gewesen, die Höchstgeschwindigkeit zu überschreiten – und die schwarzen Sümpfe drehten sich so schnell. Aber jetzt, da er die Formel wirklich gefunden hatte, würde er sie nie wieder vergessen. Der Zusammenhang war da – nah, voll und folgerichtig.

«Des Glasbläsers Katze ist bomstabel», sagte Mr. Parker laut und deutlich.

«Ich bin entzückt, das zu hören», antwortete Lord Peter mit freundlichem Grinsen. «Gut geschlafen, altes Haus?»

«Ich – wie?» sagte Mr. Parker. «He – was heißt hier geschlafen? Ich folge gerade einem äußerst wichtigen Gedanken, und jetzt hast du mich rausgebracht. Was war es noch? Katze – Katze – Katze – »

Er dachte angestrengt nach.

«Du hast gesagt: ‹Des Glasbläsers Katze ist bomstabel›», erwiderte Peter. «Ein hinreißendes Wort; ich weiß nur nicht, was es heißt.»

«Bomstabel?» meinte Mr. Parker leicht errötend. «Bom – na schön, du magst recht haben – vielleicht war ich wirklich eingenickt. Aber weißt du, mir war, als ob ich eben den Schlüssel zu dem ganzen Problem gefunden hätte. Dieser Satz erschien mir außerordentlich wichtig. Sogar jetzt – nein, wenn ich es mir richtig überlege, scheint mir der Gedankengang doch nicht mehr ganz folgerichtig zu sein. Schade drum. Ich war mir gerade so erleuchtet vorgekommen.»

«Macht ja nichts», sagte Lord Peter. «Eben erst zurück?»

«Heute nacht übergesetzt. Gibt's was Neues?»

«Jede Menge.»

«Was Gutes dabei?»

«Nein.»

Parkers Blick kehrte zu den Fotos zurück.

«Ich glaub's nicht», sagte er eigensinnig. «Ich will verflucht sein, wenn ich auch nur ein Wort davon glaube.»

«Ein Wort wovon?»

«Egal wovon.»

«Du wirst es glauben müssen, Charles – bis hierher», sagte sein Freund sanft, indem er mit energischen kleinen Stopfbewegungen der Finger seine Pfeife mit Tabak füllte. «Ich sag ja nicht» – stopf – «daß Mary» – stopf – «Cathcart erschossen hat» – stopf, stopf – «aber sie hat gelogen» – stopf – «immer und immer wieder» – stopf, stopf – «Sie weiß, wer es war» – stopf – «sie hat damit gerechnet» – stopf – «und jetzt spielt sie krank und lügt, um den Kerl zu decken» – stopf – «und wir müssen sie zum Reden bringen.» Damit riß er ein Streichholz an und setzte mit einer Serie zorniger Paffer die Pfeife in Brand.

«Wenn du glauben kannst», sagte Mr. Parker, nicht ohne Hitze, «daß diese Frau –» er zeigte auf die Fotos – «etwas mit dem Mord an Cathcart zu tun hat, dann können mir deine Beweise gestohlen bleiben, du – ach, zum Kuckuck. Wimsey, sie ist doch deine eigene Schwester.»

«Und Gerald ist mein Bruder», sagte Wimsey ruhig. «Du glaubst hoffentlich nicht, daß mir die Geschichte Spaß macht. Aber ich finde, wir kommen sehr viel weiter, wenn wir uns zu beherrschen versuchen.»

«Tut mir furchtbar leid», sagte Parker. «Ich weiß gar nicht, wieso ich mich so – danebenbenommen habe – nichts für ungut, altes Haus.»

«Das Beste, was wir tun können», sagte Wimsey, «ist, der Wahrheit ins Gesicht zu sehen, und wenn sie noch so häßlich ist. Ich gebe gern zu, daß sie mir zeitweise wie ein richtiges Scheusal vorkommt.

Meine Mutter ist am Freitag nach Riddlesdale gekommen. Sie ist schnurstracks nach oben gegangen und hat sich Mary vorgenommen, während ich mich in der Diele herumgedrückt und die Katze geärgert habe und allen auf die Nerven gefallen bin. *Du* kennst das ja. Kurz darauf kommt der alte Dr. Thorpe. Ich hab mich oben über der Treppe auf die Truhe gesetzt. Wenig später läutet es, und Ellen kommt herauf. Mutter und Thorpe kommen heraus und fangen sie vor Marys Zimmer ab. Sie diskutieren eine ganze Weile herum, und schon kommt meine Mutter mit stampfenden Absätzen und zornig tanzenden Ohrringen den Flur entlanggebraust, Richtung Bad. Ich schleiche hinterher, kann aber nichts sehen, weil sie alle in der Tür stehen, doch dann höre ich meine Mutter sagen: ‹Na, bitte, was hab ich gesagt?› Darauf Ellen: ‹Himmel, Euer Gnaden, wer hätte denn das gedacht?› Darauf wieder meine Mutter: ‹Ich kann nur sagen, wenn ich auf Leute wie euch angewiesen wäre, die aufpassen sollten, daß ich nicht mit Arsen vergiftet werde oder mit diesem anderen Zeug, das so ähnlich heißt wie Anemonen* – Sie wissen sicher, was ich meine –, womit dieser sehr gutaussehende Mann mit dem lächerlichen Bart seine Frau und seine Schwiegermutter beseitigt hat (die übrigens bei weitem die hübschere von beiden war, armes Ding), dann wäre ich jetzt wohl schon längst von Dr. Spilsbury aufgeschnitten und analysiert – eine schrecklich unangenehme Arbeit muß das sein für den armen Mann, und dann erst die armen Kaninchen.›» Wimsey machte eine Atempause, und Parker mußte trotz seiner Sorgen lachen.

«Die genauen Worte kann ich nicht beschwören», sagte Wimsey, «aber so was Ähnliches war's – du kennst ja den Redestil meiner Mutter. Der alte Thorpe versuchte würdevoll dreinzublicken, aber Mutter plusterte sich auf wie eine kleine Henne und meinte, indem sie ihn empört beäugte: ‹Zu *meiner* Zeit haben wir so etwas Hysterie und Ungezogenheit genannt. *Wir* haben uns von jungen Mädchen nicht derart hinters Licht führen lassen. Ich vermute, Sie nennen das jetzt Neurose oder unterdrückte Triebe oder einen Reflex und möchten es am liebsten hegen und pflegen. Sie hätten zugesehen, wie das dumme Kind sich noch wirklich krank gemacht hätte. Ihr seid allesamt einfach zum Lachen und könnt nicht besser auf euch aufpassen als kleine Kinder – wobei es ja genug solch arme kleine Dinger in den Slums gibt, die für die ganze Familie sorgen müssen und dabei mehr Verstand zeigen als ihr alle miteinander. Ich bin sehr böse auf Mary, weil sie sich so aufspielt, und man braucht gar kein Mitleid mit ihr zu haben.› Weißt du», sagte Wimsey, «ich glaube, oft ist an dem, was eine Mutter sagt, sehr viel Wahres.»

* Antimon? Die Herzoginwitwe muß an den Fall Dr. Pritchard gedacht haben.

«Ich glaub's dir», sagte Parker.

«Na ja, ich habe meine Mutter dann beiseite genommen und sie gefragt, was eigentlich los war. Sie sagt, Mary habe ihr nichts über sich oder ihre Krankheit sagen wollen und nur gebeten, in Ruhe gelassen zu werden. Dann kam Thorpe und sprach von einem Nervenschock – sagte, er könne diese Übelkeitsanfälle nicht erklären und verstehe nicht, warum Marys Temperatur immer so auf und ab gehe. Mutter hat sich das angehört und gesagt, er solle doch gleich noch einmal die Temperatur kontrollieren. Was er auch tat, und währenddessen rief sie ihn zu sich zur Kommode. Aber schlau, wie sie ist, beobachtete sie Mary dabei im Spiegel und drehte sich genau in dem Moment um, als Mary dem Thermometer mit der Wärmflasche auf die Sprünge half.»

«Ich werd verrückt!» sagte Parker.

«Das hat Thorpe auch gesagt. Und Mutter hat geantwortet, wer so naiv sei und auf so einen plumpen Trick noch hereinfalle, der solle sich nicht als alter, erfahrener Hausarzt aufspielen. Dann hat sie das Mädchen nach den Übelkeitsanfällen ausgefragt – wann sie aufträten und wie oft, und ob das vor oder nach den Mahlzeiten sei und so weiter, und schließlich kriegte sie heraus, daß es meist kurz nach dem Frühstück sei, gelegentlich auch zu anderen Zeiten. Mutter sagt, sie habe zuerst auch nichts damit anfangen können, denn sie habe schon das ganze Zimmer nach Flaschen und dergleichen durchsucht, aber schließlich habe sie gefragt, wer denn immer das Bett mache; sie dachte nämlich, Mary könne vielleicht etwas unter der Matratze versteckt haben. Ellen sagte, meist mache sie es, während Mary ihr Bad nehme. ‹Und wann ist das?› fragt meine Mutter. ‹Kurz vorm Frühstück›, plärrt das Mädchen. ‹Gott steh euch bei, ihr Einfaltspinsel›, sagt meine Mutter. ‹Warum habt ihr mir das nicht gleich gesagt?› Darauf gingen sie dann alle ins Bad, und da stand friedlich auf dem Regal, zwischen Badesalz, Elliman's Öl, Puder, Zahnbürsten und so weiter die Familienflasche mit Brechwurzelsaft, Ipecacuanha – dreiviertel leer! Mutter sagt – stimmt, das hab ich dir schon erzählt. Übrigens, wie schreibst du Ipecacuanha?»

Mr. Parker buchstabierte.

«Hol dich doch – !» sagte Lord Peter. «Dabei hatte ich wirklich gedacht, diesmal hätte ich dich erwischt. Aber du hast sicher nachgesehen, bevor du hierherkamst. Kein anständiger Mensch weiß auswendig, wie man Ipecacuanha schreibt. Jedenfalls, wie du sagst, man sieht gleich, von welcher Seite der Familie der kriminalistische Instinkt kommt.»

«Das hab ich gar nicht gesagt – »

«Weiß ich. Und warum nicht? Ich finde, die Talente meiner Mutter verdienen ab und zu ein bißchen Anerkennung. Ich hab's jedenfalls zu ihr gesagt, und sie hat mit den bemerkenswerten Worten geantwortet: ‹Mein lieber Junge, du kannst der Sache einen ellenlangen Namen geben, wenn du willst, aber als altmodische Frau, die ich bin, nenne ich es einfach Mutterwitz, und den hat ein Mann so selten, daß man, wenn er ihn hat, gleich Bücher über ihn schreibt und ihn Sherlock Holmes nennt.› Aber abgesehen davon hab ich zu meiner Mutter (unter vier Augen, versteht sich) auch noch gesagt: ‹Das ist ja alles gut und schön, nur kann ich nicht glauben, daß Mary sich solche Mühe gibt, scheußlich krank zu werden und uns allen einen Schrecken einzujagen, nur um sich wichtig zu machen. So eine ist sie doch nun wirklich nicht.› Meine Mutter fixierte mich wie eine Eule und zählte mir eine ganze Reihe Beispiele von Hysterie auf, endend mit einem Dienstmädchen, das einmal irgend jemandes Haus mit Paraffin vollgespritzt haben soll, damit alle glaubten, es spuke – und zum Schluß meinte sie, wenn schon diese ganzen neumodischen Ärzte alles daransetzten, solche Sachen wie Unterbewußtsein und Kleptomanie und Komplexe und alle möglichen anderen Phantasienamen zu erfinden, um zu erklären, warum Menschen sich schlecht benähmen, könne man sich das ja auch zunutze machen.»

«Wimsey», sagte Parker sehr erregt, «soll das heißen, daß sie einen Verdacht hatte?»

«Mein Lieber», antwortete Lord Peter, «was es über Mary zu wissen gibt, indem man zwei und zwei zusammenzählt, das weiß meine Mutter, da kannst du sicher sein. Ich habe ihr alles erzählt, was *wir* bis dahin wußten, und sie hat alles auf ihre ulkige Art aufgenommen, die du ja kennst – ohne auf irgend etwas direkt zu antworten, und zum Schluß hat sie den Kopf schiefgelegt und gemeint: ‹Wenn Mary auf mich gehört und etwas Nützlicheres getan hätte als in dieses Freiwilligenhilfskorps zu gehen, wobei nie viel herausgekommen ist, wenn du mich fragst – nicht daß ich etwas Grundsätzliches gegen das Freiwilligenhilfskorps hätte, aber diese dumme Frau, unter der sie arbeiten mußte, war doch die fürchterlichste Pute unter Gottes Himmel –, und dabei gab es so viele weitaus vernünftigere Dinge, die Mary richtig gut hätte tun können, aber sie war ja so versessen darauf, nach London zu kommen – und ich bleibe dabei, daß an allem nur dieser alberne Club schuld war – was kann man schon von so einem Loch erwarten, wo man so schreckliches Zeug zu essen bekommt und zusammengepfercht in einem Keller mit rot angestrichenen Wänden sitzt und wo alles aus Leibeskräften durcheinanderschreit, und nie ein Abendanzug – nur sowjetische Jumper und Koteletten. Jedenfalls habe ich diesem dummen alten Kerl schon klargemacht, was er zu sagen hat, und auf eine bessere Erklärung wären die von sich aus nie gekommen.› Und weißt du», sagte Peter, «ich glaube, wenn da einer anfangen sollte, neugierig zu werden, hätte er meine Mutter auf dem Hals wie eine Tonne Backsteine.»

«Was glaubst du selbst denn nun wirklich?» fragte Parker.

«Das Unerfreulichste habe ich dir ja noch gar nicht erzählt», sagte Peter. «Ich hab's eben erst gehört und muß sagen, daß es mir einen häßlichen Schrecken versetzt hat. Gestern kriegte ich einen Brief von Lubbock, daß er mich sprechen wolle, und da bin ich hergekommen und heute morgen zu ihm gegangen. Du erinnerst dich, daß ich ihm einen Blutfleck geschickt hatte, den Bunter für mich von einem von Marys Röcken abgeschnitten hat? Ich hatte selbst schon einen Blick darauf geworfen, und weil mir die Sache nicht gefiel, habe ich ihn zu Lubbock geschickt, *ex abundantia cautelae*; und leider muß ich sagen, daß er meine Meinung bestätigt. Es ist Menschenblut, Charles, und ich fürchte, es stammt von Cathcart.»

«Aber – jetzt habe ich ein bißchen den Faden verloren.»

«Also, der Rock muß den Blutfleck an dem Tag abbekommen haben, als Cathcart – starb, denn das war der letzte Tag, an dem die Jagdgesellschaft im Moor war, und wenn der Fleck schon früher dagewesen wäre, hätte Ellen ihn weggemacht. Hinterher hat Mary sich mit allen Mitteln gegen Ellens Versuche gewehrt, den Rock zum Reinigen abzuholen, und sogar den stümperhaften Versuch gemacht, den Fleck mit Wasser und Seife selbst zu entfernen. Daraus können wir, glaube ich, schließen, daß Mary um die Existenz des Flecks wußte und seine Entdeckung verhindern wollte. Sie hat Ellen erzählt, das Blut stamme von einem Waldhuhn – was eine bewußte Unwahrheit gewesen sein muß.»

«Vielleicht», sagte Parker in dem hoffnungslosen Bemühen, doch noch etwas für Lady Mary zu retten, «hat sie auch nur gesagt: ‹Ach, da muß so ein Vogel geblutet haben!› oder etwas in der Art.»

«Ich glaube nicht», sagte Peter, «daß man einen so großen Flecken Menschenblut an seine Kleider bekommen kann, ohne zu wissen, was es ist. Sie muß sich ja richtig hineingekniet haben. Der Fleck war acht bis zehn Zentimeter im Durchmesser.»

Parker schüttelte verzweifelt den Kopf und tröstete sich, indem er sich eine Notiz machte.

«Gut, also», fuhr Peter fort, «am Mittwochabend kommen alle

nach Hause, essen und gehen zu Bett, außer Cathcart, der aus dem Haus rennt und draußen bleibt. Um zehn vor zwölf hört Hardraw, der Wildhüter, einen Schuß, der durchaus auf der Lichtung gefallen sein könnte, auf der sich – nun gut, sagen wir das Unglück ereignet hat. Diese Zeit stimmt auch mit der Aussage des Arztes überein, wonach Cathcart schon drei bis vier Stunden tot war, als er ihn um halb fünf untersuchte. Schön. Nun kommt also um drei Uhr morgens Jerry von irgendwoher nach Hause und findet die Leiche. Während er sich darüberbeugt, kommt wie gerufen Mary aus dem Haus, angetan mit Mantel, Mütze und Straßenschuhen. Was erzählt sie nun? Sie sagt, sie sei um drei Uhr von einem Schuß geweckt worden. Nun hat aber außer ihr niemand diesen Schuß gehört, und wir haben die Aussage von Mrs. Pettigrew-Robinson, die im Zimmer nebenan schlief, nach uralter Gewohnheit bei offenem Fenster, und sie will ab zwei Uhr bis kurz nach drei, als Alarm geschlagen wurde, wachgelegen und keinen Schuß gehört haben. Laut Mary war der Schuß so laut, daß er sie auf der anderen Seite des Hauses aufgeweckt hat. Es ist doch merkwürdig, nicht wahr, daß jemand, der bereits wach war, mit solcher Bestimmtheit angibt, kein Geräusch vernommen zu haben, das laut genug gewesen wäre, um einen gesunden jungen Schläfer im Zimmer nebenan aufzuwecken. Jedenfalls, selbst *wenn* das der Schuß gewesen wäre, der Cathcart getötet hat, hätte er kaum schon tot sein können, als mein Bruder ihn fand – und in diesem Falle würde sich auch wieder die Frage stellen, wie dann noch Zeit geblieben wäre, ihn vom Gebüsch zum Wintergarten zu schleifen.»

«Das haben wir doch alles schon durchgekaut», sagte Parker mit allen Anzeichen des Widerwillens. «Und wir haben uns geeinigt, daß wir der Geschichte von dem Schuß keine Bedeutung beimessen können.»

«Ich fürchte aber, wir müssen ihr sehr viel Bedeutung beimessen», sagte Lord Peter ernst. «Also, und was tut nun Mary? Entweder hat sie den Schuß gehört – »

«Es ist kein Schuß gefallen.»

«Das weiß ich. Aber ich will den Unstimmigkeiten in ihrer Aussage auf den Grund gehen. Sie sagt, sie habe keinen Alarm geschlagen, weil sie geglaubt habe, es handle sich wahrscheinlich nur um Wilderer. Wenn es aber Wilderer gewesen wären, hätte es absolut keinen Sinn gehabt, hinunterzugehen und nachzusehen. Also sagt sie, sie habe geglaubt, es hätten auch Einbrecher sein können. Aber was zieht sie nun an, um hinunterzugehen und nach Einbrechern zu sehen? Was hättest du oder ich angezogen? Ich nehme an, wir hätten uns einen Morgenmantel übergeworfen und ein Paar leise Pantoffel über die Füße gestreift und vielleicht einen Feuerhaken oder einen Spazierstock in die Hand genommen – aber keine Straßenschuhe und Mantel und ausgerechnet auch noch eine Mütze!»

«Es hat in der Nacht geregnet», brummte Parker.

«Mein lieber Freund, wenn du nach Einbrechern sehen willst, rechnest du im allgemeinen nicht damit, hinausgehen und sie im Garten herumscheuchen zu müssen. Dein erster Gedanke ist doch, daß sie ins Haus dringen, und du gehst hinunter, um sie von der Treppe aus oder hinter der Eßzimmertür hervor zu beobachten. Außerdem, versuch dir doch mal ein Mädchen von heute vorzustellen, das bei Wind und Wetter barhäuptig herumrennt, sich aber wohl die Zeit nimmt, zur Einbrecherjagd erst eine Mütze aufzusetzen – hol's der Kuckuck, Charles, das reimt sich einfach nicht! Und dann geht sie geradewegs zur Wintergartentür und stößt auf die Leiche, als ob sie von vornherein gewußt hätte, wo sie danach suchen müßte.»

Parker schüttelte wieder den Kopf.

«Nun, und dann sieht sie Gerald, der über Cathcart gebeugt steht. Und was sagt sie? Fragt sie erst, was los ist? Fragt sie, wer das ist? Nein, sie ruft: ‹Mein Gott, Gerald, du hast ihn umgebracht›, und *dann* erst sagt sie, wie im Nachhinein: ‹Ach, das ist ja Denis! Was ist denn passiert? Ein Unfall?› Nun sag mal, ob dir das normal vorkommt.»

«Nein. Aber mir kommt es so vor, als ob sie eben nur nicht damit gerechnet hätte, Cathcart dort zu finden, sondern jemand anders.»

«So? Mir kommt es eher vor, als ob sie nur so getan hätte, als wüßte sie nicht, wer es war. Zuerst sagt sie: ‹Du hast ihn umgebracht!› Und dann fällt ihr ein, daß sie ja eigentlich nicht wissen dürfte, wer ‹er› ist, und sagt: ‹Ach, das ist ja Denis!›»

«Auf jeden Fall hat sie aber, falls ihr erster Ausruf echt war, *nicht* damit gerechnet, ihn tot anzutreffen.»

«Nein – nicht – das müssen wir uns merken. Der Tod *war* eine Überraschung. Sehr schön. Dann schickt Gerald sie Hilfe holen. Hier kommt nun ein Indiz ins Spiel, das du aufgeschnappt und mir mitgeteilt hast. Weißt du noch, was Mrs. Pettigrew-Robinson dir im Zug erzählt hat?»

«Meinst du das mit der zuschlagenden Tür auf dem Korridor?»

«Ja. Und nun will ich dir etwas erzählen, was mir neulich morgens passiert ist. Ich kam aus dem Bad gerauscht, wie ein Wirbelwind, du kennst mich ja, und knallte mit dem Schienbein gegen diese alte Truhe oben am Treppenaufgang – und *klapp*, ging der Deckel hoch und wieder zu. Das hat mich auf eine Idee gebracht, und ich hab mir gedacht, da sollte ich mal einen Blick hineinwerfen. Ich hatte gerade den Deckel hochgeklappt und besah mir die Laken und so weiter, die unten auf dem Boden der Truhe lagen, als ich plötzlich so etwas wie ein Ächzen hörte, und da stand Mary neben mir und starrte mich an, weiß wie ein Gespenst. Mein Gott, sie hat mir einen schönen Schrekken eingejagt, aber das war gar nichts gegen den Schrecken, den ich ihr eingejagt haben muß. Na ja, sie hat jedenfalls kein Wort mit mir reden wollen und prompt einen hysterischen Anfall bekommen, und ich hab sie wieder in ihr Zimmer bugsiert. Aber ich hatte auf diesen Laken etwas gesehen.»

«Was denn?»

«Silbersand.»

«Silber- ?»

«Erinnerst du dich noch an die Kakteen im Gewächshaus und die Stelle, wo jemand einen Koffer oder etwas dergleichen abgestellt hatte?»

«Ja.»

«Also, und da lag das Zeug massenhaft herum – du weißt ja, die Leute streuen das um bestimmte Zwiebeln herum und so.»

«Und dieser Sand war auch in der Truhe?»

«Ja. Aber warte mal ab. Nach dem Geräusch, das Mrs. Pettigrew-Robinson hörte, hat Mary zuerst Freddy und dann die Pettigrew-Robinsons aufgeweckt – und dann, was?»

«Dann hat sie sich in ihr Zimmer eingeschlossen.»

«Eben. Und kurz darauf ist sie zu den anderen hinuntergegangen in den Wintergarten, und von da an erinnern sich alle, gesehen zu haben, daß sie eine Mütze anhatte, einen Mantel über dem Pyjama und Straßenschuhe an den nackten Füßen.»

«Willst du etwa sagen», meinte Parker, «Lady Mary sei um drei Uhr schon wach und angezogen gewesen und mit ihrem Koffer zur Wintergartentür gegangen, um sich mit dem – dem Mörder ihres – zum Kuckuck, Wimsey!»

«Soweit brauchen wir gar nicht zu gehen», sagte Peter. «Wir haben uns ja schon geeinigt, daß sie *nicht* damit gerechnet hatte, Cathcart tot vorzufinden.»

«Richtig. Also, sie ist hinuntergegangen, vermutlich um jemanden zu treffen.»

«Sagen wir vorläufig, daß sie sich mit Schuhgröße 45 treffen wollte?» schlug Wimsey mit sanfter Stimme vor.

«Warum nicht? Und als sie die Taschenlampe anknipste und den

Herzog über Cathcart gebeugt stehen sah, hat sie gedacht – mein Gott, Wimsey, ich hatte also doch recht! Als sie sagte: ‹Du hast ihn umgebracht!›, da hat sie Schuhgröße 45 gemeint – sie hat geglaubt, der Tote sei Schuhgröße 45!»

«Natürlich!» rief Wimsey. «Ich Trottel! Ja doch. Dann sagte sie: ‹Das ist ja Denis – was ist denn passiert?› Vollkommen klar. Und was hat sie inzwischen mit dem Koffer gemacht?»

«Jetzt sehe ich alles vor mir», rief Parker. «Als sie sah, daß der Tote nicht Schuhgröße 45 war, ist ihr aufgegangen, daß Schuhgröße 45 der Mörder sein mußte. Es kam ihr also jetzt darauf an, niemanden merken zu lassen, daß Schuhgröße 45 dagewesen war. Darum hat sie den Koffer hinter die Kakteen geschoben. Und als sie dann nach oben ging, hat sie ihn wieder hervorgeholt und oben in der Eichentruhe versteckt. Sie konnte ihn natürlich nicht gut in ihr Zimmer bringen, denn wenn jemand sie die Treppe hätte heraufkommen hören, hätte es komisch ausgesehen, daß sie zuerst in ihr Zimmer rannte, bevor sie die anderen alarmierte. Dann hat sie Arbuthnot und die Petti-grew-Robinsons aufgeweckt – sie stand im Dunkeln, und in der Aufregung dürften sie sowieso nicht so genau gesehen haben, was sie anhatte. Dann machte sie sich von Mrs. P. los, lief in ihr Zimmer, zog den Rock aus, mit dem sie neben Cathcart gekniet hatte, auch die übrigen Kleider, zog den Pyjama und die Mütze an, die ja eventuell jemand bemerkt haben konnte, und den Mantel, den man *bestimmt* gesehen hatte, und schließlich die Schuhe, die wahrscheinlich schon Abdrücke hinterlassen hatten. Und dann erst konnte sie hinuntergehen und sich zeigen. Inzwischen hatte sie sich für den Untersuchungsrichter die Einbrechergeschichte ausgedacht.»

«So ungefähr war's wohl», sagte Peter. «Wahrscheinlich war sie so ängstlich darauf bedacht, uns von Schuhgröße 45 abzulenken, daß sie gar nicht auf die Idee gekommen ist, ihre Geschichte könnte mithelfen, ihren Bruder hineinzureißen.»

«Das ist ihr bei der Untersuchungsverhandlung klargeworden», sagte Parker eifrig. «Weißt du nicht mehr, wie schnell sie nach der Selbstmordtheorie gegriffen hat?»

«Und als sie entdeckte, daß sie damit zwar ihren – ich meine, Schuhgröße 45 – rettete, ihren Bruder aber an den Galgen brachte, hat sie den Kopf verloren, ist ins Bett geflüchtet und weigert sich seitdem, überhaupt noch etwas zu sagen. Ich habe den Eindruck, meine Familie ist überdurchschnittlich mit Narren gesegnet», sagte Peter düster.

«Aber was hätte das arme Mädchen denn tun sollen?» fragte Parker. Er war schon fast wieder guter Dinge. «Immerhin ist sie damit jetzt entlastet – »

«Gewissermaßen, ja», sagte Peter, «aber wir sind noch lange nicht über den Berg. Warum steckt sie mit Schuhgröße 45, der ja mindestens ein Erpresser, wenn nicht sogar ein Mörder ist, unter einer Dekke? Wie kam Geralds Revolver an den Schauplatz? Und die grünäugige Katze? Was wußte Mary über das Treffen zwischen Schuhgröße 45 und Denis Cathcart? Und wenn sie den Mann kannte und sich mit ihm traf, kann sie ihm jederzeit den Revolver in die Hand gedrückt haben.»

«Nein, nein», sagte Parker. «Wimsey, du darfst so etwas Häßliches nicht denken.»

«Himmel noch mal!» platzte es aus Peter heraus. «Ich kriege die Wahrheit in dieser widerlichen Geschichte heraus, und wenn wir alle miteinander zum Galgen gehen!»

In diesem Augenblick trat Bunter mit einem an Wimsey adressierten Telegramm ein. Lord Peter las:

«Gesuchte Person in London aufgespürt; Freitag in Marylebone gesehen. Näheres von Scotland Yard.

Gosling, Polizeichef Ripley»

«Guter Mann!» rief Wimsey. «Jetzt kommen wir voran. Sei so gut und bleib hier für den Fall, daß noch etwas kommt. Ich sause mal eben zu Scotland Yard. Man wird dir etwas zu essen schicken, und Bunter bringt dir eine Flasche Château Yquem – der ist ganz gut. Bis dann!»

Er sauste aus der Wohnung, und Sekunden später schnurrte sein Taxi den Piccadilly hinauf.

Der Club und die Kugel

Er ist tot, er starb durch meine Hand. Es wäre besser, ich wäre tot, ich elende, schuldbeladene Kreatur.
Adventures of Sexton Blake

Stunde um Stunde wartete Mr. Parker auf die Rückkehr seines Freundes. Wieder und wieder ging er den Fall Riddlesdale durch, prüfte hier seine Notizen, ergänzte sie dort und beschäftigte sein müdes Gehirn mit den phantastischsten Spekulationen. Er ging im Zimmer auf und ab, nahm da und dort ein Buch vom Regal, klimperte ein paar ungeübte Akkorde auf dem Piano, blätterte in den Magazinen und tat dies und jenes. Schließlich nahm er sich einen Band aus der kriminologischen Abteilung der Bücherregale und zwang sich, seine Aufmerksamkeit jenem faszinierendsten und dramatischsten aller Giftmorde zu widmen – dem Fall Seddon. Mit der Zeit schlug das Geschehen ihn wie immer in seinen Bann, und so erschrak er nicht schlecht, als ein langes, energisches Läuten der Hausglocke ihn aufschauen ließ und er feststellen mußte, daß es schon nach Mitternacht war.

Sein erster Gedanke war, daß Wimsey seinen Schlüssel vergessen haben mußte, und er bereitete sich schon darauf vor, ihn mit einer spöttischen Bemerkung zu empfangen, als die Tür aufging – genau wie am Anfang einer Sherlock-Holmes-Geschichte – und eine große, schöne junge Frau eintrat. Sie befand sich in einem Zustand höchster Erregung, das goldene Haar umkränzte ihren Kopf wie ein Heiligenschein, ihre Augen leuchteten veilchenblau, und ihre Kleidung vervollständigte die wirre Erscheinung, denn als sie den dicken Reisemantel zurückschlug, sah er, daß sie darunter ein Abendkleid, hellgrüne Seidenstrümpfe und schwere Wanderschuhe trug, die vor Dreck strotzten.

«Seine Lordschaft ist noch nicht wieder da, Mylady», sagte Mr. Bunter, «aber Mr. Parker wartet hier auf ihn, und wir rechnen jede Minute mit seiner Rückkehr. Haben Mylady einen Wunsch?»

«Nein, nein», sagte die Erscheinung hastig, «danke, nichts. Ich warte. Guten Abend, Mr. Parker. Wo ist Peter?»

«Er wurde fortgerufen, Lady Mary», sagte Parker. «Ich verstehe nicht, warum er noch nicht zurück ist. Nehmen Sie doch bitte Platz.»

«Wohin ist er gegangen?»

«Zu Scotland Yard – aber das war schon gegen sechs. Ich kann mir nicht vorstellen – »

Lady Mary machte eine verzweifelte Gebärde.

«Ich hab's gewußt! Oh, Mr. Parker, was soll ich nur tun?»

Mr. Parker war sprachlos.

«Ich *muß* Peter sprechen», rief Lady Mary. «Es geht um Leben und Tod. Könnten Sie nicht nach ihm schicken?»

«Aber ich weiß nicht, wo er ist», antwortete Parker. «Bitte, Lady Mary – »

«Er steht im Begriff, etwas Schreckliches zu tun – er *irrt* sich», rief die junge Dame und rang in äußerster Verzweiflung die Hände. «Ich muß ihn sprechen – ich muß es ihm sagen –, o Gott, ist je ein Mensch in so einer schrecklichen Lage gewesen? Ich – o nein!»

Hier begann die Dame plötzlich laut zu lachen und brach zugleich in Tränen aus.

«Lady Mary – ich flehe Sie an – bitte, nicht», rief Mr. Parker besorgt und mit dem starken Gefühl, der Situation nicht gewachsen zu sein und ziemlich lächerlich zu wirken. «Bitte setzen Sie sich, trinken Sie ein Glas Wein. Sie werden noch krank, wenn Sie weiter so weinen. Sofern es noch Weinen ist», ergänzte er bei sich. «Das klingt eher nach Schluckauf. Bunter!»

Mr. Bunter war nicht weit. Genauer gesagt, er stand schon mit einem kleinen Tablett vor der Tür. Mit einem respektvollen «Erlauben Sie, Sir», nahte er der sich windenden Lady Mary und hielt ihr ein Fläschchen unter die Nase. Die Wirkung war verblüffend. Die Patientin stieß ein, zwei angstvolle kleine Quiekser aus, dann setzte sie sich aufrecht, kerzengerade und wutschnaubend.

«Bunter, was fällt Ihnen ein!» sagte Lady Mary. «Verschwinden Sie, sofort!»

«Mylady sollten vielleicht ein Schlückchen Cognac trinken», sagte Mr. Bunter, indem er den Stöpsel wieder auf das Riechfläschchen tat, aber erst nachdem Parker den beißenden Ammoniakgeruch wahrgenommen hatte. «Das ist ein 1800er Napoléon, Mylady. Bitte schnauben Sie nicht so verächtlich, wenn ich mir den Rat erlauben darf. Seine Lordschaft wäre zutiefst gekränkt, wenn er glauben müßte, ich hätte etwas davon verschwendet. Haben Mylady auf dem Weg hierher schon gespeist? Nein? Sehr unklug, Mylady, so eine lange Reise mit leerem Magen zu unternehmen. Ich werde mir erlauben, Ihnen ein Omelette zu schicken. Vielleicht wünschen auch Sie einen kleinen Imbiß, Sir, da es schon so spät ist?»

«Ganz wie Sie wollen», sagte Mr. Parker, nur um ihn loszuwerden. «Nun, Lady Mary, fühlen Sie sich jetzt besser? Gestatten Sie, daß ich Ihnen den Mantel abnehme.»

Von nun an fiel kein aufregendes Wort mehr, bis das Omelette seiner Bestimmung zugeführt war und Lady Mary bequem auf dem Sofa saß. Sie hatte inzwischen ihre Fassung wiedergewonnen. Wenn Parker sie so ansah, fiel ihm auf, wie sehr ihre zurückliegende Krankheit (wodurch auch immer hervorgerufen) sie gezeichnet hatte. Ihrem Teint fehlte dieses Leuchten, an das er sich erinnerte; sie sah müde und blaß aus und hatte violette Ringe unter den Augen.

«Es tut mir leid, daß ich mich vorhin so albern aufgeführt habe, Mr. Parker», sagte sie, indem sie ihm mit entwaffnender Ehrlichkeit und voll Vertrauen in die Augen sah, «aber ich war so vollkommen verzweifelt und bin in solcher Eile von Riddlesdale hierhergekommen.»

«Keine Ursache», sagte Parker wegwerfend. «Kann ich in Abwesenheit Ihres Bruders etwas für Sie tun?»

«Sie und Peter tun alles gemeinsam, nicht?»

«Ich glaube sagen zu können, daß keiner von uns etwas in dieser Sache weiß, was er dem andern nicht mitgeteilt hat.»

«Es ist also dasselbe, wenn ich es Ihnen sage?»

«Vollkommen dasselbe. Wenn es Ihnen nichts ausmacht, mir die Ehre Ihres Vertrauens zu schenken – »

«Einen Augenblick noch, Mr. Parker. Ich bin in einer schwierigen Lage. Ich weiß nicht so recht, was ich – könnten Sie mir zuerst sagen, wie weit Sie sind – was Sie bisher schon herausbekommen haben?»

Mr. Parker war ein wenig bestürzt. Obwohl Lady Marys Gesicht seit der Untersuchungsverhandlung seine Phantasie beschäftigte, und obwohl der Aufruhr seiner Gefühle im Laufe dieses romantischen Zwiegesprächs auf den Siedepunkt gestiegen war, hatte sein Berufsinstinkt, der ihn zur Vorsicht mahnte, ihn doch noch nicht ganz verlassen. Immerhin hatte er Beweise für Lady Marys Mittäterschaft bei dem Verbrechen, wie auch immer diese aussah, und so weit vergaß er sich denn doch nicht, daß er gleich seine sämtlichen Karten aufgedeckt hätte.

«Ich fürchte», sagte er, «das kann ich Ihnen nicht alles sagen. Sehen Sie, vieles von dem, was wir in Händen haben, ist bisher nur ein Verdacht. Womöglich täte ich, ohne es zu wollen, einem Unschuldigen großes Unrecht.»

«Sie haben also gegen jemanden einen ganz bestimmten Verdacht?»

«Wir haben ganz bestimmt jemanden im Verdacht», antwortete Parker lächelnd. «Aber wenn Sie uns etwas sagen können, was Licht in die Sache bringt, bitte ich Sie, zu sprechen. Wir verdächtigen vielleicht einen ganz Falschen.»

«Das würde mich nicht wundern», meinte Lady Mary mit einem kurzen, nervösen Lachen. Ihre Hände gingen zum Tisch und begannen die orangefarbene Decke in Falten zu legen. «Was wollen Sie wissen?» fragte sie plötzlich in ganz anderem Ton.

Parker bemerkte deutlich eine Verhärtung in ihrem Wesen – eine gewisse Starre und Wachsamkeit.

Er klappte sein Notizbuch auf, und während er mit der Vernehmung begann, ließ auch seine Nervosität nach; die Amtshandlung gab ihm Rückhalt.

«Sie waren vorigen Februar in Paris?»

Lady Mary bejahte.

«Erinnern Sie sich, daß Sie mit Hauptmann Cathcart – ach, übrigens, ich nehme an, Sie sprechen Französisch?»

«Ja. Fließend.»

«So gut wie Ihr Bruder? Praktisch ohne Akzent?»

«So gut wie er. Wir hatten als Kinder immer französische Gouvernanten, und Mutter legte großen Wert darauf.»

«Aha. Nun, erinnern Sie sich also, am 6. Februar mit Hauptmann Cathcart in ein Juweliergeschäft in der Rue de la Paix gegangen zu sein und dort einen brillantbesetzten Schildpattkamm und eine Platinkatze mit Brillanten und Smaragdaugen gekauft zu haben – beziehungsweise von ihm kaufen zu lassen?»

Er bemerkte ein Lauern im Blick der jungen Frau.

«Ist das die Katze, nach der Sie sich in Riddlesdale erkundigt haben?» fragte sie.

Da es sich ohnehin nie auszahlte, Offenkundiges zu leugnen, antwortete Parker: «Ja.»

«Sie wurde im Gebüsch gefunden, nicht?»

«Haben Sie sie da verloren? Oder gehörte sie Cathcart?»

«Wenn ich nun sagte, es sei die seine gewesen – »

«Wäre ich bereit, Ihnen zu glauben. *War* es seine?»

«Nein – » ein tiefer Seufzer – «sie gehörte mir.»

«Wann ist sie Ihnen abhanden gekommen?»

«In der bewußten Nacht.»

«Wo?»

«Ich nehme an, im Gebüsch. Dort, wo Sie sie gefunden haben. Ich habe sie erst später vermißt.»

«Ist es dieselbe, die Sie in Paris gekauft haben?»
«Ja.»
«Warum haben Sie zuerst gesagt, es sei nicht die Ihre?»
«Ich hatte Angst.»
«Und jetzt?»
«Jetzt will ich die Wahrheit sagen.»
Parker sah sie wieder an. Sie begegnete seinem Blick ganz offen, hatte aber etwas Angespanntes in ihrer Art, das zeigte, wieviel Mühe sie dieser Entschluß gekostet haben mußte.
«Nun gut», sagte Parker, «darüber werden wir uns sicherlich alle freuen, denn ich glaube, bei der Untersuchungsverhandlung haben Sie in dem einen oder anderen Punkt nicht die Wahrheit gesagt, oder?»
«Das stimmt.»
«Glauben Sie mir», sagte Parker, «daß ich es bedaure, diese Fragen stellen zu müssen. Aber die schreckliche Lage, in der Ihr Bruder sich befindet – »
«Und in die ich ihn mit hineingebracht habe.»
«Das habe ich nicht gesagt.»
«Aber ich. Ich habe dazu beigetragen, daß er ins Gefängnis mußte. Streiten Sie es nicht ab, denn es ist so.»
«Nun gut», sagte Parker, «aber beruhigen Sie sich. Es ist ja noch Zeit, alles wieder in Ordnung zu bringen. Soll ich fortfahren?»
«Ja.»
«Also, Lady Mary, das mit dem Schuß um drei Uhr morgens stimmte doch nicht, oder?»
«Nein.»
«Haben Sie überhaupt einen Schuß gehört?»
«Ja.»
«Wann?»
«Um zehn vor zwölf.»
«Und was haben Sie im Wintergarten hinter den Pflanzen versteckt, Lady Mary?»
«Ich habe dort nichts versteckt.»
«Und in der Eichentruhe auf dem Korridor?»
«Meinen Rock.»
«Sie sind nach draußen gegangen – warum? Um Cathcart zu treffen?»
«Ja.»
«Wer war der andere Mann?»
«Welcher andere Mann?»

«Der Mann, der im Gebüsch war. Ein großer blonder Mann mit einem Regenmantel.»

«Da war kein anderer Mann.»

«Entschuldigen Sie, Lady Mary – wir haben seine Spuren auf dem ganzen Weg vom Gebüsch bis zum Wintergarten verfolgt.»

«Dann muß es ein Landstreicher gewesen sein. Ich weiß nichts von ihm.»

«Wir haben aber Beweise dafür, daß er da war – was er getan hat und auf welchem Weg er entkommen ist. Um Himmels willen – und um Ihres Bruders willen – Lady Mary, sagen Sie die Wahrheit, denn dieser Mann mit dem Regenmantel ist derjenige, der Cathcart erschossen hat.»

«Nein», sagte die junge Frau mit bleichem Gesicht, «das ist unmöglich.»

«Warum unmöglich?»

«Ich selbst habe Denis Cathcart erschossen.»

«So liegen die Dinge also, Lord Peter», sagte der Chef von Scotland Yard, indem er sich mit einer freundlichen Abschiedsgebärde erhob. «Der Mann wurde zweifelsfrei am Freitagmorgen in Marylebone gesehen, und wenn wir ihn auch leider im Moment wieder aus den Augen verloren haben, bin ich ganz sicher, daß wir ihn über kurz oder lang in die Finger bekommen werden. Die Verzögerung entstand durch die unglückliche Erkrankung des Schaffners Morrison, dessen Aussage so entscheidend war. Aber jetzt verlieren wir keine Zeit mehr.»

«Das kann ich wohl vertrauensvoll Ihnen überlassen, Sir Andrew», antwortete Wimsey, indem er ihm herzlich die Hand schüttelte. «Ich mache mich ebenfalls auf die Suche; zusammen dürften wir schon etwas finden – Sie in Ihrer Ecke und ich in der meinen, wie es irgendwo so schön heißt – wo eigentlich? Ich habe das als Kind mal irgendwo in einem Buch über Missionare gelesen. Wollten Sie als Junge auch immer Missionar werden? Ich ja. Ich glaube, die meisten wollen das irgendwann, was etwas eigenartig berührt, wenn man bedenkt, was bei den meisten von uns herauskommt.»

«Jedenfalls», sagte Sir Andrew Mackenzie, «wenn Sie dem Burschen selbst über den Weg laufen, sagen Sie uns Bescheid, ja? Ich gebe neidlos zu, daß Sie unwahrscheinliches Glück haben – oder vielleicht ist es nur ein gutes Gespür –, wenn es darum geht, Verbrechern über den Weg zu laufen, die wir suchen.»

«Wenn ich den Kerl erwische», sagte Lord Peter, «komme ich und mache unter Ihrem Fenster so lange Krach, bis Sie mich reinlassen, und wenn es mitten in der Nacht ist und Sie schon im Nachthemd sind. Apropos Nachthemd, wir werden Sie doch hoffentlich bald mal wieder in Denver sehen, sobald die Geschichte hier ausgestanden ist? Mutter läßt natürlich auch herzlich grüßen.»

«Vielen Dank», erwiderte Sir Andrew. «Ich hoffe, Sie sind wenigstens mit der Entwicklung der Dinge zufrieden. Heute morgen hatte ich Parker zum Bericht hier, und ich hatte den Eindruck, daß er nicht sehr angetan war.»

«Er hat viel unerfreulichen Routinekram machen müssen», sagte Wimsey, «und war die ganze Zeit derselbe feine, vernünftige Mensch wie immer. Mir ist er immer ein sehr guter Freund gewesen, Sir Andrew, und ich empfinde es richtig als Vorzug, mit ihm zusammenarbeiten zu dürfen. Also, bis demnächst, Chef.»

Er sah jetzt, daß sein Gespräch mit Sir Andrew Mackenzie sehr lange gedauert hatte und es mittlerweile fast acht Uhr war. Eben wollte er sich entscheiden, wo er zu Abend essen sollte, als er von einer jungen Frau mit rotem Bubikopf, kurzem, kariertem Rock, schillerndem Jumper, Kordjacke und einer flotten grünsamtenen Schottenmütze angesprochen wurde.

«Natürlich», sagte die junge Frau, indem sie eine wohlgeformte, unbehandschuhte Hand ausstreckte, «das ist doch Lord Peter Wimsey. Wie geht's? Und was macht Mary?»

«Himmel», rief Wimsey galant, «Miss Tarrant! Wie bezaubernd, Sie mal wiederzusehen. Einfach entzückend. Danke, aber Mary geht's nicht so gut, wie zu wünschen wäre – dieser Mord, verstehen Sie? Sie haben sicher schon gehört, daß wir, wie die Armen es so nett und taktvoll ausdrücken, in Schwierigkeiten sind, oder?»

«Na klar», antwortete Miss Tarrant voll Eifer, «und als gute Sozialistin kann ich es mir nicht verkneifen, meinen Spaß daran zu haben, wenn es einmal einem Peer an den Kragen geht, weil er dabei so lächerlich wirkt, und das ganze Oberhaus ist schließlich lächerlich, oder? Aber eigentlich wär's mir schon lieber, wenn es der Bruder von jemand anderm wäre. Mary und ich waren immer gute Freunde, und *Sie* tun schließlich auch etwas, wenn Sie Verbrechen aufklären statt von Ihren Gütern zu leben und Vögel totzuschießen. Das ist ja doch ein kleiner Unterschied.»

«Sehr nett von Ihnen», sagte Peter, «und wenn Sie es jetzt noch über sich bringen könnten, das Mißgeschick meiner Geburt und meine übrigen Fehler zu übersehen, geben Sie mir vielleicht die Ehre, mit mir irgendwo einen Happen essen zu gehen, ja?»

«Oh, das täte ich *schrecklich* gern», rief Miss Tarrant voll Überschwang, «aber ich habe versprochen, heute abend im Club zu sein. Da ist um neun eine Versammlung. Mr. Coke – der Labour-Führer, wissen Sie – will über die Bekehrung von Heer und Marine zum Kommunismus sprechen. Wir rechnen mit einer Razzia, und bevor wir anfangen, gibt es eine große Jagd nach Spionen. Aber wissen Sie was, kommen Sie doch mit und essen Sie dort mit mir, und wenn Sie Lust haben, versuche ich Sie auch in die Versammlung zu schmuggeln, und dann werden Sie geschnappt und rausgeschmissen. Ich glaube ja, ich hätte Ihnen gar nichts davon erzählen dürfen, denn eigentlich sind Sie doch ein Erzfeind, aber ich kann Sie nicht wirklich für gefährlich halten.»

«Ich denke, ich bin nur ein gewöhnlicher Kapitalist», meinte Peter. «Höchst anstößig.»

«Na ja, aber kommen Sie wenigstens zum Essen mit. Ich möchte so gern alle Neuigkeiten von Ihnen hören.»

Peter überlegte, daß das Essen im Sowjet-Club wohl mehr als ungenießbar sein würde, und wollte schon eine Ausrede finden, als ihm einfiel, daß Miss Tarrant ihm vielleicht einiges über seine Schwester erzählen konnte, was er selbst nicht wußte, aber eigentlich wissen sollte. Also machte er aus der höflichen Ablehnung eine höfliche Annahme und wurde von Miss Tarrant, die ihm voraneilte, in stürmischem Tempo durch eine Reihe schmuddeliger Gassen auf kürzestem Weg in die Gerrard Street geführt, wo eine orangefarbene Tür, flankiert von zwei Fenstern mit knallroten Vorhängen, unmißverständlich den Sowjet-Club ankündigte.

Der Sowjet-Club, mehr fürs freie Denken als fürs süße Leben eingerichtet, hatte jene merkwürdig amateurhafte Atmosphäre, die allen weltlichen Einrichtungen anhaftet, die von weltfremden Menschen erdacht werden. Peter konnte nicht genau sagen, warum ihn das Ganze an einen Missionstee erinnerte – es sei denn, daß alle Clubmitglieder so aussahen, als ob sie ein Ziel im Leben verfolgten, und daß die Bedienung ziemlich dürftig ausgebildet zu sein schien, dafür aber um so deutlicher in Erscheinung trat. Wimsey sagte sich, daß er in so einer demokratischen Institution kaum vom Personal jenen Ausdruck der Überlegenheit erwarten durfte, der die Bediensteten in einem Westend-Club auszuzeichnen pflegte. Zumindest waren sie bestimmt nicht solche Kapitalisten. Unten im Speisesaal wurde der Eindruck eines Missionstees noch verstärkt durch die überheizte Atmosphäre, das Stimmengewirr und die merkwürdige Unzweckmäßigkeit der Bestekke. Miss Tarrant ergatterte zwei Plätze an einem reichlich krümelbedeckten Tisch in der Nähe der Essensdurchreiche, und Peter zwängte sich mit einigen Schwierigkeiten neben einen sehr großen, kraushaarigen Mann in einer Samtjacke, der sich ernst mit einer mageren, lebhaften jungen Frau unterhielt, die zu einer russischen Bluse venezianische Perlen, einen ungarischen Schal und einen spanischen Kamm trug und aussah wie die personifizierte Einheitsfront der Internationale.

Lord Peter wollte seine Gastgeberin mit einer Frage nach dem großen Mr. Coke erfreuen, wurde aber mit einem erregten «Pssst!» zur Ordnung gerufen.

«*Bitte* nicht so laut», sagte Miss Tarrant und beugte sich so weit zu ihm herüber, daß ihr roter Haarschopf ihn an den Augenbrauen kitzelte. «Das ist doch *streng* geheim.»

«Tut mir furchtbar leid», entschuldigte sich Wimsey. «Passen Sie auf, Sie tunken ihre hübschen kleinen Perlen in die Suppe.»

«Nein, wirklich?» rief Miss Tarrant, indem sie sich eilig zurückzog. «Danke, danke vielmals. Dabei sind sie nicht einmal farbecht. Hoffentlich ist kein Arsen oder so etwas drin.» Dann beugte sie sich wieder vor und flüsterte heiser: «Die Frau neben mir ist Erica Heath-Warburton – die Schriftstellerin, Sie wissen schon.»

Wimsey betrachtete die Dame in der russischen Bluse mit neuem Respekt. Wenige Bücher hatten es bisher vermocht, ihm die Röte in die Wangen zu treiben, aber er erinnerte sich, daß einem von Miss Heath-Warburtons Büchern ebendies gelungen war. Die Autorin sagte gerade sehr eindrucksvoll zu ihrem Gesprächspartner:

« – je erlebt, daß eine ernste Gefühlsregung sich in einem Nebensatz ausdrückt?»

«Joyce hat uns vom Aberglauben der Syntax befreit», pflichtete der krausköpfige Mann ihr bei.

«Szenen, die emotionale Geschichte machen», fuhr Miss Heath-Warburton fort, «sollten idealerweise in einer Folge tierischer Schreie ausgedrückt werden.»

«Die D. H. Lawrence-Formel», sagte der andere.

«Oder sogar Dada», meinte die Schriftstellerin.

«Wir brauchen eine neue Notation», sagte der Krauskopf, wobei er beide Ellbogen so auf den Tisch stützte, daß er Wimseys Brot zu Boden stieß. «Hast du Robert Snoates schon einmal seine eigenen Verse zu Tamtam und Pennyflöte rezitieren hören?»

Lord Peter entzog mit Mühe seine Aufmerksamkeit dieser faszinierenden Diskussion, um gerade mitzubekommen, daß Miss Tarrant etwas über Mary sagte.

«Ihre Schwester wird hier sehr vermißt», sagte sie. «So etwas von Begeisterung. Sie hat auf den Versammlungen so gut gesprochen. Die hatte *wirklich* etwas für die Arbeiter übrig.»

«Das finde ich erstaunlich», sagte Wimsey, «wenn ich bedenke, daß Mary noch nie im Leben einen Finger krumm machen mußte.»

«Oh, aber sie *hat* gearbeitet», rief Miss Tarrant. «Für uns. Und wie großartig! Sie war fast ein halbes Jahr lang Sekretärin unserer Propagandagesellschaft. Und dann hat sie so fleißig für Mr. Goyles gearbeitet. Ganz zu schweigen von ihrer Zeit als Krankenschwester im Krieg. Natürlich billige ich Englands Haltung im Krieg nicht, aber keiner wird behaupten können, da sei nicht hart gearbeitet worden.»

«Wer ist Mr. Goyles?»

«Oh, das ist einer unserer führenden Redner – noch sehr jung, aber die Regierung hat richtig Angst vor ihm. Ich nehme an, er wird heute abend hier sein. Er hat im Norden Schulungen abgehalten, aber ich glaube, er ist wieder zurück.»

«Vorsicht!» rief Peter. «Ihre Perlen hängen schon wieder im Teller.»

«So? Na ja, vielleicht bringen sie ein bißchen Geschmack an den Hammel. Ich fürchte, die Küche ist hier wirklich nicht sehr gut, aber dafür sind die Beiträge so niedrig, verstehen Sie? Es wundert mich, daß Mary Ihnen nie von Mr. Goyles erzählt haben soll. Sie waren doch damals so sehr befreundet. Alle haben gedacht, sie wird ihn heiraten – aber daraus scheint nichts geworden zu sein. Und dann ist Ihre Schwester aus der Stadt weggezogen. Wissen Sie etwas darüber?»

«Ach, *der* war das also? Doch, ja – das haben meine Leute nicht so ganz begriffen, verstehen Sie? Sie hielten Mr. Goyles wohl nicht für den Schwiegersohn ihrer Wünsche. Familienkrach und so. War selbst nicht da; außerdem hat Mary sowieso nie auf *mich* gehört. Jedenfalls hab ich das so verstanden.»

«Wieder so ein Beispiel für die absurde, altmodische elterliche Tyrannei», sagte Miss Tarrant heftig. «Man sollte so etwas gar nicht mehr für möglich halten – in Nachkriegszeiten.»

«Ich weiß nicht», sagte Wimsey, «ob man es so nennen kann. Nicht direkt elterlich. Meine Mutter ist eine sehr ungewöhnliche Frau. Ich glaube nicht, daß sie sich da eingemischt hat. Soviel ich weiß, wollte sie Mr. Goyles sogar nach Denver einladen. Aber mein Bruder hat sich auf die Hinterbeine gestellt.»

«Na bitte, was kann man denn anderes erwarten?» meinte Miss Tarrant verächtlich. «Aber ich weiß gar nicht, was ihn das anging.»

«Oh, natürlich nichts», pflichtete Wimsey ihr bei. «Nur daß mein

Bruder nach den beschränkten Vorstellungen meines Vaters über das, was sich für eine Frau geziemt, Marys Geld so lange verwaltet, bis sie mit seiner Zustimmung heiratet. Ich finde das ja auch nicht gut – ich finde es sogar abscheulich. Aber so ist es nun mal.»

«Ungeheuerlich!» sagte Miss Tarrant und schüttelte dabei den Kopf so heftig, daß sie aussah wie ein Struwwelpeter. «Barbarisch! Eben rein feudalistisch. Aber was ist schon Geld?»

«Natürlich nichts», sagte Peter. «Aber wenn man dazu erzogen worden ist, immer welches zu haben, ist es ein bißchen hart, plötzlich darauf verzichten zu müssen. Das ist wie mit dem Baden.»

«Ich verstehe nicht, wie es Mary überhaupt etwas ausgemacht haben kann», beharrte Miss Tarrant betrübt. «Sie hat sich als Arbeiterin so wohl gefühlt. Einmal haben wir acht Wochen lang versucht, in einem Taglöhnerhaus zu leben, zu fünft, von achtzehn Shilling die Woche. Es war ein *herrliches* Erlebnis. Unmittelbar am Rande des New Forest.»

«Im Winter?»

«N-nein – wir hatten es für besser gehalten, nicht gleich im Winter *anzufangen.* Aber wir hatten neun Regentage, und der Kamin in der Küche hat immerzu gequalmt. Sehen Sie, das Holz kam eben aus dem Wald und war so naß.»

«Aha. Das muß ungemein interessant gewesen sein.»

«Es war ein Erlebnis, das ich *nie* vergessen werde», sagte Miss Tarrant. «Man fühlte sich der Erde und allem Ursprünglichen so nah. Wenn wir doch die Industrialisierung abschaffen könnten! Ich fürchte jedoch, daß wir das ohne eine blutige Revolution nie schaffen werden. Es ist schrecklich, versteht sich, aber heilsam und unausweichlich. Trinken wir noch Kaffee? Wir müssen ihn aber selbst nach oben tragen, wenn es Ihnen nichts ausmacht. Die Mädchen bringen ihn nach dem Essen nicht mehr rauf.»

Miss Tarrant ging ihre Rechnung begleichen, und als sie zurückkam, drückte sie ihm eine Tasse Kaffee in die Hand. Der Kaffee war schon auf die Untertasse übergeschwappt, und als er sich tastend seinen Weg um einen Wandschirm herum und eine steile, schiefe Treppe hinaufsuchte, wurde noch mehr verschüttet.

Sie tauchten aus dem Keller auf und wären fast mit einem blonden jungen Mann zusammengestoßen, der in einer Reihe kleiner Fächer nach Briefen suchte. Als er nichts fand, begab er sich in den Salon zurück. Miss Tarrant stieß einen Ruf des Entzückens aus.

«Hallo, da *ist* ja Mr. Goyles», rief sie.

Wimsey sah in die angegebene Richtung, und beim Anblick der

hochgewachsenen, leicht vornübergebeugten Gestalt mit dem unordentlichen Haar und einem Handschuh über der rechten Hand konnte er einen kleinen Erregungslaut nicht unterdrücken.

«Wollen Sie mich nicht vorstellen?» fragte er.

«Ich hole ihn», sagte Miss Tarrant. Sie bahnte sich einen Weg durch den Salon und sprach den jungen Agitator an, der zusammenschrak, zu Wimsey blickte, den Kopf schüttelte, sich zu entschuldigen schien, einen eiligen Blick auf seine Uhr warf und zur Tür hinausschoß. Wimsey setzte ihm nach.

«Na so was!» sagte Miss Tarrant mit verständnisloser Miene. «Er sagt, er hat eine Verabredung – aber er kann doch nicht einfach die Versammlung – »

«Entschuldigen Sie mich», sagte Peter. Schon war er draußen, gerade rechtzeitig, um eine dunkle Gestalt über die Straße verschwinden zu sehen. Er nahm die Jagd auf. Der Mann nahm die Beine in die Hand und schien sich in eine dunkle Gasse zu stürzen, die zur Charing Cross Road führt. Wimsey, der ihm folgte, wurde plötzlich geblendet von einem Blitz und einer Rauchwolke fast unmittelbar vor seinem Gesicht. Ein schwerer Schlag gegen die linke Schulter, ein ohrenbetäubender Knall, und die Welt drehte sich um ihn. Er taumelte und fiel auf ein altes, ehernes Bettgestell.

Was ist schon Geld?...

... fragte Miss Tarrant. Was schon: ein Nichts. Bedrucktes Papier. Zahlen auf einem Kontoauszug. Mehr ist Geld nicht. Aber es kann alles werden: ein Laib Brot, ein Haus im Grünen, eine Gondelfahrt in Venedig.

Manche, die Geld für ein Nichts halten, wären ohne Geld ein Nichts.

Pfandbrief und Kommunalobligation

Meistgekaufte deutsche Wertpapiere - hoher Zinsertrag - schon ab 100 DM bei allen Banken und Sparkassen

Verbriefte Sicherheit

Mr. Parker notiert

> *«Ein Mann ging in den Zoo und ließ sich zur Giraffe führen. Nachdem er sie eine Weile stumm betrachtet hatte, sagte er: ‹Und ich glaub's nicht.›»*

Parker war zuerst geneigt, an seinem eigenen Verstand zu zweifeln; dann an Lady Marys. Und nachdem sich endlich die Wolken aus seinem Gehirn verzogen hatten, entschied er, daß sie wohl lediglich nicht die Wahrheit sagte.

«Nun, Lady Mary», sagte er in aufmunterndem, zugleich aber auch tadelndem Ton wie zu einem Kind, das eine zu lebhafte Phantasie hat, «Sie erwarten doch nicht, daß wir Ihnen das glauben, oder?»

«Aber Sie müssen», sagte sie ernst, «es ist einfach wahr. Ich habe ihn erschossen. Ich war's wirklich. Es war nicht direkt meine Absicht, sondern – nun ja, eigentlich mehr ein Unfall.»

Mr. Parker stand auf und ging im Zimmer auf und ab.

«Sie bringen mich in eine schreckliche Lage, Lady Mary», sagte er. «Sehen Sie, ich bin Polizeibeamter. Ich hätte nie gedacht – »

«Das macht doch nichts», sagte Lady Mary. «Natürlich werden Sie mich verhaften müssen, oder festnehmen oder wie Sie das sonst nennen. Dazu bin ich ja hier. Ich bin vollkommen bereit, ohne Aufsehen mitzukommen – ist das der richtige Ausdruck? Trotzdem möchte ich zuerst alles erklären. Natürlich hätte ich das längst tun müssen, aber ich hatte eben den Kopf verloren, leider. Ich hatte nicht bedacht, daß man Gerald verdächtigen könnte. Ich hatte gehofft, man würde Selbstmord vermuten. Soll ich jetzt vor Ihnen meine Aussage machen? Oder besser im Polizeipräsidium?»

Parker stöhnte.

«Man wird – mich nicht so schwer bestrafen, wenn es ein Unfall war, nicht?» In ihrer Stimme lag ein Zittern.

«Nein – natürlich nicht. Aber wenn Sie doch nur schon früher den Mund aufgemacht hätten! Nein», sagte Parker plötzlich und hielt mitten im Schritt inne, um sich neben sie zu setzen. «Das ist unmöglich – vollkommen absurd.» Mit einemmal nahm er Lady Marys Hände in die seinen. «Davon kann mich nichts überzeugen», sagte er. «Es ist widersinnig. Das paßt nicht zu Ihnen.»

«Aber wenn es doch ein Unfall – »

«Das meine ich ja gar nicht – Sie wissen, daß ich das nicht meine. Aber daß Sie geschwiegen haben sollen – »

«Ich hatte Angst. Aber jetzt will ich reden.»

«Nein, nein, nein!» rief der Detektiv. «Sie lügen mir etwas vor. Aus ehrenwerten Motiven, das weiß ich; aber das ist es nicht wert. Kein Mann kann das wert sein. Lassen Sie ihn laufen, ich beschwöre Sie. Sagen Sie die Wahrheit. Decken Sie diesen Mann nicht. Wenn er Denis Cathcart ermordet hat – »

«Nein!» Die Frau sprang auf und entriß ihm ihre Hände. «Es war gar kein anderer Mann da. Wie können Sie so etwas überhaupt sagen oder denken! *Ich* habe Denis Cathcart getötet; ich sage es Ihnen, und Sie sollen es mir glauben. Ich schwöre, daß kein anderer Mann zugegen war.»

Parker nahm sich zusammen.

«Setzen Sie sich, bitte. Lady Mary, sind Sie fest entschlossen, diese Aussage zu machen?»

«Ja.»

«Obwohl Sie wissen, daß ich dann dementsprechend handeln muß?»

«Wenn Sie mich nicht anhören, gehe ich direkt zur Polizei.»

Parker zückte sein Notizbuch. «Fangen Sie an», sagte er.

Nur ihre Hände spielten nervös mit den Handschuhen, sonst aber verriet Lady Mary keinerlei Emotionen, als sie mit klarer, fester Stimme ihr Geständnis abzulegen begann, als rezitierte sie etwas auswendig Gelerntes.

«Am Mittwochabend, dem 13. Oktober, ging ich um halb zehn in mein Zimmer hinauf. Ich blieb noch auf, um einen Brief zu schreiben. Um Viertel nach zehn hörte ich meinen Bruder und Denis auf dem Flur streiten. Ich hörte, wie mein Bruder Denis einen Betrüger nannte und ihm verbot, jemals wieder mit mir zu sprechen. Dann hörte ich Denis aus dem Haus laufen. Ich lauschte eine Zeitlang, hörte ihn aber nicht zurückkommen. Um halb zwölf begann ich unruhig zu werden. Ich zog mich um und ging hinaus, um Denis zu suchen und ihn ins Haus zurückzuholen. Ich fürchtete, er könne irgendeine Verzweiflungstat begehen. Nach einer Weile fand ich ihn im Gebüsch. Ich bat ihn, mit mir zu kommen. Er weigerte sich und erzählte mir von den Vorwürfen meines Bruders und dem Streit. Ich war natürlich furchtbar entsetzt. Er meinte, es habe keinen Zweck, etwas zu leugnen, wenn Gerald ja doch entschlossen sei, ihn zu ruinieren, und er bat mich, mit ihm fortzugehen und ihn zu heiraten und im Ausland mit ihm zu leben. Ich sagte, ich sei erstaunt, daß er unter den Umständen so etwas vorschlage. Wir erregten uns beide sehr. Ich sagte: ‹Komm jetzt ins Haus. Du kannst morgen mit dem ersten Zug abreisen.› Er schien fast von Sinnen. Er zog eine Pistole und sagte, er sei am Ende, sein Leben sei ruiniert, wir alle wären eine Bande von Heuchlern, und mir hätte nie etwas an ihm gelegen, sonst wäre es mir gleich, was er getan habe. Jedenfalls, wenn ich nicht mit ihm käme, sagte er, sei alles aus, und wenn schon, denn schon – er werde zuerst mich und dann sich erschießen. Ich glaube, er hatte vollkommen den Verstand verloren. Er zog den Revolver; ich packte seine Hand; wir kämpften; ich drückte ihm die Mündung gegen die Brust und – entweder habe ich abgedrückt oder das Ding ist von selbst losgegangen – das weiß ich nicht genau. Es ging alles so schnell und durcheinander.»

Sie verstummte. Mr. Parkers Feder notierte die Worte, während sein Gesicht immer sorgenvoller wurde. Lady Mary fuhr fort:

«Er war nicht gleich tot. Ich habe ihm aufgeholfen. Wir haben es fast bis zum Haus geschafft. Einmal ist er gefallen – »

«Warum», fragte Parker, «haben Sie ihn nicht liegen gelassen und sind ins Haus gelaufen, um Hilfe zu holen?»

Lady Mary zögerte.

«Das ist mir nicht eingefallen. Es war wie ein Alptraum. Ich konnte nur daran denken, wie ich ihn fortbekäme. Ich glaube – *ich glaube, ich wollte, daß er starb.*»

Es folgte eine gequälte Pause.

«Er ist gestorben. Vor der Tür ist er gestorben. Ich bin in den Wintergarten gegangen und habe mich hingesetzt. Stundenlang habe ich dagesessen und versucht zu denken. Ich habe ihn gehaßt, weil er ein Betrüger und ein Schuft war. Ich war auf ihn hereingefallen, verstehen Sie – zum Narren gehalten worden von einem gemeinen Falschspieler. Ich war froh, daß er tot war. Ich muß stundenlang dagesessen haben, ohne einen zusammenhängenden Gedanken fassen zu können. Erst als mein Bruder kam, ist mir richtig klargeworden, was ich getan hatte und daß man mich verdächtigen könnte, ihn ermordet zu haben. Ich hatte einfach schreckliche Angst. Darum habe ich mich in einem Sekundenbruchteil entschlossen, so zu tun, als ob ich von nichts wüßte – als ob ich einen Schuß gehört hätte und heruntergekommen wäre. Sie wissen ja, was ich getan habe.»

«Nun, Lady Mary», sagte Parker in vollkommen ungerührtem Ton, «warum haben Sie dann zu Ihrem Bruder gesagt: ‹Mein Gott, Gerald, du hast ihn getötet›?»

Erneutes Zögern.

«Das habe ich nicht gesagt. Ich habe gesagt: ‹Mein Gott, Gerald, er ist also tot.› Ich hatte nie etwas anderes andeuten wollen als Selbstmord.»

«Sie haben diese Worte aber bei der Untersuchungsverhandlung bestätigt.»

«Ja – » Ihre Hände knautschten die Handschuhe in alle möglichen Formen. «Inzwischen hatte ich mir doch diese Einbrechergeschichte zurechtgelegt.»

Das Telefon klingelte, und Parker ging an den Apparat. Eine Stimme tönte dünn durch den Draht:

«Ist dort 110 A Piccadilly? Hier Krankenhaus Charing Cross. Heute nacht wurde hier ein Mann eingeliefert, der angibt, Lord Peter Wimsey zu sein. Er hat einen Schuß in die Schulter bekommen und sich beim Hinfallen den Kopf angeschlagen. Er ist eben erst wieder zu Bewußtsein gekommen. Man hat ihn um Viertel nach neun gebracht. Nein, jetzt geht es ihm wahrscheinlich wieder sehr gut. Doch, kommen Sie auf alle Fälle.»

«Peter ist angeschossen worden», sagte Parker. «Kommen Sie mit zum Krankenhaus Charing Cross? Sie sagen, er ist nicht in Lebensgefahr; trotzdem – »

«Schnell!» rief Lady Mary.

In der Diele schnappten sie sich schnell noch Mr. Bunter, dann rannten Polizist und Selbstbezichtigte auf den Piccadilly hinaus, erwischten an der Hyde Park Corner ein spätes Taxi und fuhren in rasendem Tempo durch die leeren Straßen.

Goyles

«Und die Moral davon ist – » sagte die Herzogin . . .
Alice im Wunderland

Vier Personen saßen am nächsten Morgen zu einem sehr späten Frühstück, oder einem sehr frühen Lunch, in Lord Peters Wohnung versammelt. Der fröhlichste von ihnen war, trotz schmerzender Schulter und entsetzlichem Kopfweh, zweifellos Lord Peter selbst, der zwischen weichen Kissen auf dem Sofa lag und Tee und Toast schlemmte. Nachdem man ihn im Krankenwagen nach Hause gebracht hatte, war er sofort in einen heilsamen Schlaf gesunken und um neun Uhr mit klarem Verstand und überaus unternehmungslustig aufgewacht. Daraufhin hatte er Mr. Parker, nur halb gesättigt und beladen mit der verheimlichten Erinnerung an die Enthüllungen des vergangenen Abends, auf schnellstem Wege zu Scotland Yard geschickt, um die Maschinerie in Gang zu setzen, die Peters Attentäter fangen sollte. «Aber sag nichts von dem Angriff auf mich», hatte Seine Lordschaft gesagt. «Sag ihnen nur, daß er als Zeuge im Fall Riddlesdale benötigt wird. Das ist alles, was die wissen müssen.» Jetzt war es elf, und Mr. Parker war zurückgekehrt, verdrießlich und hungrig, und ließ sich ein spätes Omelett zu einem Glas Rotwein schmecken.

Lady Mary Wimsey saß zusammengekauert am Fenster. Ihr goldblonder Haarschopf umgab ihr Gesicht im Schein der blassen Herbstsonne mit einem feinen Schimmer. Sie hatte schon vorher etwas zu frühstücken versucht; jetzt saß sie nur noch da und starrte auf den Piccadilly hinaus. Heute morgen war sie zunächst in Lord Peters Morgenmantel erschienen, aber inzwischen trug sie einen Rock aus Serge und einen jadegrünen Jumper; diese Kleidungsstücke hatte ihr die vierte im Bunde, die jetzt gelassen einen Mixed Grill verzehrte und sich mit Parker die Karaffe Rotwein teilte, nach London mitgebracht.

Es handelte sich um eine kleine, etwas pummelige, aber sehr energische ältere Dame mit funkelnden schwarzen Vogelaugen und sehr schönem, kunstvoll frisiertem weißem Haar. Man sah ihr nicht an, daß sie gerade eine lange Nachtfahrt hinter sich hatte; vielmehr war sie von den im Zimmer Anwesenden mit Abstand die ruhigste und frischeste. Was jedoch nicht ausschloß, daß sie sehr ärgerlich war und dies auch wortreich zum Ausdruck brachte. Es war die Herzoginwitwe von Denver.

«Es wäre ja nicht einmal das schlimmste, Mary, daß du gestern abend so plötzlich verschwunden bist – ausgerechnet vorm Abendessen –, diese Umstände und der Schrecken, den du uns eingejagt hast – der armen Helen hat nicht einmal mehr das Abendessen geschmeckt, und das war ihr so unangenehm, denn du weißt doch, wie großen Wert sie darauf legt, sich nie von irgend etwas aus der Ruhe bringen zu lassen – was ich nun wirklich nicht verstehe, denn von den größten Männern haben einige sich nie geniert, ihre Gefühle zu zeigen, wobei ich nicht einmal unbedingt an die Südländer denke, sondern wie Mr. Chesterton ganz richtig sagt – Nelson ja auch, und der war ja nun wirklich Engländer, wenn nicht Ire oder Schotte, das weiß ich nicht mehr, jedenfalls Vereinigtes Königreich (sofern das heutzutage noch etwas heißen will in einem Freistaat – so ein alberner Name, wo er einen doch immer an den Oranje-Freistaat erinnert, und damit wollen die doch bestimmt nicht verwechselt werden, wo sie selbst so grün sind). Und einfach ohne angemessene Kleidung loszuziehen und den Wagen mitzunehmen, so daß ich auf den Ein-Uhr-fünfzehn-Zug von Northallerton warten mußte – so eine unmögliche Zeit zum Aufbruch, und so ein schlechter Zug obendrein, der hier erst um 10 Uhr 30 ankommt. Außerdem, *wenn* du schon unbedingt in die Stadt fahren mußtest, warum so Hals über Kopf? Wenn du vorher wenigstens den Fahrplan studiert hättest, wäre dir nämlich aufgefallen, daß du in Northallerton eine halbe Stunde Aufenthalt haben würdest, so daß du ohne weiteres noch einen Koffer hättest packen können. Es ist soviel besser, gründlich und ordentlich zu Werke zu gehen – auch wenn man etwas Dummes vorhat. Und es war wirklich sehr dumm von dir, so einfach zu verschwinden und dem armen Mr. Parker mit solch dummem Geschwätz auf die Nerven zu gehen – obwohl ich annehme, daß du eigentlich zu Peter wolltest. Weißt du, Peter, wenn du dich schon in schlechten Lokalen herumtreibst, wo lauter Russen und unreife Sozialisten verkehren, solltest du eigentlich etwas Besseres wissen, als sie auch noch zu ermuntern, indem du ihnen nachläufst, und wenn sie alle noch so unwichtig sind und zuviel Kaffee trinken und Gedichte schreiben, an denen nichts dran ist, und sich überhaupt nur die Nerven ruinieren. Und eingebracht hat es sowieso nichts; ich hätte Peter alles selbst sagen können, falls er es nicht überhaupt schon weiß, was anzunehmen ist.»

Lady Mary wurde bei diesen Worten totenblaß und sah Parker an, der mehr zu ihr als zur Herzoginwitwe sagte:

«Nein. Lord Peter und ich hatten noch gar keine Zeit, über irgend etwas zu sprechen.»

«Auf daß er meine strapazierten Nerven nicht vollends zerrüttete und Fieberglut auf meine schmerzende Stirn brachte», ergänzte der Edelmann liebenswürdig. «Du bist eine freundliche Seele, Charles, und ich wüßte wirklich nicht, was ich ohne dich anfangen sollte. Wenn nur dieser elende Trödler seine Ware etwas früher für die Nacht von der Straße geholt hätte! Man sollte es nicht für möglich halten, wie viele Knöpfe so ein eisernes Bettgestell hat. Ich hab's ja auf mich zukommen sehen, konnte aber nicht mehr bremsen. Aber was ist schon ein armseliges, ehernes Bettgestell? Der große Detektiv, wiewohl zunächst betäubt und schwach nach dem rohen Überfall der fünfzehn maskierten und samt und sonders mit Hackmessern bewaffneten Mordbuben, erlangte dank seiner robusten Konstitution und gesunden Lebensführung bald seine Sinne wieder. Trotz der schweren Gasvergiftung, die er sich in diesem Kellerraum zugezogen hatte – was gibt's? Ein Telegramm? Oh, danke, Bunter.»

Lord Peter schien die Botschaft mit großer innerer Befriedigung zu lesen, denn sein breiter Mund zuckte an den Winkeln, und er steckte das Blatt Papier mit einem leisen Seufzer der Genugtuung in seine Brieftasche. Er rief Bunter nach, er solle den Frühstückstisch abräumen und den feuchten Wickel um seinen Kopf erneuern. Und nachdem dies geschehen war, ließ Lord Peter sich in die Kissen zurücksinken und stellte an Mr. Parker in boshaft vergnügtem Ton die Frage:

«Na, wie hast du dich denn gestern abend mit Mary vertragen? Polly, hast du ihm erzählt, daß du den Mord begangen hast?»

Es gibt kaum etwas Ärgerlicheres, als wenn man sich die größte Mühe gegeben hat, jemanden mit einer schmerzlichen Nachricht zu verschonen, und dann entdecken muß, daß der Betreffende längst alles weiß und es nicht annähernd so tragisch nimmt, wie er es geziemenderweise sollte. Jedenfalls ging Mr. Parker plötzlich der Gaul durch. Er sprang auf und rief ohne den allermindesten Grund: «Es ist doch vollkommen sinnlos, irgend etwas tun zu wollen!»

Lady Mary sprang von ihrem Fensterplatz hoch.

«Ja, das hab ich», sagte sie. «Und es ist auch wahr. Dein schöner Fall ist abgeschlossen, Peter.»

Die Herzoginwitwe entgegnete ihr völlig ungerührt: «Du mußt deinem Bruder schon zubilligen, daß er seine eigenen Angelegenheiten selbst am besten beurteilen kann, mein Kind.»

«Eigentlich», erwiderte Seine Lordschaft, «habe ich das Gefühl, daß Polly recht hat. Ich hoffe es wenigstens. Jedenfalls haben wir den Kerl ja jetzt und werden es bald wissen.»

Lady Mary schnappte hörbar nach Luft und trat einen Schritt vor, das Kinn gehoben und die Hände fest zu Fäusten geballt. Es griff Parker richtig ans Herz, zu sehen, wie sie der absoluten Katastrophe so tapfer ins Auge sah. Der Beamte in ihm war zutiefst bestürzt, aber der Mensch ergriff sofort Partei für diesen edlen Trotz.

«*Wen* habt ihr?» fragte er mit einer Stimme, die ihm gar nicht zu gehören schien.

«Diesen Goyles», antwortete Peter wegwerfend. «Erstaunlich schnelle Arbeit, was? Aber da ihm nichts Originelleres eingefallen war, als den Schiffszug nach Folkestone zu nehmen, war's nicht weiter schwierig.»

«Es ist nicht wahr», sagte Lady Mary. Sie stampfte mit dem Fuß auf. «Das ist gelogen. Er war nicht da. Er ist unschuldig. *Ich* habe Denis erschossen.»

«Bravo», dachte Parker, «bravo! Womit hat dieser Kerl das nur verdient?»

«Sei nicht albern, Mary», sagte Lord Peter.

«Jawohl», bekräftigte die Herzoginwitwe. «Ich wollte dir übrigens schon sagen, Peter, daß dieser Mr. Goyles – so ein schrecklicher Name, liebe Mary; ich muß sagen, der hat mir nie gefallen, auch wenn es sonst nichts gegen den Mann zu sagen gäbe – und dann unterschreibt er auch noch mit ‹Geo›. Geo. Goyles – das ‹Geo.› soll nämlich George heißen, Mr. Parker, und ich habe unwillkürlich immer ‹Gargoyl› gelesen – also, beinahe hätte ich dir nämlich geschrieben, mein Guter, und dich gefragt, ob du diesen Mr. Goyles nicht mal in London aufsuchen könntest, denn wenn ich es mir recht überlegte, hatte ich doch gleich das Gefühl, daß er mit diesem Ipecacuanha etwas zu tun hatte.»

«Aha», meinte Peter grinsend, «du meinst, weil zwischen ihm und einem Brechmittel kein großer – »

«Wie kannst du nur, Wimsey!» grollte Parker, ohne den Blick von Mary zu wenden.

«Lassen Sie ihn nur», sagte diese. «Wenn du kein Feingefühl hast, Peter – »

«Jetzt schlägt's aber doch dreizehn!» explodierte der Invalide. «Da jagt mir so ein Kerl ohne den geringsten Anlaß eine Kugel in die Schulter, bricht mir das Schlüsselbein, schmeißt mich kopfüber auf ein altes eisernes Bettgestell mit lauter Knöpfen dran und verduftet, und wenn ich ihn mit, wie ich finde, sehr gemäßigten, ja geradezu wohlerzogenen Worten ein Ekel nenne, sagt meine eigene Schwester, ich hätte kein Feingefühl. Sieh mich doch an! Hier sitze ich in meinen eigenen vier Wänden, habe gräßliches Kopfweh und muß mich mit Toast und Tee ernähren, während ihr es euch gutgehen laßt und euch an Mixed Grill, Omeletts und einem Roten vom besten Jahrgang gütlich tut – »

«Dummer Junge», sagte die alte Herzogin, «reg dich nicht so auf. Außerdem wird es Zeit für deine Medizin. Mr. Parker, würden Sie so freundlich sein und läuten?»

Mr. Parker gehorchte wortlos. Lady Mary kam langsam näher und sah auf ihren Bruder hinab.

«Peter», sagte sie, «wie kommst du darauf, daß *er* es war?»

«Daß er *was* war?»

«Der auf dich – geschossen hat.» Ihre Worte waren kaum hörbar.

Da in diesem Augenblick Mr. Bunter, begleitet von einem kühlen Luftzug, ins Zimmer trat, löste sich die gespannte Atmosphäre ein wenig. Lord Peter kippte seine Medizin hinunter, ließ seine Kissen aufschütteln, gestattete Bunter, ihm die Temperatur zu messen und den Puls zu fühlen, fragte, ob er zum Lunch nicht ein Ei haben dürfe und zündete sich eine Zigarette an. Mr. Bunter zog sich zurück, die Anwesenden verteilten sich auf die bequemeren Sessel und fühlten sich allgemein etwas wohler.

«Also, Polly, paß mal auf», sagte Peter, «und drück nicht so auf die Tränendrüsen. Ich bin diesem Goyles gestern abend in eurem Sowjet-Club zufällig über den Weg gelaufen. Ich bat Miss Tarrant, uns bekannt zu machen, aber kaum hatte Goyles meinen Namen gehört, haute er ab. Ich ihm nach, nur um mich mal mit ihm zu unterhalten, aber da bleibt der Trottel an der Ecke Newport Court stehen, knallt mich ab und zieht Leine. Das Dümmste, was er machen konnte. Ich kannte ihn doch jetzt. War doch klar, daß er geschnappt würde.»

«Peter – » sagte Mary mit hohler Stimme.

«Sieh doch her, Polly», sagte Wimsey. «Ich *hab* ja an dich gedacht. Großes Ehrenwort, wirklich. Ich habe den Mann nicht verhaften lassen. Ich habe nicht einmal Anzeige erstattet – oder hab ich das vielleicht, Parker? Was hast du denen heute morgen im Yard gesagt, was sie tun sollen?»

«Sie sollen Goyles zur Vernehmung vorführen, weil er als Zeuge im Fall Riddlesdale gebraucht wird», sagte Parker langsam.

«Darüber weiß er nichts», sagte Mary jetzt eigensinnig. «Er war nicht in der Nähe. In *dieser* Sache ist er unschuldig!»

«Meinst du?» fragte Lord Peter ernst. «Wenn du weißt, daß er unschuldig ist, warum lügst du uns dann etwas vor, um ihn zu schützen?

Das bringt nichts ein, Mary. Du weißt, daß er da war – und du glaubst, daß er es getan hat.»

«Nein!»

«Doch», sagte Wimsey und hielt sie mit seiner gesunden Hand fest, als sie vor ihm ausweichen wollte. «Mary, hast du dir überlegt, was du da tust? Du willst einen Meineid schwören und Gerald in Lebensgefahr bringen, um einen Mann vor der Justiz zu schützen, den du im Verdacht hast, deinen Verlobten ermordet zu haben, und der mit Sicherheit versucht hat, mich zu ermorden.»

«Mein Gott!» rief Parker gequält. «Dieses Verhör ist gegen alle Regeln.»

«Hör nicht auf ihn», sagte Peter. «Bist du wirklich überzeugt, das Richtige zu tun, Mary?»

Lady Mary sah ihren Bruder eine Zeitlang hilflos an. Peter schielte unter seinem Verband hervor flehend zu ihr auf. Der Trotz wich langsam aus ihrem Gesicht.

«Ich will die Wahrheit sagen», sagte Lady Mary.

«Braves Mädchen», sagte Lord Peter und streckte eine Hand aus. «Entschuldige. Ich weiß, daß du den Burschen gern hast, und darum wissen wir deinen Entschluß auch sehr zu schätzen. Wirklich, das tun wir. So, und nun schieß los, und du, Parker schreibst alles auf.»

«Also, angefangen hat das mit George eigentlich schon vor Jahren. Du warst damals an der Front, Peter, aber ich nehme an, man hat dir alles darüber berichtet – und alles in den häßlichsten Farben geschildert.»

«Das würde ich aber nicht behaupten, Kind», mischte sich die Herzoginwitwe ein. «Ich glaube, ich habe Peter nur gesagt, daß dein Bruder und ich von dem, was wir von dem jungen Mann zu sehen bekamen, nicht rundum begeistert waren – und gesehen haben wir ja nicht viel von ihm, wenn du dich erinnern möchtest. Er hat sich einmal zum Wochenende selbst eingeladen, als wir das Haus voller Gäste hatten, und anscheinend wollte er es sich sehr angelegen sein lassen, auf niemandes Wohlbefinden Rücksicht zu nehmen als auf sein eigenes. Und du wirst noch wissen, wie du selbst gemeint hast, er sei gegen den armen alten Lord Mountweazle unnötig garstig gewesen.»

«Er hat nur gesagt, was er dachte», sagte Mary. «Natürlich konnte der gute alte Lord Mountweazle nicht verstehen, daß die heutige Generation es gewöhnt ist, mit den Älteren zu diskutieren, statt vor ihnen auf die Knie zu fallen. Als George seine Meinung sagte, waren das für ihn nur Frechheiten.»

«Aber gewiß», sagte die Herzoginwitwe. «Wenn man rundweg alles bestreitet, was einer sagt, klingt das für Uneingeweihte vielleicht frech. Aber ich erinnere mich nur, zu Peter gesagt zu haben, daß Mr. Goyles' Manieren mir ein wenig ungeschliffen vorkämen und daß es seinen Ansichten an Unabhängigkeit mangele.»

«An Unabhängigkeit?» rief Mary mit weit aufgerissenen Augen.

«Nun, das war mein Eindruck. Was oft gedacht, und häufig besser ausgedrückt wurde, wie Pope schon sagt – oder war das wer anders? Aber je schlechter man sich heutzutage ausdrückt, für desto tiefgründiger halten einen die Leute – das ist allerdings nichts Neues. Wie Browning und diese komischen metaphysischen Leute, bei denen man nie weiß, ob sie nun ihre Geliebte oder die Staatskirche meinen, so bräutigämlich und biblisch – ganz zu schweigen vom lieben St. Augustin – den aus Hippo, meine ich, nicht den, der hier missioniert hat, obwohl ich den auch ganz ergötzlich finde, und damals hat man ja wohl noch keine jährlichen Basare und Teekränzchen im Gemeindesaal veranstaltet, demnach war das sicher noch was anderes, als was wir heute unter Mission verstehen – er hat sich da jedenfalls ausgekannt – du weißt ja noch, die Geschichte mit der Mandragora – oder war das vielleicht das Ding, wofür man einen großen schwarzen Hund brauchte? Richtig, Manichäer, das ist das Wort, das ich gesucht habe. Wie hieß der noch? Faust? Oder verwechsle ich den jetzt mit dem alten Mann in der Oper?»

«Jedenfalls», sagte Mary, ohne sich daran aufzuhalten, die Gedankenfäden ihrer Mutter zu entwirren, «war George der einzige Mensch, an dem mir wirklich etwas lag – und das ist er noch immer. Nur war eben alles so hoffnungslos. Vielleicht hast du nicht viel gegen ihn gesagt, Mutter, aber Gerald hat eine Menge gesagt. Und so *furchtbare* Dinge!»

«Ja», sagte die Herzoginwitwe. «Er hat eben gesagt, was er dachte. Das tut die heutige Generation nämlich. Ich gebe zu, mein Kind, daß Uneingeweihte das manchmal etwas rüde finden mögen.»

Peter grinste, aber Mary fuhr unbeirrt fort.

«George hatte einfach kein Geld. Er hatte buchstäblich alles auf die eine oder andere Art der Partei gegeben, und dann hatte er auch noch seine Stelle im Informationsministerium verloren; die waren der Meinung, er habe zuviel Sympathie für die Sozialisten im Ausland. Es war entsetzlich unfair. Jedenfalls konnte ich ihm unmöglich auf der Tasche liegen; und Gerald war so gemein, mir zu drohen, er werde mir meinen ganzen Unterhalt streichen, wenn ich George nicht den Laufpaß gäbe. Also hab ich das getan, aber auf unsere Gefühle füreinander hatte das natürlich gar keinen Einfluß. Ich will Mutter zugute halten, daß sie etwas anständiger war. Sie hat gesagt, sie wolle uns helfen, wenn George eine Arbeit fände; aber wie ich schon sagte, wenn George Arbeit gehabt hätte, wären wir auf keine Hilfe angewiesen gewesen!»

«Aber Kind, ich konnte doch Mr. Goyles nicht mit dem Ansinnen beleidigen, vom Geld seiner Schwiegermutter zu leben», sagte die Herzoginwitwe.

«Warum nicht?» meinte Mary. «George hält nichts von diesen altmodischen Eigentumsbegriffen. Außerdem, wenn du es mir gegeben hättest, wäre es *mein* Geld gewesen. Wir glauben an die Gleichheit von Mann und Frau. Warum soll immer der eine mehr der Brotverdiener sein als der andere?»

«Ich kann es mir nicht vorstellen, Kind», sagte die Herzoginwitwe. «Zumindest konnte ich doch von dem armen Mr. Goyles nicht verlangen, daß er von unverdientem Einkommen lebte, wo er doch von ererbten Gütern nichts hält.»

«Das ist ein Fehlschluß», sagte Mary ausweichend. «Jedenfalls», fügte sie hastig hinzu, «so war's. Nach dem Krieg ist George nach Deutschland gegangen, um dort den Sozialismus und Arbeiterfragen zu studieren, und alles schien aus zu sein. Und als dann Denis Cathcart kam, habe ich gesagt, daß ich ihn heiraten würde.»

«Warum?» fragte Peter. «Mir kam er nie als der richtige Mann für dich vor. Ich meine, soviel ich weiß war er doch ein Konservativer und geborener Diplomat und – na ja, eben so ein richtiger alter Reaktionär. Ich kann mir nicht vorstellen, daß ihr auch nur eine einzige gemeinsame Ansicht hattet.»

«Nein; aber dafür war es ihm auch vollkommen gleich, ob ich irgendwelche Ansichten hatte und was für welche. Ich habe ihm das Versprechen abgenommen, daß er mich nicht mit Diplomaten und dergleichen belästigen würde, und er hat gesagt, ich könne tun und lassen, was ich wolle, solange ich ihn nur nicht kompromittiere. Und wir wollten in Paris leben und jeder seine eigenen Wege gehen. Mir war alles lieber als hierzubleiben und jemanden aus den eigenen Kreisen zu heiraten und Basare zu eröffnen und zum Polo zu gehen und vom Prinzen von Wales empfangen zu werden. Also habe ich gesagt, ich heirate Denis, denn mir lag nichts an ihm, und ich bin sicher, daß ihm ebensowenig an mir lag, so daß wir einander bestimmt in Ruhe gelassen hätten. Ich wollte nichts weiter als in Ruhe gelassen zu werden!»

«War Jerry bereit, dir dein Geld zu geben?» fragte Peter.

«Doch, ja – er hat zwar gemeint, Denis sei kein großer Fang – ich wollte, Gerald wäre nicht so vulgär, auf diese platte, frühviktorianische Art –, aber er hat gesagt, nach George könne er nur seinen Sternen danken, daß es nicht noch schlimmer komme.»

«Notier dir das, Charles», sagte Wimsey.

«Na ja, zuerst schien auch alles gutzugehen, aber mit der Zeit wurde ich immer deprimierter. Weißt du, Denis hatte etwas an sich, was mich ein wenig erschreckte. Er war so außerordentlich reserviert. Ich weiß ja, ich wollte in Ruhe gelassen werden, aber – na ja, es war irgendwie unheimlich! Er war so korrekt. Sogar wenn er einmal aus sich herausging und leidenschaftlich wurde – was nicht oft vorkam –, auch dann verhielt er sich noch korrekt. Unglaublich! Wie in einem dieser komischen französischen Romane – du weißt ja, Peter: unwahrscheinlich heiße Sachen, aber vollkommen unpersönlich.»

«He, Charles!» sagte Lord Peter.

«Hm?»

«Das ist wichtig! Kapierst du, wie wichtig das ist?»

«Nein.»

«Macht auch nichts. Erzähl weiter, Polly.»

«Mache ich dir auch kein Kopfweh?»

«Abscheuliches; aber ich hab das gern. Erzähl nur weiter. Ich lasse mir schon keine Lilien wachsen aus Seelenpein und Fiebertau. Ich hänge gebannt an deinen Lippen. Was du mir eben erzählt hast, war aufschlußreicher als alles, was ich die ganze Woche zu hören bekommen habe.»

«Nanu!» Mary sah Peter mit großen Augen an, und alle Feindseligkeit war aus ihrem Blick gewichen. «Ich hätte nie gedacht, daß du das verstehst.»

«Du lieber Himmel», sagte Peter. «Wieso denn nicht?»

Mary schüttelte den Kopf. «Nun, ich habe also die ganze Zeit mit George in Briefverbindung gestanden, und Anfang des Monats schrieb er mir plötzlich, er komme aus Deutschland zurück und habe eine Stelle beim *Thunderclap* – das ist die sozialistische Wochenzeitung – für ein Anfangsgehalt von vier Pfund die Woche, und ich solle doch diese ganze Kapitalistenbrut sausen lassen und mit ihm als ehrliche Arbeiterfrau leben. Er könne mir einen Sekretärinnenposten bei der Zeitung verschaffen. Da könne ich für ihn tippen und so weiter und ihm helfen, seine Artikel zusammenzustellen. Und er hat gemeint, zusammen müßten wir dann etwa sechs bis sieben Pfund die Woche verdienen, was zum Leben mehr als genug sei. Inzwischen wurde Denis mir von Tag zu Tag unheimlicher, und so habe ich ja gesagt. Aber ich wußte, daß es fürchterlichen Krach mit Gerald geben würde. Und im Grunde habe ich mich auch ein bißchen geschämt, die Verlobung war doch schon bekanntgegeben, und dann das gräßliche Gerede und die Leute, die versuchen würden, es mir auszureden. Auch hätte Denis womöglich Gerald die Hölle heiß gemacht – er war so einer. Also haben wir beschlossen, daß wir am besten einfach durchbrennen und erst einmal heiraten sollten, um dem ganzen Knatsch zu entgehen.»

«Sehr richtig», meinte Peter. «Außerdem hätte sich das gut in der Zeitung gemacht, nicht? HERZOGSTOCHTER HEIRATET SOZIALISTEN – ROMANTISCHE FLUCHT IM BEIWAGEN – ‹6 £ DIE WOCHE SIND MEHR ALS GENUG›, SAGT IHRE LADYSCHAFT.»

«Ekel!» sagte Lady Mary.

«Danke», sagte Peter. «Ich hab verstanden. Und daraufhin sollte der romantische Goyles dich also in Riddlesdale abholen – warum Riddlesdale? Von London oder Denver aus wär's doppelt so leicht gewesen.»

«Nein. Erstens hatte er sowieso im Norden zu tun. Zweitens kennt einen in der Stadt jeder, und – überhaupt, wir wollten nicht länger warten.»

«Außerdem hätte man den Jung-Lochinvar-Anstrich vermißt. Na gut. Aber warum zu so gottloser Stunde um drei Uhr morgens?»

«Er hatte Mittwoch abend eine Versammlung in Northallerton. Von dort wollte er gleich kommen und mich holen, und dann wollten wir sofort nach London fahren und mit Sonderlizenz heiraten. Wir haben reichlich Zeit eingeplant. Schließlich mußte George am nächsten Tag wieder im Büro sein.»

«Aha. Gut, dann werde ich jetzt mal weitererzählen, und du unterbrichst mich, wenn ich etwas Falsches sage. Du bist am Mittwochabend um halb zehn nach oben auf dein Zimmer gegangen und hast deinen Koffer gepackt. Du – hast du auch daran gedacht, einen Trostbrief für deine trauernden Freunde und Angehörigen zu hinterlassen?»

«Ja, ich habe einen geschrieben, aber – »

«Versteht sich. Dann bist du zu Bett gegangen, denke ich, oder hast wenigstens die Decke zurückgeschlagen und dich etwas hingelegt.»

«Ja. Ich habe mich hingelegt. Und das war gut so, denn hinterher–»

«Eben. Du hättest nicht mehr viel Zeit gehabt, dem Bett morgens noch ein glaubhaftes Aussehen zu geben, und das wäre uns zu Ohren gekommen. Übrigens, Parker, als Mary dir gestern abend ihre Sünden beichtete, hast du dir da Notizen gemacht?»

«Ja», sagte Parker, «falls du meine Kurzschrift lesen kannst.»

«Und ob», sagte Peter. «Also, das zerwühlte Bett macht schon einmal einen Strich durch deine Geschichte, daß du überhaupt nicht zu Bett gegangen wärst, stimmt's?»

«Und ich hatte das für so eine gute Geschichte gehalten!»

«Dir fehlt nur die Übung», antwortete ihr Bruder freundlich. «Nächstes Mal machst du's besser. Eigentlich gut, daß es gar nicht so einfach ist, eine lange, hieb- und stichfeste Lüge zu erzählen, nicht? Da fällt mir ein, hast du Gerald um halb zwölf hinausgehen hören, wie Mr. Pettigrew-Robinson (daß ihm die Ohren abfallen!) behauptet?»

«Ich glaube, ich habe jemanden herumgehen hören», sagte Mary, «aber ich hab mir nicht viel dabei gedacht.»

«Eben», sagte Peter, «wenn ich mitten in der Nacht Leute im Haus herumgehen höre, bin ich viel zu taktvoll, um mir etwas dabei zu denken.»

«Natürlich», warf die Herzoginwitwe ein, «besonders in England, wo es als so ungehörig gilt, überhaupt zu denken. Das muß man Peter lassen – wenn es für irgend etwas eine kontinentaleuropäische Interpretation gibt, wird er es so interpretieren; wirklich sehr rücksichtsvoll von dir, mein Bester, wenigstens nachdem du anfingst, deine Beobachtungen für dich zu behalten und sie nicht herumzuerzählen, wie du es als kleiner Junge so intelligent gemacht hast. Du hattest schon immer eine ausgezeichnete Beobachtungsgabe.»

«Die hat er noch», sagte Mary, wobei sie Peter überraschend freundlich anlächelte.

«Schlechte Angewohnheiten haben ein zähes Leben», meinte Wimsey. «Aber weiter. Um drei Uhr bist du hinuntergegangen, um dich mit Goyles zu treffen. Warum ist er eigentlich den ganzen Weg bis zum Haus gekommen? Es wäre doch einfacher gewesen, wenn er dich am Feldweg erwartet hätte.»

«Ich wußte doch, daß ich nicht zum Tor hinausgekommen wäre, ohne Hardraw zu wecken, also hätte ich irgendwo über den Zaun steigen müssen. Allein hätte ich das vielleicht geschafft, aber nicht mit dem schweren Koffer. Da also George sowieso über den Zaun mußte, fanden wir es besser, wenn er gleich bis zum Haus kam und mir den Koffer tragen half. Und an der Wintergartentür konnten wir uns auch nicht verpassen. Ich hatte ihm einen Plan vom Weg geschickt.»

«War Goyles da, als du unten ankamst?»

«Nein – zumindest – nein, ich habe ihn nicht gesehen. Aber da lag der arme Denis und war tot, und Gerald stand über ihn gebeugt.

Mein erster Gedanke war, Gerald habe George umgebracht. Darum hab ich ja auch gerufen: ‹Mein Gott, Gerald, du hast ihn getötet!›» (Peter warf Parker einen Blick zu und nickte.) «Dann hat Gerald ihn umgedreht, und ich habe gesehen, daß es Denis war – und dann glaube ich sicher gehört zu haben, wie sich weit weg im Gebüsch etwas bewegte – es hörte sich an wie knackende Zweige –, und plötzlich kam es über mich: Wo war George? Peter, und dann habe ich alles so klar vor mir gesehen! Denis mußte mit George zusammengetroffen sein, der unten auf mich wartete, und hat ihn angegriffen – ich bin ganz sicher, daß Denis ihn angegriffen haben muß. Wahrscheinlich hat er ihn für einen Einbrecher gehalten. Oder er hatte herausbekommen, wer er war, und wollte ihn verjagen. Und bei dem Kampf muß George ihn erschossen haben. Es war schrecklich!»

Peter klopfte seiner Schwester auf die Schulter. «Armes Ding», sagte er.

«Ich hab nicht gewußt, was ich tun sollte», fuhr Mary fort. «Weißt du, ich hatte so schrecklich wenig Zeit. Mein einziger Gedanke war, daß niemand auf die Idee kommen durfte, es könnte jemand dagewesen sein. Also mußte ich mir schnell einen Grund ausdenken, warum ich selbst da war. Zuerst habe ich also rasch meinen Koffer hinter die Kakteen geschoben. Jerry war so mit dem Toten beschäftigt, daß er nichts gemerkt hat – du weißt ja, Jerry merkt nie etwas, solange man es ihm nicht vor die Nase hält. Aber ich wußte, wenn ein Schuß gefallen war, mußten Freddy und die Marchbanks ihn gehört haben, darum habe ich so getan, als ob ich ihn auch gehört hätte und nach unten gegangen wäre, um zu sehen, ob Einbrecher da waren. Es war eine ziemlich schlechte Ausrede, aber etwas Besseres fiel mir nicht ein. Gerald schickte mich ins Haus, um alle aufzuwecken, und bis ich die Treppe hinaufgegangen war, hatte ich meine Geschichte fix und fertig. Und ich war so stolz darauf, daß ich den Koffer nicht vergessen hatte!»

«Den hast du in die Truhe getan», sagte Peter.

«Ja. Und ich hab einen furchtbaren Schrecken bekommen, als ich dich neulich da hineingucken sah.»

«Das ist noch gar nichts gegen meinen Schrecken, als ich den Silbersand darin fand.»

«Silbersand?»

«Aus dem Wintergarten.»

«Mein Gott!» rief Mary.

«Nun gut, erzähl weiter. Du hast Freddy und die Pettigrew-Robinsons aufgeweckt. Und dann mußtest du schnell in dein

Zimmer, um den Abschiedsbrief zu vernichten und die Kleider auszuziehen.»

«Ja. Ich fürchte, wie ich das gemacht habe, das war nicht sehr glaubhaft. Aber ich konnte nicht gut jemandem weismachen wollen, daß ich voll angezogen, mit seidener Unterwäsche, sauber geknoteter Krawatte und einer goldenen Krawattennadel auf Einbrecherjagd gegangen sei.»

«Nein. Die Schwierigkeiten verstehe ich gut.»

«Es hat ja auch ganz gut geklappt, weil mir alle ohne weiteres glaubten, daß ich nur aus Mrs. Pettigrew-Robinsons Fängen entkommen wollte – außer natürlich Mrs. P. selbst.»

«O ja; sogar Parker hat das geschluckt, stimmt's, altes Haus?»

«Ja, ja», sagte Parker finster.

«Das mit dem Schuß war ein böser Fehler von mir», fuhr Lady Mary fort. «Sieh mal, ich hatte alles so schön erklärt – und dann mußte ich feststellen, daß sonst niemand einen Schuß gehört hatte. Und hinterher haben sie entdeckt, daß sich alles weit weg im Gebüsch abgespielt hatte – und die Zeit stimmte auch nicht. Bei der Voruntersuchung *mußte* ich natürlich bei meiner Geschichte bleiben – und es sah immer schlimmer und schlimmer aus –, und dann haben sie alles auf Gerald geschoben. In meinen schlimmsten Träumen wäre ich auf die Idee nicht gekommen. Natürlich sehe ich jetzt, wie ich mit meiner eigenen dummen Aussage dazu beigetragen habe.»

«Darum das Ipecacuanha», sagte Peter.

«Ich hatte mich so furchtbar verstrickt», sagte die arme Lady Mary, «daß ich es für besser hielt, ganz den Mund zu halten, damit ich alles nicht noch schlimmer machte.»

«Und hast du immer noch geglaubt, daß es Goyles war?»

«Ich – hab nicht mehr gewußt, was ich glauben sollte», sagte Mary. «Und jetzt weiß ich es auch nicht. Peter, wer könnte es denn *sonst* gewesen sein?»

«Ehrlich gesagt, mein Kind», sagte Seine Lordschaft, «wenn er es *nicht* war, weiß ich das auch nicht.»

«Immerhin ist er ja auch weggelaufen», sagte Lady Mary.

«Schießen und Weglaufen scheint seine Stärke zu sein», meinte Peter bissig.

«Wenn er das nicht mit dir gemacht hätte», sagte Mary langsam, «hätte ich dir das alles nie erzählt. Eher wäre ich gestorben. Aber bei seinen revolutionären Ideen – und wenn man an Rußland denkt und an all das Blut, das da in Aufständen und Kämpfen vergossen wird –, ich glaube, da lernt man ein Menschenleben verachten.»

«Mein Liebes», sagte die Herzoginwitwe, «ich habe den Eindruck, daß Mr. Goyles für sein eigenes Leben keine große Verachtung an den Tag legt. Du mußt versuchen, die Sache gerecht zu sehen. Auf Leute schießen und weglaufen ist nicht sehr heldenhaft – nach *unseren* Maßstäben.»

«Was ich nur nicht verstehe», warf Wimsey schnell dazwischen, «das ist, wie Geralds Revolver ins Gebüsch kam.»

«Und was *ich* gern wissen möchte», sagte die Herzoginwitwe, «das ist, ob Denis wirklich ein Falschspieler war.»

«Und worüber *ich* gern Bescheid wüßte», sagte Parker, «das ist die grünäugige Katze.»

«Denis hat mir nie eine Katze geschenkt», sagte Mary. «Das war geflunkert.»

«Waren Sie je mit ihm in einem Juwelierladen in der Rue de la Paix?»

«Das schon; etliche Male. Und er hat mir einen Schildpattkamm mit Brillanten geschenkt. Aber nie eine Katze.»

«Dann können wir das schöne Geständnis von gestern abend also endlich vergessen», sagte Lord Peter, indem er lächelnd Parkers Notizen durchblätterte. «Eigentlich gar nicht so schlecht, Polly, gar nicht schlecht. Du hast ein Talent für Schauerromane – doch, das meine ich wirklich! Hier und da noch ein bißchen mehr Liebe zum Detail. Zum Beispiel hättest du unmöglich diesen schwerverletzten Mann den ganzen Weg zum Haus schleifen können, ohne dich über und über mit Blut zu beschmieren. Übrigens, hat Goyles Cathcart überhaupt gekannt?»

«Nicht daß ich wüßte.»

«Parker und ich hatten nämlich schon eine andere Theorie, die Goyles wenigstens vom schlimmsten Verdacht befreit hätte. Erzähl's ihr, Alter; es war ja deine Idee.»

Nach dieser Aufforderung schilderte Parker seine Theorie von Erpressung und Selbstmord.

«Das klingt plausibel», sagte Mary, « – theoretisch zumindest; aber das sähe George überhaupt nicht ähnlich – ich meine, Erpressung ist doch so etwas *Gemeines.*»

«Na ja», meinte Peter, «ich glaube, am besten gehen wir und sehen uns Goyles einmal an. Das Rätsel dieser Mittwochnacht muß schließlich irgendeine Lösung haben, und wenn einer sie kennt, dann er. Parker, alter Freund, wir nähern uns dem Ende der Jagd.»

Nichts verweilet am Mittag

«Weh!» sagte Hiya, «die Empfindungen, die diese Person mit solch untadeliger Ehrbarkeit zum Ausdruck brachte, als die Sonne hoch am Himmel stand und die Wahrscheinlichkeit eines heimlichen Fortgehens aus sicherlich wohlbehütetem Hause so angenehm fern lag, scheinen plötzlich ganz andere zu sein bei Nacht in einem finstern Obstgarten und am Vorabend ihrer Erfüllung.»
The Wallet of Kai-Lung

«Ein Augenblick nach Mittag ist schon Nacht.»
Donne

Mr. Goyles wurde anderntags auf dem Polizeirevier verhört. Mr. Murbles war zugegen, und Mary bestand auf ihrer Anwesenheit. Der junge Mann versuchte sich zuerst ein bißchen aufzuspielen, aber der trockene Ton des Anwalts verfehlte seine Wirkung nicht.

«Lord Peter Wimsey identifiziert Sie», sagte Mr. Murbles, «als den Mann, der gestern abend einen Mordanschlag auf ihn verübt hat. Mit bemerkenswerter Großmut hat er bisher von einer Anzeige abgesehen. Nun wissen wir ferner, daß Sie in der Nacht, in der Hauptmann Cathcart erschossen wurde, in der Nähe des Jagdhauses von Riddlesdale waren. Sie werden in diesem Prozeß zweifellos als Zeuge geladen werden. Aber Sie würden der Gerechtigkeit einen großen Dienst erweisen, wenn Sie schon jetzt vor uns eine Aussage machten. Dies ist ein freundschaftliches und rein privates Gespräch, Mr. Goyles. Wie Sie sehen ist kein Vertreter der Polizei zugegen. Wir bitten Sie schlicht um Ihre Hilfe. Allerdings sollte ich Sie wohl warnen, daß Sie sich im Falle einer Aussageverweigerung, die natürlich Ihr unbestrittenes Recht ist, den schwersten Verdächtigungen aussetzen würden.»

«Mit anderen Worten, Sie drohen mir», sagte Mr. Goyles. «Wenn ich nichts sage, lassen Sie mich wegen Mordverdachts verhaften.»

«Um Himmels willen, nein, Mr. Goyles», antwortete der Anwalt. «Wir würden dann lediglich die Informationen, die wir besitzen, in die Hände der Polizei geben, die damit verfahren würde, wie sie es für richtig hielte. Gott bewahre, nein – alles, was auch nur nach Drohung aussähe, wäre höchst ungesetzlich. In der Frage des Anschlags auf Lord Peter wird Seine Lordschaft natürlich nach eigenem Gutdünken verfahren.»

«Schon gut», sagte Mr. Goyles mürrisch, «nennen Sie's, wie Sie wollen, aber es *ist* eine Drohung. Dabei macht es mir gar nichts aus, zu reden – zumal Sie ganz schön enttäuscht sein werden. Wahrscheinlich hast du mich verpfiffen, Mary.»

Mary errötete indigniert.

«Meine Schwester hat sich Ihnen gegenüber außerordentlich loyal verhalten, Mr. Goyles», sagte Lord Peter. «Ich kann sogar sagen, daß sie sich Ihretwegen größten Unannehmlichkeiten – um nicht zu sagen Gefahren – ausgesetzt hat. Ihr Weg nach London konnte deshalb verfolgt werden, weil Sie bei Ihrem überaus eiligen Rückzug eindeutige Spuren hinterlassen hatten. Als meine Schwester dann versehentlich ein Telegramm öffnete, das mir unter meinem Familiennamen nach Riddlesdale geschickt worden war, ist sie stehenden Fußes nach London geeilt, um Sie zu schützen, so gut sie konnte und ohne Rücksicht auf ihre eigene Person. Glücklicherweise war mir der Wortlaut des Telegramms auch in meine Londoner Wohnung übermittelt worden. Dennoch war ich mir Ihrer Identität so lange nicht sicher, bis ich Ihnen im Sowjet-Club zufällig begegnete. Da allerdings gaben mir Ihre energischen Bemühungen, einem Gespräch mit mir auszuweichen, nicht nur die völlige Gewißheit, sondern außerdem einen ausgezeichneten Grund, Sie festnehmen zu lassen. Ich muß sagen, ich bin Ihnen für Ihre Hilfe ausgesprochen dankbar.»

Mr. Goyles machte ein böses Gesicht.

«Ich weiß nicht, wie du denken konntest, George – » sagte Mary.

«Was ich denke, braucht dich nicht zu kümmern», sagte der junge Mann grob. «Mittlerweile wirst du ihnen ja sowieso alles erzählt haben. Nun gut, ich will Ihnen meine Geschichte so kurz wie möglich schildern, und Sie werden sehen, daß ich alles ganz genau weiß. Wenn Sie mir nicht glauben, kann ich's nicht ändern. Ich bin gegen Viertel vor drei angekommen und hab die Karre auf dem Feldweg abgestellt.»

«Wo waren Sie um elf Uhr fünfzig?»

«Auf der Straße von Northallerton. Meine Versammlung war erst Viertel vor elf zu Ende, und dafür kann ich Ihnen an die hundert Zeugen bringen.»

Wimsey notierte sich die Adresse, wo die Versammlung stattgefunden hatte, und nickte Goyles zu, fortzufahren.

«Ich bin über den Zaun gestiegen und durchs Gebüsch gegangen.»

«Sie haben niemanden gesehen, auch keine Leiche?»

«Keinen Menschen, weder lebendig noch tot.»

«Sind Ihnen irgendwelche Blutspuren oder Fußabdrücke auf dem Weg aufgefallen?»

«Nein, ich hab mich nicht getraut, meine Taschenlampe anzuknipsen, weil man mich dann aus dem Haus hätte sehen können. Es war gerade hell genug, um den Weg zu erkennen. Kurz vor drei war ich an der Wintergartentür. Und wie ich dort ankam, bin ich über etwas gestolpert. Ich hab's gefühlt, und es fühlte sich an wie ein Mensch. Ich bin böse erschrocken. Zuerst dachte ich nämlich, es sei Mary – krank oder ohnmächtig oder was weiß ich. Jedenfalls habe ich kurz meine Taschenlampe angeknipst. Und da sah ich, daß es Cathcart war, tot.»

«Sind Sie sicher, daß er tot war?»

«Mausetot.»

«Einen Augenblick», unterbrach der Anwalt. «Sie sagen, Sie hätten gesehen, daß es Cathcart war. Kannten Sie Cathcart denn überhaupt?»

«Nein, das nicht. Ich wollte sagen, ich sah, daß es ein toter Mann war, und hinterher habe ich erfahren, daß es Cathcart war.»

«Dann wissen Sie also auch jetzt nicht aus eigener Anschauung, daß es Cathcart war?»

«Doch – zumindest habe ich später die Fotos in der Zeitung wiedererkannt.»

«Es ist sehr wichtig, sich bei solchen Aussagen genau auszudrükken, Mr. Goyles. Eine Bemerkung wie die von vorhin könnte auf die Polizei oder die Geschworenen einen sehr unglücklichen Eindruck machen.»

Nach diesen Worten schneuzte Mr. Murbles sich die Nase und rückte seinen Kneifer gerade.

«Wie weiter?» fragte Lord Peter.

«Ich glaubte jemanden den Weg heraufkommen zu hören. Da habe ich es nicht für ratsam gehalten, mich bei dem Toten erwischen zu lassen, und ich bin getürmt.»

«Oh», machte Peter mit einem unbeschreiblichen Gesichtsausdruck. «Das war allerdings eine sehr einfache Lösung. Sie überließen das Mädchen, das Sie heiraten wollten, sich selbst und der unerfreulichen Entdeckung, daß im Garten ein Toter lag und ihr galanter Freier das Hasenpanier ergriffen hatte. Was haben Sie eigentlich erwartet, wie *sie* darüber denken würde?»

«Nun, ich hab gedacht, sie wird sich selbst zuliebe den Mund halten. Aber eigentlich habe ich überhaupt nicht so ausführlich nachgedacht. Ich wußte nur, daß ich irgendwo eingedrungen war, wo ich nichts zu suchen hatte, und daß es ziemlich böse für mich aussehen könnte, wenn ich bei einem Ermordeten angetroffen würde.»

«Mit anderen Worten», sagte Mr. Murbles, «Sie haben den Kopf verloren, junger Mann, und sind sehr unbedacht und feige davongerannt.»

«Sie brauchen das gar nicht so auszudrücken», erwiderte Mr. Goyles. «Ich befand mich zunächst in einer ausgesprochen unangenehmen und blöden Lage.»

«Ja, ja», meinte Lord Peter ironisch. «Drei Uhr morgens ist ja auch eine eklige, kalte Tageszeit. Wenn Sie demnächst mal wieder durchbrennen wollen, tun Sie's um sechs Uhr abends oder um Mitternacht. Sie scheinen sich auf die Planung von Verschwörungen besser zu verstehen als auf ihre Ausführung. Bei der kleinsten Kleinigkeit gehen Ihnen schon die Nerven durch. Wissen Sie, ich finde wirklich nicht, daß einer wie Sie auch noch Schußwaffen tragen sollte. Können Sie mir vielleicht mal sagen, Sie reinrassiges Eselsfohlen, welcher Teufel Sie geritten hat, gestern abend auf mich zu ballern? Wenn Sie mich in den Kopf oder ins Herz oder sonst an einer lebenswichtigen Stelle getroffen hätten, *dann* befänden Sie sich jetzt allerdings in einer unangenehmen Situation. Wenn Sie schon solche Angst vor Toten haben, warum laufen Sie dann herum und schießen auf die Leute? Warum, warum, warum? Das will mir nicht in den Kopf. Denn wenn Sie jetzt die Wahrheit gesagt haben, waren Sie doch nie in der allermindesten Gefahr. Mein Gott! Und wieviel Zeit und Ärger es uns gekostet hat, Sie einzufangen – Sie Esel! Und die arme Mary dreht durch und bringt sich fast um, weil sie denkt, Sie wären doch nicht weggelaufen, wenn Sie nicht wenigstens einen triftigen Grund gehabt hätten!»

«Man muß wohl einem nervösen Naturell einiges nachsehen», sagte Mary kalt.

«Wenn ihr wüßtet, wie das ist, beschattet und verfolgt und gehetzt zu werden –» begann Mr. Goyles.

«Ich dachte, ihr Leute vom Sowjet-Club genießt es geradezu, wenn man euch alles mögliche zutraut», sagte Lord Peter. «Also, ich finde, es hätte der stolzeste Augenblick Ihres Lebens sein müssen, als man Sie für einen wirklich gefährlichen Burschen hielt.»

«Und das hämische Geschwätz von Leuten wie Ihnen», entgegnete Goyles mit Leidenschaft, «sät mehr Haß zwischen den Klassen als – »

«Sparen wir uns das», unterbrach Mr. Murbles. «Gesetz ist Gesetz, für jeden, junger Mann, und Sie haben es fertiggebracht, sich in eine sehr unangenehme Lage zu bringen.» Er drückte eine Klingel auf dem

Tisch, woraufhin Parker in Begleitung eines Konstablers eintrat. «Wir wären Ihnen sehr verbunden», sagte Mr. Murbles, «wenn Sie diesen jungen Mann freundlicherweise im Auge behalten könnten. Wir erstatten keine Anzeige gegen ihn, solange er sich benimmt, aber er darf nicht versuchen, sich abzusetzen, bevor der Fall Riddlesdale zur Verhandlung kommt.»

«Gewiß nicht, Sir», sagte Mr. Parker.

«Einen Augenblick noch», sagte Mary. «Mr. Goyles, hier ist der Ring, den Sie mir einmal gegeben haben. Leben Sie wohl. Wenn Sie das nächste Mal eine öffentliche Rede halten und für entschiedenes Handeln eintreten, komme ich applaudieren. Sie können über derlei Dinge so gut sprechen. Ansonsten aber halte ich es für besser, wenn wir uns nicht wiedersehen.»

«Natürlich», sagte der junge Mann bitter, «deine Leute haben mich in diese Lage gebracht, und nun kehrst du dich gegen mich und verhöhnst mich auch.»

«Zu glauben, daß Sie ein Mörder wären, hat mich nicht gestört», sagte Lady Mary voller Verachtung, «aber es stört mich, daß Sie so ein Hampelmann sind.»

Ehe Mr. Goyles etwas erwidern konnte, bugsierte Mr. Parker, verlegen, aber nicht gerade mißvergnügt, seinen Schützling aus dem Zimmer. Mary trat ans Fenster, wo sie stehenblieb und sich auf die Lippen biß.

Wenig später ging Lord Peter zu ihr. «Du, Polly, der alte Murbles hat uns zum Lunch eingeladen. Kommst du mit? Sir Impey Biggs ist auch da.»

«Den möchte ich heute nicht sehen. Es ist sehr lieb von Mr. Murbles – »

«Na, komm schon, Mädchen. Biggs ist immerhim eine Berühmtheit und obendrein ein Anblick für die Götter – wie Marmor. Er wird dich gründlich über Kanarienvögel aufklären – »

Mary mußte trotz ihrer eigensinnigen Tränen kichern.

«Es ist furchtbar lieb von dir, Peter, daß du das Kindchen bei Laune zu halten versuchst. Aber ich kann nicht. Ich würde mich nur zum Narren machen. Und ich bin für heute schon genug zum Narren gemacht worden.»

«Quatsch», sagte Peter. «Gewiß hat Goyles sich heute nicht mit Ruhm bekleckert, aber er war ja auch in einer ekligen Situation. Komm doch mit.»

«Ich hoffe, Lady Mary kann sich entschließen, meine Junggesellenwohnung mit ihrer Gegenwart zu verschönern», sagte der Anwalt im

Näherkommen. «Ich würde die große Ehre sehr zu schätzen wissen. Ich glaube, ich habe schon zwanzig Jahre keine Dame mehr in meinen vier Wänden gehabt – mein Gott, es müssen tatsächlich schon zwanzig Jahre sein.»

«In diesem Falle», sagte Lady Mary, «kann ich wohl nicht absagen.»

Mr. Murbles besaß eine hübsche Wohnung in Staple Inn, deren Fenster auf einen gepflegten Garten mit reizenden kleinen Blumenbeeten und einem plätschernden Springbrunnen hinausblickten. Wie die Zimmer diese altmodische Rechtsgelehrtenatmosphäre wahrten, die er um sein sprödes Ich verbreitete, grenzte ans Wunderbare. Das Speisezimmer war mit Mahagonimöbeln, einem Orientteppich und roten Vorhängen ausgestattet. Auf dem Büfett standen ein paar hübsche Silberschalen, echte Sheffield-Arbeiten, und etliche Karaffen mit gravierten silbernen Etiketten um die Hälse. In einem Bücherregal sah man lauter dicke, in Kalbsleder gebundene Gesetzeswerke, und über dem Kaminsims hing ein streng dreinblickender Richter in Öl. Lady Mary war mit einemmal dankbar für diese diskrete viktorianische Atmosphäre.

«Ich fürchte, wir werden auf Sir Impey noch ein paar Sekunden warten müssen», sagte Mr. Murbles mit einem Blick auf seine Uhr. «Er hat die Sache Quangle & Hamper gegen *Die Wahrheit* übernommen, aber sie hoffen heute morgen damit fertig zu werden – Sir Impey selbst meint, bis Mittag wäre der Fall erledigt. Ein genialer Mann, unser Sir Impey. Er verteidigt *Die Wahrheit.*»

«Erstaunlich für einen Rechtsanwalt, wie?» meinte Peter.

«Die Zeitung», sagte Mr. Murbles, indem er den kleinen Scherz mit einem leichten Zucken der Mundwinkel belohnte, «gegen diese Leute, die von sich behaupten, neunundfünfzig verschiedene Krankheiten mit ein und derselben Pille heilen zu können. Quangle & Hamper haben einige ihrer Kunden vorladen lassen, die bezeugen sollen, wie gut das Mittel ihnen getan hat. Es war ein Festschmaus für den Intellekt, Sir Impey mit ihnen umgehen zu hören. Er kann ja mit alten Damen unendlich freundlich sein. Als er eine sogar bat, dem hohen Gericht ihr Bein zu zeigen, kochte die Stimmung im Gerichtssaal über.»

«Und hat sie's gezeigt?» wollte Lord Peter wissen.

«Sie konnte es gar nicht erwarten, mein lieber Lord Peter, gar nicht erwarten.»

«Daß die überhaupt den Nerv hatten, sie vorzuladen!»

«Den Nerv?» sagte Mr. Murbles. «Die Nerven solcher Leute wie Quangle & Hamper haben ihresgleichen nicht im Universum, um es einmal mit dem großen Shakespeare zu sagen. Aber einem Sir Impey tanzt man nicht auf der Nase herum. Wir können von großem Glück sagen, daß wir ihn für diesen Fall gewonnen haben. – Ah, ich glaube, ich höre ihn!»

Eilige Schritte auf der Treppe verkündeten in der Tat das Nahen des großen Strafverteidigers, der noch in Perücke und Robe hereingestürzt kam und sich wortreich entschuldigte.

«Tut mir furchtbar leid, Murbles», sagte Sir Impey. «Gegen Ende wurde es richtig ermüdend, dem Himmel sei's geklagt. Ich habe mein Bestes getan, aber der gute alte Dowson wird taub wie eine Nuß und immer tolpatschiger. – Und wie geht's Ihnen, Wimsey? Sie sehen aus, als ob Sie aus dem Krieg kämen. Können wir jemanden wegen tätlichen Angriffs verklagen?»

«Noch viel besser», warf Mr. Murbles ein. «Mordversuch, wenn es Ihnen recht ist.»

«Ausgezeichnet, ausgezeichnet», sagte Sir Impey.

«Aber wir haben beschlossen, keine Anzeige zu erstatten», sagte Mr. Murbles kopfschüttelnd.

«Aber, aber! Mein lieber Wimsey, so geht das wirklich nicht. Wir Anwälte müssen doch von etwas leben. Ihre Schwester? Ich hatte nicht das Vergnügen, Sie in Riddlesdale kennenzulernen, Lady Mary. Wieder auf den Beinen, hoffe ich?»

«Völlig geheilt, danke», sagte Lady Mary mit Nachdruck.

«Mr. Parker – Ihr Name ist mir natürlich ein Begriff. Unser guter Wimsey kann keinen Schritt ohne Sie gehen, soviel ich weiß. Murbles, stecken diese Herrschaften voll kostbarer Informationen? Ich interessiere mich nämlich ungemein für den Fall.»

«Aber jetzt im Moment nicht», sagte der alte Anwalt.

«Da haben Sie recht. Im Augenblick interessiert mich nichts so sehr wie dieser exzellente Hammelrücken. Verzeihen Sie mir meine Gier.»

«Nun, nun», machte Mr. Murbles mit verhaltenem Strahlen. «Dann wollen wir anfangen. Aber leider, meine lieben jungen Leute, bin ich altmodisch genug, mir diese neue Sitte des Cocktailtrinkens noch nicht angewöhnt zu haben.»

«Und das mit Recht», betonte Wimsey. «Verdirbt den Geschmack und bringt die Verdauung durcheinander. Keine englische Sitte zudem – ein absolutes Sakrileg in diesem ehrwürdigen Hause. Kommt aus Amerika – die Folge: Prohibition. So geht es Leuten, die nicht zu trinken verstehen. Gerechter Himmel, Sir, Sie geben uns von Ihrem berühmten Roten. In dessen Gegenwart auch nur von Cocktail zu sprechen ist schon Sünde.»

«Jawohl», sagte Mr. Murbles, «jawohl, das ist der 75er Lafite. Es kommt selten vor, sehr selten, daß ich ihn jemandem unter fünfzig anbiete – aber Sie, Lord Peter, verstehen ja mehr davon als einer, der doppelt so viele Jahre zählt wie Sie.»

«Vielen Dank, Sir; ein solches Lob weiß ich überaus zu schätzen. Darf ich die Flasche herumgehen lassen, Sir?»

«Bitte, bitte – wir bedienen uns alle selbst, Simpson, danke. Und nach dem Essen», fuhr Mr. Murbles fort, «lade ich Sie ein, etwas wirklich Denkwürdiges zu kosten. Ein wunderlicher alter Klient von mir ist neulich gestorben und hat mir ein Dutzend Flaschen 47er Portwein vermacht.»

«Mein Gott!» rief Peter. «Einen 47er! Der dürfte doch kaum noch trinkbar sein.»

«Das fürchte ich auch», antwortete Mr. Murbles. «Jammerschade darum. Aber ich finde, solch einer ehrwürdigen Antiquität sollte man irgendwie Respekt erweisen.»

«Es ist natürlich auch schon etwas, von sich sagen zu dürfen, daß man dergleichen gekostet hat», sagte Peter. «Wie wenn es einem vergönnt wäre, die göttliche Sarah zu sehen. Stimme hin, Jugend hin, Charme hin – aber sie ist ein Stück Klassik.»

«O ja», schwärmte Mr. Murbles. «Ich kann mich noch erinnern, sie in jungen Jahren gesehen zu haben. Wir alten Knaben haben immerhin den Trost einiger wunderschöner Erinnerungen.»

«Sehr richtig, Sir», meinte Peter, «und Sie werden noch viele, viele weitere sammeln. Aber was hat dieser alte Herr sich dabei gedacht, so einen Jahrgang über die Blüte hinaus reifen zu lassen?»

«Mr. Featherstone war ein sehr sonderbarer Mensch», sagte Mr. Murbles. «Und doch – ich weiß nicht. Vielleicht war er auch nur sehr, sehr weise. Er war berühmt für seinen extremen Geiz. Hat sich nie einen neuen Anzug gekauft, nie einen Tag Urlaub gemacht, nie geheiratet und sein Leben lang in derselben dunklen, engen Wohnung gehaust, in der er schon als blutjunger Anwalt wohnte. Dabei hatte er ein großes Vermögen von seinem Vater geerbt, aber das hat er nur immer weiter anwachsen lassen. Den Portwein hatte noch sein alter Herr, der 1860 gestorben ist, in den Keller gelegt, als mein Klient vierunddreißig Jahre alt war. Er – der Sohn, meine ich – war sechsundneunzig, als er verstarb. Er sagte immer, keine Freude reiche ja an die Vorfreude heran, und demzufolge lebte er wie ein Einsiedler – tat nie etwas, plante aber immerzu alle die Dinge, die er hätte tun können. Er hat ein ausführliches Tagebuch hinterlassen, in dem er Tag für Tag seines Phantasielebens festgehalten hat, ohne je zu wagen, dieses an der Wirklichkeit zu messen. In dem Tagebuch ist zum Beispiel ein glückliches Eheleben an der Seite der Frau seiner Träume genau beschrieben. Jedes Jahr zu Weihnachten und Ostern wurde eine Flasche von dem 47er feierlich aufgetischt und ebenso feierlich – und ungeöffnet – wieder abgeräumt, wenn das karge Mahl beendet war. Als gläubiger Christ genoß er auch die Vorfreude auf die Glückseligkeit nach dem Tode, aber wie Sie sehen, hat er auch dieses Vergnügen so lange wie möglich hinausgeschoben. Er starb mit den Worten: ‹Der ist treu, der verheißen hat› – bis ans Ende mußte er sich dessen versichern. Ein einzigartiger Mensch, wirklich einzigartig – vom Abenteuergeist der heutigen Generation trennten ihn Welten.»

«Wie absonderlich und rührend», meinte Mary.

«Vielleicht hatte er irgendwann einmal sein Herz an etwas Unerreichbares gehängt», sagte Parker.

«Nun, ich weiß nicht», sagte Mr. Murbles. «Es hieß, die Dame seiner Träume sei nicht immer nur ein Traum gewesen, er habe sich nur nie entschließen können, ihr einen Antrag zu machen.»

«Na ja», sagte Sir Impey entschieden, «je mehr ich vor Gericht zu sehen und zu hören bekomme, desto mehr neige ich zu der Ansicht, daß Mr. Featherstone den besseren Teil erwählt hat.»

«Und sind entschlossen, seinem Beispiel zu folgen – jedenfalls in dieser Hinsicht, nicht wahr, Sir Impey?» entgegnete Mr. Murbles mit nachsichtigem Lächeln.

Mr. Parker warf einen Blick zum Fenster. Es begann zu regnen.

Der 47er Portwein, daran war nicht zu zweifeln, war tot; von seinem früheren Feuer und Aroma war nur noch der ärmlichste Hauch zu spüren. Lord Peter hielt einen Augenblick sein Glas reglos in der Hand.

«Es ist wie der Nachgeschmack einer Leidenschaft, die den Zenit überschritten hat und müde geworden ist», sagte er mit plötzlichem Ernst. «Man kann nur noch tapfer anerkennen, daß er tot ist, und ihn beseitigen.» Und mit einer entschlossenen Bewegung schleuderte er den Inhalt seines Glases ins Feuer. Nun trat das spöttische Lächeln wieder in sein Gesicht.

«Was an Clive mir gefällt
Ist, daß er nicht mehr lebt auf der Welt –
Drum weiß ich wenig nur, das nicht
Fürs Totsein spricht.

Welch klassische Aussagekraft und Kürze in diesen vier Zeilen! – Um aber auf unsern Fall zurückzukommen, Sir, wir haben Ihnen eine Menge zu berichten.»

Mit Parkers Unterstützung erklärte er den beiden rechtskundigen Herren den ganzen bisherigen Gang der Ermittlungen, und Lady Mary steuerte brav ihre Version von den Ereignissen jener Nacht bei.

«Sie sehen also», sagte Peter, «daß dieser Mr. Goyles viel dadurch verloren hat, daß er *nicht* der Mörder ist. Wir finden, er hätte als finsterer Mitternachtsmörder eine gute Figur gemacht. Aber nachdem die Dinge nun so stehen, wie sie stehen, müssen wir aus ihm als Zeugen herausholen, was herauszuholen geht, nicht?»

«Nun, Lord Peter», sagte Mr. Murbles bedächtig, «ich muß Ihnen und Mr. Parker gratulieren zu dem Fleiß und der Findigkeit, mit denen Sie das so weit herausbekommen haben.»

«Ich finde, wir haben doch einige Fortschritte erzielt», meinte Parker.

«Wenn auch nur negative», ergänzte Peter.

«Genau», sagte Sir Impey, indem er sich mit einem überraschenden Ruck zu ihm umwandte. «Sehr negativ, das kann man wohl sagen. Und was gedenken Sie nun, nachdem Sie der Verteidigung einen dikken Knüppel zwischen die Beine geworfen haben, als nächstes zu tun?»

«Das ist mir aber ein schöner Dank dafür», rief Peter entrüstet, «daß wir so viele Fragen für Sie geklärt haben!»

«Allerdings», pflichtete der Verteidiger ihm bei, «aber es sind nun leider genau die Fragen, die wohl am besten ungeklärt geblieben wären.»

«Himmel noch mal, wir wollen die Wahrheit ergründen!»

«So?» meinte Sir Impey trocken. «Ich nicht. Die Wahrheit kann mir gestohlen bleiben. Ich brauche eine Linie für die Verteidigung. Wer Cathcart ermordet hat, ist mir egal, solange ich nur beweisen kann, daß es nicht Denver war. Es genügt sogar, wenn ich vernünftige Zweifel an seiner Täterschaft glaubhaft machen kann. Aber da habe ich nun einen Mandanten, der mir etwas von einem Streit erzählt, einen verdächtigen Revolver, eine Weigerung meines Mandanten, Beweise für seine Behauptungen beizubringen, und ein vollkommen unzulängliches und idiotisches Alibi. Ich bereite mich darauf vor, die Geschworenen mit geheimnisvollen Fußspuren, zeitlichen Unstimmigkeiten, einer jungen Frau mit einem Geheimnis und dunklen Andeutungen über ein Mittelding zwischen Einbruch und Verbrechen aus Leidenschaft einzuwickeln, und nun kommen Sie daher und erklären die Fußspuren, entlasten den Unbekannten, räumen die zeitlichen

Unstimmigkeiten aus, enthüllen die Motive des Mädchens und lenken mit großer Umsicht den Verdacht wieder genau dahin, wo er von vornherein lag. Was erwarten Sie da von mir?»

«Ich habe ja schon immer gesagt», grollte Peter, «daß Advokaten die unmoralischsten Gesellen unter Gottes Himmel sind, und jetzt weiß ich es genau.»

«Nun, nun», sagte Mr. Murbles, «das alles bedeutet ja nur, daß wir uns nicht auf unsern Lorbeeren ausruhen dürfen. Sie müssen weitermachen, mein Bester, und weitere Beweise beschaffen, aber diesmal positive. Wenn dieser Mr. Goyles nicht den armen Mr. Cathcart umgebracht hat, müssen wir doch imstande sein, den zu finden, der es getan hat.»

«Jedenfalls», sagte Biggs, «können wir noch um eines froh und dankbar sein – und zwar, daß Sie, Lady Mary –» Lady Mary errötete – «letzten Donnerstag noch nicht wieder kräftig genug waren, um vor der Geschworenenkammer zu erscheinen. Jetzt wird die Anklage von einem Schuß um drei Uhr morgens ausgehen. Beantworten Sie keine Fragen, wenn es geht, dann machen wir denen damit einen Strich durch die Rechnung.»

«Aber wird man ihr von da an überhaupt noch ein Wort glauben?» fragte Peter skeptisch.

«Um so besser, wenn man ihr nicht glaubt. Sie ist ja Zeugin der Anklage. Man wird Sie böse durch die Mangel drehen, Lady Mary, aber machen Sie sich da nichts draus. Das gehört zum Spiel. Bleiben Sie bei Ihrer Geschichte, und wir werden das Kind schon schaukeln. Kapiert?» Sir Impey hob drohend den Finger.

«Ich verstehe», sagte Mary. «Man wird mich rupfen wie ein Huhn, aber ich sage nur immer wieder stur: ‹Das ist jetzt die Wahrheit.› Entspricht das Ihrer Vorstellung?»

«Genau», sagte Biggs. «Übrigens, Denver will wohl über sein Tun und Lassen noch immer nicht reden, wie?»

«Er weigert sich ka-te-gorisch», antwortete Murbles. «Die Wimseys sind eine Familie von ausgesprochenen Dickköpfen», fuhr er fort, «und ich fürchte, es hat im Augenblick nicht viel Sinn, die Ermittlungen in dieser Richtung fortzusetzen. Wenn wir auf irgendeine andere Weise die Wahrheit herausbekommen und sie dem Herzog auf den Kopf zusagen könnten, wäre er vielleicht bereit, sie zu bestätigen.»

«Demnach», sagte Parker, «haben wir drei Möglichkeiten des Vorgehens. Erstens müssen wir versuchen, das Alibi des Herzogs von dritter Seite zu erhalten. Zweitens können wir die vorliegenden Ermittlungsergebnisse noch einmal mit dem Ziel überprüfen, den wirklichen Mörder zu finden. Und drittens könnte uns die Pariser Polizei vielleicht etwas über Cathcarts Vergangenheit sagen.»

«Und ich glaube zu wissen, wohin ich mich um Informationen zu Punkt zwei wenden muß», sagte Wimsey plötzlich. «Nach Grider's Hole.»

«Hui!» Parker stieß einen Pfiff aus. «Das hatte ich ganz vergessen. Da wohnt doch dieser blutrünstige Bauer, nicht wahr, der die Hunde auf dich gehetzt hat?»

«Mit seiner sehenswerten Frau, jawohl. Hört mal, was haltet ihr davon? Der Mann ist rasend eifersüchtig auf seine Frau und verdächtigt sofort jeden Mann, der in ihre Nähe kommt. Als ich neulich hinging und erwähnte, daß ein Freund von mir sich in der Woche zuvor dort herumgetrieben haben könnte, hat er sich furchtbar aufgeregt und gedroht, dem Burschen ans Leder zu gehen. Er schien zu wissen, von wem ich sprach. Nun hatte ich natürlich nur Schuhgröße 45 – nämlich Goyles – im Kopf und hab nie etwas anderes gedacht, als daß er der Mann sei. Aber wenn das nun Cathcart war? Wir wissen doch jetzt, daß Goyles vor Mitternacht gar nicht in der Gegend war, also konnte unser Mr. Dingsda – Grimethorpe – von ihm gar nichts wissen, aber Cathcart könnte durchaus irgendwann an Grider's Hole vorbeigekommen und gesehen worden sein. Und nun aufgepaßt! Dafür spricht nämlich noch etwas. Als ich dort war, hat Mrs. Grimethorpe mich offensichtlich mit jemandem verwechselt, den sie kannte, und ist schleunigst herbeigeeilt, um mich zu warnen. Ich hab natürlich die ganze Zeit gedacht, sie hat meinen alten Hut und Regenmantel durchs Fenster gesehen und mich für Goyles gehalten, aber wenn ich mir's jetzt überlege, habe ich dem Kind, das mir die Tür öffnete, gesagt, daß ich vom Jagdhaus kam. Wenn das Kind das der Mutter gesagt hat, muß sie geglaubt haben, ich sei Cathcart.»

«Nein, nein, Wimsey, das kann nicht sein», warf Parker dazwischen, «sie muß doch inzwischen gewußt haben, daß Cathcart tot war.»

«Hol's der Kuckuck! Richtig, das muß sie gewußt haben. Es sei denn, dieser bösartige alte Höllenhund hat ihr die Nachricht vorenthalten. Himmel – und genau das hätte er sicher getan, wenn er Cathcart selbst umgebracht hätte! Dann würde er ihr nie ein Wort davon gesagt haben – und ich kann mir nicht vorstellen, daß er sie je einen Blick in eine Zeitung werfen ließe, selbst wenn sie sich eine hielten. Es geht dort nämlich ein bißchen hinterwäldlerisch zu.»

«Aber sagst du nicht selbst, Grimethorpe habe ein Alibi?»

«Doch – aber das haben wir nicht überprüft.»

«Und woher hätte er wissen sollen, daß Cathcart sich in dieser Nacht im Gebüsch aufhalten würde?»

Peter überlegte.

«Vielleicht hat er nach ihm geschickt», meinte Mary.

«Richtig, richtig!» rief Peter eifrig. «Ihr wißt doch noch, wie wir gedacht haben, Cathcart müsse irgendwie von Goyles Nachricht bekommen und sich mit ihm verabredet haben – aber wenn nun diese Nachricht von Grimethorpe kam, der Cathcart gedroht hat, ihn bei Jerry zu verpfeifen?»

«Wollen Sie damit andeuten, Lord Peter», mischte sich Mr. Murbles in einem Ton ein, der darauf abzielte, Peters ungestüme Begeisterung abzukühlen, «daß Mr. Cathcart zur selben Zeit, während er mit Ihrer Schwester verlobt war, eine schändliche Affäre mit einer verheirateten Frau unterhielt, die gesellschaftlich tief unter ihm stand?»

«Entschuldige, Polly», sagte Wimsey.

«Macht nichts», sagte Mary. «Ich – genaugenommen würde es mich nicht einmal so sehr überraschen. Denis war immer – ich meine, er hatte in bezug auf Ehe und dergleichen immer sehr kontinentale Ansichten. Ich glaube nicht, daß er sich viel dabei gedacht hätte. Er hätte vermutlich gesagt, daß alles seine Zeit und seinen Platz hat.»

«Wieder so ein wasserdichtes Schubladengewissen», meinte Wimsey nachdenklich.

Mr. Parker, der von London her nun wirklich mit den dunkleren Seiten des Lebens seit langem vertraut war, hatte die Stirn in düstere Falten gelegt und machte aus seiner provinziellen Mißbilligung kein Hehl.

«Wenn Sie das Alibi dieses Grimethorpe erschüttern könnten», sagte Sir Impey, indem er die Fingerspitzen der rechten Hand bedächtig zwischen die Finger der linken Hand schob, «könnten wir eventuell etwas daraus machen. Was meinen Sie, Murbles?»

«Immerhin», sagte Murbles, «räumen sowohl Grimethorpe als auch sein Knecht ein, daß er Mittwoch nacht nicht in Grider's Hole war. Wenn er nicht beweisen kann, daß er in Stapley war, könnte er ebensogut in Riddlesdale gewesen sein.»

«Na klar!» rief Wimsey. «Allein weggefahren, irgendwo angehalten, Hottehü stehengelassen, zurückgeschlichen, Cathcart getroffen, ihn abgemurkst, anderntags nach Hause zurückgekehrt und irgendwas von Maschinen erzählt.»

«Vielleicht war er sogar in Stapley», warf Parker ein. «Früh weggefahren oder spät angekommen und unterwegs den Mord verübt. Wir werden die Zeiten einmal genau unter die Lupe nehmen müssen.»

«Hurra!» rief Wimsey. «Ich denke, ich mache mich mal gleich wieder auf den Weg nach Riddlesdale.»

«Ich bleibe besser hier», sagte Parker. «Es könnte vielleicht etwas aus Paris kommen.»

«Recht hast du. Laß es mich jedenfalls sofort wissen, wenn was kommt. Mensch, hör mal!»

«Ja?»

«Ist dir schon aufgefallen, daß dieser Fall an zu *vielen* Anhaltspunkten krankt? Da laufen Dutzende von Leuten mit Geheimnissen und Fluchtplänen in der Gegend – »

«Du bist ein Ekel, Peter», sagte Lady Mary.

Meriba

«Oho, mein Freund! Du bist wohl in die Grube gefallen!»
Jack the Giant-Killer

Lord Peter unterbrach seine Reise nach Norden in York, wohin man den Herzog von Denver nach der Sitzung des Assisengerichts gebracht hatte, da das Gefängnis von Northallerton geschlossen werden sollte. Mittels kluger Überredungskunst gelang es Peter, die Erlaubnis zu einem Gespräch mit seinem Bruder zu erwirken. Er traf den Herzog verdrießlich und von der Gefängnisatmosphäre niedergeschlagen, aber nach wie vor unbeugsam und störrisch an.

«Dumme Geschichte, alter Junge», sagte Peter, «aber du hältst dich wirklich prima. Furchtbar langweilig, dieser ganze Juristenkram, wie? Aber wir gewinnen dadurch Zeit, und das ist auch schon was.»

«Ein unerhörter Skandal ist das!» sagte Seine Gnaden. «Möchte wissen, was Murbles sich dabei denkt. Kommt hierher und versucht mich einzuschüchtern – so eine Unverschämtheit! Man sollte glauben, er hält mich für den Täter.»

«Nun paß mal auf, Jerry», sagte sein Bruder ernst, «warum gibst du nicht endlich dein Alibi preis? Es wäre so ungemein hilfreich. Denn immerhin, wenn einer nicht sagen will, was er getan hat – »

«Es ist nicht meine Aufgabe, etwas zu beweisen», erwiderte Seine Gnaden würdevoll. «*Die* müssen beweisen, daß ich da war und den Kerl umgebracht habe. Ich bin nicht verpflichtet, zu sagen, wo ich war. Schließlich habe ich als unschuldig zu gelten, bis man mir eine Schuld nachweist, oder? Ich nenne das eine Schande. Ein Mord wurde begangen, und die machen sich nicht die geringste Mühe, den wirklichen Mörder zu finden. Ich gebe ihnen mein Ehrenwort, von meinem Eid ganz zu schweigen, daß ich Cathcart nicht getötet habe – obwohl das Schwein es, wohlgemerkt, verdient hat –, aber die scheren sich nicht darum. Inzwischen kann der wirkliche Verbrecher entkommen, wohin er will. Wenn ich doch nur frei wäre, ich würde denen einheizen.»

«Nun, warum kürzt du die Geschichte dann nicht einfach ab?» drängte Peter. «Ich meine ja nicht hier und jetzt vor mir –» damit warf er einen Blick auf den Wärter, der in Hörweite saß – «sondern vor Murbles. Dann könnten wir an die Arbeit gehen.»

«Ich wollte, du würdest dich gefälligst heraushalten», knurrte der Herzog. «Ist es nicht so schon widerwärtig genug für die arme Helen und Mutter und alle andern, auch ohne daß du gleich wieder die Gelegenheit ergreifst, Sherlock Holmes zu spielen? Ich hatte wirklich geglaubt, du würdest den Anstand besitzen, dich der Familie zuliebe ruhig zu verhalten. Mag ja sein, daß ich mich in einer hundsmiserablen Lage befinde, aber ich mache mich wenigstens nicht noch zu einem öffentlichen Schauspiel!»

«Zum Kuckuck!» rief Peter mit solcher Heftigkeit, daß der stumpfsinnig dreinblickende Wärter richtig zusammenzuckte. «Wer hier ein öffentliches Schauspiel bietet, das bist doch gerade du! Ohne dich wär's gar nicht erst dazu gekommen. Meinst du vielleicht, *mir* macht es Spaß, meinen Bruder im Gefängnis sitzen und meine Schwester durch die Gerichtsinstanzen gezerrt zu sehen, auf Schritt und Tritt über Zeitungsreporter zu stolpern, mich an jeder Straßenecke von deinem Namen auf irgendeinem Zeitungsblatt anstieren zu lassen und dieses ganze scheußliche Theater miterleben zu müssen, mit großem Schlußakt im Oberhaus, wo sie dann alle in Purpur und Hermelin und dem ganzen Klimbim antanzen müssen? Im Club fangen die Leute schon an, mich komisch anzusehen, und ich kann sie förmlich flüstern hören, daß ‹an Denvers Verhalten weiß Gott was faul› ist! Mach endlich einen Punkt, Jerry.»

«Nun, wir können jetzt nicht mehr zurück», sagte sein Bruder, «und dem Himmel sei Dank, daß es unter den Peers noch ein paar anständige Männer gibt, die das Wort eines Edelmannes zu würdigen wissen, selbst wenn mein eigener Bruder nicht über seine erbärmlichen juristischen Beweise hinaussehen kann.»

Und wie sie einander so zornig anstarrten, schlüpfte plötzlich jene geheimnisvolle Blutsverbindung, die wir Familienähnlichkeit nennen, aus ihrem Versteck hervor und prägte ihre so grundverschiedenen Gesichter koboldhaft zu Karikaturen voneinander. Es war, als sähe ein jeder sich selbst in einem Zerrspiegel, während ihre Stimmen eine der anderen Echo hätten sein können.

«Also gut», sagte Peter, der sich als erster fing, «es tut mir aufrichtig leid. Ich wollte mich nicht so gehenlassen. Wenn du nichts sagen willst, dann eben nicht. Jedenfalls arbeiten wir alle wie die Irren und hoffen zuversichtlich, den Richtigen bald zu finden.»

«Du solltest das lieber der Polizei überlassen», meinte Denver. «Ich weiß ja, daß du gern Detektiv spielst, aber ich finde doch, du solltest irgendwo eine Grenze ziehen.»

«Das war nicht nett», sagte Wimsey. «Aber ich betrachte das nicht als ein Spiel und kann nicht einfach sagen, ich halte mich da heraus, denn ich weiß, daß ich wertvolle Arbeit leiste. Trotzdem verstehe ich deinen Standpunkt – doch, wirklich. Es tut mir leid, daß du mich als so aufdringlich empfinden mußt. Wahrscheinlich fällt es dir auch schwer, zu glauben, daß ich Gefühle habe. Aber ich habe welche, und ich werde dich hier herausholen, und wenn Bunter und ich alle beide dabei draufgehen. Also, mach's gut – der Wärter wacht soeben auf, um zu sagen: ‹Zeit, meine Herren.› Halt die Ohren steif. Und viel Glück!»

Draußen erwartete ihn Bunter.

«Bunter», fragte er, als sie zusammen durch die Straßen der alten Stadt gingen, «ist mein Benehmen wirklich aufreizend, auch wenn ich es gar nicht sein will?»

«Es ist möglich, Mylord – wenn Eure Lordschaft mir die Bemerkung erlauben –, daß die frische Art, mit der Eure Lordschaft zu Werke gehen, diesen falschen Eindruck auf Menschen mit beschränkter – »

«Vorsicht, Bunter!»

« – mit begrenzter Phantasie macht, Mylord.»

«Wohlerzogene Engländer haben keine Phantasie, Bunter.»

«Gewiß nicht, Mylord. Ich wollte auch nichts Geringschätziges damit gesagt haben.»

«Na schön, Bunter – o Gott, da läuft ein Reporter! Schnell, verstekken Sie mich irgendwo!»

«Hier hinein, Mylord.»

Mr. Bunter zog seinen Gebieter rasch in die kühle Leere einer Kathedrale.

«Ich möchte empfehlen, Mylord», beschwor er ihn im Flüsterton, «daß wir Haltung und äußeres Erscheinungsbild von Betenden annehmen, wenn Eure Lordschaft gestatten.»

Durch die Fingerritzen sah Lord Peter einen Küster auf sie zugeschossen kommen, strengen Tadel auf den Lippen. Im selben Augenblick aber kam der Verfolger hereingestürzt und zückte sein Notizbuch. Der Küster warf sich sofort auf die neue Beute.

«Die Wendeltreppe, unter der wir uns befinden», hob er mit ehrfurchtsvoll eintöniger Stimme an, «ist bekannt unter dem Namen ‹Die Sieben Schwestern von York›. Es heißt – »

Herr und Diener stahlen sich leise hinaus.

Für den Besuch des Marktstädtchens Stapley staffierte Lord Peter sich mit einem alten Gürtelanzug, sportlichen Socken, einem uralten Hut mit rundum heruntergezogener Krempe, derben Schuhen und einem schweren Eschenstock aus. Seinen Lieblingsstock – einen schönen Malakka mit Zolleinteilung für detektivische Zwecke, einem Degen in seinem Innern und einem Kompaß im Knauf – ließ er mit Bedauern zurück. Er fürchtete nämlich, dieser könne die Eingeborenen gegen ihn einnehmen, da er so etwas Städtisches, wenn nicht Eingebildetes an sich habe. Die Folgen dieser löblichen Hingabe an seine Arbeit sollten deutlich zeigen, wie recht Gertrude Rhead hatte mit ihrer Bemerkung: «Diese ganze Selbstverleugnung ist ein tragischer Fehler.»

Es war ein schläfriges Städtchen, in das sie mit einem Einspänner aus Riddlesdale einfuhren – Bunter neben Lord Peter, und auf dem Rücksitz Wilkes, der Untergärtner. Lieber wäre Wimsey an einem Markttag hierhergekommen, weil er da vielleicht Grimethorpe persönlich angetroffen hätte, aber die Zeit drängte, und er mochte keinen weiteren Tag verlieren. Es war ein rauher, kalter Morgen, der Regen verhieß.

«In welchem Gasthaus steigt man am besten ab, Wilkes?»

«Da wäre der ‹Ziegelstein›, Mylord – ein gutes, angesehenes Lokal, oder die ‹Zinnbrücke› am Markt, oder die ‹Rosenkrone› auf der andern Seite vom Marktplatz.»

«Wo gehen denn die Leute am Markttag meist hin?»

«Vielleicht ist die ‹Rosenkrone› am beliebtesten, würde ich sagen – der Wirt, Tim Watchett, ist sehr redselig. Greg Smith aus der ‹Zinnbrücke› gegenüber ist ziemlich mürrisch, aber dafür hat er gutes Bier.»

«Hm – Bunter, ich glaube, unser Mann würde sich eher von Verdrießlichkeit und gutem Bier angezogen fühlen als von einem geschwätzigen Wirt. Wir sollten uns mal die ‹Zinnbrücke› ansehen, und wenn wir dort eine Niete ziehen, gehen wir in die ‹Rosenkrone› und quetschen den redseligen Mr. Watchett aus.»

Und so bogen sie in den Hof eines großen, finster dreinblickenden Hauses ein, auf dessen lange nicht mehr renoviertem Schild gerade noch die Umrisse einer zinnenbewehrten Brücke zu erkennen waren, die der Volksmund (vielleicht in Anlehnung an die zinnernen Bierkrüge) im Laufe der Zeit zur ‹Zinnbrücke› gemacht hatte. Peter wandte sich in seinem leutseligsten Ton an den brummigen Stallknecht, der das Pferd in Empfang nahm:

«Scheußlich frischer Morgen, wie?»

«Hm.»

«Füttern Sie mir den Gaul gut. Ich bleibe ein Weilchen.»

«Hm.»
«Heute ist wohl nicht viel los hier, was?»
«Nee.»
«Aber an Markttagen haben Sie sicher viel zu tun?»
«Hm.»
«Da kommen wohl die Leute von weit her?»
«Hüah!» sagte der Stallknecht. Das Pferd machte drei Schritte vorwärts.

«Harr!» sagte der Stallknecht. Das Pferd blieb stehen; die Deichseln waren frei, und der Mann ließ sie auf den knirschenden Kies hinunter.

«Hüah!» rief der Stallknecht; er führte das Pferd gemächlich in den Stall und ließ Lord Peter einfach stehen. So hatte der Adelssproß sich schon lange nicht abgefertigt gefühlt.

«Ich bin mehr und mehr überzeugt», sagte Seine Lordschaft, «daß dies die gewohnte Absteige unseres Mr. Grimethorpe ist. Gehen wir mal an die Bar. Wilkes, ich brauche Sie vorerst nicht. Besorgen Sie sich was zu essen, wenn Sie Hunger haben. Ich weiß nicht, wie lange wir bleiben werden.»

«Sehr wohl, Mylord.»

In der Bar der ‹Zinnbrücke› fanden sie Mr. Greg Smith verdrießlich über eine lange Rechnung gebeugt. Lord Peter bestellte für sich und Bunter etwas zu trinken. Der Wirt schien dies als Dreistigkeit zu empfinden und verwies sie mit einer Kopfbewegung an die Kellnerin. Es war nur recht und billig, daß Bunter, nachdem er sich bei seinem Herrn geziemend für das Bier bedankt hatte, sofort eine Unterhaltung mit dem Mädchen anknüpfte, während Lord Peter seine Aufmerksamkeit Mr. Smith zuwandte.

«Ah!» sagte Seine Lordschaft. «Das ist mal ein guter Schluck, Mr. Smith. Man hat mir gesagt, für ein gutes Bier müsse ich mich hierher wenden, und weiß der Himmel, man hat mich an die richtige Stelle geschickt.»

«Hm!» machte Mr. Smith. «Ist auch nicht mehr, was es mal war. Was Gutes gibt's heute doch nicht mehr.»

«Also, ich könnte es mir nicht besser wünschen. Übrigens, ist Mr. Grimethorpe heute hier?»

«Was?»

«Ist Mr. Grimethorpe heute morgen in Stapley, wissen Sie das zufällig?»

«Wie soll ich das wissen?»

«Ich dachte, er kehrt immer hier ein.»

«Hm.»
«Vielleicht habe ich auch den Namen falsch verstanden. Aber ich hätte ihn für den Mann gehalten, der dahin geht, wo es das beste Bier gibt.»
«So?»
«Na gut, wenn Sie ihn nicht gesehen haben, wird er wohl heute nicht hierhergekommen sein.»
«Wohin?»
«Nach Stapley.»
«Wohnt er nicht hier? Kann doch kommen und gehen, ohne daß ich es weiß.»
«Natürlich!» Wimsey mußte den Schock erst einmal verdauen, dann begriff er das Mißverständnis. «Ich meine doch nicht Mr. Grimethorpe aus Stapley, sondern Mr. Grimethorpe von Grider's Hole.»
«Warum sagen Sie das nicht gleich? Den? Ja.»
«Ist er heute hier?»
«Nein. Weiß nichts von ihm.»
«Aber an Markttagen kommt er doch her, denke ich?»
«Manchmal.»
«Es ist ja ein ziemlich weiter Weg. Man kann doch hier übernachten?»
«Wollen Sie 'n Zimmer?»
«Nein, ich glaube nicht. Ich dachte mehr an meinen Freund Grimethorpe. Könnte mir denken, daß er oft hier über Nacht bleibt.»
«Kann sein.»
«Steigt er denn nicht hier ab?»
«Nee.»
«Oh!» machte Peter und dachte ungeduldig: «Wenn die hier alle so verschlossen sind wie die Austern, werde ich doch noch über Nacht bleiben müssen ... Na schön», fuhr er laut fort, «wenn er sich das nächste Mal hier sehen läßt, sagen Sie ihm bitte, daß ich nach ihm gefragt habe.»
«Und wer ist ‹ich›?» erkundigte Mr. Smith sich abweisend.
«Ach, nur Brooks aus Sheffield», meinte Lord Peter mit vergnügtem Grinsen. «Einen guten Morgen. Ich werde nicht vergessen, Ihr Bier weiterzuempfehlen.»
Mr. Smith grunzte. Lord Peter begab sich langsam hinaus, und bald folgte ihm Bunter forschen Schrittes und mit einem Ausdruck im Gesicht, den man bei jedem anderen für die Überreste eines Schmunzelns gehalten hätte.

«Nun?» erkundigte sich Seine Lordschaft. «Ich hoffe, die junge Dame war etwas mitteilsamer als dieser Tölpel.»

«Ich fand die junge Person» («Wieder eins drauf», dachte Lord Peter) «durch und durch liebenswürdig, Mylord, doch leider nicht gut informiert. Mr. Grimethorpe ist ihr nicht unbekannt, aber er pflegt nicht hier zu wohnen. Sie hat ihn manchmal in Gesellschaft eines gewissen Mr. Zedekiah Bone gesehen.»

«Nun gut», sagte Seine Lordschaft, «dann schlage ich vor, Sie machen sich auf die Suche nach Bone und kommen mir in ein paar Stunden berichten. Ich versuche mein Glück in der ‹Rosenkrone›. Wir treffen uns am Mittag unter diesem Ding.»

«Das Ding» war ein hohes Gebilde aus rosarotem Granit, das einen zerklüfteten Felsen darstellen sollte, bewacht von zwei steinernen Infanteristen mit Helm. Aus einem Bronzeknauf auf halber Höhe ergoß sich ein dünner Wasserstrahl, in den achteckigen Sockel war eine Ehrenliste gemeißelt, und vier Gaslaternen auf gußeisernen Ständern vervollkommneten dieses Monument der Disharmonie.

Mr. Bunter betrachtete es eingehend, um es nur ja wiederzuerkennen, und wollte sich respektvoll entfernen. Lord Peter machte zehn hurtige Schritte auf die ‹Rosenkrone› zu, als ihm plötzlich ein Gedanke kam.

«Bunter!»

Mr. Bunter eilte sofort an seine Seite zurück.

«Ach, nichts weiter», sagte Seine Lordschaft. «Mir ist nur eben ein Name dafür eingefallen.»

«Für – »

«Dieses Denkmal», sagte Lord Peter. «Ich habe mich entschlossen, es ‹Meriba› zu taufen.»

«Jawohl, Mylord. Das Haderwasser. Überaus zutreffend, Mylord. Es hat wirklich nichts Harmonisches an sich, wenn ich so sagen darf. Wünschen Sie sonst noch etwas, Mylord?»

«Nein, das wär's.»

Mr. Timothy Watchett von der ‹Rosenkrone› war gewiß das genaue Gegenteil von Mr. Greg Smith. Er war ein kleiner, dünner Mann von etwa fünfundfünfzig Jahren mit verschmitztem Blick und so wachen Bewegungen, daß Lord Peter auf den ersten Blick seine Herkunft erriet.

«Morgen, Herr Wirt», sagte er freundlich. «Und wann haben *Sie* zuletzt den Piccadilly Circus gesehen?»

«Schwer zu sagen, Sir. Wird wohl an die fünfunddreißig Jahre her sein. Ich hab schon so manches Mal zu meiner Frau gesagt: ‹Liz, dir zeig ich noch mal das Holborn Empire, bevor ich sterbe.› Aber dann kommt eins zum andern, und die Zeit zerrinnt einem unter den Fingern. Ein Tag gleicht so sehr dem andern – manchmal weiß ich nicht mal mehr, wie alt ich werde, Sir.»

«Na, na, noch haben Sie ja eine Menge Zeit», sagte Lord Peter.

«Hoffentlich, Sir. Ich hab mich nie, wie man so sagt, an diese Nordländer hier gewöhnt. So was von langsam, wie die sind, Sir – mich hat fast der Schlag getroffen, als ich zum erstenmal herkam. Und wie sie reden – daran mußte man sich auch erst mal gewöhnen. Wenn das Englisch sein soll, hab ich immer gesagt, dann sind mir die Franzosen in ihrem *Chantycleer*-Restaurant aber lieber, sag ich. Aber Gewohnheit ist alles. Manchmal erwisch ich mich dabei, wie ich schon selbst so rede. Ich!»

«Ich glaube, es besteht keine große Gefahr, daß Sie hier naturalisiert werden», sagte Lord Peter. «Hab ich Sie nicht auf Anhieb erkannt? ‹In Mr. Watchetts Bar›, hab ich zu mir gesagt, ‹steht dein Fuß auf heimischem Pflaster . . .›»

«Richtig, Sir. Und wenn Sie schon mal hier sind, womit darf ich das Vergnügen haben, Ihnen zu dienen? . . . Entschuldigen Sie mal, Sir, aber hab ich Ihr Gesicht nicht schon irgendwo gesehen?»

«Das glaube ich nicht», sagte Peter, «aber dabei fällt mir ein: Kennen Sie einen gewissen Mr. Grimethorpe?»

«Ich kenne fünf Grimethorpes. Welchen meinen Sie, Sir?»

«Mr. Grimethorpe aus Grider's Hole.»

Das freundliche Gesicht des Wirts verfinsterte sich.

«Freund von Ihnen, Sir?»

«Nicht unbedingt. Ein Bekannter.»

«Na also!» rief Mr. Watchett und ließ seine Hand auf die Theke sausen. «Ich hab doch gewußt, daß Ihr Gesicht mir bekannt vorkam! Wohnen Sie nicht drüben in Riddlesdale, Sir?»

«Zur Zeit ja.»

«Hab ich es doch gewußt», wiederholte Mr. Watchett triumphierend.

Er tauchte unter die Theke und brachte einen Packen Zeitungen zum Vorschein, woraufhin er mit gut angelecktem Daumen erregt die Seiten umblätterte. «Da! Riddlesdale! Natürlich, das war's!»

Er klatschte auf einen *Daily Mirror*, der wohl vierzehn Tage alt war. Auf der ersten Seite stand in dicker Balkenschrift: DER RIDDLESDALE-MORD. Darunter fand sich ein lebensechter Schnappschuß mit der Bildunterschrift: *Lord Peter Wimsey, der Sherlock Holmes vom*

Westend, wendet seine gesamte Zeit und Energie auf, um die Unschuld des Herzogs von Denver, seines Bruders, zu beweisen. Mr. Watchett strahlte.

«Ich darf Ihnen sicher sagen, wie stolz ich bin, Sie in meiner Bar zu haben, Mylord. – He, Jim, bedien mal die Herren da; du siehst doch, daß sie warten! – Alle Ihre Fälle hab ich verfolgt, Mylord, in den Zeitungen – die füllen ja schon ein ganzes Buch. Und wenn ich mir vorstelle – »

«Hören Sie mal, alter Freund», sagte Lord Peter, «könnten Sie, wenn's geht, etwas leiser sprechen? Und nachdem ja nun der Felix aus dem Sack ist, meinen Sie, es wäre Ihnen möglich, mir ein paar Informationen zu geben und nichts weiterzusagen, wie?»

«Kommen Sie mal mit nach hinten in den Salon, Mylord. Da hört uns keiner», sagte Mr. Watchett und hielt diensteifrig die Klappe hoch. «He, Jim! Bring uns eine Flasche – was möchten Sie denn trinken, Mylord?»

«Na, ich weiß nicht, wohin ich heute noch überall muß», meinte Seine Lordschaft skeptisch.

«Jim, bring uns mal 'nen Liter von dem alten Ale – das ist was Besonderes, Mylord. So was hab ich noch nirgends sonst getrunken, höchstens einmal vielleicht in Oxford. Danke, Jim. Und jetzt schleich dich, und kümmer dich um die Kunden. Also, Mylord.»

Mr. Watchetts Informationen liefen auf folgendes hinaus: Dieser Mr. Grimethorpe pflegte recht häufig in die ‹Rosenkrone› zu kommen, vor allem an Markttagen. Vor etwa zehn Tagen sei er ziemlich spät gekommen, schwer betrunken und streitsüchtig, zusammen mit seiner Frau, die wie immer in Höllenangst vor ihm zu leben schien. Grimethorpe habe Schnaps verlangt, aber Mr. Watchett habe sich geweigert, ihm welchen zu geben. Es habe Krach gegeben, und Mrs. Grimethorpe habe versucht, ihren Mann wegzubekommen. Grimethorpe habe sie prompt niedergeschlagen und sie mit Anzüglichkeiten über ihre Tugend beschimpft, und Mr. Watchett habe sofort die Knechte gerufen und Grimethorpe hinauswerfen lassen, wobei er ihm verboten habe, jemals wieder sein Lokal zu betreten. Er habe von allen Seiten gehört, daß Grimethorpes notorisch übler Charakter in letzter Zeit geradezu teuflisch geworden sei.

«Könnten Sie ungefähr angeben, wie lange das so geht oder seit wann?»

«Nun, wenn Sie so fragen, Mylord, würde ich sagen, besonders seit Mitte letzten Monats – vielleicht etwas länger.»

«Hm!»

«Nicht daß ich damit irgendwas unterstellen wollte, wie Sie ja sicher auch nicht, Mylord», sagte Mr. Watchett rasch.

«Gewiß nicht», sagte Lord Peter. «Was zum Beispiel?»

«Aha!» meinte Mr. Watchett. «Das ist es ja. Was?»

«Sagen Sie mal», fuhr Lord Peter fort, «können Sie sich vielleicht erinnern, ob Grimethorpe am 13. Oktober in Stapley war – an einem Mittwoch?»

«Das muß der Tag gewesen sein, als – aber klar! Ja, ich erinnere mich, denn ich weiß noch, wie ich es komisch gefunden habe, daß er hier war, weil doch kein Markttag war. Irgendwelche Maschinen wollte er sich ansehen, sagte er – Sämaschinen, jawohl. O ja, er war hier.»

«Wissen Sie noch, um welche Zeit er angekommen ist?»

«Also, ich meine, er wäre zum Lunch hiergewesen. Das weiß aber sicher die Kellnerin. He, Betty!» rief er durch die Nebentür. «Weißt du zufällig noch, ob Mr. Grimethorpe am 13. Oktober hier zum Lunch war – ein Mittwoch war das, der Tag, an dem dieser arme Mann drüben in Riddlesdale ermordet worden ist.»

«Grimethorpe von Grider's Hole?» fragte die Kellnerin, eine gutgewachsene junge Frau mit echtem Yorkshire-Tonfall. «Ja! Zu Mittag hat er gegessen, und dann ist er zum Schlafen wiedergekommen. Da irre ich mich bestimmt nicht, denn ich hab ihn bedient und ihm morgens das Wasser raufgetragen, und er hat mir nur zwei Pence gegeben.»

«Ungeheuerlich!» fand Lord Peter. «Hören Sie, Miss Elizabeth, sind Sie ganz sicher, daß es am dreizehnten war? Ich habe nämlich mit einem Freund darum gewettet, wissen Sie, und das Geld möchte ich nicht gern verlieren, wenn ich es verhindern kann. Wissen Sie genau, daß es die Mittwochnacht war, als er hier geschlafen hat? Ich hätte schwören mögen, es war Donnerstag.»

«Nee, Sir, das war Mittwoch, denn ich weiß noch, wie die Männer am nächsten Tag in der Bar über den Mord gesprochen und es Mr. Grimethorpe erzählt haben.»

«Klingt überzeugend. Was hat denn Mr. Grimethorpe dazu gesagt?»

«Na so was!» rief die junge Frau. «Das ist aber komisch, daß Sie das fragen; das haben nämlich alle gemerkt, wie eigenartig er sich benommen hat. Er ist so weiß geworden wie ein Bettlaken und hat seine beiden Hände angeguckt, erst die eine, dann die andere, und dann hat er sich die Haare aus der Stirn gestrichen – wie benommen. Wir haben alle gedacht, er hat das Trinken nicht vertragen. Er ist nämlich öfter betrunken als nüchtern. Dem seine Frau möcht ich nicht sein, nicht für fünfhundert Pfund.»

«Das glaube ich gern», sagte Peter. «Sie finden auch sicher was Besseres. Na, dann hab ich mein Geld wohl verloren. Übrigens, um welche Zeit ist denn Mr. Grimethorpe zum Schlafen gekommen?»

«Kurz vor zwei Uhr morgens», sagte die junge Frau und warf den Kopf zurück. «Wir hatten schon zugeschlossen, und Jim hat extra runtergemußt, um ihn reinzulassen.»

«Wenn das so ist», rief Peter, «dann kann ich mich vielleicht doch noch irgendwie herausmogeln, nicht wahr, Mr. Watchett? Zwei Uhr morgens ist doch schon Donnerstag, nicht? Jedenfalls werde ich's mal versuchen. Danke bestens. Mehr wollte ich nicht wissen.»

Betty grinste und entfernte sich kichernd, nachdem sie die Großzügigkeit dieses fremden Herrn mit Mr. Grimethorpes Knickrigkeit hatte vergleichen können. Peter stand auf.

«Ich bin Ihnen unendlich dankbar, Mr. Watchett», sagte er. «Jetzt möchte ich nur noch kurz ein Wort mit Jim reden. Übrigens, Sie sagen ja nichts davon weiter.»

«Ich bestimmt nicht», sagte Mr. Watchett. «Ich weiß, wo's langgeht. Viel Glück, Mylord.»

Jim bestätigte Bettys Aussage. Grimethorpe sei am 14. Oktober morgens um zehn vor zwei zurückgekommen, betrunken und völlig verdreckt. Er habe etwas von einem Watson gelallt, dem er begegnet sei.

Als nächstes wurde der Stallknecht befragt. Er glaube nicht, daß jemand ohne sein Wissen des Nachts mit einem Pferdegespann vom Hof herunterkomme. Diesen Watson kenne er. Das sei ein Fuhrmann, der in der Windon Street wohne. Lord Peter entlohnte seinen Informanten angemessen und machte sich auf den Weg zur Windon Street.

Eine Schilderung seiner dortigen Ermittlungen wäre jedoch zu weitschweifig. Um Viertel nach zwölf traf er Bunter am Meriba-Denkmal.

«Erfolg gehabt?»

«Ich habe gewisse Informationen erhalten, Mylord, die ich mir gewissenhaft notiert habe. An Bier für mich selbst und die Zeugen habe ich sieben Shilling und zwei Pence ausgelegt, Mylord.»

Lord Peter bezahlte wortlos die sieben Shilling, zwei Pence, und dann begaben sich beide in die ‹Rosenkrone›. Nachdem sie in einem Privatzimmer Platz genommen und ihr Mittagessen bestellt hatten, stellten sie folgenden Zeitplan zusammen:

GRIMETHORPES BEWEGUNGEN VON MITTWOCH, 13. OKTOBER, BIS DONNERSTAG, 14. OKTOBER

13. Oktober:

12.30 Ankunft ‹Rosenkrone›.
13.00 Mittagessen.
15.00 Bestellt bei einem Mr. Gooch im Trimmer's Lane zwei Sämaschinen.
16.30 Trinkt mit Mr. Gooch auf Geschäftsabschluß.
17.00 Spricht bei John Watson, Fuhrmann, wegen einer Lieferung Hundefutter vor. Watson nicht zu Hause. Mrs. Watson sagt, daß sie Watson abends zurückerwartet. G. verspricht, wiederzukommen.
17.30 Besucht Mark Dolby, Lebensmittelhändler, und beschwert sich über Dosenlachs.
17.45 Besucht Mr. Hewitt, Optiker, um Rechnung für Brille zu bezahlen und ihre Höhe anzuzweifeln.
18.00 Trinkt in der ‹Zinnbrücke› mit Zedekiah Bone.
19.00 G. wird von Konstabler Z15 im ‹Pfeifenden Eber› gesehen, wo er mit mehreren Männern trinkt. Stößt Drohungen gegen unbekannte Person aus.
19.20 Verläßt ‹Pfeifenden Eber› mit zwei Männern (noch nicht identifiziert).

14. Oktober:

1.15 Wird von Watson, Fuhrmann, etwa eine Meile vor Stapley an der Straße nach Riddlesdale aufgelesen; sehr schmutzig und schlechtgelaunt und nicht ganz nüchtern.
1.45 Wird von James Johnson, Schankknecht, in die ‹Rosenkrone› eingelassen.
9.00 Von Elizabeth Dobbin geweckt.
9.30 In der Bar der ‹Rosenkrone›. Erfährt von ermordetem Mann in Riddlesdale. Benimmt sich verdächtig.
10.15 Löst bei der Lloyds Bank einen Scheck über £ 129, 17 s. 8 d. ein.
10.30 Bezahlt Sämaschinen bei Gooch.
11.05 Verläßt ‹Rosenkrone› zur Rückkehr nach Grider's Hole.

Lord Peter besah sich diese Liste eine Weile und legte dann den Finger auf die große Lücke von sechs Stunden ab 19.20 Uhr.

«Wie weit ist es bis Riddlesdale, Bunter?»

«Knapp vierzehn Meilen, Mylord.»

«Und der Schuß wurde um 23.55 Uhr gehört. Zu Fuß wäre das nicht zu machen gewesen. Hat Watson erklärt, warum er erst um zwei Uhr morgens von seiner Fuhre zurückgekommen ist?»

«Ja, Mylord. Er sagte, er habe gegen elf Uhr zurück sein wollen, aber sein Pferd habe zwischen King's Fenton und Riddlesdale ein Hufeisen verloren. Er habe es langsam nach Riddlesdale führen müssen – etwa dreieinhalb Meilen weit –, wo er gegen zehn angekommen sei und den Schmied herausgeklopft habe. Er habe dann bis zur Polizeistunde im ‹Goldenen Ritter› gesessen und sei anschließend zu einem Freund mit nach Hause gegangen, wo sie noch ein paar getrunken hätten. Um 0.40 Uhr sei er nach Hause aufgebrochen und habe Grimethorpe etwa eine Meile vor Stapley aufgeladen, in der Nähe der Kreuzung.»

«Klingt plausibel. Der Schmied und der Freund müßten es bestätigen können. Aber wir müssen unbedingt diese Männer aus dem ‹Pfeifenden Eber› finden.»

Das Essen war gut. Aber damit schien ihr Glück sich für diesen Tag erschöpft zu haben, denn bis drei Uhr hatten sie die gesuchten Männer noch immer nicht identifiziert, und die Spur schien kalt zu sein.

Aber Wilkes, der Untergärtner, hatte auch etwas zu den Ermittlungen beizutragen. Er war beim Mittagessen einem Mann aus King's Fenton begegnet, und sie waren natürlich auf den geheimnisvollen Mord beim Jagdhaus zu sprechen gekommen, und bei der Gelegenheit hatte der Mann gesagt, er kenne einen alten Mann, der am Whemmeling-Moor wohne, und der habe ihm erzählt, er habe in der Mordnacht mitten in der Nacht einen Mann durchs Moor gehen sehen. «Und mir ist ganz plötzlich die Idee gekommen», schloß Wilkes strahlend, «daß es Seine Gnaden gewesen sein könnte.»

Weitere Nachforschungen ergaben, daß der alte Mann Groot hieß und daß Wilkes ohne weiteres Lord Peter und Bunter am Beginn des Viehpfades absetzen könne, der zu seiner Hütte führe.

Hätte Lord Peter nun seines Bruders Rat befolgt und sich mehr mit englisch-ländlichem Sport befaßt als mit Inkunabeln und Londoner Kriminellen – oder wäre Mr. Bunter in den Mooren aufgewachsen statt in einem Dörfchen in Kent – oder wäre Wilkes (der in Yorkshire geboren und aufgewachsen war und es hätte besser wissen müssen) nicht so unerhört eingebildet auf seine eigene Wichtigkeit gewesen, die er mit seinem Hinweis erlangt zu haben glaubte, und so ungeduldig darauf bedacht, daß diesem Hinweis unverzüglich nachgegangen wurde – oder hätte auch nur einer der drei seinen gesunden Menschenverstand gebraucht –, so wäre dieser ungeheuerliche Vorschlag nie gemacht, geschweige an einem Novembertag in Nord-Yorkshire auch noch ausgeführt worden. So aber stiegen Lord Peter und Bunter um zehn vor vier am Fuße des Moorpfades vom Wagen, entließen Wilkes und wanderten zu der kleinen Hütte am Rande des Moors hinauf.

Der alte Mann war stocktaub, und nach halbstündiger Befragung war das Ergebnis immer noch ziemlich mager. In einer Nacht im Oktober, die seiner Meinung nach die Mordnacht sein konnte, habe er an seinem Torffeuer gesessen – so gegen Mitternacht, schätzte er –, als plötzlich ein hochgewachsener Mann aus der Dunkelheit aufgetaucht sei. Er habe gesprochen wie ein Südengländer und gesagt, er habe sich im Moor verlaufen. Der alte Groots sei zur Tür gegangen und habe ihm den Pfad gezeigt, der nach Riddlesdale führe. Daraufhin habe der Fremde ihm einen Shilling in die Hand gedrückt und sei verschwunden. Die Kleidung des Fremden könne er nicht näher beschreiben, außer daß er einen weichen Hut und einen Mantel getragen habe, eventuell auch Gamaschen. Er sei einigermaßen sicher, daß es die Mordnacht gewesen sei, denn hinterher habe er noch darüber nachgedacht und sei zu dem Ergebnis gekommen, daß es vielleicht einer von den Leuten im Jagdhaus gewesen sei – möglicherweise der Herzog. Er sei erst nach langem Nachdenken auf diese Idee gekommen und habe sich nicht damit gemeldet, weil er nicht gewußt habe, wo oder bei wem.

Damit mußten die Frager sich zufriedengeben, und nachdem sie Groot mit einer halben Krone beschenkt hatten, traten sie kurz nach fünf Uhr wieder ins Moor hinaus.

«Bunter», sagte Lord Peter durch die Dämmerung, «ich bin absolut sicher, daß die Lösung der ganzen Geschichte in Grider's Hole liegt.»

«Sehr wohl möglich, Mylord.»

Lord Peter streckte einen Finger nach Südosten aus. «Da liegt Grider's Hole», sagte er. «Gehen wir.»

«Sehr wohl, Mylord.»

Und so machten sich Lord Peter und Bunter, ganz wie zwei ahnungslose Städter, munteren Schrittes den schmalen Moorpfad hinunter auf den Weg nach Grider's Hole, ohne auch nur einmal einen Blick über die Schulter zu werfen, um die große weiße Gefahr zu sehen, die sich aus der weiten Einsamkeit des Whemmeling-Moors lautlos durch die Novemberdämmerung heranwälzte.

«Bunter!»
«Hier, Mylord!»
Die Stimme war gleich neben seinem Ohr.
«Gott sei Dank! Ich dachte schon, jetzt wäre ich Sie für immer los. Menschenskind, das hätten wir aber wissen müssen.»
«Jawohl, Mylord.»
Es war von hinten gekommen, mit einem einzigen großen Schritt – dick, kalt und erstickend, so daß sie einander nicht mehr sehen konnten, obwohl sie kaum einen oder zwei Schritte voneinander entfernt waren.
«Ich bin ein Idiot, Bunter», sagte Lord Peter.
«Mitnichten, Mylord.»
«Nicht bewegen; sprechen Sie weiter.»
«Ja, Mylord.»
Peter tastete nach rechts und klammerte sich an den Ärmel des andern.
«Ah! Und was machen wir jetzt?»
«Ich wüßte es nicht zu sagen, Mylord, da ich damit keine Erfahrung habe. Hat das – äh – Phänomen irgendwelche Gewohnheiten, Mylord?»
«Keine festen, glaube ich. Manchmal zieht es weiter. Ein andermal bleibt es tagelang an einem Platz. Wir können hier die ganze Nacht stehenbleiben und warten, ob es bei Tagesanbruch besser wird.»
«Ja, Mylord. Nur ist es hier leider etwas klamm.»
«Etwas – wie Sie sagen», pflichtete Seine Lordschaft ihm mit einem kurzen Lachen bei.
Bunter nieste und entschuldigte sich höflich.
«Wenn wir weiter nach Südosten gehen», sagte Seine Lordschaft, «kommen wir schon nach Grider's Hole, und die werden uns gefälligst für die Nacht aufnehmen *müssen* – oder uns eine Begleitung mitgeben. Ich habe eine Taschenlampe bei mir, und wir können uns nach dem Kompaß richten – o verdammt!»
«Mylord?»
«Ich hab den falschen Stock. Diese widerliche Esche! Kein Kompaß, Bunter – jetzt sind wir aufgeschmissen.»
«Könnten wir uns nicht immerzu bergab halten, Mylord?»
Lord Peter zögerte. Erinnerungen an Gehörtes und Gelesenes gingen ihm durch den Kopf und sagten ihm, daß aufwärts oder abwärts im Nebel einerlei sei. Doch der Mensch wandelt in eitlem Schatten. Es fällt ihm schwer, zu glauben, daß er wirklich hilflos ist. Die Kälte war eisig. «Wir könnten es versuchen», sagte er schwach.

«Ich habe sagen hören, Mylord, daß man im Nebel immerzu im Kreise geht», sagte Mr. Bunter, von verspäteter Zagheit erfaßt.

«Aber doch nicht an einem Hang», entgegnete Lord Peter, der aus reinem Widerspruchsgeist heraus wieder mutig wurde.

Bunter fühlte sich außerhalb seines Elements und wußte einmal keinen Rat anzubieten.

«Na ja, schlimmer als jetzt kann es nicht mehr kommen», sagte Lord Peter. «Wir versuchen es einfach und werden zwischendurch immerzu rufen.»

Er ergriff Bunters Hand, und vorsichtig gingen sie weiter in den dicken, kalten Nebel hinein.

Wie lange dieser Alptraum dauerte, hätte keiner von ihnen sagen können. Es war, als ob die Welt um sie herum gestorben wäre. Ihre eigenen Rufe erschreckten sie; als sie zu rufen aufhörten, war die Totenstille noch erschreckender. Sie stolperten über dicke Büschel Heide. Es war erstaunlich, wie sehr sie, der Sicht beraubt, die Unebenheiten des Bodens zu spüren bekamen. Nur sehr unsicher vermochten sie zwischen bergauf und bergab zu unterscheiden. Sie waren bis auf die Knochen durchgefroren, und doch lief ihnen der Schweiß der Mühsal und Angst die Gesichter hinunter.

Plötzlich ertönte – unmittelbar vor ihnen, wie es schien, und nur ein paar Schritte entfernt – ein langgezogener, schrecklicher Schrei – und noch einer – und noch einer.

«Mein Gott! Was war das?»

«Ein Pferd, Mylord.»

«Natürlich.» Sie erinnerten sich, Pferde einmal so schreien gehört zu haben. Damals hatte irgendwo ein Stall gebrannt.

«Armes Vieh», sagte Peter. Impulsiv setzte er sich in die Richtung des Schreis in Bewegung und ließ Bunters Hand los.

«Kommen Sie zurück, Mylord!» rief der Diener in plötzlicher Verzweiflung. Und dann in angstvoller Erleuchtung:

«Um Gottes willen, bleiben Sie stehen, Mylord – das Moor!»

Ein heller Schrei in der undurchdringlichen Schwärze.

«Dableiben – rühren Sie sich nicht – es hat mich!»

Und dann ein schauriger, schlürfender Ton.

Das Alibi

«Wenn man erst wirklich im Rachen eines großen, gefräßigen wilden Tieres steckt, ist die Frage, wie wünschenswert der Verlust eines Körpergliedes sei, nicht mehr Gegenstand längerer Betrachtungen.»
The Wallet of Kai-Lung

«Ich bin mitten hineingetreten», sagte Wimseys Stimme ruhig aus der Dunkelheit. «Man sinkt sehr schnell. Kommen Sie lieber nicht näher, sonst versinken Sie mit. Wir wollen ein bißchen schreien. Ich glaube nicht, daß wir noch weit von Grider's Hole sind.»

«Wenn Eure Lordschaft weiter schreien möchten», entgegnete Mr. Bunter, «glaube ich – ich kann – zu Ihnen kommen», keuchte er, indem er mit den Zähnen den harten Knoten einer Rolle Schnur öffnete.

«Heda!» rief Lord Peter gehorsam. «Hilfe! Hallo! Hallo!»

Mr. Bunter tastete sich auf die Stimme zu, wobei er mit seinem Spazierstock gewissenhaft den Boden vor sich untersuchte.

«Sie sollten lieber wegbleiben, Bunter», sagte Lord Peter verstockt. «Was nützt es, wenn wir alle beide –?» Wieder versuchte er zu strampeln und zu rudern.

«Tun Sie das nicht, Mylord», rief sein Diener beschwörend. «Sie sinken nur noch tiefer ein.»

«Jetzt bin ich bis zu den Oberschenkeln drin», sagte Lord Peter.

«Ich komme», sagte Bunter. «Schreien Sie weiter. Ah, hier fängt es an weich zu werden.»

Er stocherte sorgsam im Boden herum, entschied sich für ein Grasbüschel, das ihm einigermaßen fest zu sein schien, und stieß seinen Stock tief hinein.

«Heda! Hallo! Hilfe!» schrie Lord Peter aus voller Brust.

Mr. Bunter band das eine Ende der Schnur an den Spazierstock, schnürte den Regenmantel fest um sich, legte sich vorsichtig auf den Bauch und schob sich, die Schnur in der Hand, voran wie ein sehr gotischer Theseus einer späten und degenerierten Schule.

Das Moor hob und senkte sich bedrohlich unter ihm, während er darüberkroch, und schlammiges Wasser schwappte ihm ins Gesicht. Er tastete mit den Händen nach Grasbüscheln und stützte sich darauf ab, wann immer er konnte.

«Rufen Sie noch einmal, Mylord!»

«Hier!» Die Stimme klang schwächer und kam von rechts. Bunter hatte beim Herumtasten ein wenig die Richtung verloren. «Ich kann es nicht wagen, schneller zu kommen», erklärte er. Ihm war, als krieche er schon seit Jahren.

«Gehen Sie raus hier, solange noch Zeit ist», sagte Peter. «Ich bin jetzt bis zur Hüfte drin. Mein Gott, das ist wirklich keine schöne Art, abzutreten!»

«Sie werden nicht abtreten», knurrte Bunter. Seine Stimme war plötzlich ganz nah. «Jetzt Ihre Hände.»

Ein paar quälende Minuten lang suchten zwei Paar Hände auf dem unsichtbaren Schlamm herum. Dann:

«Halten Sie die Ihren still», sagte Bunter. Er machte langsame, kreisende Bewegungen. Es war nicht einfach, das Gesicht aus dem Schlamm zu halten. Seine Hände glitten über die glitschige Fläche – und bekamen plötzlich einen Arm zu fassen.

«Gott sei Dank!» sagte Bunter. «Halten Sie sich daran fest, Mylord.»

Er tastete sich weiter vor. Die Arme waren schon gefährlich dicht über dem gefräßigen Schlamm. Lord Peters Hände krochen an seinen Armen empor und blieben auf seinen Schultern liegen. Er packte Wimsey unter den Achseln und zog. Dabei sänken seine eigenen Knie tief in den Morast. Hastig streckte er sich wieder flach aus. Ohne die Knie zu benutzen hatte er keine Kraft, aber sie zu benutzen bedeutete den sicheren Tod. Sie konnten hier nur verzweifelt ausharren, bis Hilfe kam – oder bis die Anstrengung zu groß wurde. Er konnte nicht einmal schreien; es ging schon fast über seine Kräfte, den Mund über Wasser zu halten. Die Muskelanspannung an seinen Schultern wurde unerträglich, und schon das bloße Atemholen verursachte ihm quälende Schmerzen im Nacken.

«Sie müssen weiter schreien, Mylord.»

Wimsey schrie. Seine Stimme war brüchig und schwach geworden.

«Bunter, alter Freund», sagte Lord Peter, «es tut mir so entsetzlich leid, daß ich Sie da mit hineingezogen habe.»

«Keine Ursache, Mylord», sagte Bunter, den Mund im Morast. Da fiel ihm plötzlich etwas ein.

«Wo ist Ihr Stock geblieben, Mylord?»

«Fallen gelassen. Er müßte ganz in der Nähe liegen, wenn er nicht versunken ist.»

Bunter ließ behutsam mit der linken Hand los und begann zu suchen.

«He! Holla! Hilfe!»

Bunters Hand fand den Stock, der wie durch ein Wunder auf einem halbwegs festen Grasbüschel gelandet war. Er zog ihn zu sich und legte ihn sich über die Arme, so daß er sein Kinn darauf stützen konnte. Die momentane Erleichterung für seine Nackenmuskeln war so groß, daß er wieder Mut faßte. Er glaubte jetzt auf ewig durchhalten zu können.

«Hilfe!»

Minuten vergingen wie Stunden.

«Da! Haben Sie das gesehen?»

Ein schwaches, flackerndes Leuchten irgendwo rechts. Beide schrien zugleich mit der Kraft der Verzweiflung.

«Hilfe! Hilfe! Heda! Hallo! Hilfe!»

Ein Schrei zur Antwort. Das Licht schwankte – kam näher – ein größer werdender Schimmer im Nebel.

«Wir *müssen* weitermachen», keuchte Wimsey. Sie riefen wieder.

«Wo seid ihr?»

«Hier!»

«Hallo!» Pause. Dann:

«Hier ist 'n Stock», sagte eine Stimme plötzlich ganz nah.

«Folgt der Schnur!» schrie Bunter. Sie hörten zwei Stimmen, die offenbar diskutierten. Dann wurde an der Schnur gezogen.

«Hier! Hier! Wir sind zu zweit! Beeilt euch!»

Weitere Beratungen.

«Könnt ihr euch noch halten?»

«Ja, wenn ihr euch beeilt.»

«Wir müssen 'ne Hürde holen. Zwei seid ihr?»

«Ja.»

«Tief drin?»

«Einer.»

«Ist gut. Da kommt Jim.»

Ein Platschen verkündete die Ankunft Jims mit einer Hürde. Dann folgte ein endloses Warten. Noch eine Hürde, ein Ruck an der Schnur, und das verschwommene Licht bewegte sich heftig hin und her. Eine dritte Hürde wurde abgeworfen, und plötzlich tauchte die Laterne aus dem Nebel auf. Eine Hand packte Bunter am Fußgelenk.

«Wo ist der andere?»

«Hier – fast bis zum Hals drin. Habt ihr ein Seil?»

«Klar. Jim! Das Seil!»

Das Seil kam durch den Nebel gezischt. Bunter packte es und schlang es seinem Gebieter um die Brust.

«Jetzt – komm du da raus und zieh mit.»

Bunter schob sich vorsichtig rückwärts auf die Hürde. Alle drei packten das Seil. Es war, als müßten sie die Erde aus ihrer Bahn ziehen.

«Ich glaube, ich bin an Australien festgewachsen», keuchte Peter in entschuldigendem Ton. Bunter schwitzte und schluchzte.

«Gut so – jetzt kommt er!»

Langsam, Zentimeter für Zentimeter, gab das Moor nach. Ihre Muskeln waren zum Zerreißen gespannt.

Plötzlich, mit einem lauten *Plop,* ließ das Moor sein Opfer los. Die drei am Seil flogen längelang auf die Hürden. Etwas Unkenntliches, Morastiges lag hilflos auf der Hürde und versuchte sich zu erheben. Sie zogen fast verzweifelt weiter an ihm, als fürchteten sie, er könne ihnen wieder vor der Nase weggeschnappt werden. Übler Moorgestank stieg ringsum hoch. Sie brachten die erste Hürde hinter sich – die zweite – die dritte – und richteten sich schwankend auf festem Boden auf.

«Ekelhafte Stelle hier», sagte Lord Peter schwach. «'tschuldigung, dumm von mir, das zu vergessen – wie heißt ihr?»

«Na, das war aber 'n Glück», sagte einer seiner Retter. «Wir ham gedacht, da schreit einer. Aus dem Peter's Pott kommen wenige wieder raus, glaub ich – tot oder lebendig.»

«Diesmal war Peter wirklich fast im Pott», sagte Seine Lordschaft und fiel in Ohnmacht.

Lord Peters Einzug ins Bauernhaus von Grider's Hole an diesem Abend sollte in seiner Erinnerung immer etwas Alptraumhaftes haben. Nebelschwaden begleiteten sie, als sie die Tür öffneten, und dazwischen dampfte der Feuerschein. Eine Hängelampe sorgte für trübes Licht. Mrs. Grimethorpes Medusenhaupt, erschreckend weiß zwischen ihrem schwarzen Haar, sah ihn von oben bis unten an. Eine haarige Pranke packte sie bei der Schulter und riß sie zur Seite.

«Schamlos! Ein Mann – irgendein Mann – was anders hast du nicht im Kopf. Warte gefälligst, bis du gerufen wirst. Was ist hier los?»

Stimmen – Stimmen – und so viele wild starrende Gesichter auf allen Seiten.

«Peter's Pott? Und was hattet ihr nachts um die Zeit im Moor zu

Einer der Männer, ein Landarbeiter mit verwachsenen Schultern und schmalem, boshaftem Gesicht, stimmte plötzlich ein unmelodisches Lied an:

«Ich wollt ein Mädchen freien gehn
im Ilkley-Moor ohn' Hut.»

«Halt die Schnauze!» schrie Grimethorpe in höchster Wut. «Du willst wohl, daß ich dir jeden Knochen im Leib einzeln breche, was?» Er wandte sich an Bunter. «Haut bloß hier ab, ihr beide, sag ich. Ihr seid auf nichts Gutes aus.»

«Aber William –» begann seine Frau. Er fuhr zu ihr herum wie ein bissiger Hund, und sie wich ängstlich zurück.

«Nun mal langsam, langsam», sagte ein Mann, den Wimsey undeutlich als den erkannte, mit dem er sich bei seinem ersten Besuch hier angefreundet hatte, «du mußt sie für die Nacht aufnehmen, glaub ich, sonst kriegst du 'n Haufen Ärger mit denen im Jagdhaus, und von der Polizei red ich erst gar nicht. *Wenn* der Mann hier was Unrechtes wollte, hat er sich selbst am meisten geschadet. Heute nacht tut der jedenfalls nichts mehr – guck ihn dir doch an. Bring ihn ans Feuer, Mann», fuhr er, an Bunter gewandt, fort und sprach dann wieder auf den Bauern ein. «Ins Kittchen kommst du, wenn der uns hier an Lungenentzündung oder Rheumatismus stirbt.»

Dieses Argument schien Grimethorpe teils einzuleuchten. Er gab brummend den Weg frei, und die beiden durchgefrorenen und erschöpften Männer wurden ans Feuer geführt. Jemand brachte ihnen zwei große, dampfende Becher Grog. Wimseys Kopf schien klar zu werden, dann verschwamm ihm alles wieder schläfrig und trunken vor den Augen.

Wenig später fühlte er sich eine Treppe hinaufgetragen und in ein Bett gelegt. Es war ein großes, altmodisches Zimmer mit einem Feuer im Kamin und einem großen, düsteren Himmelbett. Bunter half ihm aus den durchnäßten Kleidern und rieb ihn ab. Von Zeit zu Zeit erschien noch ein anderer Mann, um ihm zu helfen. Von unten ertönte Grimethorpes gotteslästerliches Gebrüll. Dann wieder der rauhe, blecherne Gesang des buckligen Mannes:

«Dann fressen dich die Würmer auf
Im Ilkley-Moor ohn' Hut ...

Dann fressen die Enten die Würmer auf
Im Ilkley-Moor ohn' Hut ...»

Lord Peter rollte ins Bett.

«Bunter – wo – wie geht's Ihnen überhaupt? Hab mich gar nicht bei Ihnen bedankt – weiß nicht mehr, was ich tue – nur noch schlafen – was?»

Er versank schnell ins Reich der Träume. Von unten drang höhnisch dieses alte Lied herauf und durchwob seinen Schlaf mit schaurigen Bildern:

Dann essen wir die Enten auf
Im Ilkley-Moor ohn' Hut ...

Und so essen wir – so essen wir – so ...

Als Wimsey als nächstes wieder die Augen aufschlug, zwängte sich eine blasse Novembersonne durchs Fenster herein. Der Nebel hatte sich offenbar nach erfüllter Mission zurückgezogen. Eine Zeitlang lag Wimsey da und wußte nicht genau, wie er dahingekommen war, wo er sich befand; dann traten die Umrisse der Erinnerungen deutlicher hervor, die schemenhaften Vorposten seiner Träume wurden zurückgerufen, die Bürde seiner eigentlichen Aufgabe legte sich auf ihn wie gewöhnlich. Er fühlte eine unerhörte körperliche Mattigkeit und einen ziehenden Schmerz in seinen überanstrengten Schultermuskeln. Er untersuchte sich flüchtig und entdeckte die Quetschungen und Hautabschürfungen, die das rettende Seil unter seinen Achselhöhlen und ringförmig um Brust und Rücken hinterlassen hatte. Jede Bewegung tat ihm weh, und so legte er sich wieder zurück und schloß die Augen.

Bald ging die Tür auf, und herein kam Bunter, korrekt angezogen und ein Tablett auf der Hand, von dem ein herrlicher Duft nach Schinken und Ei ausging.

«Hallo, Bunter!»

«Guten Morgen, Mylord! Ich hoffe, Eure Lordschaft haben wohl geruht.»

«Danke, ich fühle mich munter wie ein Fisch – wieso eigentlich Fisch? –, nur daß ich mir ganz allgemein so vorkomme, als hätte mich einer mit eisernen Fingern und knubbligen Gelenken massiert. Und wie geht's Ihnen?»

«Danke, Mylord, meine Arme sind ein wenig ermüdet, aber sonst kann ich zu meiner Freude sagen, daß ich keinerlei Nachwirkungen unseres Mißgeschicks verspüre. Gestatten, Mylord.» Er setzte das Tablett behutsam auf Lord Peters hochgezogene Knie.

«Ihre Arme müssen sich doch anfühlen wie ausgerissen», sagte Seine Lordschaft, «nachdem sie mich so entsetzlich lange haben halten müssen. Ich stehe schon so unverschämt tief in Ihrer Schuld, Bunter, daß jeder Versuch, sie zurückzuzahlen, von vornherein sinnlos wäre. Aber daß ich es Ihnen nie vergessen werde, wissen Sie ja, oder? Schon gut, ich will Sie nicht verlegen machen – jedenfalls tausend Dank. Das wär's. Wie? Hat man Ihnen auch einen anständigen Platz zum Schlafen gegeben? Ich habe wohl gestern abend überhaupt nichts mehr mitgekriegt.»

«Ich habe ausgezeichnet geschlafen, danke, Mylord.» Mr. Bunter zeigte auf eine Art Rollbett in einer Ecke des Zimmers. «Man hätte mir auch ein anderes Zimmer angewiesen, Mylord, aber unter den gegebenen Umständen habe ich es vorgezogen, in der Nähe Eurer Lordschaft zu bleiben, und hoffe, daß Sie mir diese Freiheit nicht übelnehmen. Ich habe den Leuten gesagt, daß ich ungünstige Auswirkungen des langen Aufenthalts im Moor auf Eurer Lordschaft Gesundheit befürchtete. Außerdem waren mir Mr. Grimethorpes Absichten nicht geheuer. Ich fürchtete, er sei vielleicht nicht allzu gastfreundlich aufgelegt und möchte sich womöglich zu einer übereilten Tat hinreißen lassen, wenn wir nicht zusammen wären.»

«Würde mich nicht wundern. So ein mordlüsternes Gesicht habe ich noch nie gesehen. Ich werde heute früh mal mit ihm reden müssen – oder mit Mrs. Grimethorpe. Möchte schwören, daß sie uns etwas erzählen kann, wie?»

«Ich würde sagen, daran dürfte kein Zweifel bestehen, Mylord.»

«Die Schwierigkeit ist nur», sagte Seine Lordschaft mit einem Mund voll Ei, «daß ich nicht weiß, wie ich an sie herankommen soll. Ihr fideler Ehemann scheint jeden in Hosen, der sich in diese Gegend verläuft, aufs Übelste zu verdächtigen. Wenn er herauskriegte, daß wir sozusagen unter vier Augen mit ihr gesprochen hätten, würde er sich vielleicht, wie Sie es ausdrücken, von seinen Gefühlen zu einer sehr bedauerlichen Handlung hinreißen lassen.»

«So ist es, Mylord.»

«Aber irgendwann muß der Kerl sich ja auch mal um seine blöde Wirtschaft kümmern, und dann können wir sie uns vielleicht vorknöpfen. Merkwürdige Sorte von Frau – irgendwie Klasse, wie? Möchte wissen, was sie von Cathcart gehalten hat», fügte er nachdenklich hinzu.

Mr. Bunter enthielt sich einer Stellungnahme zu diesem heiklen Thema.

«Nun, Bunter, ich glaube, ich werde jetzt mal aufstehen. Ich habe das Gefühl, daß wir hier nicht so ganz willkommen sind. Die Blicke unseres Gastgebers gestern abend haben mir nicht gefallen.»

«Mir auch nicht, Mylord. Und er hat sich sehr dagegen gesträubt, daß Eure Lordschaft dieses Zimmer hier bekommen sollten.»

«Warum? Wessen Zimmer ist das denn?»

«Seines und Mrs. Grimethorpes, Mylord. Es erschien am geeignetsten, da es eine Heizmöglichkeit hatte und das Bett bereits gemacht war. Mrs. Grimethorpe war sehr freundlich, Mylord, und der Knecht namens Jake hat Mr. Grimethorpe darauf hingewiesen, daß es sicherlich zu seinem finanziellen Vorteil wäre, Eure Lordschaft zuvorkommend zu behandeln.»

«Hm. Ein einnehmendes Wesen, wie? Na ja, wir machen uns jedenfalls davon. Mein Gott, bin ich steif! Sagen Sie, Bunter, hab ich überhaupt etwas zum Anziehen?»

«Ich habe Ihre Kleidung getrocknet und ausgebürstet, so gut es ging, Mylord. Sie ist nicht so geworden, wie ich es mir gewünscht hätte, Mylord, aber ich glaube, Eure Lordschaft können sie bis Riddlesdale tragen.»

«Nun, die Straßen werden ja nicht gerade von Menschen wimmeln», entgegnete Seine Lordschaft. «Aber was gäbe ich um ein heißes Bad! Wie steht's mit Rasierwasser?»

«Ich kann welches aus der Küche besorgen, Mylord.»

Bunter trollte sich, und Lord Peter trat, nachdem er sich unter Ächzen und Stöhnen mit Hemd und Hose bekleidet hatte, ans Fenster. Wie bei abgehärteten Landbewohnern üblich, war es fest verschlossen, und der Schiebeteil war mit einem dicken Papierkeil festgeklemmt, damit er nicht klapperte. Peter zog den Keil heraus und schob das Fenster hoch. Der Wind kam hereingetollt und brachte torfige Moorgerüche mit. Er sog sie dankbar ein. Es war schön, nach allem die gute alte Sonne wiederzusehen – er wäre nicht gern einen ekligen Tod im Peter's Pott gestorben. Ein paar Minuten blieb er so stehen und dankte still für die Vorzüge des Daseins. Dann zog er sich zurück, um sich fertig anzuziehen. Den Papierkeil hatte er noch in der Hand und schickte sich gerade an, ihn ins Feuer zu werfen, als ihm ein Wort ins Auge fiel. Er faltete das Papier auseinander. Während er las, zogen sich seine Augenbrauen hoch, und sein Mund spitzte sich zu einem unbeschreiblichen Ausdruck wunderlicher Erleuchtung. Bunter, der eben mit dem Wasser wiederkam, traf seinen Herrn wie verzaubert an, das Blatt Papier in der einen Hand, die Socken in der anderen und eine schwierige Passage von Bach auf tonlos pfeifenden Lippen.

«Bunter», sagte Seine Lordschaft, «ich bin, ohne Ausnahme, der größte Esel des Abendlandes. Wenn ich etwas unmittelbar vor der Nase habe, sehe ich es nicht. Ich nehme mir ein Teleskop und suche die Erklärung in Stapley. Man sollte mich mit dem Kopf nach unten ans Kreuz schlagen, um mich von meiner Gehirnanämie zu heilen. Jerry, Jerry! Aber klar doch, natürlich, du Obertrottel, liegt es denn nicht auf der Hand? So ein Dummkopf! Warum konnte er das denn nicht Murbles oder mir sagen?»

Mr. Bunter trat näher, ein Bild respektvoller Neugier.

«Sehen Sie sich das an – sehen Sie sich das an!» sagte Wimsey unter hysterischem Lachen. «Mein Gott, mein Gott! Klemmt ihn in den Fensterrahmen, damit ihn jeder finden kann! Echt Jerry. Setzt in mannsgroßen Buchstaben seinen Namen unter die Geschichte, läßt das Ganze sichtbar herumliegen, geht weg und hüllt sich galant in Schweigen.»

Mr. Bunter stellte den Wasserkrug auf den Waschständer, damit es kein Unglück damit gab, und nahm das Blatt.

Es war der verschwundene Brief von Tommy Freeborn.

Kein Zweifel. Da war er – der Beweis, der Denvers Aussage bestätigte. Mehr noch – er war zugleich sein Alibi für die Nacht vom 13. Juni.

Nicht Cathcart – Denver!

Denver hatte die Jagdgesellschaft im Oktober erneut nach Riddlesdale gebeten, wo sie im August die Saison eröffnet hatten. Denver hatte sich in einer Nacht, als Bauer Grimethorpe zum Maschinenkauf in Stapley war, um halb zwölf eilig aus dem Haus geschlichen und war zweieinhalb Meilen weit durch die Felder gewandert. Denver hatte in einer stürmischen Nacht ein klapperndes Fenster achtlos mit einem wichtigen Brief festgeklemmt, auf dem für jeden deutlich sein voller Titel stand. Denver war dann um drei Uhr morgens wie ein Kater wieder nach Hause getrottet und vor der Wintergartentür über die Leiche seines Gastes gestolpert. Denver mit seinen wohlgemeinten, dummen englisch-aristokratischen Ehrbegriffen war lieber eigensinnig ins Gefängnis gegangen, als seinem Anwalt zu sagen, wo er gewesen war. Denver hatte sie allesamt zu den abenteuerlichsten Spekulationen über die Lösung eines Rätsels veranlaßt, das jetzt so klar war wie sieben Sonnen. Denvers Stimme war es, die diese Frau an jenem denkwürdigen Tag zu erkennen geglaubt hatte, als sie sich in die Arme seines Bruders warf. Denver hatte in aller Seelenruhe die große, schwerfällige Maschinerie eines Verfahrens vor seinen noblen Standesgenossen in Gang gesetzt, um den Ruf einer Frau zu schützen.

Wahrscheinlich tagte eben heute ein Ausschuß von Oberhausmitgliedern, um «die Journale dieses hohen Hauses nach früheren Gerichtsverfahren gegen Mitglieder desselben zu sichten, damit die Verhandlung gegen den Herzog von Denver zügig vonstatten gehen und dem hohen Hause ein Bericht über die für geeignet gehaltenen Maßnahmen vorgelegt werden kann». Da saßen sie nun wohl und beschlossen, Seiner Majestät durch die Lords mit weißen Stäben eine Botschaft zu übersenden, in der Seine Majestät vom vorgesehenen Prozeßdatum in Kenntnis gesetzt werden solle; organisierten die Herrichtung der Königlichen Galerie in Westminster; baten untertänigst um die Gestellung ausreichender Polizeikräfte zum Schutz der Oberhauseingänge; ersuchten Seine Majestät, gnädigst einen Großhofmeister zu ernennen; verfügten in schafsgleicher Berufung auf Präzedenzfälle, daß alle Lords aufzufordern seien, in ihren Roben zu erscheinen; daß jeder Lord sein Urteil auf Ehre und Gewissen zu fällen und dies durch Auflegen der rechten Hand aufs Herz zu bekräftigen habe; daß der Zeremonienmeister im Hause zugegen sein solle, um im Namen des Königs um Ruhe zu bitten – und so weiter und so fort, ohne Ende. Und hier im Fensterrahmen steckte dieses angeschmutzte Stück Papier, das bei früherer Entdeckung die ganze pompöse Zeremonie überflüssig gemacht hätte.

Wimseys Abenteuer im Moor hatte seine Nerven angegriffen. Er setzte sich aufs Bett und lachte, während ihm die Tränen übers Gesicht strömten.

Mr. Bunter war sprachlos. Sprachlos holte er ein Rasiermesser hervor – und bis ans Ende seiner Tage hat Wimsey nie erfahren, wie oder von wem er es sich so schnell besorgt hatte – und begann es nachdenklich auf seinem Handteller abzustreichen.

Nach einer Weile nahm Wimsey sich zusammen und wankte zum Fenster, um sich von der Moorluft ein wenig abkühlen zu lassen. In diesem Augenglick schlug ein fürchterlicher Lärm an seine Ohren, und er erblickte unten im Hof Bauer Grimethorpe, der zwischen seinen Hunden auf und ab ging; wenn sie heulten, schlug er mit der Peitsche nach ihnen, und dann heulten sie von neuem. Plötzlich sah er zum Fenster empor, und ein solch unverhohlener Haß stand in seinem Gesicht, daß Wimsey, wie von einem Schlag getroffen, rasch einen Schritt zurückwich.

Während Bunter ihn rasierte, schwieg er.

Die Unterredung, die Lord Peter auf sich zukommen sah, war heikler Natur; die Situation, wie immer man sie sah, war unerquicklich. Er war seiner Gastgeberin sehr zu Dank verpflichtet; auf der anderen Seite ließ Denvers Lage solche Rücksichten in den Hintergrund treten. Dennoch war sich Seine Lordschaft noch nie im Leben so schäbig vorgekommen wie jetzt, als er in Grider's Hole die Treppe hinunterging.

In der großen Küche stand eine dicke Magd und rührte in einem Kessel mit Eintopf. Er fragte nach Mr. Grimethorpe und erhielt die Auskunft, daß er fortgegangen sei.

«Könnte ich dann wohl mit Mrs. Grimethorpe sprechen?»

Die Frau sah ihn skeptisch an, dann wischte sie sich die Hände an der Schürze ab, ging in die Spülküche und rief: «Mrs. Grimethorpe!» Von irgendwoher draußen antwortete eine Stimme.

«Der Herr will Sie sprechen.»

«Wo ist denn Mrs. Grimethorpe?» fragte Peter rasch.

«In der Käserei, glaub ich.»

«Ich gehe zu ihr hinaus», sagte Wimsey und war schon draußen. Er ging durch die gekachelte Spülküche und dann über einen Hof, gerade als Mrs. Grimethorpe gegenüber aus einem dunklen Eingang trat.

Wie sie da im Türrahmen stand, kaum daß die kalte Sonne ihr starres, totenbleiches Gesicht und das füllige dunkle Haar berührte, war sie schöner denn je. In den großen dunklen Augen und den geschwungenen Lippen war nicht die Spur von Yorkshire-Blut zu entdecken. Die Form der Nase und Wangenknochen sprach von einer unendlich fernen Herkunft; wie sie dort aus der Dunkelheit kam, hätte sie soeben ihrem Grabmal bei den Pyramiden entstiegen sein und sich die vertrockneten, balsamierten Mumientücher von den Händen gestreift haben können.

Lord Peter riß sich zusammen.

«Fremdländisch», sagte er ruhig bei sich. «Leichter jüdischer – oder spanischer? – Einschlag. Bemerkenswerter Typ. Kann es Jerry nicht verdenken. Würde es ja selbst nicht bei Helen aushalten. Und jetzt los.»

Er trat schnell auf sie zu.

«Guten Morgen», sagte sie. «Geht es Ihnen jetzt besser?»

«Danke, ausgezeichnet – dank Ihrer Güte, von der ich nicht weiß, wie ich sie Ihnen vergelten soll.»

«Sie vergelten mir jede Güte am besten, indem Sie sofort gehen», antwortete sie mit ihrer wie abwesend klingenden Stimme. «Mein Mann mag keine Fremden, und Ihre erste Begegnung ist sehr unglücklich verlaufen.»

«Ich gehe auch gleich. Aber zuerst muß ich Sie um ein kurzes Wort bitten.» Er sah an ihr vorbei in die Düsternis der Käserei. «Vielleicht da drinnen?»

«Was wollen Sie von mir?»

Trotzdem trat sie zurück und gestattete ihm, ihr zu folgen.

«Mrs. Grimethorpe, ich befinde mich in einer äußerst peinlichen Lage. Sie wissen, daß mein Bruder, der Herzog von Denver, im Gefängnis sitzt und wegen eines Mordes angeklagt werden soll, der in der Nacht des 13. Oktober geschehen ist?»

Ihr Gesicht zeigte keine Regung. «Ich weiß davon.»

«Er weigert sich auf das entschiedenste, zu sagen, wo er in der betreffenden Nacht zwischen elf und drei Uhr war. Seine Weigerung bringt ihn in große Lebensgefahr.»

Sie sah ihn fest an.

«Er fühlt sich bei seiner Ehre verpflichtet zu schweigen, aber ich weiß, daß er einen Entlastungszeugen beibringen könnte, wenn er spräche.»

«Es scheint ein Mann von Ehre zu sein.» Ihre kalte Stimme schwankte ein wenig, fing sich aber gleich wieder.

«Ja. Zweifellos tut er aus seiner Sicht das Richtige. Sie werden jedoch verstehen, daß ich als sein Bruder natürlich darauf bedacht bin, die Dinge ins rechte Licht zu rücken.»

«Ich weiß nicht, warum Sie mir das sagen. Wenn es etwas Ehrenrühriges ist, will er es wahrscheinlich nicht bekannt werden lassen.»

«So sieht es aus. Aber für uns – seine Frau und seinen kleinen Sohn sowie seine Schwester und mich – stehen sein Leben und seine Sicherheit an erster Stelle.»

«Noch vor seiner Ehre?»

«Das Geheimnis ist zwar auf gewisse Weise entehrend und wird seiner Familie unangenehm sein. Aber es wäre noch unendlich entehrender, wenn er wegen Mordes hingerichtet würde. In diesem Falle würde die Schande auf alle fallen, die seinen Namen tragen. Die Schande der Wahrheit wird, wie ich fürchte, in dieser unserer höchst ungerechten Gesellschaft mehr auf diejenige fallen, die sein Alibi bezeugt, als auf ihn selbst.»

«Können Sie dann von dieser Zeugin erwarten, daß sie sich meldet?»

«Um die Verurteilung eines Unschuldigen zu verhindern? Ja, ich glaube sogar das erwarten zu dürfen.»

«Ich frage noch einmal – warum erzählen Sie das alles mir?»

«Weil Sie, Mrs. Grimethorpe, besser wissen als ich, wie unschuldig mein Bruder an diesem Mord ist. Glauben Sie mir, es schmerzt mich sehr, Ihnen das sagen zu müssen.»

«Ich weiß nichts von Ihrem Bruder.»

«Verzeihung, aber das ist nicht wahr.»

«Ich weiß nichts. Und vor allem sollten Sie, wenn der Herzog nicht reden will, seine Gründe respektieren.»

«Ich bin in keiner Weise gebunden.»

«Ich fürchte, da kann ich Ihnen auch nicht helfen. Sie verschwenden Ihre Zeit. Wenn Sie Ihren fehlenden Zeugen oder die Zeugin nicht aufbieten können, warum versuchen Sie dann nicht, den wirklichen Mörder zu finden? Wenn Sie das tun, brauchen Sie sich um dieses Alibi gewiß nicht zu kümmern. Wo Ihr Bruder war, ist allein seine Sache.»

«Ich wollte», sagte Wimsey, «Sie würden sich nicht auf diesen Standpunkt stellen. Glauben Sie mir, ich hätte alles in meinen Kräften Stehende getan, um Sie zu schonen. Ich habe mir die allergrößte Mühe gegeben, den wirklichen Mörder zu finden, wie Sie mir raten, aber ohne Erfolg. Der Prozeß wird voraussichtlich Ende dieses Monats stattfinden.»

Ihre Lippen zuckten bei dieser Mitteilung ein wenig, aber sie sagte nichts.

«Ich hatte gehofft, wir könnten uns mit Ihrer Hilfe auf irgendeine Erklärung einigen – es müßte vielleicht nicht die ganze Wahrheit sein, aber immerhin so viel, daß mein Bruder entlastet würde. Nach Lage der Dinge fürchte ich allerdings, daß ich den Beweis, den ich habe, vorlegen muß, und dann wird alles seinen Lauf nehmen.»

Das endlich wirkte. Ihre Wangen liefen dunkelrot an; ihre eine Hand krallte sich um den Griff des Butterfasses.

«Was meinen Sie mit Beweis?»

«Ich kann beweisen, daß mein Bruder in der Nacht des 13. Oktober in dem Zimmer gewesen ist, in dem ich letzte Nacht geschlafen habe», sagte Wimsey mit wohlberechneter Brutalität.

Sie zuckte zusammen. «Das ist gelogen. Sie können das nicht beweisen. Er wird es abstreiten. Ich werde es abstreiten.»

«Er war also nicht da?»

«Nein.»
«Wie kommt dann das hier in den Rahmen Ihres Schlafzimmerfensters?»
Beim Anblick des Briefes brach sie zusammen und taumelte gegen den Tisch. Ihre starren Gesichtszüge verzerrten sich zu einer Maske blanken Entsetzens.
«Nein, nein, nein! Das ist nicht wahr! Gott steh mir bei!»
«Still doch!» sagte Wimsey gebieterisch. «Sonst hört Sie noch einer.» Er half ihr auf die Beine. «Sagen Sie die Wahrheit, und wir wollen sehen, ob es nicht einen Ausweg gibt. Es ist wahr – er war in dieser Nacht hier?»
«Sie wissen es doch.»
«Wann ist er gekommen?»
«Viertel vor zwölf.»
«Wer hat ihn ins Haus gelassen?»
«Er hatte die Schlüssel.»
«Wann hat er Sie verlassen?»
«Kurz nach zwei.»
«Ja, das paßt. Eine Dreiviertelstunde für den Hinweg und eine Dreiviertelstunde für den Rückweg. Das hier hat er zwischen die Fenster geklemmt, nehme ich an, damit sie zu klappern aufhörten?»
«Es war so ein starker Wind – ich war nervös. Bei jedem Geräusch habe ich gedacht, das ist mein Mann, der zurückkommt.»
«Wo war Ihr Mann?»
«In Stapley.»
«Hatte er einen Verdacht?»
«Eine Zeitlang ja.»
«Seit mein Bruder im August hiergewesen war?»
«Ja. Aber er konnte nichts beweisen. Wenn er einen Beweis gefunden hätte, er hätte mich umgebracht. Sie haben ihn ja erlebt. Er ist ein Teufel.»
«Mhm.»
Wimsey schwieg. Die Frau sah ihm angstvoll ins Gesicht und schien dort eine gewisse Hoffnung zu lesen, denn sie umklammerte seinen Arm.
«Wenn Sie mich als Zeugin aufrufen», sagte sie, «dann weiß er es. Dann *wird* er mich umbringen. Haben Sie doch um Gottes willen Mitleid! Dieser Brief ist mein Todesurteil. Bei der Mutter, die Sie geboren hat, haben Sie Erbarmen mit mir. Mein Leben ist schon die Hölle, und wenn ich sterbe, werde ich zur Hölle fahren für meine

Sünde. Finden Sie einen anderen Ausweg – Sie können es – Sie müssen es.»

Wimsey machte sich sanft von ihr los.

«Nicht, Mrs. Grimethorpe. Man könnte uns sehen. Es tut mir außerordentlich leid um Sie, und wenn ich meinen Bruder da herausholen kann, ohne Sie mit hineinzuziehen, verspreche ich Ihnen, das zu tun. Aber Sie sehen, wie schwierig es ist. Warum verlassen Sie diesen Mann nicht einfach? Jeder weiß doch, wie brutal er Sie behandelt.»

Sie lachte.

«Glauben Sie, er würde mich am Leben lassen, bis das Gesetz mich endlich von ihm befreit hätte? Sie kennen ihn doch. Glauben Sie das?»

Wimsey glaubte es wirklich nicht.

«Ich verspreche Ihnen eines, Mrs. Grimethorpe. Ich will mit allen Mitteln zu vermeiden versuchen, daß ich auf Sie als Zeugin zurückgreifen muß. Wenn es aber nicht anders gehen sollte, werde ich dafür sorgen, daß Sie vom Augenblick der Vorladung an unter Polizeischutz stehen.»

«Bis an mein Lebensende?»

«Wenn Sie erst in London sind, werden wir zusehen, daß Sie von diesem Mann freikommen.»

«Nein. Sowie Sie mich hinzuziehen, bin ich verloren. Aber Sie werden einen anderen Weg finden?»

«Ich will es versuchen, aber versprechen kann ich nichts. Ich werde alles tun, was möglich ist, um Sie zu schützen. Wenn Ihnen an meinem Bruder irgend etwas liegt – »

«Das weiß ich nicht. Ich habe so schreckliche Angst. Er war gut und freundlich zu mir. Er war – so anders. Aber ich habe Angst – Angst.»

Wimsey drehte sich um. Ihre entsetzten Augen hatten den Schatten über die Schwelle huschen sehen. Grimethorpe stand in der Tür und funkelte sie beide böse an.

«Ah, Mr. Grimethorpe», rief Wimsey fröhlich, «da sind Sie ja! Freut mich außerordentlich, Sie noch zu sehen und Ihnen danken zu können, daß Sie mich aufgenommen haben. Das habe ich eben zu Ihrer Frau gesagt und sie gebeten, Ihnen in meinem Namen auf Wiedersehen zu sagen. Ich muß jetzt leider fort. Bunter und ich sind Ihnen beiden überaus dankbar für Ihre Freundlichkeit. Ach ja, und könnten Sie mir diese kräftigen Jungs mal herbringen, die uns gestern nacht aus Ihrem Moorloch herausgezogen haben – falls es Ihres ist? Häßliche Sache, so was vor seiner Haustür zu haben, wie? Ich möchte den Herren danken.»

«Aber gut für unwillkommene Gäste», entgegnete der Mann wütend. «Und Sie verschwinden hier lieber, bevor ich Sie rausschmeiße.»

«Bin schon weg», sagte Peter. «Nochmals auf Wiedersehen, Mrs. Grimethorpe, und tausend Dank.»

Er rief Bunter zu sich, entlohnte seine Retter angemessen, nahm liebevollen Abschied von dem tobenden Bauern und ging seines Weges, wund am Körper und zutiefst verwirrt im Herzen.

Manon

«Dieses eine Wort, mein lieber Watson, hätte mir die ganze Geschichte erzählen müssen, wenn ich dieser reine Verstandesmensch wäre, als den du mich so gern schilderst.»
Memoirs of Sherlock Holmes

«Gott sei Dank», sagte Parker. «Nun, damit wäre ja alles klar.»

«Ist es – und doch wieder nicht», erwiderte Lord Peter. Er ließ sich nachdenklich auf das dicke Kissen in der Sofaecke zurücksinken.

«Natürlich ist es nicht schön, diese Frau bloßstellen zu müssen», sagte Parker verständnisvoll und mitfühlend, «aber daran läßt sich nun einmal nichts ändern.»

«Ich weiß. So einfach und nett ist das alles. Und an Jerry, der die arme Frau in den ganzen Schlamassel hineingerissen hat, gilt es ja auch zuerst zu denken. Und wenn wir Grimethorpe nicht sehr erfolgreich an die Kette legen und er der Frau die Kehle durchschneidet, hat Jerry zeitlebens etwas furchtbar Lustiges, woran er denken kann ... Jerry! Sag mal, was sind wir eigentlich für Trottel, daß wir die Wahrheit nicht gleich gesehen haben? Ich meine – natürlich ist meine Schwägerin eine schrecklich gute Frau und so weiter, aber Mrs. Grimethorpe – hui! Ich hab dir ja erzählt, wie sie mich mit Jerry verwechselt hat. Das war ein Augenblick, kann ich dir sagen! Aber da hätte ich Bescheid wissen müssen. Unsere Stimmen ähneln sich natürlich, und sehen konnte sie aus der dunklen Küche nichts. Ich glaube ja nicht, daß in dieser Frau auch nur noch ein Funken Gefühl steckt, außer der nackten Angst – aber bei allen Göttern! Diese Augen, diese Haut! Na ja, vergessen wir's. Das größte Glück haben oft die, die es am wenigsten verdienen. Kennst du ein paar gute Witze? Nein? Dann erzähle ich dir mal einen – zur Erweiterung deines Horizonts und so. Kennst du den von dem jungen Mann im Kriegsministerium?»

Mr. Parker ließ mit lobenswerter Geduld fünf Anekdoten über sich ergehen, dann konnte er sich plötzlich nicht mehr halten.

«Hurra!» rief Wimsey. «Bist doch ein feiner Kerl! Wie gern ich von Zeit zu Zeit ein verhaltenes Schmunzeln auf deinen Lippen sehe! Dann will ich dich mal mit der wirklich haarsträubenden Geschichte von der jungen Hausfrau und dem Vertreter in Fahrradpumpen verschonen. Sieh mal, Charles, ich möchte ja *wirklich* wissen, wer nun

Cathcart umgebracht hat. Juristisch genügt es zwar, zu beweisen, daß Jerry unschuldig ist, aber Mrs. Grimethorpe hin oder Mrs. Grimethorpe her, unserem Ruf als Detektive wäre das nicht gerade zuträglich. Der Vater lenkt ein, aber der Fürst bleibt hart; das heißt, als Bruder bin ich zufrieden – man könnte sogar sagen froh –, aber als Detektiv fühle ich mich am Boden zerstört, gedemütigt, in die Schranken gewiesen, ein Ochse vorm Scheunentor. Außerdem ist von allen Verteidigungsmöglichkeiten ein Alibi am schwersten glaubhaft zu machen, sofern man nicht ein ganzes Heer von unabhängigen und unbeteiligten Zeugen aufbietet, die es bestätigen. Wenn Jerry bei seinem Nein bleibt, wissen sie mit Sicherheit nur, daß entweder er oder Mrs. Grimethorpe sich ritterlich verhält.»

«Du hast doch den Brief.»

«Schon. Aber wie sollen wir beweisen, daß er an dem fraglichen Abend angekommen ist? Der Umschlag ist vernichtet. Fleming kann sich an nichts erinnern. Jerry könnte ihn schon Tage vorher bekommen haben. Oder er könnte überhaupt gefälscht sein. Und wer kann beschwören, daß ich ihn nicht selbst in den Fensterrahmen geklemmt und dann so getan habe, als hätte ich ihn gefunden? Immerhin kann man mich schwerlich als unbefangenen Zeugen bezeichnen.»

«Bunter hat gesehen, wie du ihn gefunden hast.»

«Hat er nicht, Charles. In dem fraglichen Augenblick war er nicht im Zimmer, weil er Rasierwasser holen ging.»

«Ach, so war das?»

«Und außerdem kann nur Mrs. Grimethorpe allein das beschwören, was eigentlich der springende Punkt ist – wann Jerry bei ihr angekommen und wann er wieder gegangen ist. Wenn er nicht spätestens um halb eins in Grider's Hole war, ist es vollkommen unerheblich, ob er da war oder nicht.»

«Aber», sagte Parker, «könnten wir uns Mrs. Grimethorpe nicht wenigstens warmhalten, wie man so sagt –?»

«Klingt ein bißchen frivol», meinte Lord Peter, «aber halten wir sie uns mit dem größten Vergnügen warm, wenn du willst.»

« – und inzwischen», fuhr Mr. Parker unbeirrt fort, «alles daransetzen, den richtigen Täter zu finden?»

«O ja», sagte Lord Peter. «Und da fällt mir etwas ein. Ich habe im Jagdhaus eine Entdeckung gemacht – ich glaub's wenigstens. Ist dir aufgefallen, daß eines der Arbeitszimmerfenster mit Gewalt geöffnet worden war?»

«Nein, wirklich?»

«Ja. Ich habe eindeutige Spuren gefunden. Natürlich war das lange nach dem Mord, aber es waren unübersehbare Kratzer am Riegel – wie sie zum Beispiel ein Taschenmesser hinterlassen würde.»

«Wie dumm von uns, damals nicht darauf geachtet zu haben!»

«Warum hätten wir das eigentlich tun sollen? Jedenfalls habe ich Fleming danach gefragt, und er sagt, jetzt wo er darüber nachdenkt, kann er sich erinnern, daß er am Donnerstagmorgen das Fenster offen vorgefunden hat und nicht wußte, wieso. Und noch etwas. Ich habe einen Brief von meinem Freund Tim Watchett erhalten. Hier ist er:

‹Mylord – ich komme auf unser Gespräch zurück. Ich habe einen Mann gefunden, der am Abend des 13. letzten Monats mit dem Betreffenden im Pfeifenden Eber war, und er sagt, daß der Betreffende sich von ihm ein Fahrrad ausgeliehen hat, welchselbiges später mit verbogener Lenkstange und verbeulten Rädern an der Stelle, wo der Betreffende aufgelesen wurde, im Graben gefunden worden war.

Ihrem geschätzten Wohlwollen empfiehlt sich weiterhin

Ihr
Timothy Watchett›

Was hältst du davon?»

«Dem lohnt sich nachzugehen», meinte Parker. «Wenigstens hemmen uns jetzt keine häßlichen Zweifel mehr.»

«Nein. Und wenn Mary auch meine Schwester ist, muß ich doch sagen, daß sie von allen dummen Puten die dümmste ist. Erst läßt sie sich mit diesem entsetzlichen Flegel ein – »

«Da hat sie sich wunderbar verhalten», sagte Mr. Parker und wurde ziemlich rot. «Nur weil sie deine Schwester ist, kannst du gar nicht ermessen, wie wunderbar sie war. Wie sollte denn so eine reine und edle Seele wie ihre diesen Menschen durchschauen? Wo sie selbst so ernsthaft und durch und durch ehrlich ist, beurteilt sie doch jeden nach demselben Maßstab. Daß ein Mensch so windig und wankelmütig sein könnte wie dieser Goyles, hat sie erst geglaubt, als es ihr *bewiesen* wurde. Und selbst dann hat sie sich nicht dazu durchringen können, schlecht von ihm zu denken, bis er sich durch seine eigenen Worte bloßgestellt hat. Es war großartig, wie sie für ihn gekämpft hat. Stell dir doch nur einmal vor, was es eine so großartige, grundehrliche Frau gekostet haben muß, zu – »

«Schon gut, schon gut!» rief Peter, der seinen Freund starr vor Staunen angeglotzt hatte. «Steigere dich nicht so hinein. Ich glaub's dir ja. Verschone mich. Ich bin ja nur ein Bruder. Alle Brüder sind Narren. Alle Verliebten sind Irre – meint Shakespeare. Hast du ein Auge auf Mary geworfen, altes Haus? Du siehst mich erstaunt – aber ich glaube, darüber staunen Brüder immer. Gott sei mit euch, liebe Kinder!»

«Zum Teufel aber auch, Wimsey», sagte Parker sehr zornig, «du hast kein Recht, so mit mir zu reden! Ich habe nur gesagt, wie sehr ich deine Schwester bewundere – und jeder muß solchen Mut und solche Festigkeit bewundern. Da brauchst du gar nicht gleich beleidigend zu werden. Ich weiß, daß sie Lady Mary Wimsey ist und verflixt reich, und ich bin nur ein kleiner Polizist mit null Komma nichts *per annum* und Aussicht auf eine Pension, aber darüber brauchst du nicht auch noch Witze zu reißen.»

«Ich reiße keine Witze», versetzte Wimsey entrüstet. «Ich kann mir nur nicht vorstellen, warum einer meine Schwester heiraten möchte; aber du bist mein Freund, und ein sehr guter dazu, und meinen Segen hast du, falls der was nützt. Außerdem – hol's der Kuckuck, Mann – um es mal platt auszudrücken, sieh dir doch an, was sonst hätte kommen können! Ein sozialistischer Neinsager ohne Mumm und Manieren oder ein undurchsichtiger Falschspieler mit mysteriöser Vergangenheit! Mutter und Jerry müßten an dem Punkt angelangt sein, wo sie einen anständigen, gottesfürchtigen Klempner willkommen heißen würden, nicht zu reden von einem Polizisten. Ich fürchte einzig und allein, daß Mary mit ihrem schauderhaften Geschmack in puncto Männer einen richtig anständigen Kerl wie dich gar nicht zu würdigen wüßte, altes Haus.»

Mr. Parker entschuldigte sich bei seinem Freund für seine unwürdigen Verdächtigungen, und dann saßen sie ein Weilchen schweigend da. Parker schlürfte langsam seinen Portwein und sah in dessen rosigen Tiefen unvorstellbare Bilder warm aufleuchten. Wimsey zückte seine Brieftasche und blätterte gedankenabwesend in ihrem Inhalt, warf alte Briefe ins Feuer, faltete Notizen auseinander und wieder zusammen und sortierte eine gemischte Sammlung von Visitenkarten anderer Leute. Endlich kam er auch an das Löschblatt aus dem Arbeitszimmer in Riddlesdale, an dessen fragmentarische Tintenspuren er seitdem kaum einen Gedanken verschwendet hatte.

Parker, der seinen Portwein ausgetrunken und sich einen Ruck gegeben hatte, fiel soeben ein, daß er Peter etwas hatte sagen wollen, bevor der Name Lady Mary alle andern Gedanken aus seinem Kopf verjagt hatte. Er drehte sich zu seinem Gastgeber um und hatte schon den Mund geöffnet, um zu reden, aber was er sagen wollte, gedieh nicht über ein einleitendes Zungenschnalzen hinaus, das sich anhörte wie das Klicken eines Uhrwerks, bevor es die Stunde schlägt, denn im selben Moment, als er sich umdrehte, knallte Lord Peters Faust auf das Tischchen, daß die Karaffen klirrten, und er rief mit der lauten Stimme völliger und plötzlicher Erleuchtung:

«*Manon Lescaut!*»

«Wie?» machte Mr. Parker.

«Man sollte mein Gehirn in Salz kochen!» sagte Lord Peter. «Kochen und zerstampfen und mit Butter als Rübeneintopf servieren, das ist das einzige, wozu es taugt! Sieh mich an!» (Mr. Parker bedurfte kaum dieser Aufforderung.) «Da zerbrechen wir uns den Kopf über Jerry, machen uns Sorgen um Mary, jagen einem Goyles und einem Grimethorpe und weiß der Himmel wem noch nach – und die ganze Zeit habe ich dieses Stückchen Papier wohlverwahrt in meiner Tasche. Die Kleckse auf des Löschblatts Rand, als Kleckse hat er nur erkannt, und waren sie nicht mehr. Aber Manon, Manon! Charles, wenn ich nur die grauen Zellen einer Holzlaus hätte, dieses Buch würde mir die ganze Geschichte erzählt haben. Und stell dir vor, was uns alles erspart geblieben wäre!»

«Nun erreg dich doch nicht so», sagte Parker. «Es muß ja ein herrliches Gefühl für dich sein, alles so klar zu sehen, aber ich habe *Manon Lescaut* nie gelesen, und das Löschblatt hast du mir nicht gezeigt, ich habe nicht die verschwommenste Ahnung, was du entdeckt hast.»

Lord Peter überreichte ihm das Souvenir ohne Kommentar.

«Ich sehe», sagte Parker, «daß dieses Stück Papier ziemlich zerknüllt und schmutzig ist und stark nach Tabak und russischem Leder riecht, und daraus schließe ich, daß du es in deiner Brieftasche hattest.»

«Nein!» rief Wimsey ungläubig. «Und das, nachdem du es mich da hast herausnehmen sehen! Holmes, wie machst du das?»

«An einer Ecke», fuhr Parker fort, «sehe ich zwei Tintenkleckse, einen größeren und einen kleineren. Da muß wohl jemand die Feder ausgeklopft haben. Ist an diesen Flecken etwas faul?»

«Ich habe nichts bemerkt.»

«Ein Stückchen unter den Flecken hat der Herzog ein paarmal seinen Namenszug hingesetzt – oder sogar seinen Titel. Das bedeutet, daß die Briefe nicht an Vertraute gingen.»

«Dieser Schluß ist zulässig, glaube ich.»

«Oberst Marchbanks hat eine saubere Unterschrift.»

«Der Mann kann kaum Böses im Schilde führen», meinte Peter. «Er unterschreibt wie ein ehrlicher Mensch! Weiter.»

«Da steht etwas hingekritzelt über fünf irgendwas schöne irgendwas. Siehst du daran etwas Geheimnisvolles?»

«Die Zahl Fünf könnte eine kabbalistische Bedeutung haben, aber ich gebe zu, ich weiß nicht welche. Man hat fünf Sinne, fünf Finger, fünf große chinesische Lehren, fünf Bücher Mose, ganz zu schweigen von diesen fünf Wesenheiten im Dilly-Lied – ‹Fünf sind der Grellen unter dem Mast›. Ich muß gestehen, daß ich stets danach gelechzt habe, zu wissen, was Grellen sind. Aber da ich es nicht weiß, helfen sie mir in diesem Fall auch nicht weiter.»

«Tja, und das ist alles, bis auf ein paar Bruchstücke von einem ‹oe› in einer Zeile und ‹is f.u› darunter.»

«Was stellst du dir darunter vor?»

«‹Ist faul› oder so was.»

«So?»

«Das scheint mir die einfachste Deutung zu sein. Oder vielleicht auch ‹ist fluchwürdig› – zwischen dem ‹f› und ‹u› ist die Tinte ein bißchen dick geflossen – das kann alles sein. Meinst du, es heißt ‹fluchwürdig›? Hat der Herzog etwas über Cathcarts fluchwürdige Tat geschrieben? Meinst du das vielleicht?»

«Nein, das lese ich da nicht heraus. Außerdem ist das nicht Jerrys Handschrift.»

«Wessen denn?»

«Weiß ich nicht. Aber ich kann es mir denken.»

«Und bringt uns das weiter?»

«Es erzählt uns die ganze Geschichte.»

«Na, nun spuck's schon aus, Wimsey. Sogar Dr. Watson würde irgendwann die Geduld verlieren.»

«Ts, ts! Schau dir mal die Zeile darüber an.»

«Da sehe ich nur ein ‹oe›.»

«Und?»

«Ich weiß nicht. ‹Poesie› vielleicht, ‹Goethe›, ‹Citroën›, ‹Hors-d'œuvre› – das kann vieles heißen.»

«Ich weiß nicht. Aber mit deinem letzten Wort kommst du der Sache schon näher – das ‹o› und ‹e› stehen sehr dicht zusammen, fast wie im Französischen.»

«Du meinst, es ist vielleicht ein französisches Wort?»

«Genau! Vielleicht ein französisches Wort.»

«Oder der Text ist überhaupt französisch?»

«Du hast es erfaßt. Französische Wörter mit ‹œ› bitte.»

«*Sœur – œuvre – œuf – bœuf –* »

«Nein, nein, das erste Wort war näher dran.»

«*Sœur – cœur!*»

«*Cœur.* Einen Moment. Sieh dir mal das Gekritzel davor an.»

«Warte mal – *er - cer –* »

«Wie wär's mit *percer*?»

«Ich glaube, du hast recht. ‹*Percer le cœur.*›»

«Ja. Oder ‹*perceras le cœur*›.»

«Das klingt besser. Es sieht auch so aus, als ob da noch ein, zwei Buchstaben hineingehörten.»

«Und jetzt noch einmal die Zeile mit dem ‹is – f.u›.»

«*Fou!*»

«Wer?»

«Ich habe keinen Namen genannt; ich habe ‹*fou*› gesagt.»

«Ich weiß, was du gesagt hast. Und ich habe gefragt, wer?»

«Wer was?»

«Wer ist *fou*?»

«Ach so – ‹is›. Himmel, klar doch, ‹*suis*›! ‹*Je suis fou.*›»

«*A la bonne heure!* Und ich schlage vor, daß die nächsten beiden Wörter ‹*de douleur*› oder so etwas heißen.»

«Könnte sein.»

«Du bist ziemlich vorsichtig. Ich sage, sie heißen so!»

«Na schön, und wenn sie so heißen?»

«Dann sagen sie uns alles.»

«Überhaupt nichts!»

«Alles, sage ich. Denk mal nach. Geschrieben wurde das an dem Tag, als Cathcart starb. So, und wer im Haus könnte wohl solche Worte geschrieben haben – ‹*perceras le cœur je suis fou de douleur*›? Geh mal alle durch. Ich weiß, daß es nicht Jerrys Schrift ist, außerdem würde er nie solche Ausdrücke verwenden. Oberst oder Mrs. Marchbanks? Eher bin ich Pygmalion! Freddy? Der könnte keine leidenschaftlichen Briefe auf französisch schreiben, wenn's um sein Leben ginge.»

«Nein, natürlich. Es müßte also Cathcart gewesen sein – oder Lady Mary.»

«Quatsch! Mary kann's nicht gewesen sein.»

«Warum nicht?»

«Weil sie dann ihr Geschlecht geändert haben müßte, nicht?»

«Stimmt ja. Dann müßte da stehen: ‹*Je suis folle.*› Also Cathcart – »

«Eben. Er hat sein ganzes Leben in Frankreich zugebracht. Denk an sein Bankbuch. Denk an – »

«Mein Gott! Wimsey, wir waren blind.»

«Richtig.»

«Paß mal auf! Das wollte ich dir nämlich vorhin sagen. Die Sûreté hat mir geschrieben, daß sie eine von Cathcarts Banknoten hat aufspüren können.»

«Bei wem?»

«Bei einem Monsieur François, dem etliche Häuser am Étoile gehören.»

«Und in denen er Appartements vermietet!»

«Zweifellos.»

«Wann geht der nächste Zug? Bunter!»

«Mylord?»

Mr. Bunter kam auf den Ruf hin zur Tür geeilt.

«Der nächste Schiffszug nach Paris?»

«Acht Uhr zwanzig, Mylord.»

«Packen Sie meine Zahnbürste ein und rufen Sie mir ein Taxi.»

«Gewiß, Mylord.»

«Aber, Wimsey, was bedeutet das in bezug auf den Mord an Cathcart? Hat etwa diese Frau – »

«Keine Zeit», sagte Wimsey hastig. «Aber ich bin in ein, zwei Tagen wieder da. Inzwischen – »

Er suchte eilig auf einem Bücherregal herum.

«Lies das mal.»

Er warf seinem Freund das Buch zu und stürzte ins Schlafzimmer.

Um elf Uhr, als der Streifen schmutzigen, von Öl und Papierfetzen verunzierten Wassers zwischen der *Normannia* und dem Kai immer breiter wurde, während abgehärtete Passagiere ihre Seemägen mit kaltem Schinken und eingelegten Gürkchen stärkten und die nervöseren sich die Schwimmwesten in ihren Kabinen anschauten, während die Hafenlichter blinkten und rechts und links vorüberzogen und Lord Peter in der Bar eine flüchtige Bekanntschaft mit einem zweitklassigen Filmschauspieler anknüpfte, saß Charles Parker mit verwundert gerunzelter Stirn vor dem Kaminfeuer in Piccadilly 110 A und machte seine erste Bekanntschaft mit jenem delikaten Meisterwerk des Abbé Prévost.

Des Beiles Schneide gegen ihn gerichtet

Szene 1: Westminster-Halle. Die geistlichen Lords zur Rechten des Throns, die weltlichen Lords zur Linken, die Gemeinen unterhalb. Bolingbroke, Aumerle, Surrey, Northumberland, Percy, Fitzwater, ein andrer Lord, Bischof von Carlisle, Abt von Westminster und Gefolge. Im Hintergrund Gerichtsbediente mit Bagot.

Bolingbroke: Ruft Bagot vor! Nun, Bagot, rede frei heraus,
Was du vom Tod des edlen Gloster weißt:
Wer trieb den König an, und wer vollbrachte
Den blut'gen Dienst zu seinem frühen Ende?
Bagot: So stellt mir vors Gesicht den Lord Aumerle.
König Richard II.

Der historische Prozeß gegen den Herzog von Denver wegen Mordes begann mit der ersten Sitzung des Parlaments nach den Weihnachtsferien. Die Zeitungen trugen Aufmacher wie «Prozeß vor seinesgleichen», von einer Rechtsanwältin, oder «Das Privileg der Peers; abschaffen oder nicht?», von einem Studenten der Geschichte. Der *Evening Banner* handelte sich mit einem Artikel unter der Überschrift «Die seidene Schlinge» (von einem Antiquar), der als voreingenommen erachtet wurde, Ärger wegen Mißachtung des Gerichts ein, und die *Daily Trumpet* – das Organ der Arbeiterpartei – fragte ironisch, warum bei einem Prozeß gegen einen Peer nur die paar einflußreichen Persönlichkeiten, die eine Karte für die Königliche Galerie ergattern konnten, den Spaß des Zuschauens haben durften.

Mr. Murbles und Kriminalinspektor Parker, die engen Kontakt miteinander hielten, liefen mit sorgenvollen Gesichtern herum, während Sir Impey Biggs, umkreist von Mr. Glibbery, Kronanwalt, Mr. Brownrigg-Fortescue, Kronanwalt, und einigen unbedeutenderen Planeten, drei Tage lang Sonnenfinsternis spielte. Die Pläne der Verteidigung wurden in der Tat im dunkeln gehalten – um so mehr, als sie sich am Vorabend der Schlacht noch ihres Hauptzeugen beraubt sah und nicht wußte, ob er sein Entlastungsmaterial überhaupt würde beibringen können.

Lord Peter war nach vier Tagen aus Paris zurückgekommen und wie ein Wirbelwind in die Great Ormond Street gefahren. «Ich hab's», sagte er, «aber es hängt am seidenen Faden. Hör zu!»

Eine Stunde lang hatte Parker zugehört und sich fieberhaft Notizen gemacht.

«Du kannst darauf schon mal aufbauen», sagte Wimsey. «Und sag Murbles Bescheid. Ich muß weg.»

Als nächstes kreuzte er in der amerikanischen Botschaft auf. Der Botschafter aber war nicht da, denn er war zu einem königlichen Diner befohlen worden. Wimsey wünschte das Diner zum Teufel, ließ die höflichen, hornbebrillten Sekretäre stehen, sprang in sein Taxi und verlangte, zum Buckingham-Palast gefahren zu werden. Dort brachte eine lange Diskussion mit pikierten Höflingen zunächst einen höheren Höfling, dann einen ganz hohen Höfling auf den Plan, und schließlich erschienen der amerikanische Botschafter und ein Mitglied des Königshauses, noch mit dem letzten Bissen im Mund.

«O ja», sagte der Botschafter, «natürlich läßt sich das machen – »

«Gewiß, gewiß», sagte die Hoheit huldvoll, «wir können keine Verzögerung brauchen. Das könnte zu internationalen Mißverständnissen führen und einen großen Schriftwechsel wegen Ellis Island zur Folge haben. Ärgerlich, wenn wir den Prozeß verschieben müßten – schreckliches Theater, nicht? Unsere Sekretäre schleppen uns ständig neue Schriftstücke wegen weiterer Polizeikräfte und Sitzgelegenheiten zur Unterschrift an. Viel Glück, Wimsey! Kommen Sie, essen Sie einen Happen, während Ihre Papiere fertig gemacht werden. Wann legt Ihr Schiff ab?»

«Morgen früh, Sir. Ich will in einer Stunde den Zug nach Liverpool erreichen – wenn ich kann.»

«Sie werden», sagte der Botschafter wohlwollend, während er ein Schriftstück unterschrieb. «Und da heißt es, die Engländer hätten es nie eilig.»

So stach Seine Lordschaft, versehen mit allen notwendigen Papieren, andern Morgens von Liverpool aus in See und überließ es derweil den Juristen, alternative Verteidigungsstrategien auszuarbeiten.

«Dann die Peers, zu zwei und zwei in ihrer Reihenfolge, beginnend mit dem jüngsten Baron.»

Der Erste Wappenherold, erhitzt und verwirrt, sprang unglücklich zwischen den rund dreihundert britischen Peers herum, die sich verlegen in ihre Roben zwängten, während die Herolde ihr Möglichstes taten, die Versammelten aufzustellen und davon abzuhalten, wieder durcheinander zu laufen, wenn sie einmal standen.

«So eine Farce!» grollte Lord Attenbury verärgert. Er war ein sehr kleiner, untersetzter Herr von cholerischem Temperament, und es ärgerte ihn, daß er ausgerechnet neben dem Graf von Strathgillan und Begg zu stehen kam, einem ungewöhnlich hochgewachsenen, hageren Edelmann mit entschiedenen Ansichten zur Prohibition und zur Legitimationsfrage.

«Sagen Sie mal, Attenbury», ließ sich ein freundlicher Peer mit rotem Gesicht und fünf Reihen Hermelin auf der Schulter vernehmen, «stimmt es, daß Wimsey noch nicht wieder da ist? Meine Tochter erzählt mir, daß er in die Staaten gereist ist, um Beweise aufzutreiben? Wieso in die Staaten?»

«Weiß ich nicht», sagte Attenbury, «aber Wimsey ist ein blitzgescheiter Bursche. Als er diese Smaragde von mir wiederfand, wissen Sie, da habe ich gesagt – »

«Euer Gnaden, Euer Gnaden!» rief einer der Herolde verzweifelt und stürzte sich ins Gewühl. «Euer Gnaden sind wieder aus der Reihe.»

«Wie, was?» fragte der rotgesichtige Peer. «Menschenskind! Muß wohl Anweisungen befolgen, wie?» Und damit wurde er von den schlichten Earls fortgezogen und neben den Herzog von Wiltshire gestellt, der stocktaub und mit Denver entfernt verschwägert war.

Die Königliche Galerie war zum Bersten gefüllt. Auf den Plätzen unterhalb der Gerichtsschranke, die für die Damen der Peers reserviert waren, saß die Herzoginwitwe von Denver, wundervoll gekleidet und trotzig. Sie litt sehr unter der unmittelbaren Nähe ihrer Schwiegertochter, deren Unglück es war, unausstehlich zu werden, wenn sie Kummer hatte – vielleicht der schwerste Fluch für den Menschen, der zum Leiden geboren ist.

Unten im Saal, hinter einem imponierenden Aufgebot von Verteidigern in Allongeperücken, waren Plätze für die Zeugen reserviert, und dort war auch Mr. Bunter untergebracht – um auszusagen, falls die Verteidigung es für nötig hielt, das Alibi vorzubringen –, während die meisten Zeugen in der Königlichen Garderobe zusammengepfercht saßen, sich auf die Finger bissen und einander anstarrten. Oberhalb der Gerichtsschranke befanden sich auf beiden Seiten die Bänke für die Peers, von denen jeder *de facto* und *de jure* ein Richter war, während auf dem hohen Podest der große Staatssessel für den Großhofmeister bereit stand.

Die Reporter an ihrem kleinen Tischchen begannen schon unruhig zu werden und auf die Uhr zu sehen. Durch Mauern und Stimmengesumm gedämpft fielen elf langsame Schläge des Big Ben in die Spannung. Eine Tür ging auf. Die Reporter sprangen von ihren Sitzen; die Verteidiger erhoben sich; alle standen auf; die Herzoginwitwe konnte sich nicht enthalten, ihrer Nachbarin zuzuflüstern, das Ganze erinnere sie an die Stimme, die über Eden wehte; und die Prozession strömte langsam herein, angeleuchtet von den Strahlen der Wintersonne, die durch die hohen Fenster hereindrangen.

Das Verfahren wurde eröffnet mit einem Aufruf um Ruhe durch den Zeremonienmeister, wonach der Königliche Gerichtsschreiber, am Fuße des Throns kniend, dem Großhofmeister* seine Ernennung unter dem Großsiegel überreichte, der nichts damit anzufangen wußte und sie dem Königlichen Gerichtsschreiber mit großer Feierlichkeit zurückreichte. Dieser las das langatmige und umständliche Schriftstück den Versammelten vor und gab ihnen so Gelegenheit, festzustellen, wie schlecht die Akustik in diesem Raum war. Der Zeremonienmeister antwortete mit einem volltönenden *«God Save the King»*, woraufhin der Erste Wappenherold und der Erste Meister des Hosenbandordens, wiederum kniend, dem Großhofmeister seinen Amtsstab überreichten. («So malerisch, nicht?» meinte die Herzoginwitwe. «Ganz Hochkirche.»)

Es folgte die Prozedur der Aktenvorlage in einer langen und eintönigen Litanei, die sich, beginnend mit Georg V. von Gottes Gnaden, auf sämtliche Richter und Oberrichter des Old Bailey berief, den Oberbürgermeister von London, den Stadtrichter und eine Anzahl anderer Ratsherren und Richter zitierte, zurückkam auf unseren Herrn den König, dann die Londoner City und die Grafschaften von London und Middlesex, Essex, Kent und Surrey durchstreifte, unseren verstorbenen Herrn und König Wilhelm IV. erwähnte, abschweifte ins Kommunalverwaltungsgesetz 1888, sich verlor in einer Aufzählung sämtlicher Verrätereien, Morde, Verbrechen und Vergehen, von wem auch immer und in welcher Weise auch immer begangen, vollbracht oder durchgeführt und an wem auch immer und in welcher Weise, sowie aller sonstigen Artikel und Umstände, die alle zusammen und jeder für sich inwiefern und in welcher Weise das Obenerwähnte beträfen, und zuletzt, nachdem sie die Namen der ganzen Großen Geschworenenkammer aufgezählt hatte, triumphierend und mit plötzlicher, brutaler Kürze auf den Anklagepunkt zurückkam:

«Die vereidigten Juroren für unseren Herrn und König erheben Anklage gegen den wohledlen und mächtigen Fürsten Gerald Christian Wimsey, Viscount St. George, Herzog von Denver, Peer des

* Dieses Amt war, wie üblich, an den Lordkanzler gefallen.

Vereinigten Königreichs von Großbritannien und Irland, am 13. Oktober im Jahre des Herrn 1923 in der Gemeinde Riddlesdale in der Grafschaft Yorkshire den Hauptmann Denis Cathcart getötet und ermordet zu haben.»

«Danach* wurde vom Zeremonienmeister an den Ersten Meister des Hosenbandordens die Aufforderung gerichtet, Gerald Christian Wimsey, Viscount St. George, Herzog von Denver, vor die Gerichtsschranke zu rufen, damit er auf diese Anklage antworte, woraufhin dieser, nachdem er vor die Schranke getreten war, niederkniete, bis der Großhofmeister ihn belehrte, daß er sich erheben dürfe.»

Der Herzog von Denver wirkte sehr klein und nackt und einsam in seinem blauen Straßenanzug, das einzige unbedeckte Haupt unter allen Peers, aber er war nicht ohne eine gewisse Würde, als er zu dem «Stuhl innerhalb der Gerichtsschranken» geleitet wurde, der für wohlgeborene Angeklagte als angemessen gilt, und er hörte dort die Wiederholung der Anklage durch den Großhofmeister mit schlichtem Ernst an, der ihm gut zu Gesicht stand.

«Dann wurde der Herzog von Denver auf die übliche Weise vom Kanzlisten der Parlamente zur Anklage gehört und gefragt, ob er sich schuldig oder nicht schuldig bekenne, woraufhin er sich als ‹nicht schuldig› bezeichnete.»

Nun erhob sich Sir Wigmore Wrinching, der Ankläger, um den Fall aus der Sicht der Krone zu schildern.

Nach den üblichen Einleitungsfloskeln des Inhalts, daß der Fall ein sehr schmerzlicher und das Ereignis ein sehr ernstes sei, rollte Sir Wigmore das Geschehen von Anfang an auf: den Streit, den Schuß um drei Uhr morgens, die Pistole, die Entdeckung der Leiche, das Verschwinden des Briefs und die ganzen übrigen bereits bekannten Einzelheiten. Er kündigte ferner Zeugenaussagen an, die zeigen sollten, daß der Streit zwischen Denver und Cathcart andere als die vom Angeklagten behaupteten Gründe gehabt habe und daß letzterer, wie man sehen werde, «guten Grund zu der Befürchtung gehabt» habe, «von Cathcart bloßgestellt zu werden». Bei diesen Worten sah man den Angeklagten einen besorgten Blick zu seinem Anwalt werfen. Die Darlegung des Falles nahm nur kurze Zeit in Anspruch, und danach bat Sir Wigmore, seine Zeugen aufrufen zu dürfen.

Da die Anklage nun nicht gut den Herzog von Denver aufrufen konnte, war die erste wichtige Zeugin Lady Mary Wimsey. Nachdem

* Siehe die Protokolle des Oberhauses für die betreffenden Tage.

sie ihre Beziehungen zu dem Ermordeten dargelegt und den Streit geschildert hatte, fuhr sie fort: «Um drei Uhr morgens stand ich auf und ging nach unten.»

«Aus welchem Anlaß taten Sie das?» fragte Sir Wigmore und sah sich mit der Miene eines Mannes im Gerichtssaal um, der seinen großen Auftritt einleitet.

«Wegen einer Verabredung, die ich mit einem Freund getroffen hatte.»

Alle Reporter sahen plötzlich auf wie Hunde in Erwartung eines Stücks Kuchen, und Sir Wigmore schrak so heftig zusammen, daß er seine Akte vom Tisch stieß und diese dem unter ihm sitzenden Sekretär des Oberhauses auf den Kopf fiel.

«Ich darf doch bitten! Zeugin, bedenken Sie, daß Sie unter Eid stehen, und sehen Sie sich vor. Was hat Sie um drei Uhr aufgeweckt?»

«Ich habe gar nicht geschlafen. Ich wartete auf den Zeitpunkt meiner Verabredung.»

«Und während Sie warteten, haben Sie da etwas gehört?»

«Nein, nichts.»

«Aber, Lady Mary, ich habe hier Ihre beeidete Aussage vor dem Untersuchungsrichter. Ich lese sie Ihnen vor. Hören Sie bitte gut zu. Sie sagen: ‹Um drei Uhr wurde ich durch einen Schuß geweckt. Ich glaubte, es seien Wilddiebe. Es klang sehr laut und nah beim Haus. Ich ging hinunter, um nachzusehen, was es war.› Erinnern Sie sich, diese Aussage gemacht zu haben?»

«Ja, aber das war nicht die Wahrheit.»

«Nicht die Wahrheit?»

«Nein.»

«Wollen Sie angesichts dieser Aussage noch immer behaupten, Sie hätten um drei Uhr nichts gehört?»

«Ich habe gar nichts gehört; ich bin hinuntergegangen, weil ich eine Verabredung hatte.»

«Meine Lords», sagte Sir Wigmore, sehr rot im Gesicht, «ich muß Sie um Ihre Erlaubnis bitten, diese Zeugin als Zeugin der Gegenseite zu behandeln.»

Aber auch die heftigsten Angriffe Sir Wigmores brachten kein anderes Ergebnis als die immer wiederholte Feststellung, daß zu keiner Zeit ein Schuß gehört worden sei. Auf die Entdeckung der Leiche angesprochen, sagte Lady Mary, sie habe, als sie sagte: ‹Mein Gott, Gerald, du hast ihn getötet›, unter dem Eindruck gestanden, daß der Tote der Freund gewesen sei, mit dem sie verabredet war. Hier entspann sich nun ein hitziges Wortgefecht zu der Frage, ob die näheren

Umstände dieser Verabredung für den Prozeß erheblich seien. Die Lords entschieden, daß sie eigentlich erheblich seien; und somit kam die ganze Goyles-Geschichte heraus, verbunden mit der Mitteilung, daß Mr. Goyles anwesend sei und als Zeuge aufgerufen werden könne. Schließlich übergab Sir Wigmore Wrinching die Zeugin mit einem vernehmlichen Schnauben an Sir Impey Biggs, der sich, schön wie er war, mit freundlicher Miene erhob und die Diskussion wieder auf einen weit zurückliegenden Punkt brachte.

«Verzeihen Sie mir die Art dieser Frage», sagte Sir Impey mit einer höflichen Verbeugung, «aber wollen Sie uns bitte sagen, ob Ihrer Ansicht nach der verstorbene Hauptmann Cathcart sehr in Sie verliebt war?»

«Nein, ich bin sogar sicher, daß er es nicht war; es war ein Arrangement zu unserem beiderseitigen Vorteil.»

«Soweit Sie ihn kannten, glauben Sie, daß er einer sehr tiefen Zuneigung fähig war?»

«Das halte ich für möglich – bei der richtigen Frau. Ich würde sagen, er war sehr leidenschaftlich veranlagt.»

«Danke. Sie haben uns erzählt, daß Sie Hauptmann Cathcart mehrere Male getroffen haben, als Sie letzten Februar in Paris waren. Erinnern Sie sich, mit ihm in ein Juweliergeschäft gegangen zu sein – zu Monsieur Briquet in der Rue de la Paix?»

«Kann sein; aber das weiß ich nicht sicher.»

«Das Datum, auf das ich Ihre Aufmerksamkeit lenken möchte, ist der 6. Februar.»

«Ich weiß es nicht.»

«Erkennen Sie dieses Amulett?»

Damit wurde der Zeugin die grünäugige Katze übergeben.

«Nein; ich habe es nie gesehen.»

«Hat Hauptmann Cathcart Ihnen je etwas in der Art geschenkt?»

«Nein, nie.»

«Haben Sie je so ein Schmuckstück besessen?»

«Nein, da bin ich völlig sicher.»

«Meine Lords, ich darf diese Platinkatze mit Brillanten zu den Beweisstücken legen. Danke, Lady Mary.»

James Fleming, eingehend nach der Postzustellung befragt, blieb ausweichend und vergeßlich und hinterließ insgesamt beim Gericht den Eindruck, daß der Herzog überhaupt nie einen Brief bekommen habe. Sir Wigmore, der in seiner Eröffnungsrede schon düster auf Versuche angespielt hatte, den Charakter des Opfers anzuschwärzen, lächelte hämisch und überließ den Zeugen Sir Impey. Dieser begnügte sich damit, dem Zeugen das Zugeständnis zu entlocken, daß er sich mit Sicherheit weder so noch so erinnere, und ging dann sofort auf einen anderen Punkt über.

«Erinnern Sie sich, ob mit derselben Post noch Briefe für andere Mitglieder der Jagdgesellschaft gekommen sind?»

«Ja, ich habe drei oder vier Briefe ins Billardzimmer gebracht.»

«Können Sie sagen, an wen sie adressiert waren?»

«Ein paar waren für Oberst Marchbanks und einer für Hauptmann Cathcart.»

«Hat Hauptmann Cathcart seinen Brief an Ort und Stelle geöffnet?»

«Das weiß ich nicht, Sir. Ich habe das Zimmer sofort wieder verlassen, um die Post für Seine Gnaden ins Arbeitszimmer zu bringen.»

«Könnten Sie uns nun einmal erzählen, auf welche Weise die Post, die morgens fortgehen soll, im Jagdhaus eingesammelt wird?»

«Die Briefe werden in den Postsack geworfen, der verschlossen ist. Seine Gnaden hat einen Schlüssel, den anderen hat die Post. Die Briefe werden oben durch einen Schlitz gesteckt.»

«Wurden an dem Morgen nach Hauptmann Cathcarts Tod die Briefe wie gewöhnlich zur Post gebracht?»

«Ja, Sir.»

«Von wem?»

«Ich habe den Sack selbst hingebracht, Mylord.»

«Hatten Sie eine Gelegenheit, zu sehen, was für Briefe sich darin befanden?»

«Als die Postmeisterin den Sack leerte, habe ich gesehen, daß es mehrere Briefe waren, aber ich könnte nicht sagen, an wen sie adressiert waren oder sonst etwas.»

«Ich danke Ihnen.»

Hier sprang Sir Wigmore vom Stuhl auf wie ein sehr verärgerter Kastenteufel.

«Ist dies das erste Mal, daß Sie diesen Brief erwähnen, den Sie in der Mordnacht angeblich Hauptmann Cathcart ausgehändigt haben?»

«Meine Lords», rief Sir Impey. «Ich erhebe Einspruch gegen diese Formulierung. Bisher liegt noch kein Beweis dafür vor, daß ein Mord begangen wurde.»

Dies war der erste Hinweis auf die Verteidigungsstrategie, die Sir Impey einzuschlagen gedachte, und er verursachte ein leises Raunen der Erregung.

«Meine Lords», fuhr der Verteidiger auf eine Frage des Großhofmeisters fort, «ich stelle fest, daß bisher noch nicht versucht worden ist, den Tatbestand des Mordes zu beweisen, und daß ein solches Wort einem Zeugen nicht in den Mund gelegt werden darf, solange die Anklage den Tatbestand des Mordes nicht bewiesen hat.»

«Es wäre wohl besser, Sir Wigmore, wenn Sie einen anderen Ausdruck wählten.»

«Für unseren Fall hat dies keinerlei Bedeutung, Mylord. Ich beuge mich der Entscheidung Eurer Lordschaft. Der Himmel weiß, daß ich nie den Versuch machen würde, auch nicht durch das kleinste und unbedeutendste Wort, die Verteidigung bei so einer schwerwiegenden Anklage zu behindern.»

«Meine Lords», rief Sir Impey dazwischen, «wenn der Herr Anklagevertreter das Wort ‹Mord› als unbedeutend bezeichnet, wäre es interessant zu wissen, welchen Worten er Bedeutung beimißt.»

«Der Herr Anklagevertreter hat sich bereit gefunden, das Wort durch ein anderes zu ersetzen», sagte der Großhofmeister beschwichtigend und nickte Sir Wigmore zu, fortzufahren. Sir Impey, dem es somit gelungen war, dem Angriff des Anklagevertreters auf den Zeugen die ursprüngliche Wucht zu nehmen, setzte sich wieder, und Sir Wigmore wiederholte seine Frage.

«Ich habe ihn vor ungefähr drei Wochen zum erstenmal gegenüber Mr. Murbles erwähnt.»

«Mr. Murbles ist der juristische Vertreter des Angeklagten, nehme ich an?»

«Ja, Sir.»

«Und wie kommt es», fragte Sir Wigmore grimmig, indem er den Kneifer auf seiner recht ansehnlichen Nase zurechtrückte und den Zeugen böse anfunkelte, «daß Sie den Brief nicht schon bei der Untersuchungsverhandlung oder in einem früheren Stadium der Untersuchung erwähnt haben?»

«Weil mich niemand danach gefragt hat, Sir.»

«Was hat Sie plötzlich zu dem Entschluß gebracht, Mr. Murbles davon zu erzählen?»

«Er hat mich gefragt, Sir.»

«So, er hat Sie gefragt; und Sie haben sich entgegenkommenderweise daran erinnert, als Ihnen dieser Gedanke nahegelegt wurde?»

«Nein, Sir. Ich habe mich die ganze Zeit daran erinnert. Das heißt, ich habe dem keine besondere Bedeutung beigemessen, Sir.»

«So, Sie haben sich die ganze Zeit daran erinnert, obwohl Sie ihm weiter keine Bedeutung beimaßen. Und jetzt sage ich Ihnen auf den Kopf zu, daß Sie sich überhaupt nie daran erinnert haben, bis es Ihnen von Mr. Murbles nahegelegt wurde.»

«Mr. Murbles hat mir nichts nahegelegt, Sir. Er hat mich gefragt, ob mit derselben Post noch weitere Briefe gekommen seien, und da ist es mir eingefallen.»

«Genau! Als es Ihnen nahegelegt wurde, haben Sie sich erinnert, vorher aber nicht.»

«Nein, Sir. Das heißt, wenn ich früher gefragt worden wäre, hätte ich mich auch früher daran erinnert und den Brief erwähnt, aber da ich nicht danach gefragt wurde, habe ich ihn nicht für wichtig gehalten, Sir.»

«Sie haben es also nicht für wichtig gehalten, daß dieser Mann wenige Stunden, bevor – vor seinem Tod – einen Brief erhielt?»

«Nein, Sir. Ich habe gedacht, wenn er wichtig gewesen wäre, hätte die Polizei mich danach gefragt, Sir.»

«Nun, James Fleming, ich halte Ihnen noch einmal vor, daß die Idee, Hauptmann Cathcart könne an dem Abend, bevor er starb, noch einen Brief erhalten haben, Ihnen nie gekommen ist, bevor sie Ihnen von der Verteidigung in den Kopf gesetzt wurde.»

Der Zeuge, verwirrt von diesem etwas umständlichen Satz, gab eine konfuse Antwort, und Sir Wigmore sah sich im Saal um, als wollte er sagen: «Na bitte, seht euch diesen unsicheren Kantonisten an.»

«Ich nehme an, daß Sie auch nicht auf den Gedanken gekommen sind, der Polizei etwas von den Briefen im Postsack zu sagen?»

«Nein, Sir.»

«Warum nicht?»

«Ich habe nicht geglaubt, daß mir dies zukommt, Sir.»

«Haben Sie überhaupt daran gedacht?»

«Nein, Sir.»

«Denken Sie überhaupt jemals?»

«Nein, Sir – ich meine, ja, Sir.»

«Dann denken Sie jetzt bitte gut darüber nach, was Sie sagen.»

«Ja, Sir.»

«Sie sagen, daß Sie diese ganzen wichtigen Briefe aus dem Haus getragen haben, ohne dazu ermächtigt gewesen zu sein und ohne die Polizei zu benachrichtigen?»

«Ich hatte meine Anweisungen, Sir.»

«Von wem?»

«Es war ein Befehl von Seiner Gnaden, Sir.»

«Ach! Ein Befehl von Seiner Gnaden. Wann haben Sie diesen Befehl bekommen?»

«Es gehörte zu meinen ständigen Pflichten, Sir, jeden Morgen den Sack zur Post zu bringen.»

«Und Sie sind nicht auf den Gedanken gekommen, daß in so einem Fall eine ordnungsgemäße Benachrichtigung der Polizei wichtiger sein könnte als die Befolgung Ihrer Anweisungen?»

«Nein, Sir.»

Sir Wigmore nahm mit angewiderter Miene wieder Platz, und Sir Impey übernahm den Zeugen.

«Ist Ihnen die Sache mit dem Brief, den Sie Mr. Cathcart ausgehändigt hatten, zwischen dem Todestag und dem Tag, an dem Mr. Murbles mit Ihnen darüber sprach, nie durch den Kopf gegangen?»

«Nun, durch den Kopf gegangen ist sie mir gewissermaßen schon, Sir.»

«Wann war das?»

«Vor der Geschworenenkammer, Sir.»

«Und warum haben Sie da nichts davon gesagt?»

«Der Herr dort hat gesagt, ich solle mich auf die Beantwortung der Fragen beschränken und nichts von mir aus sagen, Sir.»

«Wer war denn dieser sehr gebieterische Herr?»

«Der Vertreter der Anklage, Sir.»

«Danke», sagte Sir Impey befriedigt, setzte sich und lehnte sich zu Mr. Glibbery hinüber, um ihm etwas offenbar sehr Erheiterndes mitzuteilen.

Der Frage nach dem Brief wurde im Verhör des Ehrenwerten Freddy weiter nachgegangen. Sir Wigmore Wrinching legte großes Gewicht auf die Versicherung des Zeugen, daß der Verstorbene am Mittwochabend beim Zubettgehen in ausgezeichneter Verfassung und bester Laune gewesen sei und von seiner bevorstehenden Heirat gesprochen habe.

«Er kam mir besonders heißa vor, wissen Sie», sagte der Ehrenwerte Freddy.

«Besonders was?» erkundigte sich der Großhofmeister.

«Heißa, Mylord», sagte Sir Wigmore mit einer spöttischen Verbeugung.

«Nun, ich weiß nicht, ob man dieses Wort so verwenden kann», sagte Seine Lordschaft, indem er es mit besonderer Sorgfalt seinen Notizen einverleibte, «aber ich nehme an, es soll hier ein Synonym für heiter sein.»

Der um seine Zustimmung gebetene Ehrenwerte Freddy meinte, er habe wohl mehr als heiter damit ausdrücken wollen, mehr lustig und strahlend, nicht wahr?

«Können wir also annehmen, daß er vergnügten Geistes war?» riet der Verteidiger.

«Nehmen Sie welchen Geist Sie wollen», murmelte der Zeuge und ergänzte noch eine Spur fröhlicher: «Nimm 'nen Klaren von John MacLaren.»

«Der Verstorbene war also ganz besonders fröhlich und guter Dinge, als er zu Bett ging», sagte Sir Wigmore, die Stirn in furchtbare Falten gelegt, «und freute sich auf seine in naher Zukunft bevorstehende Heirat. Wäre das eine zutreffende Beschreibung seiner Verfassung?»

Der Ehrenwerte Freddy stimmte dem zu.

Sir Impey verzichtete auf ein Kreuzverhör des Zeugen hinsichtlich des Streites und kam gleich zur Sache.

«Haben Sie noch irgendeine Erinnerung an die Briefe, die am Abend seines Todes ankamen?»

«Ja; für mich war einer von meiner Tante dabei. Der Oberst kriegte ein paar, glaube ich, und einer war für Cathcart.»

«Hat Hauptmann Cathcart seinen Brief an Ort und Stelle gelesen?»

«Nein, das weiß ich genau. Sehen Sie, ich habe meinen geöffnet, und dann sah ich, wie er seinen in die Tasche steckte, und hab gedacht – »

«Was Sie gedacht haben, ist nicht wichtig», sagte Sir Impey. «Was haben Sie getan?»

«Ich habe gesagt: ‹Entschuldigung, stört Sie's?› Und er hat gesagt: ‹Nein, nicht im mindesten.› Aber er hat seinen Brief noch immer nicht gelesen, und ich weiß noch, wie ich gedacht habe – »

«Wir können das hier nicht brauchen», sagte der Großhofmeister.

«Aber daher weiß ich doch so genau, daß er ihn nicht geöffnet hat», entgegnete der Ehrenwerte Freddy beleidigt. «Sehen Sie, ich hab mir damals nämlich gesagt, was ist der Kerl doch für ein Geheimniskrämer, und daher weiß ich das noch.»

Sir Wigmore, der schon mit geöffnetem Mund aufgesprungen war, setzte sich wieder.

«Danke sehr, Mr. Arbuthnot», sagte Sir Impey lächelnd.

Oberst und Mrs. Marchbanks bestätigten, gegen halb zwölf etwas im Arbeitszimmer des Herzogs gehört zu haben. Einen Schuß oder sonstige Geräusche hätten sie nicht gehört. Sie wurden nicht ins Kreuzverhör genommen.

Mr. Pettigrew-Robinson wartete mit einer lebhaften Schilderung des Streits auf und versicherte sehr bestimmt, daß eine akustische Verwechslung der herzoglichen Schlafzimmertür ausgeschlossen sei.

«Wir wurden dann kurz nach drei Uhr von Mr. Arbuthnot geweckt», fuhr der Zeuge fort, «und gingen in den Wintergarten hinunter, wo ich den Angeklagten und Mr. Arbuthnot das Gesicht des Verstorbenen waschen sah. Ich habe sie darauf hingewiesen, wie unklug das von ihnen sei, da sie damit wichtige Spuren für die Polizei vernichten könnten, aber sie haben sich nicht um mich gekümmert. Um die Tür herum befanden sich viele Fußspuren, die ich untersuchen wollte, weil nach meiner Theorie – »

«Meine Lords», rief Sir Impey, «wir können den Zeugen hier keine Theorien entwickeln lassen.»

«Gewiß nicht!» sagte der Großhofmeister. «Beantworten Sie die Fragen, die Ihnen gestellt werden, und fügen Sie von sich aus nichts hinzu.»

«Sehr wohl», sagte Mr. Pettigrew-Robinson. «Ich wollte damit auch nicht sagen, daß daran etwas faul gewesen sei, aber ich hatte mir gedacht – »

«Behalten Sie bitte für sich, was Sie gedacht haben. Hören Sie mir zu. Als Sie den Toten sahen, wie lag er da?»

«Auf dem Rücken, und Denver und Arbuthnot wuschen ihm das Gesicht. Er war offensichtlich umgedreht worden, denn – »

«Sir Wigmore», unterbrach der Großhofmeister, «Sie müssen Ihren Zeugen bei der Sache halten.»

«Beschränken Sie sich freundlicherweise auf das, was Sie gesehen haben», sagte Sir Wigmore leicht erhitzt. «Ihre Schlußfolgerungen interessieren uns nicht. Sie sagen, als Sie den Toten sahen, lag er auf dem Rücken. Ist das richtig?»

«Und Denver und Arbuthnot wuschen ihn.»

«Ja. Und jetzt möchte ich auf etwas anderes zu sprechen kommen. Erinnern Sie sich an einen Lunch im Königlichen Automobilclub?»

«Ja. Ich war dort Mitte August einmal zum Lunch – es muß, soviel ich weiß, der sechzehnte oder siebzehnte gewesen sein.»

«Wollen Sie uns bitte erzählen, was da geschah?»

«Ich war nach dem Lunch in den Rauchsalon gegangen und saß dort in einem hochlehnigen Sessel und las, als ich den Angeklagten mit dem seligen Hauptmann Cathcart hereinkommen sah. Das heißt, ich sah sie in dem großen Spiegel über dem Kaminsims. Sie selbst merkten nicht, daß jemand im Salon war, sonst wären sie wohl mit dem, was sie sagten, etwas vorsichtiger gewesen. Sie nahmen in meiner Nähe Platz und begannen sich zu unterhalten, und nach einiger Zeit lehnte Cathcart sich zum Herzog hinüber und sagte leise etwas, was ich nicht verstehen konnte. Daraufhin sprang der Angeklagte mit entsetztem Gesicht auf und rief: ‹Um Gottes willen, Cathcart, verrate mich bloß nicht – ich hätte die Hölle auf Erden.› Cathcart antwortete etwas in besänftigendem Ton – ich konnte nicht hören, was er sagte, er hatte so eine heimlichtuerische Stimme –, und der Angeklagte sagte darauf: ‹Also, laß das jedenfalls. Ich kann mir nicht leisten, daß jemand davon erfährt.› Der Angeklagte wirkte sehr erschrocken. Hauptmann Cathcart lachte. Dann sprachen sie leise weiter, und ich habe sonst nichts gehört.»

«Danke.»

Sir Impey übernahm den Zeugen mit mephistophelischer Höflichkeit.

«Sie sind ein Mann mit ausgezeichneten Beobachtungs- und Kombinationsgaben, Mr. Pettigrew-Robinson», begann er, «und zweifellos machen Sie bei der Beurteilung der Charaktereigenschaften und Motive anderer Menschen gern von Ihrer einfühlsamen Vorstellungskraft Gebrauch?»

«Ich glaube, ich kann mich als Kenner der menschlichen Natur bezeichnen», antwortete Mr. Pettigrew-Robinson sehr besänftigt.

«Man zieht Sie sicherlich gern ins Vertrauen?»

«Gewiß. Ich darf mich als einen Mann bezeichnen, dem sehr viel Menschliches zu Ohren kommt.»

«In der Nacht, als Hauptmann Cathcart starb, war Ihre große Welterfahrung für die Familie sicher Trost und Hilfe?»

«Sie hat sich meine Erfahrungen leider nicht zunutze gemacht, Sir», sagte Mr. Pettigrew-Robinson, und plötzlich brach es aus ihm heraus: «Man hat mich völlig ignoriert! Wenn man doch damals nur auf meinen Rat gehört hätte – »

«Danke, vielen Dank», sagte Sir Impey, um einem erregten Zwischenruf des Anklägers zuvorzukommen, der daraufhin aufstand und fragte:

«Wenn Hauptmann Cathcart irgendein Geheimnis oder irgendwelche Sorgen im Leben gehabt hätte, würden Sie von ihm erwartet haben, daß er sie Ihnen anvertraute?»

«Das würde ich von jedem rechtschaffenen jungen Mann ganz gewiß erwarten», sagte Mr. Pettigrew-Robinson großmäulig, «aber Hauptmann Cathcart war ein unangenehm verschlossener Mensch. Das einzige Mal, als ich ein freundliches Interesse an seinen Angelegenheiten zeigte, war er sehr ungezogen. Er nannte mich – »

«Das genügt», unterbrach Sir Wigmore ihn hastig, als er sah, daß die Beantwortung seiner Frage nicht so ausfiel wie erwartet. «Wie der Verstorbene Sie genannt hat, ist unerheblich.»

Mr. Pettigrew-Robinson trat ab und hinterließ den Eindruck eines schwer Gekränkten – ein Eindruck, der die Herren Glibbery und Brownrigg-Fortescue so zu freuen schien, daß sie während des Verhörs der nächsten beiden Zeugen unablässig still in sich hineinlachten.

Mrs. Pettigrew-Robinson hatte ihrer Aussage bei der Untersuchungsverhandlung wenig hinzuzufügen. Miss Cathcart wurde von Sir Impey nach Cathcarts Elternhaus gefragt und erklärte mit hörbarer Mißbilligung in der Stimme, daß ihr Bruder, obwohl schon in den besten Jahren und ein sehr erfahrener Mann von Welt, sich von einer neunzehnjährigen italienischen Sängerin habe «einwickeln» lassen, sie zu heiraten. Achtzehn Jahre später seien beide Eltern gestorben. «Kein Wunder», sagte Miss Cathcart, «bei dem Lebenswandel, den sie führten», und der Junge sei in ihre Obhut gegeben worden. Sie erklärte, wie Denis sich ihrem Einfluß immer entzogen und mit Männern Umgang gepflogen habe, von denen sie nichts gehalten habe, und schließlich sei er nach Paris gegangen, um auf eigene Faust eine diplomatische Laufbahn zu beginnen. Seitdem habe sie kaum etwas von ihm gesehen.

Ein interessanter Punkt kam beim Kreuzverhör Inspektor Craikes' zur Sprache. Ein Taschenmesser wurde ihm gezeigt, und er identifizierte es als dasjenige, das er bei Cathcart gefunden hatte.

Frage von Mr. Glibbery: «Fällt Ihnen an der Klinge irgend etwas auf?»

«Ja, in der Nähe des Griffs ist eine kleine Kerbe.»

«Könnte die Kerbe daher stammen, daß versucht wurde, mit diesem Taschenmesser eine Fensterverriegelung gewaltsam zu öffnen?»

Inspektor Craikes räumte ein, daß dies der Fall sein könne, zweifelte aber, ob ein so kleines Messer für diesen Zweck geeignet sei.

Dann wurde der Revolver vorgelegt und die Frage nach dem Eigentümer gestellt.

«Meine Lords», sagte Sir Impey, «wir bestreiten nicht, daß der Revolver dem Herzog gehört.»

Die Richter machten erstaunte Gesichter, und nachdem Hardraw, der Wildhüter, zu dem Schuß gehört worden war, den er um zehn vor zwölf gehört hatte, kam das ärztliche Gutachten an die Reihe.

Sir Impey Biggs: «Könnte der Verstorbene sich die Wunde selbst beigebracht haben?»

«Das wäre gewiß möglich.»

«Wäre die Wunde sofort tödlich gewesen?»

«Nein. Aus der Menge Blut zu schließen, die auf dem Pfad gefunden wurde, war sie offensichtlich nicht sofort tödlich.»

«Lassen sich die gefundenen Spuren Ihrer Ansicht nach mit der

Möglichkeit in Einklang bringen, daß der Verstorbene sich noch zum Haus geschleppt hat?»

«Ja. Dazu hätte er durchaus noch die Kraft haben können.»

«Könnte eine solche Wunde Fieber hervorrufen?»

«Das ist ohne weiteres denkbar. Er könnte für einige Zeit das Bewußtsein verloren haben und sich durch das Herumliegen in der Nässe eine Erkältung und Fieber zugezogen haben.»

«Lassen die äußeren Anzeichen die Möglichkeit zu, daß er noch einige Stunden nach seiner Verwundung gelebt hat?»

«Sie sprechen sogar sehr für diese Möglichkeit.»

Bei nochmaliger Befragung stellte Sir Wigmore heraus, daß die Wunde und die äußeren Anzeichen ebenfalls mit der Theorie in Einklang zu bringen seien, daß der Schuß aus nächster Nähe von jemand anderem abgegeben und der Verstorbene zum Haus geschleppt worden sei, bevor sein Leben verlosch.

«Schießen Selbstmörder sich nach Ihrer Erfahrung öfter in den Kopf oder in die Brust?»

«Wohl öfter in den Kopf.»

«Soviel öfter, daß eine Wunde in der Brust schon fast auf Mord schließen läßt?»

«Soweit würde ich nicht gehen.»

«Aber bei sonst gleichen Umständen würden auch Sie sagen, daß eine Kopfwunde eher die Vermutung eines Selbstmordes nahelegt als eine Körperwunde?»

«Das ist richtig.»

Sir Impey Biggs: «Aber Selbstmord durch Herzschuß ist keineswegs unmöglich?»

«O nein, nein!»

«Es hat solche Fälle schon gegeben?»

«Ja, gewiß; sehr viele.»

«Aus ärztlicher Sicht schließt also nichts die Möglichkeit eines Selbstmordes aus?»

«Überhaupt nichts.»

Damit war die Beweisaufnahme der Anklage abgeschlossen.

Tendenz fallend

Copyright by Reuter, Press Association Exchange Telegraph und Central News

Als Sir Impey Biggs sich am zweiten Verhandlungstag erhob, um das Eröffnungsplädoyer für die Verteidigung zu halten, fiel allgemein auf, daß er ein wenig sorgenvoll wirkte – bei ihm ein sehr ungewöhnlicher Zug. Seine Ausführungen waren sehr kurz, und doch vermochte er mit den wenigen Worten der großen Versammlung einen Schauer den Rücken hinunterzujagen.

«Meine Lords, Sie sehen mich zu Beginn der Verteidigung in einer mehr als üblich schwierigen Situation. Nicht daß ich am Urteil Eurer verehrten Lordschaften im geringsten zweifelte. Selten, vielleicht noch nie war es möglich, die Unschuld eines Angeklagten so eindeutig zu beweisen wie im Falle meines edlen Mandanten. Aber ich möchte Ihnen, meine Lords, von vornherein erklären, daß ich mich genötigt sehen könnte, um eine Vertagung zu bitten, denn zur Zeit fehlen uns noch ein wichtiger Zeuge und ein entscheidendes Beweisstück. Meine Lords, ich habe hier ein Telegramm von diesem Zeugen in den Händen – ich will Ihnen seinen Namen nennen: Es ist Lord Peter Wimsey, der Bruder des Angeklagten. Das Telegramm wurde gestern in New York aufgegeben. Ich lese es Ihnen vor. Es lautet: ‹Beweisstück gesichert. Fliege heute abend mit Pilot Grant. Beglaubigte Abschrift und beeidete Aussagen folgen mit *S. S. Lucarnia* falls Unglück. Erhoffte Ankunft Donnerstag.› Meine Lords, in ebendiesem Augenblick durchschneidet dieser entscheidende Zeuge die Lüfte hoch über dem weiten Atlantik. Bei diesem Winterwetter trotzt er einer Gefahr, vor der eines jeden Menschen Herz, außer dem seinen und dem des weltberühmten Fliegers, dessen Hilfe er sich versichert hat, verzagen würde, um bei der Befreiung seines Bruders von diesem furchtbaren Verdacht keine Sekunde zu verlieren. Meine Lords, das Barometer fällt.»

Eine unermeßliche Stille, wie nach einem schweren Frost, hatte sich über den prunkvollen Saal gelegt. Die Lords in ihrem Purpur und Hermelin, die Damen in ihren kostbaren Pelzen, die Anwälte in ihren Allongeperücken und wehenden Roben, der Großhofmeister auf seinem hohen Stuhl, die Gerichtsdiener und Herolde und Wappenträger standen und saßen starr an ihren Plätzen. Nur der Angeklagte warf einen verwirrten Blick zuerst zu seinem Verteidiger, dann zum Großhofmeister, und die Reporter kritzelten wie verzweifelt letzte Meldungen für die nächste Ausgabe – düstere Schlagzeilen, malerische Beiworte und alarmierende Wettervorhersagen, die das Londoner Leben zum Stillstand bringen sollten: «HERZOGSSOHN ÜBERFLIEGT DEN ATLANTIK», «BRUDERLIEBE», «KOMMT WIMSEY NOCH RECHTZEITIG?», «MORDFALL RIDDLESDALE: VERBLÜFFENDE WENDE». Das war Zeitungsfutter. Millionen Fernschreiber tickerten die Geschichte in Büros und Clubräume, wo Angestellte und Botenjungen sich darüber hermachten und Wetten auf den Ausgang abschlossen; Tausende von Monsterpressen saugten sie in sich hinein, zerkochten sie zu Blei, stampften Druckplatten daraus, würgten sie in ihre großen Mägen, schieden sie auf Papier wieder aus und schleuderten sie mit starken Klauen zurück in die Welt; und ein abgerissener Veteran mit blaugefrorener Nase, der einst geholfen hatte, den verschütteten Major Wimsey bei Caudry aus einem Granattrichter zu graben, murmelte leise vor sich hin: «Gott steh ihm bei, er ist wirklich 'n anständiger kleiner Bengel.» Und damit steckte er seine Zeitungen in den Drahtständer an einem Baum in Kingsway und stellte sein Plakat im günstigsten Winkel auf.

Nach der kurzen Feststellung, daß er nicht nur die Unschuld seines edlen Mandanten zu beweisen beabsichtige, sondern (als Zugabe gewissermaßen) auch die Tragödie in allen Einzelheiten aufklären wolle, rief Sir Impey Biggs ohne weiteren Verzug seine Zeugen auf.

Unter den ersten war Mr. Goyles, der bestätigte, daß er Cathcart um drei Uhr morgens bereits tot vorgefunden habe, mit dem Kopf neben dem Wassertrog, der sich beim Brunnen befinde. Ellen, das Stubenmädchen, bestätigte als nächstes James Flemings Aussage hinsichtlich des Postsacks und erklärte, daß sie täglich das Löschpapier auf der Schreibunterlage im Arbeitszimmer wechsle.

Die Aussage Kriminalinspektor Parkers rief mehr Interesse und einige Verwirrung hervor. Sein Bericht über den Fund der Brillantkatze fand interessierte Zuhörer. Er sprach ausführlich über die Fuß- und Schleifspuren, besonders über den Handabdruck auf dem Blumenbeet. Dann wurde das bewußte Löschblatt vorgelegt und ein Satz Fotografien davon unter den Peers herumgereicht. An beiden Punkten entspann sich jeweils eine lange Diskussion, wobei Sir Impey Biggs sich zu zeigen bemühte, daß der Abdruck auf dem Blumenbeet von den Bemühungen des verwundeten Mannes herrühren müsse, sich aus der Bauchlage aufzurichten, während Sir Wigmore Wrinching es darauf anlegte, das Zugeständnis zu erzwingen, daß der Verwundete den Abdruck ebensogut bei dem Versuch hinterlassen haben könne, sich dem Wegschleppen zu widersetzen.

«Steht nicht die Stellung der Finger, die zum Haus zeigen, der Annahme entgegen, daß der Mann geschleift wurde?» fragte Sir Impey.

Sir Wigmore hielt dagegen, daß der Verwundete ebensogut mit dem Kopf voran fortgeschleift worden sein konnte.

«Wenn ich Sie», sagte Sir Wigmore, «beim Kragen packen und fortschleifen müßte – Eure Lordschaften werden verstehen, was ich meine – »

«Mir scheint», bemerkte der Großhofmeister, «daß dies ein Fall von *solvitur ambulando* ist.» (Gelächter.) «Ich schlage vor, daß einige von uns, wenn das hohe Haus in die Mittagspause geht, die Frage experimentell zu klären versuchen, indem sie unter sich jemanden von etwa gleicher Größe und gleichem Gewicht aussuchen.» (Die edlen Lords sahen einer den andern an und suchten nach einem geeigneten Opfer für diese Rolle.)

Dann erwähnte Inspektor Parker die Kratzspuren am Arbeitszimmerfenster.

«Könnte Ihrer Meinung nach die Verriegelung mit dem Messer geöffnet worden sein, das bei dem Toten gefunden wurde?»

«Ich weiß, daß es möglich ist, denn ich habe das Experiment mit einem genau gleichen Messer selbst durchgeführt.»

Danach wurde die Botschaft auf dem Löschblatt vorwärts und rückwärts gelesen und auf jede nur denkbare Weise interpretiert, wobei die Verteidigung darauf beharrte, daß die Worte französisch seien und *«Je suis fou de douleur»* bedeuteten, während die Anklage dies als weit hergeholt bezeichnete und einfachere Deutungen anbot. Dann wurde ein Handschriftenexperte aufgerufen, der die Schrift mit einem authentischen Brief Cathcarts verglich und daraufhin von der Anklagevertretung unsanft angefaßt wurde.

Nachdem diese kniffligen Punkte den Lords zur Beurteilung anheimgegeben worden waren, rief die Verteidigung noch eine ermüdend lange Reihe von Zeugen auf: den Direktor der Cox-Bank und Monsieur Turgeot vom Crédit Lyonnais, der sich detailliert mit Cathcarts Geldangelegenheiten auseindersetzte; den Concierge und Madame Leblanc aus der Rue St. Honoré; und die edlen Lords begannen zu gähnen, mit Ausnahme einiger Industrie-Lords, die auf ihren Notizblöcken herumzurechnen begannen und einander wissende Blicke von Finanzmann zu Finanzmann zuwarfen.

Dann kam Monsieur Briquet, der Juwelier aus der Rue de la Paix, und nach ihm seine Verkäuferin, die ihre Geschichte von der großen, blonden, ausländischen Dame und dem Kauf der grünäugigen Katze erzählte – woraufhin plötzlich alle wieder aufwachten. Sir Impey erinnerte die Versammelten daran, daß dieser Vorfall sich im Februar ereignet habe, als Cathcarts Verlobte in Paris gewesen sei, und bat dann die Verkäuferin, sich umzusehen und zu sagen, ob sie die betreffende Dame im Hause sehe. Dies erwies sich als eine langwierige Prozedur, doch das Ergebnis war am Ende negativ.

«Ich möchte, daß hier kein Zweifel bestehen bleibt», sagte Sir Impey, «und werde dieser Zeugin jetzt mit Erlaubnis des verehrten Anklagevertreters Lady Mary Wimsey gegenüberstellen.»

Daraufhin wurde also Lady Mary vor die Zeugin gestellt, die unverzüglich und mit großer Bestimmtheit antwortete: «Nein, das ist nicht die Dame; diese Dame habe ich in meinem ganzen Leben noch nie gesehen. Sie sieht ihr in Größe, Haarfarbe und Frisur zwar ein wenig ähnlich, aber sonst – nein, nicht im mindesten. Sie ist nicht einmal der gleiche Typ. Mademoiselle ist eine bezaubernde englische Lady, und der Mann, der sie heiratet, wird sehr glücklich sein, aber die andere war *belle à se suicider* – eine Frau, für die man sich umbringt, für die man alles zum Teufel schickt, und glauben Sie mir, meine Herren» (dies mit einem breiten Lächeln für ihr distinguiertes Publikum), «in meinem Beruf sehe ich so manche.»

Die Zeugin trat inmitten allgemeiner Erregung ab, und Sir Impey kritzelte etwas auf einen Zettel und schob ihn Mr. Murbles zu. Es stand nur ein Wort darauf: «Großartig!» Mr. Murbles schrieb zurück:

«Habe ihr kein Wort gesagt. Können Sie das überbieten?» Und damit lehnte er sich, schmunzelnd wie eine hübsche kleine Groteske an einem gotischen Kapitell, behaglich zurück.

Der nächste Zeuge war Professor Hérbert, eine anerkannte Kapazität für internationales Recht, der Cathcarts vielversprechende Karriere als aufstrebender junger Diplomat im Vorkriegs-Paris schilderte. Ihm folgten mehrere Offiziere, die Cathcart aus dem Krieg kannten und ihm ein ausgezeichnetes Zeugnis ausstellten. Dann trat ein Zeuge auf, der sich mit dem aristokratischen Namen du Bois-Gobey Houdin vorstellte und sich genau an einen sehr peinlichen Disput anläßlich eines Kartenspiels mit le Capitaine Cathcart erinnerte, worüber er dann später mit Monsieur Thomas Freeborn, dem bekannten englischen Ingenieur, gesprochen habe. Parkers Fleiß hatte diesen Zeugen zutage gefördert, und jetzt blickte er mit unverhohlenem Grinsen zu dem geschlagenen Sir Wigmore Wrinching hinüber. Bis Mr. Glibbery die Zeugen alle vorgeführt hatte, war der Nachmittag schon weit vorangeschritten, und der Großhofmeister fragte also die Lords, ob es ihnen genehm sei, die Sitzung bis zum nächsten Vormittag um Glokkenschlag halb elf zu vertagen, worauf sie in mustergültigem Chor «Aye» riefen, und die Sitzung war vertagt.

Eilige schwarze Wolken mit gezackten Rändern jagten drohend westwärts, als sie auf den Parliament Square hinausströmten, und vom Fluß her kreisten kreischende Möwen stadteinwärts. Charles Parker schlug seinen alten Burberry fest um sich, als er in einen Bus stieg, um nach Hause in die Great Ormond Street zu fahren. Es war nur ein weiterer Tropfen in seinen Wermutbecher, als ihn der Schaffner mit einem knappen «Nur oben!» begrüßte und schon die Klingel zog, bevor er wieder aussteigen konnte. Er stieg aufs Oberdeck, nahm Platz und hielt seinen Hut fest. Mr. Bunter kehrte traurig nach 110 A Piccadilly zurück und wanderte bis sieben Uhr ruhelos in der Wohnung umher, dann ging er ins Wohnzimmer und schaltete das Radio ein.

«Hier London», sagte die unsichtbare Stimme teilnahmslos. «2 LO meldet sich mit der Wettervorhersage. Ein starkes Tiefdruckgebiet überquert den Atlantik, während ein Ausläufer über den britischen Inseln verweilt. Heftige, im Süden und Südwesten orkanartige Winde bringen Regen- und Schneeschauer . . .»

«Man kann nie wissen», sagte Bunter. «Ich sollte lieber das Feuer in seinem Schlafzimmer anmachen.»

«Weitere Aussichten unverändert.»

Die zweite Sehne

Und als er kam zur gebroch'nen Brück',
Spannt' er die Sehne und schwamm;
Und als er kam an den grünen Rain,
Löst' er die Schuh' und sprang.

Und als er kam an Lord Williams Tor,
Da hielt er nicht lange inne;
Er spannte die Sehne ein zweites Mal
Und schwang sich über die Zinne.
Die Ballade von Lady Maisry

Lord Peter spähte angestrengt durch die kalten, eiligen Wolkenfetzen. Die dünnen, unglaublich zerbrechlichen Stahlstreben zogen langsam über das glitzernde, funkelnde Land dahin, das sich neblig unter ihnen ausbreitete wie eine bewegliche Landkarte. Vor ihm wölbte sich trotzig und regennaß der glatte Lederrücken seines Gefährten. Er konnte nur hoffen, daß Grant noch guten Muts war. Das Brüllen des Motors ertränkte die Worte, die er seinem Passagier gelegentlich zurief, während sie von Bö zu Bö weiterschaukelten.

Er riß seine Gedanken von den gegenwärtigen Unbilden los und ließ sich noch einmal diese letzte, denkwürdige Szene durch den Kopf gehen. Bruchstücke ihrer Unterredung klangen ihm noch in den Ohren nach.

«Mademoiselle, ich habe auf der Suche nach Ihnen zwei Kontinente durchstreift.»

«*Voyons,* dann ist es wohl wichtig. Aber beeilen Sie sich, sonst kommt gleich der große Bär und brummt, und ich hasse *des histoires.*»

Auf dem niedrigen Tischchen hatte eine Lampe gestanden; er erinnerte sich, wie ihr Licht durch das kurzgeschnittene blonde Haar schimmerte. Sie war groß, aber schlank und hatte von den dicken schwarz-goldenen Kissen zu ihm aufgesehen.

«Mademoiselle, es ist mir unbegreiflich, wie Sie je mit einem Menschen, der van Humperdinck heißt – äh – speisen und tanzen können.»

Was hatte ihn nur bewogen, das zu sagen – wo doch die Zeit so knapp war und nichts wichtiger sein konnte als Jerrys Angelegenheiten?

«Monsieur Humperdinck tanzt nicht. Haben Sie mich über zwei Kontinente verfolgt, um mir das zu sagen?»

«Nein, es ist ernst.»

«*Eh bien,* setzen Sie sich.»

Sie hatte ganz offen mit ihm darüber gesprochen.

«Ja, die arme Seele. Aber das Leben ist sehr kostspielig seit dem Krieg. Ich habe ein paar gute Angebote abgelehnt. Aber immerzu *des histoires.* Und so wenig Geld. Man muß ja vernünftig sein, nicht wahr? An sein Alter denken. Dafür muß man doch vorsorgen, nicht?»

«Gewiß.» Sie sprach mit einem ganz leichten Akzent – der ihm sehr bekannt vorkam. Zuerst konnte er ihn allerdings nirgends unterbringen. Dann fiel es ihm ein. Wien vor dem Krieg; diese Hauptstadt der unglaublichsten Verrücktheiten.

«Ja, ja, ich habe ihm geschrieben. Ich war sehr freundlich, sehr vernünftig. Ich habe geschrieben: ‹*Je ne suis pas femme à supporter des gros ennuis.*› *Cela se comprend, n'est-ce pas*?»

Das verstand sich nur zu leicht. Das Flugzeug sackte plötzlich in ein Luftloch, hilflos wirbelte der Propeller, dann fing er sich, und die Maschine stieg langsam wieder.

«Ich habe es in der Zeitung gelesen – ja. Armer Junge! Warum kann ihn nur jemand erschossen haben?»

«Mademoiselle, gerade deswegen bin ich zu Ihnen gekommen. Mein Bruder, den ich sehr liebe, ist des Mordes angeklagt. Womöglich wird er gehängt.»

«Brrr!»

«Für einen Mord, den er nicht begangen hat.»

«*Mon pauvre enfant* – »

«Mademoiselle, ich bitte Sie herzlich, bleiben Sie ernst. Mein Bruder steht vor Gericht und bekommt den Prozeß gemacht – »

Nachdem er einmal ihre Aufmerksamkeit besaß, war sie ganz Mitgefühl. Ihre blauen Augen hatten eine merkwürdige, aber attraktive Eigenheit – ein volles Unterlid, mit dem sie die Augen zu funkelnden Schlitzen verschloß.

«Mademoiselle, ich flehe Sie an, versuchen Sie sich zu erinnern, was in seinem Brief stand.»

«Aber, *mon pauvre ami,* wie könnte ich? Ich habe ihn nicht gelesen. Er war sehr lang, sehr ermüdend, voller *histoires.* Die Sache war aus – ich kümmere mich nie um etwas, das nicht mehr zu ändern ist, Sie vielleicht?»

Aber seine echte Verzweiflung ob dieses Fehlschlags rührte sie doch.

«Also hören Sie; alles ist vielleicht noch nicht verloren. Vielleicht liegt der Brief noch irgendwo herum. Oder wir fragen Adèle. Meine Zofe. Sie sammelt Briefe, um Leute damit zu erpressen – o ja, ich weiß! Aber sie ist *habile comme tout pour la toilette.* Warten Sie – wir suchen zuerst selbst ein bißchen.»

Briefe, Schmuckstücke und aller möglicher parfümierter Krimskrams flogen aus dem verspielten kleinen Sekretär, aus Schubladen voller Wäsche («Ich bin so unordentlich – ich treibe Adèle zur Verzweiflung»), aus Tüten – Hunderten von Tüten –, und schließlich Adèle, dünnlippig und scharfäugig, die alles abstritt, bis ihre Herrin ihr in der Wut plötzlich eine Ohrfeige versetzte und sie auf französisch und deutsch mit allen möglichen Schimpfnamen bedachte.

«Dann hat es also keinen Zweck», sagte Lord Peter. «Ein Jammer, daß Mademoiselle Adèle den Brief nicht finden kann, wo er für mich soviel wert ist.»

Das Wörtchen «wert» gab Adèle mit einemmal einen Gedanken ein. Sie hätten ja noch gar nicht in Mademoiselles Schmuckkästchen gesucht! Sie wolle es holen.

«C'est cela que cherche monsieur?»

Dann erschien plötzlich Mr. Cornelius van Humperdinck, sehr reich und dick und argwöhnisch, und Adèle wurde diskret und unauffällig am Fahrstuhl entlohnt.

Grant schrie etwas, aber die Worte wehten kraftlos vorbei in die Finsternis und waren verloren. «Was?» brülle Wimsey ihm ins Ohr. Er schrie noch einmal, und diesmal klang ein Wort wie «Saft», bevor es davonwehte. Aber ob es eine gute oder schlechte Nachricht war, hätte Lord Peter nicht sagen können.

Mr. Murbles wurde kurz nach Mitternacht von einem donnernden Klopfen an seiner Tür aus dem Schlaf gerissen. Als er besorgt den Kopf zum Fenster hinausstreckte, sah er den Pförtner, dessen Laterne im Regen dampfte, und hinter ihm eine unförmige Gestalt, die Mr. Murbles im ersten Augenblick nicht erkannte.

«Was ist los?» fragte der Anwalt.

«Eine junge Dame will Sie dringend sprechen, Sir.»

Die unförmige Gestalt sah auf, und er sah die goldblonden Strähnen unter dem fest sitzenden kleinen Hut.

«Mr. Murbles, kommen Sie bitte! Bunter hat mich angerufen. Da ist eine Frau gekommen, um eine Aussage zu machen. Bunter will sie nicht alleinlassen – sie hat solche Angst –, aber er sagt, es ist *furchtbar* wichtig, und Bunter hat ja immer recht, wie Sie wissen.»

«Hat er ihren Namen genannt?»

«Eine Mrs. Grimethorpe.»

«Mich trifft der Schlag! Einen kleinen Augenblick, meine Liebe, ich lasse Sie sofort ein.»

Und tatsächlich, schneller als man es ihm zugetraut hätte, erschien Mr. Murbles in einem Morgenmantel aus Jägerwolle an der Haustür.

«Treten Sie ein, meine Liebe. Ich bin in wenigen Minuten angezogen. Es war ganz richtig von Ihnen, zu mir zu kommen. Darüber bin ich sehr, sehr froh. Was für eine scheußliche Nacht! Perkins, könnten Sie freundlicherweise Mr. Murphy wecken und ihn fragen, ob ich sein Telefon benutzen darf?»

Mr. Murphy – ein lauter irischer Rechtsanwalt von herzlicher Art – brauchte nicht geweckt zu werden. Er hatte Freunde zu Besuch und war gerne zu Diensten.

«Sind Sie das, Biggs? Hier Murbles. Dieses Alibi – »

«Ja?»

«Ist ganz von selbst gekommen.»

«Mein Gott! Was Sie nicht sagen!»

«Können Sie gleich zum Piccadilly 110 A kommen?»

«Schon unterwegs.»

Es war eine merkwürdige kleine Gesellschaft, die da um Lord Peters Kaminfeuer versammelt saß – die bleiche Frau, die bei jedem Geräusch zusammenzuckte; die Herren Juristen mit ihren erwartungsvollen, beherrschten Gesichtern; Lady Mary und Bunter, der Tüchtige. Mrs. Grimethorpes Geschichte war simpel genug. Sie lebte in ständigen Gewissensqualen, seit Lord Peter mit ihr gesprochen hatte. Dann hatte sie die Gelegenheit genutzt, als ihr Mann betrunken im ‹Goldenen Ritter› saß, hatte das Pferd angespannt und war nach Stapley gefahren.

«Ich kann es nicht länger für mich behalten. Lieber soll mich mein Mann umbringen, denn ich bin wirklich unglücklich, und schlechter kann es mir in Gottes Händen gewiß nicht gehen. Aber man soll ihn nicht aufhängen für etwas, was er gar nicht getan hat. Er war gut zu mir, und ich war so elend dran, das ist die Wahrheit, und ich hoffe nur, daß seine Frau ihm nicht zu hart zusetzt, wenn sie alles erfährt.»

«Nein, nein», sagte Mr. Murbles und räusperte sich. «Entschuldigen Sie mich einen Augenblick, gnädige Frau. Sir Impey – »

Die beiden Anwälte flüsterten am Fenster miteinander.

«Sehen Sie», sagte Sir Impey, «sie hat alle Brücken ziemlich gründlich hinter sich abgerissen, indem sie hierherkam. Die große Frage für uns lautet: Ist es das Risiko wert? Immerhin wissen wir nicht, was Wimseys Beweismaterial uns bringt.»

«Eben, und darum neige ich ja mehr dazu – trotz des Risikos –, diese Zeugin zu präsentieren», sagte Mr. Murbles.

«Ich bin bereit, das Risiko auf mich zu nehmen», warf Mrs. Grimethorpe ruhig dazwischen.

«Dafür danken wir Ihnen», antwortete Sir Impey. «Aber in erster Linie müssen wir an das Risiko für unsern Mandanten denken.»

«Risiko?» rief Mary. «Aber das entlastet ihn doch!»

«Können Sie beschwören, um welche Zeit Seine Gnaden in Grider's Hole angekommen ist, Mrs. Grimethorpe?» fuhr der Anwalt fort, als habe er sie gar nicht gehört.

«Es war Viertel nach zwölf auf der Küchenuhr – und das ist eine sehr gute Uhr.»

«Und fortgegangen ist er um – »

«Ungefähr fünf nach zwei.»

«Und wie lange würde ein Mann, der gut zu Fuß ist, von Ihnen bis zum Jagdhaus Riddlesdale brauchen?»

«Nun ja, knapp eine Stunde. Es ist nicht gut zu gehen und führt steil rauf und runter am Bach.»

«Sie dürfen sich vom Gegenanwalt in diesen Punkten nicht durcheinanderbringen lassen, Mrs. Grimethorpe, denn er wird zu beweisen versuchen, daß der Herzog Zeit genug hatte, Cathcart zu töten, entweder bevor er zu Ihnen ging oder nachdem er zurückgekommen war, und wenn wir zugeben, daß es im Leben des Herzogs etwas gab, was er geheimhalten wollte, liefern wir dem Anklagevertreter genau das, was ihm noch fehlt – *das Motiv, um jemanden zu ermorden, der ihm auf die Schliche gekommen war.*»

Es herrschte betroffene Stille.

«Darf ich fragen, gnädige Frau», sagte Sir Impey, «ob irgend jemand einen Verdacht hatte?»

«Ja, mein Mann», antwortete sie heiser. «Ich bin ganz sicher. Er hat es immer gewußt. Aber er konnte nichts beweisen. In dieser Nacht – »

«Welcher Nacht?»

«In der Mordnacht – da hatte er mir eine Falle gestellt. Er ist in der Nacht aus Stapley zurückgekommen, um uns auf frischer Tat zu ertappen und zu ermorden. Aber er hatte zuviel getrunken, bevor er losfuhr, und hat die ganze Nacht im Graben gelegen, sonst müßten Sie sich jetzt auch mit Geralds und meinem Tod befassen, nicht nur mit dem andern.»

Es versetzte Mary einen sonderbaren Schock, so von ihrem Bruder sprechen zu hören – von dieser Frau und in dieser Gesellschaft. Sie fragte plötzlich aus blauem Himmel heraus: «Ist Mr. Parker nicht hier?»

«Nein, meine Liebe», antwortete Mr. Murbles mit mildem Vorwurf, «das ist ist keine Sache für die Polizei.»

«Das beste ist, glaube ich», sagte Sir Impey, «wir präsentieren dieses Alibi und sorgen nötigenfalls für den Schutz dieser Dame. Inzwischen – »

«Sie fährt mit mir zu meiner Mutter», erklärte Lady Mary entschieden.

«Meine liebe Lady Mary», begehrte Mr. Murbles auf, «das wäre doch unter den gegebenen Umständen höchst unpassend. Ich glaube, Sie erfassen kaum – »

«Mutter will es so», versetzte ihre Ladyschaft. «Bunter, rufen Sie ein Taxi.»

Mr. Murbles rang hilflos die Hände, während Sir Impey sich eher zu amüsieren schien. «Nützt nichts, Murbles», sagte er. «Zeit und Mühen werden eine moderne junge Frau schon zähmen, aber eine moderne alte Frau ist von keiner irdischen Macht zu zügeln.»

Und so ergab es sich, daß Lady Mary vom Stadthaus der Herzoginwitwe aus Mr. Charles Parker anrief, um ihm die Neuigkeiten zu berichten.

Die beredten Toten

> *«Je connaissais Manon; pourquoi m'affliger tant d'un malheur que j'avais dû prévoir.»*
> Manon Lescaut

Der Sturm hatte sich ausgetobt, und es folgte ein wunderbar frischer Tag mit Flecken freien Himmels zwischen dicken Kumuluswolken, die sich lawinengleich in großer Höhe über luftige blaue Hänge wälzten.

Der Angeklagte hatte eine Stunde lang mit seinen Beratern gerungen, und als sie endlich in den Gerichtssaal traten, war Sir Impeys klassisches Gesicht zwischen den Locken seiner Perücke leicht gerötet.

«Und ich werde nichts sagen», blieb der Herzog störrisch bei seiner Weigerung. «Das wäre eine Gemeinheit. Ich kann Sie wohl nicht hindern, sie aufzurufen, wenn sie selbst darauf besteht – ist ja hochanständig von ihr –, ich komme mir richtig erbärmlich vor.»

«Lassen Sie's lieber dabei», sagte Mr. Murbles. «Macht einen guten Eindruck, wissen Sie? Lassen Sie ihn ruhig in den Zeugenstand treten und sich als vollkommener Gentleman gebärden. Das gefällt.»

Sir Impey, der bis in die frühen Morgenstunden an seinem Plädoyer herumgefeilt hatte, nickte.

Die erste Zeugin dieses Tages war eine gelinde Überraschung. Sie gab ihren Namen mit Eliza Briggs an, bekannt als Madame Brigette aus der New Bond Street, und als Beruf Schönheitsspezialistin. Sie hatte einen großen, aristokratischen Kundenkreis beiderlei Geschlechts und eine Filiale in Paris.

Der Verstorbene sei in beiden Städten seit Jahren ihr Kunde gewesen – Massage und Maniküre. Nach dem Krieg sei er wegen ein paar kleiner Narben zu ihr gekommen, die von Schrapnellsplittern stammten. Er habe überaus großen Wert auf sein Äußeres gelegt, und wenn man das bei einem Mann Eitelkeit nennen wolle, so sei er mit Sicherheit eitel gewesen. Vielen Dank. Sir Wigmore Wrinching nahm diese Zeugin erst gar nicht ins Kreuzverhör, und die edlen Lords fragten einander verwundert, was ihr Auftritt überhaupt sollte.

An diesem Punkt beugte Sir Impey Biggs sich vor, klopfte vielsagend auf seine Akte und sprach:

«Meine Lords, die Verteidigung ist sich ihrer Sache so sicher, daß wir es bisher nicht für nötig erachtet haben, ein Alibi –» als an der Tür ein kleiner Tumult entstand und ein Gerichtsdiener angerannt kam, um ihm aufgeregt einen Zettel in die Hand zu drücken. Sir Impey las ihn, errötete, schaute sich um, legte seine Akte hin, faltete die Hände darüber und sagte mit plötzlich lauter Stimme, die sogar in die tauben Ohren des Herzogs von Wiltshire drang:

«Meine Lords, ich freue mich, Ihnen sagen zu dürfen, daß unser bisher fehlender Zeuge eingetroffen ist. Ich rufe auf – Lord Peter Wimsey!»

Alle Hälse verdrehten sich auf einmal, und aller Augen richteten sich auf die von Schmutz und Öl starrende Gestalt, die mit liebenswürdigem Lächeln durch den langgestreckten Saal nach vorn schritt. Sir Impey Biggs schob den Zettel weiter zu Mr. Murbles, wandte sich an den Zeugen, der fürchterlich gähnte, wenn er nicht gerade einen seiner vielen Bekannten angrinste, und verlangte seine Vereidigung.

Der Zeuge sagte wie folgt aus:

«Ich bin Peter Death Bredon Wimsey, der Bruder des Angeklagten. Ich wohne 110 A Piccadilly. Auf Grund dessen, was ich auf diesem Löschblatt gelesen habe, das ich hiermit identifiziere, bin ich nach Paris geflogen, um eine bestimmte Dame ausfindig zu machen. Ihr Name ist Mademoiselle Simone Vonderaa. Wie ich feststellen mußte, hatte sie Paris in Begleitung eines Herrn namens van Humperdinck verlassen. Ich bin ihr gefolgt und habe sie schließlich in New York gefunden. Ich bat sie, mir den Brief zu geben, den Cathcart ihr am Abend seines Todes geschrieben hatte. (Aufsehen.) Ich lege diesen Brief hier vor, von Mademoiselle Vonderaa in einer Ecke signiert, damit er identifiziert werden kann, falls Wiggy uns damit aufs Kreuz zu legen versucht. (Allgemeine Heiterkeit, in der die erzürnten Proteste des Anklägers untergingen.) Es tut mir ja leid, daß ich so kurzfristig damit ankomme, altes Haus, aber ich hab ihn selbst erst vorgestern bekommen. Wir sind so schnell hergekommen, wie es ging, aber wir mußten bei Whitehaven mit einem Motorschaden notlanden, und wenn das eine halbe Meile früher passiert wäre, stände ich jetzt nicht hier.» (Applaus, der vom Großhofmeister eilig unterdrückt wurde.)

«Meine Lords», sagte Sir Impey, «Sie alle sind Zeugen, daß ich diesen Brief nie zuvor gesehen habe. Sein Inhalt ist mir völlig unbekannt; und doch glaube ich so fest an seine entlastende Wirkung für meinen Mandanten, daß ich bereit bin – nein, daß ich sogar großen Wert darauf lege, dieses Dokument unverzüglich, und ohne es auch nur flüchtig gelesen zu haben, so wie es ist, als Beweisstück vorzulegen und mit seinem Inhalt zu stehen oder zu fallen.»

«Zuerst muß die Handschrift als die des Verstorbenen identifiziert werden», wandte der Großhofmeister ein.

Die gierigen Bleistifte der Reporter rasten übers Papier. Der schmächtige junge Mann, der für die *Daily Trumpet* arbeitete, witterte einen Skandal bei den Oberen Zehntausend und leckte sich die Lippen, ohne zu ahnen, ein wieviel saftigerer Skandal ihm wegen einer knappen Minute entgangen war.

Miss Lydia Cathcart wurde erneut aufgerufen, um die Handschrift zu identifizieren, und der Brief wurde dem Großhofmeister überreicht, der erklärte:

«Der Brief ist französisch geschrieben. Wir müssen einen Dolmetscher vereidigen.»

«Sie werden sehen», sagte der Zeuge plötzlich, «daß die beiden Wortfragmente auf dem Löschblatt sich im Brief wiederfinden. Wenn Sie mir die Bemerkung gestatten.»

«Steht dieser Zeuge als Sachverständiger hier?» fragte Sir Wigmore grämlich.

«Ganz recht», sagte Lord Peter. «Nur sehen Sie, es kam doch für den guten Biggy sozusagen alles etwas plötzlich.

Biggy und Wiggy,
zwei schöne Männer,
gingen zum Kadi
mitten im – »

«Sir Impey, ich muß Sie wirklich bitten, Ihren Zeugen zur Ordnung zu rufen!»

Lord Peter grinste, und es trat eine Pause ein, in der ein Dolmetscher herbeigeholt und vereidigt wurde. Dann endlich wurde inmitten atemloser Stille der Brief verlesen:

«Riddlesdale Lodge
Stapley, N. E. Yorks.
le 13 Octobre, 1923

Simone – Je viens de recevoir ta lettre. Que dire? Inutiles, les prières ou les reproches. Tu ne comprendras – tu ne liras même pas.

N'ai-je pas toujours su, d'ailleurs, que tu devais infailliblement me trahir? Depuis dix ans déjà je souffre tous les tourments que puisse infliger la jalousie. Je comprends bien que tu n'as jamais voulu me faire de la peine. C'est tout justement cette insouciance, cette légèreté, cette façon séduisante d'être malhonnête, que j'adorais en toi. J'ai tout su, et je t'ai aimée.

Ma foi, non, ma chère, jamais je n'ai eu la moindre illusion. Te rappelles-tu cette première rencontre, un soir au Casino? Tu avais dix-sept ans, et tu étais jolie à ravir. Le lendemain tu fus à moi. Tu m'as dit, si gentiment, que tu m'aimais bien, et que j'étais, moi, le premier. Ma pauvre enfant, tu en as menti. Tu riais, toute seule, de ma naiveté – il y avait bien de quoi rire! Dès notre premier baiser, j'ai prévu ce moment.

Mais écoute, Simone. J'ai la faiblesse de vouloir te montrer exactement ce que tu as fait de moi. Tu regretteras peut-être en peu. Mais, non – si tu pouvais regretter quoi que ce fût, tu ne serais plus Simone.

Il y a dix ans, la veille de la guerre, j'étais riche – moins riche que ton Américain, mais assez riche pour te donner l'établissement qu'il te fallait. Tu étais moins exigeante avant la guerre, Simone – qui est-ce qui, pendant mon absence, t'a enseigné le goût du luxe? Charmante discrétion de ma part de ne jamais te le demander! Eh bien, une grande partie de ma fortune se trouvant placée en Russie et en Allemagne, j'en ai perdu plus de trois-quarts. Ce que m'en restait en France a beaucoup diminué en valeur. Il est vrai que j'avais mon traitement de capitaine dans l'armée britannique, mais c'est peu de chose, tu sais. Avant même la fin de la guerre, tu m'avais mangé toutes mes économies. C'était idiot, quoi? Un jeune homme qui a perdu les trois-quarts de ses rentes ne se permet plus une maîtresse et un appartement Avenue Kléber. Ou il congédie madame, ou bien il lui demande quelques sacrifices. Je n'ai rien osé demander. Si j'étais venu un jour te dire, ‹Simone, je suis pauvre› – que m'aurais-tu répondu?

Sais-tu ce que j'ai fait? Non – tu n'as jamais pensé à demander d'où venait cet argent. Qu'est-ce que cela pouvait te faire que j'ai tout jeté – fortune, honneur, bonheur – pour te posséder? J'ai joué, désespérément, éperdument – j'ai fait pis: j'ai triché au jeu. Je te vois hausser les épaules – tu ris – tu dis, ‹Tiens, c'est malin, ça!› Oui, mais cela ne se fait pas. On m'aurait chassé du régiment. Je devenais le dernier des hommes.

D'ailleurs, cela ne pouvait durer. Déjà un soir à Paris on m'a fait une scène désagréable, bien qu'on n'ait rien pu prouver. C'est alors que je me suis fiancé avec cette demoiselle dont je t'ai parlé, la fille du duc anglais. Le beau projet, quoi! Entretenir ma maîtresse avec l'argent de ma femme! Et je l'aurais fait – et je le ferais encore demain, si c'était pour te reposséder.

Mais tu me quittes. Cet Américain est riche – archiriche. Depuis longtemps tu me répètes que ton appartement est trop petit et que tu t'ennuies à mourir. Cet ‹ami bienveillant› t'offre les autos, les diamants, les mille-et-une nuits, la lune! Auprès de ces merveilles, évidemment, que valent l'amour et l'honneur?

Enfin, le bon duc est d'une stupidité très commode. Il laisse traîner son révolver dans le tiroir de son bureau. D'ailleurs, il vient de me demander une explication à propos de cette histoire de cartes. Tu vois qu'en tout cas la partie était finie. Pourquoi t'en vouloir? On mettra sans doute mon suicide au compte de cet exposé. Tant mieux; je ne veux pas qu'on affiche mon histoire amoureuse dans les journaux.

Adieu, ma bien-aimée – mon adorée, mon adorée, ma Simone. Sois heureuse avec ton nouvel amant. Ne pense plus à moi. Qu'est-ce tout cela peut bien te faire? Mon Dieu, comme je t'ai aimée – comme je t'aime toujours, malgré moi. Mais c'en est fini. Jamais plus tu ne me perceras le coeur. Oh! J'enrage – je suis fou de douleur! Adieu.

Denis Cathcart»

ÜBERSETZUNG

«Liebe Simone, soeben erhielt ich Deinen Brief. Was soll ich sagen? Sinnlos, Dir mit Bitten oder Vorwürfen zu kommen. Du wirst sie nicht verstehen – nicht einmal lesen.

Habe ich nicht außerdem immer gewußt, daß Du mich eines Tages verraten müßtest? Seit zehn Jahren leide ich alle Qualen, die Eifersucht bereiten kann. Ich weiß sehr wohl, daß Du mir nie hast weh tun wollen. Gerade Deine Sorglosigkeit und Leichtigkeit, diese bezaubernde Art, unehrlich zu sein, habe ich doch so an Dir geliebt. Ich wußte alles, und doch habe ich Dich geliebt.

Wirklich, meine Liebe, ich habe mir nie die kleinste Illusion gemacht. Erinnerst Du Dich noch an unsere erste Begegnung eines Abends im Casino? Du warst siebzehn und hinreißend schön. Schon am nächsten Tag warst Du mein. Du hast mir so reizend gesagt, daß Du mich liebtest und daß ich der erste sei. Armes kleines Mädchen, wie hast Du gelogen! Heimlich hast Du über meine Naivität gelacht – dabei gab es gar nichts zu lachen! Seit unserm ersten Kuß habe ich diesen Augenblick vorausgesehen.

Aber gib acht, Simone. Ich bin schwach genug, Dir genau aufzeigen zu wollen, was Du aus mir gemacht hast. Vielleicht wird es Dir ein wenig leid tun. Aber nein – wenn Du je etwas bereuen könntest, wärst Du nicht mehr Simone.

Vor zehn Jahren, am Vorabend des Krieges, war ich reich – nicht so reich wie Dein Amerikaner, aber reich genug, um Dir das Leben zu bieten, das Du brauchtest. Vor dem Krieg warst Du noch nicht so anspruchsvoll, Simone – wer hat Dir in meiner Abwesenheit den Geschmack am Luxus beigebracht? Es war doch sehr diskret von mir, Dich nie danach zu fragen! Nun denn, ein großer Teil meines Vermögens war in Rußland und Deutschland angelegt, und so habe ich mehr als drei Viertel davon verloren. Was mir in Frankreich noch geblieben war, verlor erheblich an Wert. Natürlich hatte ich mein Gehalt als Hauptmann in der britischen Armee, aber Du weißt, das war nicht die Welt. Noch ehe der Krieg zu Ende war, hattest Du alle meine Ersparnisse aufgezehrt. Es war heller Wahnsinn. Ein junger Mann, der drei Viertel seines Einkommens verloren hat, hält sich keine Maitresse mehr und kein Appartement in der Avenue Kléber. Entweder gibt er Madame auf, oder er bittet sie um ein wenig Selbstbeschränkung. Ich aber wagte nicht, um etwas zu bitten. Denn wäre ich eines Tages zu Dir gekommen und hätte gesagt: ‹Simone, ich bin arm› – was hättest Du geantwortet?

Weißt Du, was ich getan habe? Nein – Du wärst nie auf den Gedanken gekommen, zu fragen, woher das Geld kam. Was hätte es Dich gekümmert, daß ich alles weggeworfen habe – mein Geld, meine Ehre, mein Glück –, nur um Dich zu behalten? Ich habe gespielt, verzweifelt und rücksichtslos. Schlimmer noch, ich habe beim Spiel betrogen! Ich sehe Dich mit den Achseln zucken – du lachst – du sagst: ‹Na, na, das war aber unartig!› O ja, aber so etwas tut man nicht. Man hätte mich aus dem Regiment ausgestoßen. Ich war so tief gesunken, wie man tiefer nicht mehr sinken kann.

Außerdem konnte das nicht lange gutgehen. Eines Abends hat man mir in Paris schon eine sehr unschöne Szene gemacht, obwohl man mir nichts beweisen konnte. Daraufhin habe ich mich dann mit dieser jungen Dame verlobt, von der ich Dir erzählt habe, der Tochter des englischen Herzogs. Ein schöner Plan, was? Meine Maitresse mit dem Geld meiner Frau auszuhalten! Und ich hätte es getan – ich täte es noch morgen, wenn ich Dich damit zurückgewinnen könnte.

Aber nun hast Du mich verlassen. Dieser Amerikaner ist reich – steinreich. Schon lange liegst Du mir in den Ohren, daß Dein Appartement zu klein sei und Du Dich zu Tode langweilst. Dein ‹wohlwollender Freund› bietet Dir Autos und Edelsteine, tausendundeine Nacht, den Mond! Bitte, was sind gegenüber solchen Herrlichkeiten schon Liebe und Ehre!

Nun, zum Glück ist der gute Herzog von einer Dummheit, die mir sehr gelegen kommt. Er läßt seinen Revolver in der Schreibtischschublade herumliegen. Außerdem war er vorhin hier und wollte von mir eine Erklärung über die Kartenspielerei haben. Du siehst, das Spiel war in jedem Falle aus. Warum sollte ich Dir böse sein? Man wird meinen Selbstmord mit dieser Bloßstellung begründen. Um so besser. Ich möchte nicht, daß man meine Liebesangelegenheiten in den Zeitungen breittritt.

Lebe wohl, meine Liebste – mein Alles, mein Alles, meine Simone! Sei glücklich mit Deinem neuen Geliebten. Denke nicht mehr an mich. Was geht Dich das überhaupt alles an? Mein Gott – wie ich Dich geliebt habe – wie ich Dich noch immer liebe, trotz allem! Aber das ist nun zu Ende. Du wirst mir nie mehr das Herz durchbohren. Ich bin rasend – ich bin wahnsinnig vor Schmerz! Lebe wohl.»

Das Plädoyer der Verteidigung

«Niemand ... ich selbst ... leb wohl!»
Othello

Nach der Verlesung von Cathcarts Brief konnte selbst der Auftritt des Angeklagten im Zeugenstand nur noch enttäuschen. Im Kreuzverhör durch den Ankläger blieb er beharrlich dabei, daß er stundenlang im Moor herumgewandert sei, ohne einer Menschenseele zu begegnen, obschon er zugeben mußte, daß er schon um halb zwölf und nicht, wie er in der Untersuchungsverhandlung gesagt hatte, erst um halb drei nach unten gegangen war. Sir Wigmore Wrinching stellte diesen Punkt groß heraus und setzte Denver in dem verzweifelten Bemühen, nachzuweisen, daß Cathcart ihn erpreßt habe, so hart mit seinen Fragen zu, daß Sir Impey Biggs, Mr. Murbles, Lady Mary und Bunter das mulmige Gefühl hatten, des Anklägers Blicke drängen durch die Wände in jenes Nebenzimmer, wo getrennt von den übrigen Zeugen Mrs. Grimethorpe saß und wartete. Nach der Mittagspause erhob sich Sir Impey Biggs, um das Plädoyer der Verteidigung zu halten.

«Meine Lords – Eure Lordschaften haben nun gehört – und ich, der ich während dieser drei schweren Tage hier dabei war und plädiert habe, weiß, mit welch wachem Interesse und stetem Mitgefühl Sie zugehört haben – , was mein edler Mandant hier vorgebracht hat, um sich gegen den schrecklichen Vorwurf des Mordes zu verteidigen. Sie haben gehört, wie der Tote selbst, gleichsam aus seinem engen Grab, seine Stimme erhoben hat, um Ihnen die Geschichte jener schicksalhaften Nacht des 13. Oktober zu erzählen, und ich bin sicher, Sie hegen in Ihren Herzen keinen Zweifel an der Wahrheit dieser Geschichte. Wie Eure Lordschaften wissen, war mir der Inhalt dieses Briefes völlig unbekannt, bis ich ihn soeben vor Gericht verlesen hörte, und an seiner tiefen Wirkung auf mich selbst kann ich ermessen, wie ungemein schmerzlich er Eure Lordschaften berührt haben muß. In meiner langen Erfahrung als Strafverteidiger habe ich, wie ich glaube, noch nie eine melancholischere Geschichte vernommen als die Geschichte dieses jungen Mannes, den eine tödliche Leidenschaft – denn hier dürfen wir dieses abgenutzte Wort einmal wirklich in seiner vollen Bedeutung gebrauchen – den eine wahrhaft tödliche Leidenschaft in eine Erniedrigung nach der andern und schließlich in den gewaltsamen Tod von eigner Hand trieb.

Der edle Peer auf der Anklagebank wurde vor Ihnen, meine Lords, des Mordes an diesem jungen Mann bezichtigt. Daß er dieses Verbrechens nicht schuldig ist, muß Euren Lordschaften im Lichte dessen, was wir gehört haben, so klar sein, daß jedes weitere Wort von mir überflüssig erscheinen möchte.

In der Mehrzahl der Fälle dieser Art ist die Beweislage wirr und widersprüchlich; hier aber ist der Gang der Ereignisse so klar und in sich geschlossen, daß wir, wenn wir dabeigewesen wären und das Drama vor unsern eigenen Augen wie vor dem alles sehenden Auge Gottes hätten ablaufen sehen, kaum eine lebendigere und genauere Vorstellung von den Begebenheiten jener Nacht haben könnten. Ja, wäre Denis Cathcarts Tod das einzige Ereignis dieser Nacht gewesen, ich möchte sogar behaupten, daß die Wahrheit auch nicht einen Augenblick in Zweifel hätte stehen können. Da jedoch infolge einer Kette unerhörter Zufälle die Geschichte des Denis Cathcart mit so vielen anderen Geschehnissen verwoben wurde, will ich sie nun noch einmal von Anfang an erzählen, damit im Nebel so vieler Indizien auch nicht ein einziger Punkt im dunkeln bleibt.

Lassen Sie mich also noch einmal an den Anfang zurückkehren. Sie haben gehört, daß Denis Cathcart aus einer Mischehe stammt – aus der Vereinigung einer jungen, hübschen Südländerin mit einem Engländer, der zwanzig Jahre älter war als sie: herrisch, leidenschaftlich und zynisch. Bis zum Alter von achtzehn Jahren lebt er mit seinen Eltern auf dem Kontinent, reist von Ort zu Ort, bekommt mehr von der Welt zu sehen als selbst ein durchschnittlicher junger Franzose seines Alters und erlernt den Kodex der Liebe in einem Land, wo das *crime passionel* verstanden und verziehen wird, wie es hierzulande niemals möglich wäre.

Mit achtzehn Jahren erleidet er einen furchtbaren Verlust. In sehr kurzen Zeitabständen verliert er beide Eltern – seine schöne, angebetete Mutter und seinen Vater, der es, wenn er am Leben geblieben wäre, vielleicht verstanden hätte, diesen ungestümen jungen Mann zu leiten, den er da in die Welt gesetzt hatte. Doch der Vater stirbt, nachdem er zwei letzte Wünsche geäußert hat, die sich beide, so natürlich sie sonst waren, unter den gegebenen Umständen als verhängnisvoll unklug erwiesen. Er gab den Sohn in die Obhut seiner Schwester, die er viele Jahre nicht gesehen hatte, und verfügte, daß der Junge auf seine eigene alte Universität geschickt werden solle.

Meine Lords, Sie haben Miss Lydia Cathcart gesehen und ihre Aussage gehört. Sie haben erkannt, wie aufrecht, wie gewissenhaft, mit welch christlicher Selbstverleugnung sie die ihr anvertraute Aufgabe erfüllt hat, und wie unausweichlich sie es dennoch nicht vermochte, zwischen sich und ihrem jungen Schützling ein echtes Vertrauensverhältnis herzustellen. Er, der arme Junge, der seine Eltern auf Schritt und Tritt vermißte, wurde in Cambridge in eine Gesellschaft junger Männer geworfen, die gänzlich anders erzogen waren als er. Einem jungen Mann von seiner weltstädtischen Erfahrung muß die Jugend von Cambridge mit ihrem Sport und Spiel, ihren naiven abendlichen Exkursionen in die Philosophie unvorstellbar kindisch vorgekommen sein. Sie alle werden sich dank Ihrer eigenen Erinnerungen an Ihre Alma Mater sehr gut Denis Cathcarts Leben in Cambridge vorstellen können, seine äußerliche Unbeschwertheit, seine innere Leere.

Da er eine diplomatische Karriere anstrebte, suchte Cathcart die Bekanntschaft der Söhne reicher und einflußreicher Familien. Aus weltlicher Sicht kam er gut zurecht, und als er mit einundzwanzig Jahren ein hübsches Vermögen erbte, schien der Weg zum Erfolg ihm weit offenzustehen. Sowie er seinen Bakkalaureus hatte, schüttelte er den akademischen Staub von Cambridge von den Füßen, ging nach Frankreich, ließ sich in Paris nieder und machte sich still und zielstrebig daran, sich ein Eckchen in der Welt der internationalen Politik einzurichten.

Nun aber tritt dieser schreckliche Einfluß in sein Leben, der ihn seines Vermögens, seiner Ehre, ja seines Lebens selbst berauben sollte. Er verliebt sich in eine schöne junge Frau von jenem erlesenen, unwiderstehlichen Charme, für den die Hauptstadt Österreichs ja weltberühmt ist. Wie ein zweiter Chevalier des Grieux verfällt er dieser Simone Vonderaa mit Leib und Seele.

Beachten Sie, daß er in dieser Angelegenheit dem strengen kontinentalen Kodex folgt: völlige Hingabe, völlige Diskretion. Sie haben gehört, was für ein ruhiges Leben er führte, wie *‹rangé›* er wirkte. Wir haben hier gehört, wie diskret er seine Geldangelegenheiten regelte, wie er hohe Schecks auf sich selbst ausstellte und die Beträge in nicht zu großen Scheinen abhob, und wie sich von Quartal zu Quartal regelmäßig wieder ausreichende ‹Ersparnisse› ansammelten. Das Leben zeigte sich für Denis Cathcart von der schönsten Seite. Er war reich und ehrgeizig, hatte eine schöne, entgegenkommende Geliebte, und die Welt lag offen vor ihm.

Und dann, meine Lords, schlägt mitten in diese vielversprechende Laufbahn der Weltkrieg ein wie ein Blitz – erbarmungslos zerschmettert er seine Sicherheiten, reißt das Gebäude seiner Hoffnungen ein, zerstört und verwüstet hier wie anderswo alles, was das Leben schön und lebenswert macht.

Sie haben Denis Cathcarts glänzende militärische Karriere kennengelernt. Darauf brauche ich nicht näher einzugehen. Wie Tausende anderer junger Männer hat er diese fünf Jahre der Mühsal und Desillusionierung tapfer hinter sich gebracht, an deren Ende er zwar Leben und Gesundheit noch besaß und insofern weit besser dran war als viele seiner Kameraden, und doch lag sein Leben in Scherben.

Von seinem großen Vermögen – das samt und sonders in russischen und deutschen Werten angelegt war – ist buchstäblich nichts mehr übrig. Was aber, werden Sie sagen, konnte das einem jungen Mann anhaben, der so gut ausgebildet war, solch ausgezeichnete Verbindungen hatte, dem alle Türen offenstanden? Er brauchte doch nur ein paar Jahre zu warten und hätte vieles von dem Verlorenen wieder aufbauen können. Aber ach, meine Lords – er konnte es sich nicht leisten, zu warten! Er war in Gefahr, etwas zu verlieren, das ihm teurer war als Geld und Karriere; er brauchte Geld, viel Geld, und zwar sofort.

Meine Lords, in diesem ergreifenden Brief, der uns heute morgen vorgelesen wurde, ist nichts Rührenderes und Schrecklicheres enthalten als dieses Geständnis: Ich wußte, daß du nicht anders konntest als mich betrügen. Während dieser ganzen Zeit des scheinbaren Glücks wußte er genau, daß sein Haus auf Sand gebaut war. Ich habe mir nie Illusionen gemacht, sagt er. Vom ersten Augenblick ihrer Bekanntschaft an hat sie ihn belogen, und er wußte es, und doch war dieses Wissen machtlos, die Bande seiner tödlichen Faszination zu lösen. Wenn einer von Ihnen, meine Lords, die Macht der Liebe je in dieser unwiderstehlichen – ich möchte sagen, schicksalhaften – Weise kennengelernt hat, so mag diese Erfahrung Ihnen seine Lage besser verdeutlichen, als meine armseligen Worte es könnten. Ein großer französischer Dichter und ein großer englischer Dichter haben dies in wenigen Worten zusammengefaßt. Racine sagt über solche Faszination:

C'est Venus tout entière à sa proie attaché.

Und Shakespeare hat den verzweifelten Starrsinn des Liebenden in den zwei rührenden Zeilen wiedergegeben:

Wenn sie mir schwört, aus Wahrheit zu bestehen,
So glaub ich ihr, wiewohl ich weiß, sie lügt.

Meine Lords, Denis Cathcart ist tot; es steht uns nicht an, ihn zu verurteilen, sondern nur, ihn zu verstehen und zu bedauern.

Meine Lords, ich brauche Ihnen nicht noch einmal alle die Gemeinheiten im einzelnen zu erklären, zu denen dieser Offizier und Gentleman sich erniedrigte. Sie haben die Geschichte in all ihren kalten, häßlichen Details aus dem Munde von Monsieur du Bois-Gobey Houdin vernommen, sowie auch, begleitet von vergeblichen Worten der Scham und Reue, aus den letzten Äußerungen des Verstorbenen selbst. Sie wissen, wie er gespielt hat, ehrlich zuerst – dann unehrlich. Sie wissen, woher er diese großen Geldsummen bezog, die in unregelmäßigen Abständen auf geheimnisvolle Weise und in bar eingingen, um ein Konto aufzufüllen, das stets gefährlich nah am Rande der Leere war. Meine Lords, wir brauchen auch nicht zu hart über diese Frau zu urteilen. Nach ihren Begriffen hat sie ihn nicht unfair behandelt. Sie mußte ihre eigenen Interessen wahren. Solange er für sie bezahlen konnte, gab sie ihm Schönheit und Leidenschaft und Spaß und – in Grenzen – sogar Treue dafür. Als er nicht mehr bezahlen konnte, fand sie es nur vernünftig, sich nach etwas anderem umzusehen. Das hat Cathcart verstanden. Er brauchte Geld, auf Biegen oder Brechen. Und so fand er sich am Ende dieses unaufhaltsamen Niedergangs im tiefsten Sumpf der Ehrlosigkeit wieder.

An diesem Punkt, meine Lords, treten nun Denis Cathcart und sein unglückliches Geschick in das Leben meines edlen Mandanten und seiner Schwester. Von da an beginnen alle jene Verwicklungen, die zu der Tragödie vom 14. Oktober führen, und die zu entwirren wir hier an dieser erhabenen historischen Stätte zusammengekommen sind.

Vor ungefähr achtzehn Monaten begegnete Cathcart, immer noch auf der verzweifelten Suche nach einer sicheren Einnahmequelle, dem Herzog von Denver, dessen Vater vor langer Zeit mit seinem, Cathcarts, Vater befreundet gewesen war. Die Bekanntschaft vertiefte sich, und Cathcart wurde Lady Mary Wimsey vorgestellt, die gerade (wie sie uns sehr offen berichtet hat) ‹in der Luft hing›, ‹die Nase voll hatte› und unter der Trennung von ihrem Verlobten, Mr. Goyles, litt. Lady Mary empfand das Bedürfnis, auf eigenen Füßen zu stehen, und so akzeptierte sie Denis Cathcart unter der Bedingung, daß sie ein freier Mensch sein und ihr eigenes Leben führen dürfe, ohne daß er sich mehr als nötig einmische. Welches Ziel Cathcart dabei verfolgte, hat er uns mit seinen eigenen bitteren Worten gesagt, und ich könnte es nicht besser ausdrücken: Ein schöner Plan – meine Maitresse mit dem Geld meiner Frau auszuhalten.

So geht es weiter bis letzten Oktober. Cathcart ist jetzt genötigt, recht lange Zeit bei seiner Verlobten in England zu verbringen, und muß Simone Vonderaa unbeaufsichtigt in der Avenue Kléber zurücklassen. Er scheint sich soweit ganz sicher gefühlt zu haben; der einzige Fehler war, daß Lady Mary, die eine natürliche Scheu hatte, sich einem Mann in die Hände zu geben, den sie nicht wirklich lieben konnte, bisher der Festsetzung eines Heiratsdatums immer ausgewichen war. In der Avenue Kléber wird das Geld knapper denn je, und die Kosten für Kleider, Putz, Amüsements und so weiter werden derweil nicht kleiner. Und inzwischen hat Mr. Cornelius van Humperdinck, der amerikanische Millionär, Simone im Bois de Boulogne, beim Rennen, in der Oper – und in Denis Cathcarts Wohnung gesehen.

Aber Lady Mary bekommt wegen ihrer Verlobung mehr und mehr Bedenken. In diesem kritischen Augenblick sieht Mr. Goyles plötzlich die Chance, eine bescheidene, aber sichere Stellung zu bekommen, von der er eine Frau ernähren könnte. Lady Mary trifft ihre Wahl. Sie ist bereit, mit Mr. Goyles zu fliehen, und ein unglückseliger Zufall will es, daß sie den Zeitpunkt ihrer Flucht auf den 14. Oktober um drei Uhr morgens legen.

Am Mittwochabend, dem 13. Oktober, begibt sich die Jagdgesellschaft gegen halb zehn nach und nach zu Bett. Der Herzog von Denver ist noch in der Waffenkammer, die anderen Männer sind im Billardzimmer, die Damen haben sich schon zurückgezogen, als Fleming, der Diener, mit der Abendpost aus dem Dorf kommt. Dem Herzog von Denver bringt er einen Brief, in dem etwas sehr Bestürzendes und Unangenehmes steht. Denis Cathcart bringt er ebenfalls einen Brief – einen, den wir nie zu sehen bekommen werden, dessen Inhalt jedoch leicht zu erraten ist.

Sie haben Mr. Arbuthnots Aussage gehört, daß Cathcart, bevor er den Brief las, guter Dinge und hoffnungsvoll nach oben ging und erwähnte, er gedenke bald den Hochzeitstermin festsetzen zu können. Kurz nach zehn, als der Herzog von Denver zu ihm hinaufging, traf er ihn sehr verändert an. Noch ehe Seine Gnaden auf den Grund seines Besuchs zu sprechen kommen konnte, fuhr Cathcart ihn grob und rüde an, schien mit den Nerven am Ende zu sein und verlangte in Ruhe gelassen zu werden. Meine Lords, ist es angesichts dessen, was wir heute hier vernommen haben – angesichts unseres Wissens, daß Mademoiselle Vonderaa am 15. Oktober mit der *Berengaria* nach New York übergesetzt ist –, wirklich schwer zu erraten, welche Nachricht Denis Cathcart in der Zwischenzeit erhalten hatte, die seinen Ausblick auf das Leben so völlig veränderte?

In diesem unglücklichen Augenblick, als Cathcart sich gerade vor die vernichtende Tatsache gestellt sieht, daß seine Geliebte ihn verlassen hat, kommt der Herzog von Denver und erhebt einen furchtbaren Vorwurf gegen ihn. Er konfrontiert Cathcart mit der häßlichen Wahrheit – daß der Mann, der an seinem Tisch gegessen und unter seinem Dach gewohnt hat, der im Begriff steht, seine Schwester zu heiraten, nichts mehr und nichts weniger ist als ein Falschspieler. Und als Cathcart den Vorwurf nicht einmal abstreitet – als er, in höchst unverschämter Weise, wie es aussieht, auch noch erklärt, daß er die edle Dame, mit der er verlobt ist, nicht mehr zu heiraten gedenkt – ist es da zu verwundern, daß der Herzog diesem Hochstapler die Meinung sagt und ihm verbietet, Lady Mary Wimsey jemals wieder anzurühren oder anzusprechen? Ich sage Ihnen, meine Lords, daß ein Mann mit einem Funken Ehrgefühl nicht anders hätte handeln können. Mein Mandant begnügt sich damit, Cathcart zu sagen, daß er am nächsten Tag sein Haus zu verlassen habe; und als Cathcart in seiner Wut ins Unwetter hinausrennt, ruft er ihm nach, er solle zurückkommen, ja er weist sogar den Diener an, die Tür des Wintergartens für Cathcart offen zu lassen. Es ist wahr, daß er Cathcart einen gemeinen Halunken geheißen und gesagt hat, er gehöre aus seinem Regiment ausgestoßen, aber da war er ja im Recht; und als er Cathcart aus dem Fenster nachrief – ‹Komm zurück, du Idiot›, oder sogar, wie ein Zeuge aussagte, ‹du verdammter Idiot›, da hatten seine Worte doch fast schon wieder etwas Versöhnliches. (Heiterkeit.)

Und nun möchte ich Euren Lordschaften aufzeigen, auf wie ungemein schwachen Füßen die Anklage gegen meinen edlen Mandanten hinsichtlich des Motivs steht. Es wurde angedeutet, der Grund für den Streit zwischen beiden sei nicht der, den der Herzog von Denver in seiner Aussage genannt hat, sondern etwas, das die beiden persönlicher betraf. Für diese Unterstellung wurde nicht die Spur, nicht ein Hauch, nicht der Schatten eines Beweises vorgebracht, abgesehen von der Aussage dieses merkwürdigen Zeugen Pettigrew-Robinson, der einen Groll gegen seinen ganzen Bekanntenkreis zu hegen scheint und eine nichtige Anspielung zu etwas ungeheuer Bedeutendem aufbläht. Eure Lordschaften haben diese Person im Zeugenstand erlebt und können sich selbst ein Urteil darüber bilden, wieviel Gewicht seinen Beobachtungen beizumessen ist. Dagegen haben wir seitens der Verteidigung nachweisen können, daß der vom Herzog behauptete Streitgrund sich sehr wohl auf Tatsachen gründet.

Cathcart rennt also hinaus in den Garten. Achtlos läuft er im strömenden Regen umher, eine Zukunft vor Augen, die mit einemmal der Liebe, des Reichtums, der Ehre beraubt ist.

Und inzwischen geht eine Zimmertür auf, und leise Füße schleichen die Treppe hinunter. Wir wissen jetzt, wer das war – Mrs. Pettigrew-Robinson hat das Knarren der Tür nicht verkannt. Es war der Herzog von Denver.

Das wird zugegeben. Aber von diesem Punkt an sind wir mit der Meinung des verehrten Anklagevertreters uneins. Es wird unterstellt, der Herzog sei bei längerem Nachdenken über diese Geschichte zu dem Schluß gekommen, daß Cathcart eine Gefahr für die Gesellschaft darstelle und besser tot sei – oder daß die Beleidigung, die er dem Hause Denver zugefügt habe, nur mit Blut zu tilgen sei. Und man will uns glauben machen, daß der Herzog die Treppe hinunterschleicht, seinen Revolver aus dem Schreibtisch holt und in die Nacht hinausgeht, um Cathcart zu suchen und kaltblütig zu erschießen.

Meine Lords, habe ich es wirklich nötig, die dieser Unterstellung innewohnende Absurdität aufzuzeigen? Welchen begreiflichen Grund hätte denn der Herzog von Denver haben können, auf so kaltblütige Weise einen Menschen umzubringen, von dem ein einziges Wort ihn für immer befreite? Es wurde Ihnen suggeriert, daß der Herzog die Kränkung beim Nachgrübeln als immer größer empfunden habe – daß sie gigantische Ausmaße angenommen habe. Zu dieser Unterstellung, meine Lords, kann ich nur sagen, daß ein fadenscheinigerer Vorwand, einem Unschuldigen ein Mordmotiv anzuhängen, nie erdacht wurde, nicht einmal vom Erfindungsreichtum eines Advokaten. Ich möchte weder meine Zeit damit vertun noch Sie damit beleidigen, daß ich darauf überhaupt näher eingehe. Wieder wurde angedeutet, der Streitgrund sei nicht der genannte, vielmehr habe der Herzog Grund gehabt, Böses von Cathcarts Hand zu fürchten. Dieser Unterstellung haben wir, wie ich glaube, schon den Boden entzogen; es ist eine völlig aus der Luft gegriffene Annahme, mit deren Hilfe eine Reihe von Umständen erklärt werden soll, die der verehrte Anklagevertreter nicht im Einklang mit den bekannten Tatsachen zu erklären vermocht hat. Allein die Zahl und Vielfalt der von der Anklage herbeigezogenen Motive beweist, daß sie um die Dürftigkeit ihrer Argumentation selbst weiß. Verzweifelt schnappt sie nach jeder nur denkbaren Erklärung, um diesem unsinnigen Vorwurf ein wenig Farbe zu geben.

Und hier möchte ich nun Ihre Aufmerksamkeit, meine Lords, auf die sehr wichtige Aussage Inspektor Parkers hinsichtlich des Arbeitszimmerfensters lenken. Er hat uns gesagt, daß es von außen geöffnet wurde, indem die Verriegelung mit Hilfe eines Taschenmessers beiseite geschoben wurde. Wenn es der Herzog von Denver gewesen wäre, der um halb zwölf im Arbeitszimmer war, wozu hätte er das Fenster aufbrechen müssen? Er war doch schon im Haus. Wenn wir außerdem sehen, daß Cathcart ein Messer in der Tasche hatte und sich auf der Klinge dieses Messers Kratzer befinden, wie sie vom gewaltsamen Beiseiteschieben einer metallenen Verriegelung stammen könnten, so ist doch daraus klar ersichtlich, daß nicht der Herzog, sondern Cathcart selbst das Fenster von außen geöffnet hat und hineingestiegen ist, um sich die Pistole zu holen, denn er wußte ja nicht, daß die Wintergartentür eigens für ihn offengelassen worden war.

Aber wir brauchen dieses Indiz nicht einmal zu sehr zu bemühen – wir *wissen* ja, daß Hauptmann Cathcart zu dieser Zeit im Arbeitszimmer war, denn wir haben hier das Löschblatt gesehen, mit dem er seinen Brief an Simone Vonderaa abgelöscht hat, und Lord Peter Wimsey hat uns berichtet, daß er selbst dieses Löschblatt wenige Tage nach Cathcarts Tod von der Schreibunterlage im Arbeitszimmer gelöst hat.

Und nun richten Sie bitte Ihre Aufmerksamkeit auf die Bedeutung eines bestimmten Punktes in der Beweisaufnahme. Der Herzog von Denver hat uns gesagt, daß er den Revolver kurz vor dem schicksalhaften 13. Oktober in der Schreibtischschublade gesehen habe, als er und Cathcart zusammen im Arbeitszimmer waren.»

Der Großhofmeister: «Einen Augenblick, Sir Impey, das stimmt nicht ganz mit meinen Aufzeichnungen überein.»

Verteidiger: «Ich bitte Eure Lordschaft um Verzeihung, wenn ich mich irre.»

Großhofmeister: «Ich lese Ihnen vor, was bei mir steht: ‹Ich suchte ein altes Foto von Mary, um es Cathcart zu geben, als ich ihn dort fand.› Kein Wort davon, daß Cathcart dabei war.»

Verteidiger: «Wenn Eure Lordschaft auch noch den nächsten Satz lesen wollten – »

Großhofmeister: «Gewiß. Der nächste Satz lautet: ‹Ich weiß noch, wie ich gesagt habe, daß er schon rostig werde.›»

Verteidiger: «Und der nächste?»

Großhofmeister: «‹Wem gegenüber haben Sie diese Bemerkung gemacht?› Antwort: ‹Das weiß ich wirklich nicht mehr, aber ich weiß noch genau, daß ich es gesagt habe.›»

Verteidiger: «Ich bin Eurer Lordschaft sehr verbunden. Als mein edler Mandant diese Worte sprach, suchte er gerade nach Fotos, die er Cathcart geben wollte. Ich glaube, wir dürfen vernünftigerweise unterstellen, daß die Bemerkung an den Verstorbenen gerichtet war.»

Großhofmeister (an das Haus gewandt): «Meine Lords, Eure Lordschaften werden sich über die Stichhaltigkeit dieser Vermutung natürlich ein eigenes Urteil bilden.»

Verteidiger: «Wenn Eure Lordschaften akzeptieren können, daß Cathcart von der Existenz des Revolvers gewußt haben kann, ist es unerheblich, wann genau er ihn gesehen hat. Und wie Sie gehört haben, steckte in der Schreibtischschublade immer der Schlüssel. Er kann den Revolver jederzeit darin gesehen haben, wenn er nach einem Briefumschlag oder Siegellack oder was auch immer suchte. Jedenfalls behaupte ich, daß die Bewegungen, die Oberst Marchbanks und seine Gemahlin Mittwochnacht gehört haben, von Denis Cathcart stammten. Während er seinen Abschiedsbrief schrieb, vielleicht mit der Pistole vor sich auf dem Tisch – ja, genau in diesem Augenblick schlich der Herzog von Denver die Treppe hinunter und zur Wintergartentür hinaus. Und das ist das Unglaubliche an dieser Geschichte – daß wir immer und immer wieder zwei Ketten von Ereignissen finden, die miteinander nichts zu tun haben, sich aber zur gleichen Zeit abspielen und dadurch ein heilloses Durcheinander stiften. Ich habe das Wort ‹unglaublich› gewählt, nicht weil Zufälle grundsätzlich unglaublich wären – denn wir erleben im Alltag erstaunlichere Beispiele dafür, als ein Schriftsteller sich auszudenken wagen würde –, sondern lediglich, um es dem verehrten Anklagevertreter aus dem Mund zu nehmen, der sich bereits anschickt, es wie einen Bumerang auf mich zurückfallen zu lassen. (Gelächter.)

Meine Lords, das ist der erste dieser unglaublichen – ich scheue mich nicht, das Wort zu gebrauchen – Zufälle. Um halb zwölf geht der Herzog die Treppe hinunter, und Cathcart dringt ins Arbeitszimmer ein. Der Ankläger hat im Kreuzverhör meines edlen Mandanten mit Recht versucht, so viel Kapital wie möglich aus der Diskrepanz zwischen seiner Aussage bei der Untersuchungsverhandlung – nämlich daß er erst um halb drei das Haus verlassen habe – und seiner jetzigen Aussage zu schlagen, wonach er schon um halb zwölf fortgegangen ist. Meine Lords, wie Sie auch immer die Motive des edlen Herzogs für sein Verhalten interpretieren mögen, lassen Sie sich von mir noch einmal sagen, daß zu der Zeit, als diese erste Aussage gemacht wurde, alle Welt noch annahm, der Schuß sei um drei Uhr gefallen, so daß diese unrichtige Aussage damals für die Konstruktion eines Alibis völlig ungeeignet war.

Sehr hervorgehoben wurde auch, daß der Herzog sich nicht imstande sah, für die Stunden von halb zwölf bis drei Uhr ein Alibi beizubringen. Aber, meine Lords, wenn es nun die Wahrheit ist, daß er die ganze Zeit im Moor herumlief, ohne einem Menschen zu begegnen, welches Alibi könnte er dann vorweisen? Er ist nicht verpflichtet, für jede Nebensächlichkeit, die er in diesen vierundzwanzig Stunden getan hat, ein Motiv anzugeben. Es wurde hier nichts vorgetragen, was seine Angaben widerlegen könnte. Und es ist vollkommen vernünftig, daß er, als er nach dem Streit mit Cathcart nicht einschlafen konnte, einen Spaziergang machte, um sich zu beruhigen.

Inzwischen hat Cathcart seinen Brief fertig geschrieben und in den Postsack gesteckt. Es gibt nichts Ironischeres an dem ganzen Fall als diesen Brief. Während die Leiche des Erschossenen auf der Schwelle des Hauses lag und Detektive und Ärzte überall nach Hinweisen suchten, ging die Routine eines normalen englischen Haushalts weiter, als ob nichts geschehen sei. Der Brief, der die ganze Geschichte enthielt, lag unbehelligt im Postsack und wurde ganz normal fortgebracht und aufgegeben, um zwei Monate später unter hohen Kosten, großem Zeitaufwand, sogar unter Lebensgefahr zurückgebracht zu werden, zu Ehren des großen englischen Mottos: ‹Die Geschäfte laufen weiter wie gewohnt›.

Oben in ihrem Zimmer packt Lady Mary Wimsey gerade ihren Koffer und schreibt einen Abschiedsbrief für ihre Angehörigen. Cathcart hat seinen Brief schließlich fertig und setzt seinen Namen darunter; er nimmt den Revolver und eilt hinaus ins Gebüsch. Aber noch geht er auf und ab, mit den Gedanken Gott weiß wo – wahrscheinlich läßt er seine Vergangenheit an sich vorüberziehen, leidet die Qualen vergeblicher Reue und hegt vor allem bittere Gefühle gegenüber der Frau, die ihn ruiniert hat. Er besinnt sich auf das kleine Liebespfand, die Platinkatze mit Brillanten, die seine Geliebte ihm als Glücksbringer geschenkt hat! *Das* will er jedenfalls nicht auf dem Herzen tragen, wenn er stirbt. Mit einer wütenden Geste schleudert er es von sich. Dann setzt er die Pistole an den Kopf.

Aber etwas hält ihn zurück. Das nicht! Das nicht! Er sieht im Geiste seinen häßlich entstellten Körper – sein zerschmettertes Gesicht – die geplatzten Augäpfel, alles über und über mit Blut und Gehirn bespritzt. Nein! Soll die Kugel ihm sauber ins Herz dringen. Nicht einmal im Tode erträgt er den Gedanken, *so* auszusehen.

Er hält sich den Revolver an die Brust und drückt ab. Mit leisem Ächzen sinkt er auf den durchweichten Boden. Die Waffe fällt ihm aus der Hand; er greift sich mit den Händen an die Brust.

Der Wildhüter, der den Schuß gehört hat, wundert sich, daß Wilddiebe sich so nah heranwagen. Warum sind sie nicht draußen im Moor? Er denkt an die Hasen in der Schonung. Er nimmt seine Laterne und sucht im dichten Regen eine Weile herum. Nichts. Nur durchnäßtes Gras und tropfende Bäume. Er ist ein Mensch. Er sagt sich, daß seine Ohren ihn getäuscht haben müssen, und kehrt zurück ins warme Bett. Mitternacht vergeht. Ein Uhr geht vorbei.

Der Regen hat jetzt etwas nachgelassen. Da, im Gebüsch – was war das? Eine Bewegung. Der Erschossene bewegt sich – stöhnt ein wenig – versucht auf die Beine zu kommen. Durchgefroren bis auf die Knochen, schwach vom Blutverlust, zitternd vom Fieber seiner Verwundung erinnert er sich nur noch schwach an sein Vorhaben. Seine tastenden Hände suchen die Wunde an seiner Brust. Er nimmt sein Taschentuch und preßt es darauf. Mühsam erhebt er sich, taumelnd. Das Taschentuch entgleitet ihm und fällt zu Boden, wo es neben dem Revolver im gefallenen Laub liegenbleibt.

Etwas in seinem schmerzenden Kopf befiehlt ihm, sich zum Haus zurückzuschleppen. Er ist krank, leidet Schmerzen; abwechselnd wird ihm kalt und heiß, und einen entsetzlichen Durst hat er. Dort wird ihn jemand einlassen und gut zu ihm sein – ihm zu trinken geben. Schwankend und stockend, jetzt auf Hände und Knie niedersinkend, jetzt wieder hin und her torkelnd, tritt er diesen schrecklichen, alptraumhaften Weg zum Haus an. Teils geht er aufrecht, teils kriecht er und schleift die müden Glieder nach. Endlich – die Wintergartentür! Hier wird er Hilfe finden. Und Wasser für sein Fieber im Trog beim Brunnen. Auf allen vieren schleppt er sich hin, versucht sich daran hochzuziehen. Das Atmen wird ihm sehr schwer – ein erdrückendes Gewicht droht ihm die Brust zu zerquetschen. Er zieht sich hoch – ein furchtbarer Hustenkrampf befällt ihn – Blut schießt ihm aus dem Mund. Er stürzt. Nun ist wirklich alles vorüber.

Wieder vergehen Stunden. Drei Uhr, die Stunde des Rendezvous, rückt heran. Ungeduldig überspringt der junge Liebhaber die Umzäunung und kommt durchs Gebüsch geeilt, um seine zukünftige Braut zu holen. Es ist naß und kalt, aber sein Glück läßt ihm keine Zeit, sich um seine Umgebung zu kümmern. Achtlos durchquert er das Gebüsch. Er erreicht die Wintergartentür, durch die jeden Moment Liebe und Glück zu ihm herauskommen werden. Und in diesem Augenblick stolpert er – über einen Toten!

Angst ergreift ihn. Von ferne hört er Schritte nahen. Mit nur einem Gedanken – zu fliehen vor diesem Schrecken aller Schrecken – rennt er ins Gebüsch zurück, gerade als der Herzog von Denver, ein wenig müde vielleicht, aber nach seiner Wanderung doch etwas ruhiger geworden, schnellen Schrittes den Weg heraufkommt, um die ungeduldige Braut über der Leiche ihres Verlobten anzutreffen.

Meine Lords, der Rest ist klar. Lady Mary Wimsey, durch den schrecklichen äußeren Anschein gezwungen, ihren Geliebten als Mörder zu verdächtigen, unternahm den Versuch – mit welchem Mut, wird jeder Mann unter Ihnen erkennen –, zu verbergen, daß Goyles jemals am Schauplatz des Geschehens war. Diese ihre unbedachte Handlungsweise hat viele Fragen und Mißverständnisse verursacht. Aber, meine Lords, wo Ritterlichkeit obsiegt, wird niemand unter uns auch nur ein Wort des Vorwurfs gegen diese tapfere junge Dame erheben. Denn wie es in dem alten Lied heißt:

Gott gebe jedem Mann am End
Solche Falken, solche Hunde und solch einen Freund.

Ich glaube, meine Lords, daß es für mich nicht mehr zu sagen gibt. Ihnen überlasse ich nun die erhabene und beglückende Aufgabe, diesen edlen Peer, der einer der Ihren ist, von der ungerechten Anklage freizusprechen. Sie sind nur Menschen, meine Lords, und mancher unter Ihnen wird darüber gemurrt, mancher gespottet haben, daß Sie in diesem mittelalterlichen Gepränge, in Purpur und Hermelin, hier erscheinen mußten, die dem Geschmack unserer nüchternen Zeit so fremd sind. Sie wissen sehr wohl,

Es ist der Balsam nicht, der Ball und Zepter
Das Schwert, der Stab, die hohe Herrscherkrone,
Das eingewirkte Kleid mit Gold und Perlen,
Der Titel, strotzend vor dem König her,
Der Thron, auf dem er sitzt, des Pompes Flut,
Die anschlägt an den hohen Strand der Welt,

die edlem Blut Würde verleihen kann. Und doch, das Haupt eines der ältesten und edelsten Häuser Englands Tag für Tag hier stehen zu sehen, ausgeschlossen aus Ihrem Kreise, seiner historischen Würden beraubt, gekleidet nur in die Gerechtigkeit seiner Sache – dieser Anblick kann es nicht verfehlt haben, Ihr Mitleid und Ihre Empörung zu erregen.

Meine Lords, es ist Ihr schönes Privileg, Seiner Gnaden dem Herzog von Denver diese traditionellen Symbole seines hohen Ranges wiederzugeben. Wenn der Sekretär dieses hohen Hauses nun jedem einzelnen von Ihnen die feierliche Frage stellen wird: Befinden Sie

Gerald Herzog von Denver, Viscount St. George, schuldig oder nicht schuldig des furchtbaren Verbrechens des Mordes, so kann ein jeder von Ihnen aus voller Überzeugung, auf der auch nicht der Schatten eines Zweifels ruht, die Hand aufs Herz legen und sprechen: ‹Nicht schuldig, bei meiner Ehre.›»

Wer will nach Hause?

«Betrunken wie ein Lord? Als Klasse gesehen sind sie eigentlich sehr nüchtern.»
Richter Cluer, in der Verhandlung

Während der Anklagevertreter sich der undankbaren Aufgabe unterzog, zu verdunkeln, was nicht nur klar war, sondern auch jedermanns Gefühlen entgegenkam, entführte Lord Peter seinen Freund Parker in ein Lyons-Restaurant gegenüber und hörte sich über einer Riesenportion Speck und Ei einen kurzen Bericht über Mrs. Grimethorpes Flucht nach London und einen langen über Lady Marys Kreuzverhör an.

«Was grinst du die ganze Zeit?» fuhr der Erzähler ihn an.

«Angeborener Schwachsinn», sagte Lord Peter. «Der arme Cathcart, kann ich nur sagen. Das *war* eine Frau! Das heißt, ich nehme an, sie ist es noch. Wieso rede ich von ihr, als ob sie in dem Augenblick gestorben wäre, als ich den Blick von ihr wandte?»

«Du bist eben ein schrecklicher Egozentriker», knurrte Parker.

«Ich weiß. Das war ich schon als Kind. Was mir Sorgen macht ist meine Empfänglichkeit für so was in letzter Zeit. Als Barbara mir weglief – »

«Davon bist du geheilt», unterbrach sein Freund ihn roh. «Wenn du's genau wissen willst, das merke ich schon seit einiger Zeit.»

Lord Peter seufzte schwer. «Deine Aufrichtigkeit in Ehren, Charles», sagte er, «aber ich wollte, du hättest nicht so eine unfreundliche Art, die Dinge auszudrücken. Außerdem – he, kommen die etwa schon raus?»

Die Menge auf dem Parliament Square geriet in Bewegung. Menschengruppen lösten sich auf und verteilten sich in dünnen Rinnsalen über die Straße. Ein Flecken Purpur erschien vor dem grauen Gestein von St. Stephen. Plötzlich kam Mr. Murbles' Sekretär zur Tür hereingerannt.

«Alles in Ordnung, Mylord – Freispruch – einstimmig –, und ob Sie bitte herüberkommen möchten, Mylord?»

Sie liefen hinaus. Bei Lord Peters Anblick brachen ein paar aufgeregte Umstehende in Jubelrufe aus. Ein heftiger Wind fegte plötzlich über den Platz und blähte die blutroten Roben der herauskommenden

Peers. Lord Peter wurde von einem zum andern geschubst, bis er den Mittelpunkt des Gedränges erreichte.

«Entschuldigen Sie, Euer Gnaden.»

Es war Bunter. Bunter, wunderbarerweise mit einem Bündel Purpur und Hermelin über den Armen, um den schändlichen blauen Straßenanzug zu verhüllen, dieses Brandmal der Unehre.

«Erlauben Sie mir, Ihnen meine untertänigsten Glückwünsche auszusprechen, Euer Gnaden.»

«Bunter!» rief Lord Peter. «Großer Gott, der Mann ist wahnsinnig geworden! Zum Teufel, Mann, tun Sie das Ding weg», fügte er hinzu und warf sich einem hochgewachsenen Fotografen mit Kaufhauskrawatte entgegen.

«Zu spät, Mylord», antwortete der Missetäter strahlend und schob die Platte ein.

«Peter», sagte der Herzog. «Äh – vielen Dank, alter Junge.»

«Schon gut», antwortete Seine Lordschaft. «Vergnügliche Reise und so. Du siehst blendend aus. O nein, gib mir jetzt nicht die Hand – da, ich hab's doch gewußt! Da hat dieser Kerl schon wieder seinen Verschluß klicken lassen.»

Sie bahnten sich durch das immer dichter werdende Gedränge einen Weg zu den Wagen. Die beiden Herzoginnen stiegen ein, und der Herzog folgte, als eine Kugel durchs Fenster platzte, Denvers Kopf um Zentimeter verfehlte und von der Windschutzscheibe mitten in die Menge zurücksprang.

Ein erregter Aufschrei. Ein großer, bärtiger Mann rang einen kurzen Augenblick mit drei Konstablern; es folgte eine Serie ungezielter Schüsse, ein mächtiger Satz – die Menge teilte sich, dann setzte sie nach wie die Meute dem Fuchs, an den Parlamentsgebäuden vorbei in Richtung Westminster Bridge.

«Er hat eine Frau erschossen – da unter dem Bus ist er – nein, doch nicht – heda! Mörder! – Haltet ihn!» Rufe gellten – Polizeipfeifen schrillten – aus allen Ecken kamen Konstabler angerannt – tauchten in Taxis – liefen.

Der Fahrer eines Taxis, das gerade über die Brücke kam, sah plötzlich das wilde Gesicht genau vor seiner Motorhaube und trat hart auf die Bremse, als der Verrückte zum letztenmal den Finger um den Abzug krümmte. Schuß und Reifen explodierten fast gleichzeitig; das Taxi schleuderte hilflos nach rechts, riß den Flüchtigen mit sich und raste mit furchtbarem Krach gegen einen Straßenbahnwagen, der leer an der Endstation Embankment stand.

«Ich kann nichts dafür!» schrie der Taxifahrer. «Er hat auf mich geschossen. Mein Gott, ich kann nichts dafür!»

Lord Peter und Parker trafen keuchend beide gleichzeitig ein.

«Heda, Konstabler», japste Seine Lordschaft, «ich kenne den Mann. Er hat etwas gegen meinen Bruder. Hat irgendwas mit Wilderei zu tun – oben in Yorkshire. Sagen Sie dem Untersuchungsrichter, er soll sich um nähere Informationen an mich wenden.»

«Sehr wohl, Mylord.»

«Fotografieren Sie *das* doch nicht!» sagte Lord Peter zu dem Mann mit der Kamera, den er plötzlich neben sich stehen sah.

Der Fotograf schüttelte den Kopf.

«Das sehen die Leute nicht gern, Mylord. Nur den Unfallort und den Krankenwagen. Schöne interessante Bildchen, verstehen Sie? Nichts Grausiges –» er deutete erklärend mit dem Kopf auf die großen dunklen Flecken auf der Straße – «das macht sich nicht bezahlt.»

Von irgendwoher aus dem Nichts erschien ein rothaariger Reporter mit einem Notizbuch.

«Kommen Sie her», sagte Seine Lordschaft, «wollen Sie die Geschichte hören? Ich erzähle sie Ihnen sofort.»

Die Angelegenheit mit Mrs. Grimethorpe löste sich schließlich ohne die allermindesten Schwierigkeiten. Wohl selten hat eine herzogliche Eskapade mit weniger Peinlichkeit ihr Ende gefunden. Seine Gnaden, ganz Gentleman, hatte sich bereits tapfer für eine traurig-rührselige Aussprache gewappnet. Bei allen Dummheiten, die er im Leben begangen hatte, war er noch nie einfach davongelaufen oder einem Tränenstrom mit diesem aufreizenden «Also, ich sollte jetzt wohl gehen» begegnet, das schon so oft zu Verzweiflung, mitunter zu kaltblütigem Mord geführt hat. Diesmal aber fiel die ganze Szene überhaupt ins Wasser. Die Dame war nicht interessiert.

«Ich bin jetzt frei», sagte sie. «Ich werde zu meinen Angehörigen nach Cornwall zurückgehen. Ich brauche nichts, jetzt, nachdem er tot ist.» Des Herzogs pflichtschuldige Liebkosung war ein höchst uninteressanter Fehlschlag.

Lord Peter begleitete sie zu einem ordentlichen kleinen Hotel in Bloomsbury. Sie genoß die Taxifahrt, die großen, prunkvollen Läden, die Lichtreklamen. Am Piccadilly Circus hielten sie an, um den Bonzo-Hund seinen Glimmstengel paffen und das Nestlé-Baby sein Milchfläschchen nuckeln zu sehen. Sie war sehr erstaunt, daß die Preise für die Waren im Schaufenster von Swan & Edgar eher vernünftiger waren als derzeit in Stapley.

«Einen von diesen blauen Schals hätte ich gern», sagte sie, «aber ich glaube, für mich als Witwe wäre er nicht ganz passend.»

«Sie können ihn sich ja jetzt kaufen und später tragen», riet Seine Lordschaft. «In Cornwall, verstehen Sie?»

«Ja.» Sie sah an ihren groben braunen Sachen hinunter. «Ob ich meine Trauerkleidung hier kaufen kann? Ich brauche ja welche für die Beerdigung. Nur ein Kleid und einen Hut – und vielleicht einen Mantel.»

«Ich fände die Idee ganz gut.»

«Jetzt gleich?»

«Warum nicht?»

«Ich habe Geld», sagte sie. «Ich hab's aus seinem Schreibtisch genommen. Jetzt gehört es ja wohl mir. Nicht daß ich ihm irgendwie etwas verdanken möchte. Aber so sehe ich es gar nicht an.»

«An Ihrer Stelle würde ich mir darüber keine Gedanken machen», sagte Lord Peter.

Sie trat vor ihm in den Laden – endlich ihre eigene Herrin.

In den frühen Morgenstunden erblickte Inspektor Sugg, der zufällig über den Parliament Square kam, einen Taxifahrer, der allem Anschein nach dem Denkmal Lord Palmerstons eine leidenschaftliche Standpauke hielt. Entrüstet ob dieses widersinnigen Tuns ging Inspektor Sugg näher, als er bemerkte, daß der Staatsmann seinen Sockel mit einem Herrn im Abendanzug teilte, der sich mit einer Hand in waghalsiger Pose festklammerte und mit der andern eine leere Champagnerflasche vors Auge hielt, mit der er die umliegenden Straßen absuchte.

«He», rief der Polizist, «was machen Sie da? Kommen Sie da runter!»

«Hallo!» rief der vornehme Herr, indem er plötzlich das Gleichgewicht verlor und ziemlich Hals über Kopf seinen Aussichtspunkt verließ. «Ham Sie nich mein Freund gesehen? Komische Sache – gans komisch. Sie wissen doch bestimp, wo er is, wasch? Wenn du nich weiterweischt, immer Polischei fragen. Is mein Freund. Gans vornehmer Mann mit Schylinder. Freddy – guter oller Freddy. Hört immer auf sein Namen – wie liebes Hundchen.» Er rappelte sich auf und strahlte den Beamten an.

«Aber – wenn das nicht Seine Lordschaft ist», sagte Inspektor Sugg, der Lord Peter schon bei anderer Gelegenheit kennengelernt hatte. «Sie sollten lieber nach Hause fahren, Mylord. Die Nacht ist kühl. Sie holen sich noch eine Erkältung. Hier ist Ihr Taxi – kommen Sie, steigen Sie ein.»

«Nein», sagte Lord Peter. «Nein. Kann isch nich machen. Nich ohne mein Freund. Guter oller Freddy. Freund – nie – verlassen! Lieber oller Schugg. Kann Freddy nich verlassen.» Er wollte mit großer Pose den Fuß aufs Trittbrett des Taxis stellen, verschätzte sich aber in der Distanz, trat schwerfällig in den Rinnstein und bestieg somit unerwartet das Taxi mit dem Kopf voran.

Mr. Sugg versuchte seine Beine nachzuschieben und die Tür zu schließen, aber Seine Lordschaft durchkreuzte dieses Vorhaben mit unvorhergesehener Behendigkeit und setzte sich entschieden aufs Trittbrett.

«Nich mein Takschi», erklärte er feierlich. «Freddys Takschi. Nich recht – mit Takschi von Freund abschuhauen. Komisch. Bin nur um die Ecke gegangen, Freddys Takschi holen – und Freddy is um die Ecke gegangen, *mein* Takschi holen – für Freund Takschi holen – Freundschaft is wunderschön – mein Sie nich, Schugg? Kann mein Freund nich im Stich lassen. Auscherdem – da is der gute olle Parker.»

«Mr. Parker?» fragte Inspektor besorgt. «Wo?»

«Pscht!» machte Seine Lordschaft. «Nich Baby wecken, schön lieb sein. Neschle-Baby – guck mal, wie es neschelt – neschelt es nich süß?»

Dem Blick Seiner Lordschaft folgend, entdeckte der entsetzte Sugg seinen amtlichen Vorgesetzten friedlich an die andere Seite des Palmerston-Denkmals gekuschelt, ein seliges Lächeln auf dem schlafenden Gesicht. Mit einem Schreckensruf beugte er sich über den Schläfer und schüttelte ihn.

«Gemeinheit!» rief Lord Peter mit lauter, vorwurfsvoller Stimme. «Armen Kerl stören – armer Polischischt, muß so schwer arbeiten. Steht nie auf, bevor der Wecker klingelt ... Na scho wasch!» fuhr er fort, wie von einer neuen Idee befallen. «Warum hat der Wecker nich geklingelt, Schugg?» Er zeigte mit unsicherem Finger auf den Big Ben. «Die ham vergessen, ihn aufschuschiehen. Schlamperei. Muß isch an die *Timesch* schreim.»

Mr. Sugg verlor keine Worte, sondern packte den schlummernden Parker und verfrachtete ihn ins Taxi.

«Nie – nie – verlassen –» begann Lord Peter und widersetzte sich allen Bemühungen, ihn vom Trittbrett hochzuziehen, als von Whitehall ein zweites Taxi angefahren kam, aus dessen Fenster der Ehrenwerte Freddy Arbuthnot laut krakeelte.

«Sieh mal, w-wer da ist!» quietschte der Ehrenwerte Freddy. «Der gute, gute, alte Sugg. Jetzt f-fahren wir alle m-miteinander nach Hause.»

«Das ist *mein* Takschi», widersprach Seine Lordschaft würdevoll, indem er darauf zu stolzierte. Die beiden verhedderten sich kurz ineinander, dann flog der Ehrenwerte Freddy in Suggs Arme, während Seine Lordschaft, jetzt die Zufriedenheit selbst, dem neuen Taxifahrer «Nach Hause!» zurief und prompt in einer Ecke des Gefährts einschlief.

Mr. Sugg kratzte sich am Kopf, nannte Lord Peters Adresse und sah dem abfahrenden Taxi nach. Dann wies er, den Ehrenwerten Freddy immer noch an seiner breiten Brust, den anderen Taxifahrer an, Mr. Parker in die Great Ormon Street 12 a zu fahren.

«B-bringt mich nach Hause!» schrie der Ehrenwerte Freddy und brach in Tränen aus. «Jetzt sind sie alle weg und haben mich v-verlassen!»

«Überlassen Sie das nur mir, Sir», sagte der Inspektor. Er warf einen Blick über die Schulter in Richtung St. Stephen, von wo soeben ein paar Unterhausabgeordnete von einer Nachtsitzung kamen.

«Auch noch Mr. Parker», sagte Inspektor Sugg und fügte inbrünstig hinzu: «Gott sei Dank gibt's wenigstens keine Zeugen.»

Inhalt

Dorothy L. Sayers

Sämtliche Detektivgeschichten und Romane

Erstmals ungekürzt
Neu übersetzt von Otto Bayer
Mit Essays von Walther Killy
Jeder Band in Leinen

Bisher sind erschienen:

Hochzeit kommt vor den Fall. Roman. Ca. 492 Seiten. 32 DM.
Mord braucht Reklame. Roman. 404 Seiten. 29,80 DM.
Starkes Gift. Roman. 296 Seiten. 26 DM.
Diskrete Zeugen. Roman. 326 Seiten. 26 DM.
Der Glocken Schlag. Roman. 412 Seiten. 29,80 DM.
Keines natürlichen Todes. Roman. 314 Seiten. 26 DM.
Fünf falsche Fährten. Roman. 394 Seiten. 28 DM.
Zur fraglichen Stunde. Roman. 508 Seiten. 29,80 DM.
Ärger im Bellona-Club. Roman. 284 Seiten. 26 DM.
Aufruhr in Oxford. Roman. 550 Seiten. 32 DM.
Ein Toter zu wenig. Roman. 276 Seiten. 26 DM.
Die Akte Harrison. Roman. 292 Seiten. 28 DM.

Bitte fordern Sie den ausführlichen Sonderprospekt an beim

Rainer Wunderlich Verlag

Goethestraße 6 · 7400 Tübingen

Dorothy L. Sayers

Diskrete Zeugen

«Clouds of Witness»
Kriminalroman (4783)

In neuer Übersetzung liegt hiermit endlich ein großer Kriminalroman der Weltliteratur ungekürzt vor. Der Roman wurde auch als Fernsehserie ein Welterfolg.

Der Glocken Schlag

Kriminalroman (4547)

Fünf falsche Fährten

Kriminalroman (4614)

Keines natürlichen Todes

Kriminalroman (4703)

ro
ro
ro

1070/1

Modesty Blaise

PETER O'DONNELL

Kaltblütig wie die Fangheuschrecke [Mantis religiosa], die nach dem Beischlaf ihre Geliebten frißt, mordet Modesty Blaise die Männer. Wenn alle Stricke reißen, setzt sie ihre raffinierteste Waffe ein: ihren Körper. Modesty Blaise – tödlich wie 007. Unglaublicher Schocker voll unerhörter Gefahren, Crime, Sex, Ironie und knallharter Spannung.

Modesty Blaise – Die tödliche Lady
rororo Band 1115

Modesty Blaise – Die Lady bittet ins Jenseits
rororo Band 1184

Modesty Blaise – Die Lady reitet der Teufel
rororo Band 1304

Modesty Blaise – Ein Gorilla für die Lady
rororo Band 1439

Modesty Blaise – Die Goldfalle
rororo Band 1805

Modesty Blaise – Die Lady macht Geschichten
rororo Band 1977

Modesty Blaise – Die silberne Lady
rororo Band 4171

Modesty Blaise – Heiße Nächte für die Lady
rororo Band 4404

Modesty Blaise – Die Lady fliegt auf Drachen
rororo Band 4868

522/10

Eine geheimnisvolle Mordserie in New York - ein atemberaubendes Duell zwischen Jäger und Gejagtem

LAWRENCE SANDERS

Die erste Todsünde

Roman. 540 Seiten. Gebunden

Eine geheimnisvolle Mordserie in New York – ein atemberaubendes Duell zwischen Jäger und Gejagtem.

Die zweite Todsünde

Roman. 420 Seiten. Gebunden

«Ein Buch, das Sie nicht vor Morgengrauen aus der Hand legen werden!» Times-Herald.

Ein großer Roman, eine aufwühlende Geschichte von kriminellen Leidenschaften, menschlicher Niedertracht und der Todsünde des Geizes.

Rowohlt

858/2